本书为北京市社会科学基金项目（项目编号为14WYB023）课题成果以及北京语言大学校级科研项目（项目编号为15ZDJ01）成果，获得中央高校基本科研业务专项资金资助

跨越时空的对话

域外影响与中国现当代女作家研究

张　浩◎著

知识产权出版社

全国百佳图书出版单位

图书在版编目（CIP）数据

跨越时空的对话：域外影响与中国现当代女作家研究/张浩著. —北京：知识产权出版社，2016.6

ISBN 978 - 7 - 5130 - 4133 - 1

Ⅰ.①跨… Ⅱ.①张… Ⅲ.①女作家—文学研究—中国—现代②女作家—文学研究—中国—当代 Ⅳ.①I206.6

中国版本图书馆 CIP 数据核字（2016）第 069343 号

内容提要

20 世纪中国女性文学中的世界性因素是当今比较文学和中国文学研究界关注的焦点，也对中国现当代女作家的创作具有参照意义。本书主要考察近百年来异域资源对女作家的精神特征、艺术品格和审美风貌所产生的影响以及二者发生关系的契机。对域外影响与中国现当代女作家创作的相关问题的深入探讨，无疑有助于增加中国女性文学的异域影响的实证性知识，更深入地理解女作家是如何在吸取异域资源时发挥独创性的，也能够由女作家对域外影响的接受中更清晰地反观现当代女性创作的思想及艺术走向。

责任编辑：冯　彤　　　　　　　　　责任校对：董志英

装帧设计：张革立　　　　　　　　　责任出版：卢运霞

跨越时空的对话

域外影响与中国现当代女作家研究

张　浩　著

出版发行：	知识产权出版社 有限责任公司	网　　址：	http：//www.ipph.cn
社　　址：	北京市海淀区西外太平庄 55 号	邮　　编：	100081
责编电话：	010 - 82000860 转 8386	责编邮箱：	fengtong@ cnipr.com
发行电话：	010 - 82000860 转 8101/8102	发行传真：	010 - 82000893/82005070/82000270
印　　刷：	北京科信印刷有限公司	经　　销：	各大网上书店、新华书店及相关专业书店
开　　本：	787mm×1092mm　1/16	印　　张：	19.75
版　　次：	2016 年 6 月第 1 版	印　　次：	2016 年 6 月第 1 次印刷
字　　数：	288 千字	定　　价：	58.00 元

ISBN 978-7-5130-4133-1

序

近十多年来，在中文的语境下，已经出版多部从比较的视角研究中国现当代文学的专著，也有更多的从女性主义的视角专门讨论女性写作的学术专著，但将这二者有机地结合在一起并有自己独立见解的著作并不多见。可以说，我在本序中推荐给广大读者的这部题为《跨越时空的对话——域外影响与中国现当代女作家研究》的专著应该算是这些著作中的佼佼者之一。

作者张浩博士早在 20 世纪 80 年代末就在北京大学听过我的课，也许正是从那时起，她就自觉或不自觉地开始涉猎比较文学。我知道她在硕士研究生期间专攻中国现代戏剧，同时也广泛阅读不少中外文学作品和理论著作。这些都为她日后的高层次学术研究打下了坚实的基础。后来，她在北京语言大学任教时，正值我刚刚于 21 世纪初在北京语言大学领衔申请到了比较文学与世界文学博士点，这就使得我们早先的师生缘又续上了。我记得她当时的博士论文题目为《20 世纪中国女性文学的精神分析话语剖析》，实际上从精神分析学的理论视角对中国现当代女性写作进行了重新书写。后来她虽然长期在国外从事对外汉语教学，但她一直未放弃这一研究课题，现在摆在我们面前的这本专著可以说是她继博士论文之后写出的又一部扎实的比较文学专著。可以说，单从本书题目来看，就堪称一部名副其实的比较文学专著，我们阅读这部专著至少可以从三个层面获益。首先，它打破了比较文学影响研究只被认为是一种注重实证的文学"外贸研究"的既定模式，而在指出一国文学对他国文学的影响的同时，更加注重考查接受者的主体接受和创造性转化作用，这就使得影响研究

1

走出了长期以来笼罩在作家头上的"影响的焦虑"之阴影。其次，它也证明了从比较的视角出发研究中国现代文学的可行性和独特性。也即我们在从事中国现代文学研究时，一些受过比较文学训练的学者往往喜欢使用比较的方法来研究，但结果却难以令读者信服，读者会反过来问，你的这种研究有明显的"两张皮"的现象，如何有机地将其融为一体？此外，你得出的这种结论我们不用比较的方法也能得出，那么比较文学作为一种方法还有什么用？阅读了这部著作后，则可以使读者信服，如果不用比较的方法是得不出这样的结论的。我想这应该是本书的一个独特的价值。最后，作者通过横向的比较使读者看出中国现当代女作家究竟在何种程度上受到世界文学大家的影响和启迪，同时她们又在何种程度上超越了这种影响的"焦虑"，将域外资源变为自己的创作特色，从而得以与世界文学大家相媲美。可以说，读完这本厚重的专著，我感到作者的目的已经基本达到了：就作者所据以撰写博士论文的学科——比较文学而言，她以中国现当代女作家所受到的外国作家的影响为个案，发掘并丰富了比较文学影响研究的接受性和理论性内容；而就作者长期以来所钟情的中国现当代女作家而言，作者则将这些在中国国内影响很大并具有一定国际知名度的女作家放在一个广阔的世界文学背景下，让她们与世界文学大家相比较，因而便得出了中国当代文学具有跻身世界文学之林的实力，但同时，也正如作者所中肯地指出的，通过这种横向比较："我们不得不承认一个事实，在所有受到异域资源或大或小、或深或浅的影响的女作家中，没有哪一个女作家在世界文学之林中的文学成就和文学影响力已经超越了异域作家。作为中国读者和研究者，笔者平心静气地、理智地回顾一番，也认为还没有哪个女作家的小说能够像异域小说那样给人如此巨大的心灵感动和精神激励，创造出一片如此纯净优美的精神天空。现当代中国女性文学在情感叙述方式、表达对象及在传承中国传统文学方面还有许多不足，这恰恰就是现当代中国女性文学和异域创作的差距之所在。那么女作家和异域创作的差距到底在哪里呢？"

作者对于自己问自己的问题并没有给出明确的答案，但实际上或许已经为自己设立了下一个专题研究。不可否认，中国当代女性文学已经取得了令世人瞩目的成就，但是，诚如英美现代主义大诗人和新批评派的鼻祖 T. S. 艾略特所指出的，若是考察一位当代作家的成就，必须将其与已故的大作家相比，这样就能公允地对该作家做出符合历史和美学意义的评判。我认为，作者正是本着这样一个目的进行这种横向比较并得出上述结论的。作者精心挑选用来研究的中国现当代女作家都与外国文学有着千丝万缕的联系，有些作家甚至被当作是某个外国作家在中国的代言人。因此这样的比较就没有离开实证的考察，也不会流于表面的比附。但是，作者在指出中国作家的上述不足的同时，并没有使我们失望，而是从世界文学的高度为这些女作家的创作提出了更高的要求，同时也为自己的这部专著的不足作了总结，在她看来，她的努力"……可说基本厘清了异域资源与中国现当代女作家创作的复杂关系。但若仅停留于此，依然是不足的，我们还要追问，异域资源的影响给女作家创作增添了何种实质性的东西？女作家在接受异域资源时是如何做到独创性的转化的，如果这种独创性转化做得不够或不好又是为何？从世界文学高度上看，受异域影响的女作家是否已经超越异域资源，如若不能又是为何？女作家为何很难接受异域资源的宗教探索和全球思维，这是否意味着女作家的创造力最终必然会受到中国传统文化的制约而无法充分地发挥？通过对这些问题的深入探讨，我们才能使本书在实证性的传播和影响研究基础上叩问真正的文学史核心问题，才能拓展研究的新境界，才算得上基本完成研究的主要使命"。

当然，这是作者对自己提出的更高的要求，实际上也在某种程度上为自己将从事的一个新的研究课题和所要撰写的另一部专著描绘了大致的轮廓，即世界文学语境下的中国现当代女性写作。我认为作者的这种严谨求实、不耻下问的学术探索精神是可贵的，不知广大读者以为如何？我最后想说的是，张浩博士的这本书已经为她的进一步深入研究打下了扎实的基础，我相信她的研究实力，并期待她的下一步专著的问世。是为序。

王 宁
2016 年春节于北京清华园

前　言

在全球化和世界文学时代里，各民族、各地区的文学彼此互相交流、影响、接受和创造构成一个缺一不可的系统。现代文明意味着不断的创新和广泛的交流，民族文学的孤立江河被日益纳入到世界文学的浩瀚海洋之中。早在1827年，歌德在阅读一部中国传奇时就曾经有感而发道："民族文学在现代算不了很大的一回事，世界文学的时代已快来临了。现在每个人都应该出力促使它早日来临。"❶ 20年后，马克思、恩格斯在《共产党宣言》里更是以豪壮的语言宣称："资产阶级，由于开拓了世界市场，使一切国家的生产和消费都成为世界性的了。过去那种地方和民族的自给自足和闭关自守的状态，被各民族的各方面的互相来往和各方面的互相依赖所代替了。物质的生产是如此，精神的生产也是如此，各民族的精神产品成了公共的财产。民族的片面性和局限性日益成为不可能。于是由许多民族的和地方的文学形成了一种世界的文学。"❷

20世纪中国女性文学中的世界性因素是当今比较文学和中国文学研究界关注的焦点，也对中国现当代女作家的创作具有参照意义。在不同的时代背景与文化语境下，现当代女作家与异域资源所进行的碰撞与对话无疑是激动人心

---

❶　[德] 爱克曼辑录. 歌德谈话录 [M]. 朱光潜，译. 北京：人民文学出版社，1978：113.

❷　[德] 马克思，恩格斯. 共产党宣言 [M] //马克思恩格斯全集（第1卷）. 北京：人民出版社，1972：254.

的，在一个多文化的时代，如果人们不进行文化之间的交流和学习，又有谁能够避免错误呢？所有的文化疆界都不可能是铜墙铁壁，都不是无法渗透的。对于中国现当代女作家而言，异域资源的影响起着根本性的启发作用，像莎士比亚、拜伦、惠特曼、海明威、福克纳、奥尼尔等英美作家，巴尔扎克、萨特、加缪等法语作家，歌德、卡夫卡、里尔克等德语作家，托尔斯泰、陀思妥耶夫斯基、契诃夫、高尔基、肖洛霍夫、帕斯捷尔纳克等俄语作家，安徒生、易卜生、斯特林堡等北欧作家，泰戈尔、川端康成、大江健三郎等亚洲作家，博尔赫斯、马尔克斯、鲁尔福等拉美作家，等等，这些异域资源都对中国现当代女作家产生过至关重要的影响。如果没有异域资源的影响与接收，20 世纪中国女性文学无疑将是另一番风貌。对于中国现当代女作家而言，异域资源的影响起着重要的启发作用，尤其是对新时期以来的女作家创作产生过根本性的影响，让 20 世纪女性文学领受到一缕世界文学的强光。

对域外影响与中国现当代女作家创作的相关问题的深入探讨，无疑有助于增加中国女性文学的异域影响的实证性知识，更深地理解女作家是如何在吸取异域资源时发挥独创性的，也能够由女作家对域外影响的接受中更清晰地反观出近百年来中国女性文学的思想及艺术走向。本书把域外资源在中国的传播和影响置放在 20 世纪近百年来的具体历史情境中，审视到底是何种历史语境决定了中国女作家对域外资源的接受，并把域外资源对中国女作家作品的影响，落实到实证性和个案研究的基础层面。异域资源在中国被传播与被阐释的过程，这种异域资源对女作家的精神特征、艺术品格和审美风貌所产生的影响以及二者发生关系的契机，都是本书所关注的问题。

绪论主要从 20 世纪女性文学史的宏观角度，考察近百年来域外资源在中国传播和接受的进程和特征。域外资源在中国传播和接受大致可以划分为欧美资源、俄苏资源和拉美资源三个主要层面。从整体上看，中国女作家形成了接受域外资源的不同接受群体：以张爱玲、王安忆以及陈染等主要接受欧美影响的女作家，以铁凝、迟子建等主要接受俄苏影响的女作家，以及其他难以归类的女作家。她们对域外影响的接受重点既有相同之处，也存在相异之点。

第一章探讨域外资源对张爱玲的影响。张爱玲深受以毛姆为代表的域外影响，不论是她早期的人生体验还是后来的小说创作，明显地呈现出或深或浅的毛姆色调。从创作思想来看，毛姆和张爱玲都擅长从婚姻、爱情等角度对人物进行人性层面上的开掘，各自表现出不同程度的对现代性的追求，使其作品染上了现代主义的精神与气息；从叙事结构来看，两位作家都喜欢用讲故事的方式构建小说文本，擅长使用反高潮的情节处理方式使作品跌宕起伏、曲折多变；从创作手法上看，两位作家都表现出传统与现代完美融合的艺术特征，他们在对传统的继承上，还对现代主义的某些技巧进行了积极的艺术尝试。毛姆对张爱玲的影响是多方面的，但是张爱玲并不局限于对毛姆的简单模仿，而是吸取其精华并加以创新，使她的作品具有独特的风格，且极受读者欢迎，值得后人借鉴，这也是她留给后人的宝贵的文学遗产。

第二章着重研讨域外资源对李昂和欧阳子等我国台湾现代派女作家的影响。在弗洛伊德精神分析的影响下，李昂、欧阳子等台湾现代派女作家在文学创作观念上强调文学要表现人的非理性心理，强调文学独有的形式特征及其非功利性和反传统性；在创作内容上，她们注重展示人的内心世界，注重描写性爱，注重揭示人的生存困境，女人与性这两个主题一直是台湾现代派女作家关注的焦点。她们打破一般女作家的爱情题材范围，大胆揭去"性"禁忌的神秘面纱，对社会既定规范进行挑战；在形式上，她们的文学作品注重运用多种多样的手法刻画人物的心理，在意识流手法的运用、叙述视角的选择、"复调"结构的使用及小说语言的新奇怪异等方面，都承接了弗洛伊德精神分析的价值取向。

第三章考察域外资源对残雪的影响。自残雪小说问世以来，她便因与卡夫卡极其相似的文风，有了东方卡夫卡之称誉，残雪认为自己与卡夫卡"在最深的层次上有共同之处"，这种共同之处既体现在文学观念上，也体现在创作手法上。从文学观念上看，虽然卡夫卡和残雪生活在不同的时空，体验不同的文化传统和社会现实，但他们先后走进现代主义的非理性世界，以焦灼痛苦的荒诞感、悲剧感和绝望感，犀利地批判世界的异己本质，残雪小说中对荒诞和存在主义的阐释都可以从卡夫卡小说中找到渊源；从创作手法上看，残雪小说中故事的叙述方法和自由联想手法，也是卡夫卡小说审美特征的体现。正因为两位作家之间的心灵契合，残雪用自己的创作精神和艺术审美使卡夫卡的现代主义意识得到了中国式的传承，对特定历史条件下所形成的荒诞意识的探询、梦境的描摹以及幻觉与意象体系的审美观照等都是残雪在卡夫卡式写作时的独到之处。正因为这样，残雪才拥有了与现代主义大师卡夫卡对话的基本条件，也同时建构起了其小说创作的独特意义。

第四章考察域外资源对王安忆的影响。在王安忆的作品里，劳伦斯的影响明显可见。王安忆冲破传统文学的性禁区，颠覆男权中心主义的传统理念，将女性形象、性意识及两性关系提升为作品表现的主要对象。王安忆和劳伦斯一样，认为性欲是人的原始本能，性要求是人的自然本性，她笔下的人物大多因性欲被压抑或被扭曲而酿成悲剧。在对女性形象与男性不平衡的关系的描绘中，王安忆表达了对社会的思考和探索，通过对失衡的两性关系的描述，批判和否定了受到金钱腐蚀的城市文明。王安忆小说中对情爱的揭示，对于人性异化的悲剧建构以及象征意象的使用，无不打上了劳伦斯的印记。王安忆在对异域资源接受和借鉴的同时，还努力尝试对异域资源的超越。与劳伦斯不同的是，王安忆比较注重女性形象对性意识的觉醒和追求的发掘，思考的是女性性活动及繁殖能力在社会发展中的功用和影响，以及在人的理性层面和精神领域产生的对民族生命力的感悟。

第五章考察域外资源对铁凝的影响。陀思妥耶夫斯基和铁凝的创作时间虽然相隔近一个世纪，但他们笔下的人物以及所处的历史境遇与社会文化背景却有相通之处。陀思妥耶夫斯基对人性的阴暗面的关注、对负罪与救赎的心理剖析以及对宗教意识的看法对铁凝的创作产生了一定的影响。在陀思妥耶夫斯基精神的影响下，铁凝通过小说对苦难和救赎进行自觉而持续的书写，在向陀思妥耶夫斯基等异域作家借鉴和学习的过程中，铁凝格外关注对复杂人性的解析，并在与本土文化及时代环境的融合中形成了自己创作的风格。与陀思妥耶夫斯基小说不同的是，铁凝并没有对苦难做浓墨重彩的涂抹，而是用温情和戏谑的手法对它进行淡化和消解，用人性的真善美和生命的坚强将苦难转化为诗意的生存状态。

第六章考察域外资源对迟子建的影响。艾特玛托夫与迟子建是中俄20世纪文学史上不可忽视、成就突出的作家。迟子建一直注重学习、借鉴和运用异域资源，使自己的创作不断超越自我。艾特玛托夫作为一种外来影响，给迟子建创作提供了学习和借鉴的榜样，为迟子建创作增添了异族文化的新鲜血液。迟子建吸收了艾特玛托夫创作中的人文情怀与创作意蕴，接受并消化了艾特玛托夫根植故土大地、在历史和现实的交织中展示传统文化与现代文明的互动、表达自己哲理思考的风格特点。她的作品不但具备了艾特玛托夫作品的鲜明的民族地域特色、丰厚的内涵、深刻的哲理和震撼读者心灵的悲剧美，而且更显出东北高寒地带文化特具的苍凉和宽厚，她的创作实现了对艾特玛托夫和自我的双重超越。

第七章考察域外资源对陈染的影响。作为法国极富创作个性与独特魅力的女作家，杜拉斯在中国的影响是广泛而深远的。在众多杜拉斯的中国追随者中，陈染是一位对杜拉斯接受得比较全面的女作家，她的很多作品都表现出鲜明的杜拉斯式的创作倾向。陈染对杜拉斯的接受主要表现为，在写作方式上，采用了"边缘化"的自传体书写，从童年经验出发，通过女性的自我认同完成了女性意识的建构；在创作意蕴上，张扬"身体写作"的欲望化叙事，表达女性本真的欲望；在创作姿态上，探讨了弑父、恋母和同性情结等游离于道德之外的叙事话语。这些不同于中国文学传统的叙述方式大大增强了文学的表现力，丰富了现代小说的审美内涵，给陈染的创作观念带来新启示，引导她勇于突破传统的小说形式，大胆尝试现代小说的各种可能。

结论部分再次回望 20 世纪女性文学史，从宏观层面反思域外影响对中国现当代女作家创作的实质性的贡献，考察女作家对域外影响的创造性转化以及所受到的本土文化的制约。对女作家来说，鲜明的人道主义立场，对底层人民的人性美和人情美的发掘，是域外资源对中国现当代女作家创作产生影响的最根本特质，也是异域资源给中国女性文学提供的最为独特的东西。中国现当代女作家能够把域外影响加以本土文化的转化，与个人经验、时代经验及地域经验加以融合，创造出富有艺术感染力而真诚有效的小说佳作。

本书的创新点一是主要表现于对域外影响的中国传播和接受富有历史感和学理性的系统梳理。本书把域外影响在中国的传播和影响放回到从 20 世纪的具体历史情境中，审视到底是何种历史语境决定了中国作家对域外影响的接受，域外影响的影响又如何反过来在一定程度上推动了中国当代文学的历史发展，从而创造出新的历史情境。女性主义的兴起带来的女作家创作的热潮以及新时期的改革开放政策，创造了现当代女作家与异质文化、西方文学的对话机制和对话平台，使女作家能够运用全球化思维审视世界多元文化。她们在不同文化、文学之间的互识、互证及互补中，经历了对异质文化、文学的模仿、过滤、文化阐释和民族新文化样式的创造等过程。本书的创新点二是把域外影响对中国女作家作品的影响研究，落实到实证性的基础层面，充分探索域外影响对张爱玲、李昂、王安忆、迟子建、铁凝、陈染 6 位女作家的具体影响。这 6 位女作家既是现当代女性文学的领军人物，又在 20 世纪文学史上占有一席之地，受到国内外评论界的关注。6 位女作家都在开放的文化视界中，受到明显的异域资源的影响，并在借鉴和学习中进行富有成效的创新性转化，在此过程中表现出强烈的开放意识，以及在世界文化的层面审视民族传统文化的自觉意识。6 位女作家既深受民族传统文化的熏陶和浸润，又自觉地在全球化的语境中审视本土文化，对异域资源的认识和接受都经历了选择、批判、借鉴和融合的渐进深化过程。本书试图跨越民族文化界限，以外国、外民族的异质文化、文学为参照，从分析女作家与异质文化和外国文学的关系切入，这样的研究既是一个研究 6 位作家创作的崭新视角，还可为研究女性文学的世界性提供可靠的依据，同时也对探讨 20 世纪中国文学的世界性因素具有一定的参考意义。在中国女作家接受域外影响的独创性经验的总结上，本书具有一定的创新性，而且目前国内外学术界尚没有对现当代女作家所受域外影响的相关研究，因而本书在此方面具有一定的填补研究空白之意义。本书的创新点三是表现于研究方法之中。本着科学的态度和尊重事实的原则，本书采用比较文学影响研究和平行研究相结合的方法进行考察，在其作品之间有事实联系或有迹可循时，运用影响研究的方法开展研究，在其作品之间无迹可寻而又存在相似性时，则采用平行研究的方法比较异同并追根溯源。在充分发挥比较文学影响研究的科学性的同时，本书也采用了平行研究、跨文化研究以弥补影响研究的不足，更采用文本细读方法详细分析域外资源对中国现当代女性文学的具体影响，从而使域外影响在女作家创作中的思想及艺术印痕得以清晰的凸现。

从接受的角度来看，女作家对于异域资源的借鉴和接受带有更多的主动性。接受美学指出，当一位作家作为读者接触到另一个作家的作品时，她处于一个纵的文学发展与横的文化接触面所构成的坐标之中，正是这一坐标构成了女作家由文化修养、知识水平、欣赏趣味以及个人经历所呈现出的"接受屏幕"，"文学影响的种子必须落在待开发的大地上，作家和传统必须准备好去接受、去转化，对影响做出回响。来自各种影响的种子可能落下，但是只有落在做好准备的土壤上的种子才将会萌芽，每一颗种子将受它扎根在那里的土壤和气候的影响，或改变形象，在被移植的过程中伸展出去"。❶ 女作家根据自身的"接受屏幕"，对异域资源进行自主的筛选和摄取，并以自己独特的艺术感悟对之加以改造，形成自己独特的艺术风格和美学意境。

本书主要从异域影响的角度，用比较文学、审美意识形态和文学接受等理论探讨女作家的创作和域外影响之间的关系问题。需要指出的是，本书的基本框架是把张爱玲、残雪、王安忆、铁凝、迟子建、陈染等女作家接受异域影响的分析，主要集中在与一个主要的外国作家的比较研究上，比如毛姆之与张爱玲，铁凝之与陀思妥耶夫斯基，迟子建之与艾特玛托夫，残雪之与卡夫卡。当然，女作家创作中所受到的异域影响远远不止本书所分析的外国作家一个。一个出色作家的出现与成熟，必定是站在多位优秀前人成果的基础上的，本书对残雪接受卡夫卡的影响有比较详细的分析，认为她的小说深受卡夫卡影响，卡夫卡对残雪的影响既有创作观念上的，又有创作方法上的。在创作观念表现为对自己所处的时代人际关系冷漠这一现实的共同认识，从创作方法上看，体现为残雪对卡夫卡小说中魔幻因素的吸收。但是也有研究者指出，但丁的《神曲》对残雪也产生了相当大的影响，残雪通过对《神曲》的解读和接受，形成了致力于挖掘人类灵魂奥秘的创作理念、对《神曲》故事模式的借鉴以及对夜间游历神奇世界的叙事模仿等创作特征。除了卡夫卡和但丁，也有研究者

---

❶ 马立安，高立克. 中西文学关系的里程碑 ［M］. 北京：北京大学出版社，1990：19.

分析博尔赫斯对残雪创作的影响，认为博尔赫斯对残雪的影响主要体现在对梦境幻想和戏拟手法的借鉴等叙述技巧方面。由此可见残雪小说中的异域影响，不仅包括卡夫卡，还包括但丁、博尔赫斯等作家的影响，残雪正是在异域资源的综合影响下才形成了自己的创作特色。尽管如此，限于篇幅，本书只选取了残雪接受卡夫卡影响而呈现出的创作特色加以集中分析。

20 世纪中国女性文学的发展在一定程度上与某些域外影响有着密切的关联，当前中国对异域文化接受与输入所持有的宽松环境为女性文学的发展提供了有利条件。在这样的域外影响背景下，女作家创作了一系列清新和谐、思想厚重之作，表现了较高的域外影响度，"中国的现当代文学，整个的是在西方文化与文学的强大影响背景之下成长起来的，如果不关心、不研究西方文化与文学对中国现当代文学的影响，不探索现代文学与西方文学的关系，就不可能真正研究好中国现当代文学"❶。本书从域外影响这个视角探讨女作家的写作姿态，寻找女作家创作与域外文学与异域文化意识形态之间潜在的深层关系，一方面，能够从一个全新的角度了解女作家的创作；另一方面，也能够激励女作家在从事创作时能与域外文化影响和接受保持一种和谐态势，这对女性文学的创作和发展都有非常重要的意义。由于本人学识粗浅，本书尚有很多不足之处，希望本书的研究能对其他研究者继续深入研究女作家的异域影响起到抛砖引玉的作用。

---

❶ 曹顺庆. 比较文学论 ［M］. 成都：四川教育出版社，2005：1.

目　录

绪　论

异域影响与20世纪中国女性文学的基本走向

在文学多元化的时代，一国文学与异域资源之间的借鉴与整合，建构了比较文学研究及跨文化研究的语境。不同文化之间的文学关联以及跨文化的传播、交流与对话，目的是在文学的相互融合中寻找本土文学的个性，彰显不同文化体系的文化模式。人类文化的发展往往是建立在文化多样性的认同基础上，具有广泛差异性的各种文化体系构成了色彩斑斓的人类文明宝库，各个文化体系正是通过考察相互间的差异性才有可能进一步发现自身，由这种差异所导致的文化交流直接诱发了人们的创造欲，进而推动了各民族文化的革新进程。倘若失去了比较性差异的存在，人类文化必将走入故步自封的窘境之中。

文学艺术作为人类文化的一个组成部分，它的发展必然以不同国别文学间的相互了解、借鉴与吸收为前提。在中国文学的发展历程中，始终存在与异域资源的交流和对话。无论是汉代以来由中央政府所主导的对佛教经典的引入，还是晚清之际由知识分子自发组织的对欧美及日本文学的大规模译介，客观上都为中国了解异域资源提供了条件，从而丰富了中国文学自身的面貌。随着全球化语境中各国文化交流的日趋频繁，"中国文学再也不是孤立的现象，永远有一个可见或不可见的'他者'，成为中国文学的对话者，中国文学成为世界文学不可缺少的一部分，认识中国文学的发展也离不开'他者'的对照性存在所构成的参照系" ❶。跨文化背景下异域资源的碰撞与整合已成为全球化语境下文学研究的一个焦点。

女性文学是中国文学史上一个独特而丰富的组成部分，女作家以顽强坚韧的姿态，书写着自己独特的人生体验、精神历险和生命向往。异域资源对20世纪中国女性文学的影响与渗透是多层次、全方位的，异域资源给了女作家充

---

❶ 乐黛云，等. 比较文学原理新编 [M]. 北京：北京大学出版社，1998：83.

足的养料，如果没有异域资源的深入影响，中国女性文学的历史必定被改写。
特别是新时期以来，异域资源的大量涌入在创作思想和创作形式上都对女作家
产生了深刻的影响，"文学影响的种子必须落在待开发的大地上，作家和传统
必须准备好去接受、去转化，对影响做出回响，来自各种影响的种子可能落
下，但是只有落在做好准备的土壤上的种子才将会萌芽，每一颗种子将受它扎
根在那里的土壤和气候的影响，或改变形象，在被移植的过程中伸展出去"❶。
从接受的角度来看，女作家对于异域资源的借鉴和接受带有更多的主动性。女
性文学要发展、繁荣，就得进入世界文学的发展进程，在不同的价值体系的参
照下得到充实和发展。在这样的跨文化背景之下，对于中国文学中任何一位女
作家的研究，都必须考虑异域资源对其创作所产生的影响。从异域影响的角度
分析女作家创作对异域资源的借鉴与创化，对于突破把女作家框定在本土文化
语境中进行单一个案研究的范式，具有非常重大的意义。

一、影响：女作家接受异域资源的契机

异域资源自身较为庞大复杂，内容丰富多样，女作家的创作从一开始就与
异域资源有着千丝万缕的联系，异域资源中的哲学思潮、文艺理论及文学作品
的大量涌入，对中国女性文学的产生和发展产生了极大的冲击。异域资源对于
女作家而言，不仅是一种重要的文学资源，更是一个反观自我的窗口。20 世
纪女性文学总的发展走向是从单一走向多元，从封闭走向开放。对异域资源的
接受和借鉴大体上也具有对应的同构关系，促使女作家对异域资源进行吸收和
借鉴的因素既有外在语境的影响，也有内在语境的影响，还有西方 20 世纪 60
年代兴起的女性主义思潮的影响。特定的历史情境和文学气候决定了女作家创
作与异域资源之间的关系，在不同的历史时期都有其独特的时代性。

首先，从女作家接受异域影响的内在语境来看。异域资源在中国的传播和
发展，离不开时代语境、文学观念的变革和女作家主体意识的觉醒等内在语境

---

❶ 马立安，高立克. 中西文学关系的里程碑 [M]. 北京：北京大学出版社，1990：19.

的制约。20 世纪中国文学是在异域资源从政治到军事、从文化到文学的全方位的影响下发生的，"物质生活的生产方式制约着整个社会生活、政治生活和精神生活的过程。不是人们的意识决定人们的存在，相反，是人们的社会存在决定人们的意识"。❶ 19 世纪末期，西方列强的坚船利剑打开封建中国千年封闭的大门后，整个中国社会受到了异域资源的全方位影响。中国社会各个层面开始了艰难而痛苦的变革，旧的传统受到冲击和瓦解，新事物不断产生，中国的国家制度、科学技术、人文思想等开始往现代社会迈步的征程。在以西方文化为代表的异域资源如洪水猛兽般涌进中国之时，知识分子对西学的态度也发生了变化，"中学为体，西学为用"成为自洋务运动以来知识分子所信奉的文化准则。这在当时可以说是一种反对守旧排外、提倡革新的文化新论，它努力论证着中西文化可以相融互补，中国可以通过采纳西学而增益知识，实现富国强兵，走上现代化的发展道路。

从女作家接受异域影响的外在因素来看，异域资源在中国引发过三次接受高潮，分别是"五四运动"前后、20 世纪三四十年代和 20 世纪 80 年代，"这三次高潮与中国革命进程的三次转折形成有趣的互动，很难说是革命的发展促成了现代思潮的风涌，还是现代思潮搅动了革命前行的脚步"。❷ 中国现当代女作家希望以文化启蒙的方式，开启国人的现代意识，她们对传统文化的理性反省、对现代化的价值追求和精神渴望，以及对西方理性精神和人道价值观念的探询，都与异域资源存在着密切的关联。异域资源对 20 世纪中国女性文学的发生和发展有着巨大的作用和贡献。

女作家对西方文学资源的认识和实践，开始于"五四"时期，盛行于 20世纪 30 年代。"五四"是一个"收纳新潮，脱离旧套"的时代，这时中国开始大量介绍西方各种思潮流派及文学作品，文化先驱们大量引进西方现代哲学思想等异域资源，以求改变中国人的精神面貌，康有为、梁启超提倡文化翻译和小说翻译，目的在于唤起国人对新知和理想的向往；王国维致力于介绍叔本

---

❶ 马克思，恩格斯. 马克思恩格斯选集［M］. 北京：人民出版社，1995：32.

❷ 袁可嘉. 欧美现代派文学概论［M］. 南宁：广西师范大学出版社，2003：20.

华的悲观主义哲学与尼采的"超人"学说，接受并运用叔本华、尼采的哲学思想于中国文学的研究，这是西方现代哲学资源在中国译介与传播的开始；鲁迅早在"五四"前就翻译了俄国象征派作家安特列夫等人的作品，后来又译介了深受弗洛伊德影响的厨川白村的《苦闷的象征》；而以郭沫若为代表的创造社也翻译与介绍了柏格森、尼采、弗洛伊德以及象征派、表现派、未来派等思潮与作品。异域文化的渗入与影响是女性文学区别于中国古典文学的一个显著标志。在这短短的数十年中，不仅西方的自文艺复兴以来三百年间，以历时态发生的各种文艺思潮以共时态的形式一起涌入中国，而且东方的日本、印度等国的文明也在中华大地产生了持久而深刻的影响，它既是现代中国社会发展的结果，也是中外文明碰撞的产物。如此众多的外来文化思潮的涌入，与中国的固有文明和当下现实相互交融与碰撞，其涉及范围之广，相互碰撞之激烈，以及延续时间之持久，不但为中国数千年的文化发展史所绝无仅有，即便是放眼整个世界文化史，这种情况也是不多见的。

从 1917 年"五四"文学革命开始到 1927 年这 10 年是女性文学的发生期。这个时期的女性文学特征突出表现为在对传统文学的批判性变革中，女性文学的现代性特征初步确立，以体现女性的自觉、个性的解放为核心的启蒙主义文学思潮表现了科学民主的现代理性精神，女性文学开始获得了现代视野。进入20 世纪 30 年代，女性文学对异域资源的引入和吸收进一步深化，《小说月报》《现代文学评论》《现代》及《文学》等杂志进一步译介了法国的象征派和超现实主义、英美的意识流、奥地利的表现主义、意大利的未来主义、日本的新感觉主义等思潮，并推出了伍尔夫、乔伊斯、福克纳、横光利一等现代派作家的作品。不仅从属于西方资本主义范畴的欧美文学资源继续在中国文坛产生影响，而且从属于无产阶级范畴的苏俄文学资源也在女作家创作中留下了深刻印记，并一直贯穿于三四十年代女性文学发展的始终。

1949 年中华人民共和国成立后，随着第一次文代会的召开，毛泽东文艺思想被大会确定为新中国文艺的方向，改变和影响了中国女性文学的发展道路以及如何对待外国文学和外国文化等异域资源的态度。在文学与政治的关系问题上，毛泽东继承并强化了 30 年代"左翼文学"的观点，认为文学从属于政治并且直接为政治现实服务。苏联的"社会主义现实主义"文学几乎被中国文学当作唯一的借鉴对象，而对西方文学则持非常审慎的态度，只少量译介了那些被认为是现实主义或具有社会主义倾向的进步的作家作品。至于流行于欧美的"现代派"文学则一概被当作反动的或腐朽没落的"颓废文学"而加以否定。20世纪50年代后期中苏关系完全破裂，苏联文学从导师、朋友变成敌人。虽然中国文学界冷却了对苏联文学的热情，开展了对修正主义文艺的大批判，然而根深蒂固的"苏联模式"仍在发挥它潜在的影响。因此，20世纪60年代对苏联文学的拒斥并没有促成中国文学转向西方文学，相反，斯大林时代苏联文学中的教条主义和极"左"思潮仍然在20世纪60年代的中国文坛甚嚣尘上。

在20世纪六七十年代，女作家可以接受的外国文学资源显得单一而且有限。"文革"10年是跟过去一切"旧文化"以及异域资源彻底断裂的时代，女性文学对异域资源从最初的有限度的单一接受走向了全面封闭时期，包括苏联文学在内的几乎所有的异域资源，都被视为"毒草"而加以扫除。当时的文坛由"样板戏"等革命新文艺主宰，从1957年"反右派"到"文革"结束的20年时间里，残酷的政治斗争和频繁的政治运动使女作家们人人自危。然而，即使在"文革"时期，西方文学和哲学等异域影响依然存在，仍然有一小部分作家接触西方现代主义文学和哲学资源，"这些年轻的诗人在探索的过程中，必然会与现代主义的哲学和文学产生一种天然的亲近感，甚至会有一种似曾相识和相见恨晚的感觉，他们因此也必然会以自己所获得的这种新的哲学思想和文学思想，作为他们思考社会人生问题的钥匙，作为他们的思考和感受的有效方式"。❶

20世纪80年代以来，随着改革开放思想在社会意识形态中主流地位的确立，中国的国门第二次打开，西方数千年的文学思想和各种思潮流派在短短十几年的时间内被介绍到中国，开启了大规模译介西方文化思想的持久热潮。一时间，康德主义、黑格尔主义、弗洛伊德主义、存在主义、西方马克思主义，

---

❶ 於可训. 当代诗学［M］. 长沙：湖南人民出版社，2000：130.

6

现象学、解释学、逻辑分析哲学以及现当代政治学、法学、教育学、历史学思想与科学被大量翻译和介绍到中国。从"十七年文学荒漠"和"十年文革"的梦魇中挣扎出来的女作家对异域资源的吸纳如饥似渴，希望在西方的思想殿堂里寻找到失去的信仰，找回迷失的自我价值，探索人的存在的意义。经过这种外国现代思想的吸纳，新时期的文学界很快掀起了西学热，如萨特、尼采、弗洛伊德、海德格尔、解释学、心理分析小说、意识流、魔幻现实主义、新小说解构主义、形式主义、叙述学、结构主义、存在主义、女性主义、新历史主义等在当时的文坛风行一时，"西方现代派的一些重要流派及作家作品也得到了新时期中国作家的大力追捧。象征主义、表现主义、自然主义、荒诞派、黑色幽默、新小说等流派纷纭呈现、此起彼伏，让人目不暇接"。❶ 随着西学的流行，外国现代文学的论文与作品相继在国内各种文学刊物被大量介绍与出版。如《西方文艺思潮论丛丛书》《欧美现代派文学的创作及理论》《象征派诗歌·意识流·荒诞派戏剧——欧美现代派文学述评》《叙事话语》《欧美现代派文学概论》《萨特及其存在主义》《未来主义、超现实主义、魔幻现实主义》《拉丁美洲当代文学评论》《欧美现代派作品选》等异域文学理论与文学思潮受到了文学界的热捧，《世界文学》杂志自 1987 年开创了"中国作家谈外国文学"栏目，有研究者曾对该栏目涉及的外国作家名字做了统计，"从栏目开办以来至 2008 年，在《世界文学》'中国作家谈外国文学'栏目中共提及 466 位外国作家 1293 次，平均每位作家为 2.8 次"。其中，"从国家和地区来看，新时期中国作家对外国作家、外国文学接受的主要来源是法国文学（215 人次）、美国文学（207 人次）、俄苏文学（201 人次）、英国文学（178 人次）和拉美文学（109 人次）"。❷ 这些因素对女作家的思想及其创作产生了巨大的影响。

　　进入 20 世纪 90 年代，中国文坛所接受的异域资源之丰富、话语转换之快令人眼花缭乱。90 年代女性文学的突出特征是重新步入了多元化的文学历史

---

❶ 李卫华. 新时期中国作家对外国文学的接受：一个统计学的视角［J］. 世界文学评论，2011（1）.

❷ 李卫华. 新时期中国作家对外国文学的接受：一个统计学的视角［J］. 世界文学评论，2011（1）.

的发展轨道。一方面，一度中断的异域影响以文学变革与文学复兴的姿态出现在 90 年代的文学思潮中，从意识流小说、荒诞小说、新笔记小说、新历史小说到朦胧派诗歌、新生代诗歌，再到探索性、实验性戏剧等，在新时期女性文学中都结出了丰硕的果实。"我们无法在我们当中指出任何一个领导、一个中心、一个起源，或者一个权威"。❶ 尼采、弗洛伊德、卡夫卡、贝克特及萨特等是对新时期女作家影响最大的思想家，以现代哲学和现代心理学为基础的西方 20 世纪现代主义文学和后现代主义文学，成为对当代女作家创作影响最大的异域资源。"上帝死了""力比多""人生的荒诞""他人即地狱""存在先于本质"等思想观念广泛地渗透在女性文学创作中，伍尔夫、普鲁斯特、乔伊斯等现代派作家接受了心理学家詹姆斯的意识流理论，通过意识流小说展示了人的深层意识的空间，是对人类自身的又一次新发现。卡夫卡、贝克特等现代派作家通过荒诞派文学揭示了整个人类的荒诞性存在，是文学对人类的自我处境以及人与人之间关系的更深层次的探询和发现，女性文学大量地从这些异域资源中汲取养料，并在异域文化的强烈刺激下对"人"的问题进行更加深入的思考；另一方面，由于市场经济体制的全面确立，以经济建设为重点的观念不断深化，90 年代人们的生存方式、生活方式、思想观念、文化需求和审美趣味都在发生变化，女作家的审美视点也发生了重大转变，从侧重精神性内容的叙写转向对物质性追求的表现，从浪漫式的抒情向现代社会的欲望表达转化，这种变化导致了女作家创作转向对生存的物质欲望和性爱的本能性欲望的表现上。女性文学中的私人写作、极端的个人体验以及隐秘的心理和情绪等，成了女性文学极为重要的题材，甚至成了女性文学的基本内容。

从女作家接受异域影响的外在语境来看。异域资源蕴涵着丰富的人文思想资源，贯穿其中的理性传统与人道精神是西方现代化进程的重要思想动力，对建构主体性、现代性人格具有重要人学意义。在影响女作家异域接受的诸种外在语境中，异域资源中对理性精神的张扬，对人道精神的强调以及对于人的生存境遇的关注，深深吸引了现当代女作家。

---

❶ 王宁，薛晓源. 全球化与后殖民批评［M］. 北京：中央编译出版社，1998：44.

理性精神不仅指认识论意义上的抽象思维能力，而且也指存在论和人性论意义上的生存态度、精神价值与探索意识，它既包括知识理性，提倡用技术理性推动自然科学的发展与进步；也包括道德理性，试图在人与人、个体与群体间建立起和谐有序的关系；还包括政治理性，呼吁平等的权利观，建立民主法治而非人治的社会，规范人的行为，排除非理性暴力对人类的影响。理性把人的生活世界提升到更有意义的状态，没有理性，无法设想人类文明的存在与发展。

西方文学资源中贯穿着清醒的理性精神线索，从古希腊"人是理性的动物"到黑格尔"理性是世界的主宰"，都表现出对理性的关注。最早奠定理性之石的是古希腊，希腊文学是诗化的哲学，它以幻想的形式表达对宇宙生命的思考。文艺复兴时代是自我发现的时代，也是充满怀疑精神的时代，文艺复兴把中世纪的神学冥想变为积极的尘世生活探索，"知识就是力量"概括了整个时代精神，自然的观察代替了权威崇拜，思想理智得到解放。蒙田为近代理性注入了怀疑反省的力量，倡导辩证宽容的态度，莎士比亚把人文主义理想与深刻的怀疑精神融入他的戏剧。十七八世纪理性获得至尊地位，启蒙思想家倡导思想的独立自由，反对任何形式的专制奴役。笛卡儿提出，"我思想多久，就存在多久，严格说，我只是一个思想的东西，一个心灵，一个理智或理性"。❶帕斯卡尔将人的全部尊严归结为思想，"我占有多少土地都不会有用，由于空间宇宙囊括了我，吞没了我，但由于思想我囊括了宇宙"。❷ 启蒙文学创立了新的价值理想，提供了新的思想维度，使人摆脱了愚昧、偏见、进入主体理性的自觉。19 世纪的理性表现在自然、自我、情感解放的要求以及对工业文明、僵化的社会秩序的反抗，现实主义大师们以理智客观的态度面对生活，揭示社会病态，寻找疗救的途径。这个时期的文学充分体现出社会批判功能，其主人公多是叛逆的、反抗习俗生活的。狄更斯的小人物苦难、巴尔扎克的金钱欲望批判、托尔斯泰的社会关怀与道德探索、易卜生的个人精神反叛，无不质疑社

❶ ［美］莫特玛·阿德勒. 西方思想宝库［M］. 姚鹏，译. 北京：中国广播电视出版社，1991：313.
❷ ［法］帕斯卡尔. 思想录［M］. 何兆武，译. 北京：商务印书馆，1986：158.

会，唤起人们对现存秩序的怀疑。现代理性在 20 世纪更多体现为一种怀疑批判精神，艾略特对欧洲精神荒原的忧虑与宗教救赎的努力、劳伦斯的回归自然的追求、萨特对人的物化存在状态的批判、加缪对荒诞的描述以及超越荒诞的努力，所有这些叛逆的文学姿态背后都隐含着对人类前途命运的思考、对终极意义的寻找，文学从具体的社会批判转向抽象的价值关怀，由个体的群体的命运转向整个人类命运的思考。

异域资源中的理性精神对于 20 世纪女性文学具有重要意义，特别是进入 21 世纪后，当下生活中感性欲望粗鄙化、道德责任冷漠化、理想追求空虚化、行为方式非理智化顿向，女作家在创作中更加意识到重建理性的重要性，意识到理性的生存态度是人类走向文明进步的基础，"理性的力量也许是弱小的，但却坚守如一，永远朝同一方向行进，而那些非理性的力量却在无用的纷争中自相残杀，因此非理性的每次狂荡最终都会使理性之友强大起来，并再次表明它们是人类唯一真正的朋友"。❶ 女作家王安忆富于从理性的角度，展示远离政治伦理、安稳平实的日常生活描述，让人物行动承载某种形而上的思考，表现个人生活在社会演变中的持守不变，个人在历史中的忍耐力。王安忆创作中所显示出来的自由思想、能动理性和自主批判精神，以及对现代性、主体性人格的塑造正是经过凝聚和提升的理性叙事特征。

在影响女作家异域接受的诸种外在语境中，除了理性精神，人道精神也同样深深吸引了现当代女作家。人道精神主要表现为人格人权、民主平等、正义仁爱，以及人类生存和社会变迁的深切关注。西方人道精神提倡人的自尊自重以及全面发展的要求，把人看成最高价值并保护其自由发展。中世纪文学在向教会神权挑战中，开始关注人性的解放和现实生活的世俗性意义，现代西方文学强调对生命的完整性及和谐性的人道追求，呼吁在工业社会中重新寻回人性；西方文学中的人道主义还表现为正义仁爱、悲天悯人的情怀和崇高的使命感，几乎所有作家都把社会的文明进步、人类文化精神的提高当作自己的使命，也都把仁慈博爱看作社会改革的力量和支点。雨果在《悲惨世界》中追

---

❶ [美] 莫特玛·阿德勒. 西方思想宝库 [M]. 姚鹏，译. 北京：中国广播电视出版社，1991：316.

求没有君主和奴役的社会，像米里哀、冉·阿让那样用仁爱精神去关爱改造人的心灵。托尔斯泰把个人生活与俄国社会出路的探索紧密联系在一起，从最初的道德探索、自我怀疑到后期精神危机、社会批判都贯穿着深切的人文关怀，他始终强调"灵魂的扫除"、道德的自我完善，以精神的人战胜兽性的人，在爱人与自爱中建立永恒和谐的王国。勃朗特姐妹以"生来勇于接受苦难"的顽强性格写下在逆境中挣扎奋斗的人，"《简·爱》所表现的是盎格鲁－撒克逊的民族精神，是雄强刚健、关于忍受艰难困苦的精神，它在孩子们身上牢牢地培植了对自由和责任的感情。她贡献给世界的不是圣西门、博立叶，而是笛福、富兰克林"❶。罗曼·罗兰在他的人物传记中歌颂那些具有伟大心灵和广阔内心世界的人，他们以理想主义、真诚高尚的艺术对抗虚伪、暴力、物质主义，从而成为人类精神和思想的领袖。

最后，从女性主义思潮的催化作用来看。如果说时代语境和政治氛围是女作家接受异域影响的内在因素，异域资源中的理性精神和人道精神是女作家接受异域影响的外在因素，那么，异域资源中的女性主义思潮则为女作家接受异域影响起到了催化和促进作用。在纷至沓来的众多异域思想资源中，对女作家影响最大、最持久的资源是女性主义思潮。

女性主义思潮根源于 18 世纪的自由女性主义，最早出现的女性主义是为了追求男女的平等。全球所有的女性，不管肤色与国度，她们都曾不同程度地遭遇过男性的压迫，而这种压迫不仅体现在生理方面，更表现在思想和价值观方面。造成男女不平等的原因也不仅仅是生理差异这一方面，这其中有着历史和文化的多重原因。而最初的女性主义追求男女的平等，从而获得相应的权利，具有一定的政治色彩。女性主义通过思想的或者文化的角度来关注女性的存在与问题，女性主义经过一系列的发展，从不同的学科中汲取了丰富的营养，力图在政治、语言和文化等方面重新颠覆原有的价值体系。在 20 世纪 60年代末至 70 年代的欧美大陆诞生了女性主义文学批评，重点分别为揭露男性文化如何歪曲女性形象，努力使用女性视角解读经典作品，引起读者对各国和

---

❶ 杨静远. 勃朗特姐妹研究［M］. 北京：中国社会科学出版社，1983：32.

各历史时期的妇女文学的重新阅读与挖掘；关注女性文学的传统，研究女性文学特有的写作方式，发展一种跨学科、跨性别的女性主义文化。

女性主义思潮在中国的传播和发展大概始于20世纪80年代初期，女性主义思潮在中国的传播主要依靠介绍、翻译西方女性主义文学的相关著作。在西方女性主义文学著作传入中国的过程中，研究者认为1981年朱虹教授在《美国女作家作品选》（《世界文学》1981年第4期）中较早介绍了西方女性主义思想，随后朱虹教授推荐了《自己的房间》和《第二性》等女性主义著作，朱虹的一系列工作对西方女性主义的介绍具有启蒙作用，对国内学者研究女性主义起到了重要的作用。国内出现的第一部女性主义著作为1986年由湖南文艺出版社出版的波伏娃的《第二性》，这部作品被称为女权运动的"圣经"，这部作品在中国的出版，对女性主义更深入地在中国发展产生了至关重要的作用。继波伏娃的《第二性》传入中国之后，中国出现了女性主义文学与批评的兴盛时期，大量女性主义文学与文学批评著作问世，其中具有代表性的有弗·伍尔夫的《一间自己的屋子》中译本和1989年以张京媛主编的《当代女性主义文学批评》。前者充分肯定了女性文学不同于男性文学的独特性，而后者是国内出现的第一本西方女性主义文学批评选集。

1995年世界妇女大会的成功召开掀起了国内一场女性主义的高潮，随后出现了女性文学研讨会的召开，还有各种出版社和文学期刊推出的"红辣椒丛书""红罂粟丛书""她们丛书"等优秀的女性文学作品，对女性主义在中国的传播和发展起到了至关重要的作用。它让中国大众更深入地了解女性主义，同时也对国内的众多女性作家产生重要的影响，使她们纷纷举起女性主义的大旗发出属于她们自己的声音。徐坤说道："中国女性在亿万世人瞩目之下经受了一次空前绝后的女性集体狂欢，中国的女性文学也经历了一次前所未有的高潮体验。"❶ 从此以后，中国文坛陆续出现了一批具有明确女性主义立场的女性作家，具有代表性的有陈染、林白、徐小斌、徐坤，等等。虽然她们都受到了女性主义的影响，但是从她们的文本中可以看出她们对女性主义的不同

---

❶ 徐坤. 女性写作：断裂与接合 [J]. 作家，1996（7）.

理解。

陈染与林白作为中国 20 世纪 90 年代带有鲜明标志的女性主义作家，其独特的写作方式无疑具有时代意义。她们都试图"将女性从统一的主流话语中分离出来，寻求其独特的文学表达传统、特定的女性美学表达方式"。❶ 而徐坤作为女性作家中的一位，她特殊的学者和作家的双重身份，使她对女性主义的理解和她进行的女性写作独具个人特色。在陈染的作品中，可以深刻地体会到她强烈排除男性权威的意志和愿望以及刻意回避社会矛盾的写作手法。陈染在小说中构建的"爱情世界"与有意描述的女性"身体体验"，不仅体现了明确的性别立场，而且通过女性自身的身体体验向读者表达了女性真实的情感与形而上的思考。她笔下的女性不再是依附于男人、崇拜男人的传统女人，而是具有深刻的叛逆性，体验着异性、同性爱恋的现代女性。虽然陈染小说中没有激烈的女性主义宣言，但是她作品中的叙事与内容都体现了强烈的女性意识的觉醒。与陈染相比，林白作品中更多的女性身体叙事使作品更具有现实的批判性。林白小说中书写了女性在性爱关系中身体与灵魂的双重遭遇，身体上的快感与劫难，心灵上的重创与伤害，然而不管是身体或者是心灵的遭遇，都没有得到男性的精神支持。小说中女性的所有身体体验与心灵感受都是对现代女性现实生活的缩写。经过林白艺术的加工，小说超越了丑恶的生活与平庸的价值观，在唯美的语言中实现了女性主义表达女性主体意识的愿望。

总之，女作家们对异域资源的接受是一个再创造的过程，对异域资源的引进，也是异域资源结合本土文化的再创造，最终丰富本土的文学领域。只有既从接受主体的时代出发，又从接受主体本身出发，通过对女作家接受异域影响的内在与外在因素的综合考察，才能对形成异域资源影响与接受的原因做出科学的解释。异域资源在观念上的突破、艺术上的创新和多元、文体上的探索，无疑为女性文学提供了"异质化资源"，它动摇了中国正统的道德价值观念和审美观念，为新的审美规范的确立奠定了基础，也在女作家的作品中留下了深深的烙印，这种烙印显示出它与异域资源互相渗透的意念与信心、方法与过

---

❶ 贺桂梅. 当代女性文学批评的理论资料［J］. 新华文摘，2004（3）.

程、情感态度与价值观，也显示了它的生命与活力。女作家对异域资源的接受，不但使女性文学更具有现代意识，更具有探索精神，更体现出与世界文学同步的愿望和要求，而且由于女作家群的努力，加速了中国文学现代化的进程，使中国女性文学的现代品质更加鲜明与突出。

二、契合：女作家接受异域资源的路径

异域资源对 20 世纪中国文学的影响极大，现当代女作家积极借鉴异域资源，在思潮、流派、主题、文学观念与理论建树上与异域资源越来越紧密相关。文学接受理论作为一种文学批评理论，是从作家的文学接受角度反观文学作家作品的影响程度，是文学接受理论实践所衍生出来的一种全新视角。它认为，文学接受过程是一个不断深入的运动过程，一个逐渐丰富的创作过程。几乎所有作家都需要通过对优秀作家和优秀作品的接受，积累自己的文学知识、提升文学素养、学习创作技巧、拓展创作视野，女作家不管是在思想上还是在创作技巧上或多或少地受到外国文学的浸染。异域资源给了她们丰富的文学滋养。

中国女性文学从自我封闭向全球化语境延伸，对异域资源的借鉴是主动的、有意味的选择，是与中国特定的文化语境相结合而产生的，"新时期对中国作家影响最大的三位外国作家，恰恰又代表了世界文学的三个主要潮流，这就是苏联作家艾特玛托夫、奥地利已故作家卡夫卡、哥伦比亚作家加西亚·马尔克斯"。❶ 现当代女作家接受异域影响的路径主要来自欧美文学资源、俄苏文学资源和拉美文学资源三个层面。

（一）俄苏文学资源

从"五四"运动开始，俄国文化和思想资源就源源不断地传入中国，对20 世纪中国产生了巨大的影响，这种影响从文学开始，扩散开来，在中国的

---

❶ 张韧. 当代中国文学与外来文学影响 [J]. 钟山，1997（3）.

意识形态、政治道路、社会生活和文化领域中都打下深深的烙印。俄罗斯文学在 19 世纪曾经成就了世界文学中的奇迹，短短百年间就涌现了普希金、果戈里、屠格涅夫、陀思妥耶夫斯基、托尔斯泰、契诃夫、高尔基等大批世界级别的文学大师；到了 20 世纪，苏联作家像叶赛宁、肖洛霍夫、帕斯捷尔纳克、阿赫玛托娃、索尔仁尼琴、阿斯塔菲耶夫、艾特玛托夫等作家依然蜚声世界。俄罗斯文学的典型特征是浓重的宗教色彩、独特的现实主义观、浓厚的人道主义精神及忧郁悲哀的风格情调❶，这种风格独特的俄苏文学对于大部分中国作家而言具有极大的影响力。"五四"时期"为人生"的文学、20 世纪 20 年代、30 年代的革命文学、40 年代的延安文学、60 年代的社会主义现实主义文学都受到了俄苏文学的直接影响。"文革"结束后，苏联文学模式不再是中国文学的唯一选择，中国作家对苏联文学进行了有选择的借鉴。20 世纪尤其是从"五四"到"文革"之前的这个阶段，苏联文学对中国文学的影响是极为巨大的。

俄国文学对中国的影响是同当时的社会环境紧密相关的，不同的时期，有着不同的内涵。"五四"时期中国的社会状况与俄国十月革命前十分相似，中国的先进知识分子在探求未来发展路径时，纷纷把目光投向与中国有过相同的境遇、刚刚取得革命胜利的俄国。俄国作家在作品中表现出的民主意识、人道精神和历史使命感，极大地激励了具有忧患意识和救亡意识的中国新文学先驱者们。在"五四"高潮时期，俄国文学作品在中国的译介出现了盛极一时的局面，果戈里的《钦差大臣》、奥斯特洛夫斯基的《大雷雨》、屠格涅夫的《父与子》、托尔斯泰的《安娜·卡列尼娜》、契诃夫的《樱桃园》等名著都在中国文坛上引起热烈的反响。当时的译者大多是新文学的积极倡导者，如鲁迅、周作人、茅盾、郑振铎、瞿秋白、刘半农等。鲁迅曾说，"俄国文学是我们的导师和朋友"，❷ 他的短篇小说《狂人日记》就与果戈里的短篇小说《狂

---

❶ 汪介之. 中俄文字之交——俄苏文学与二十世纪中国新文学 [M]. 桂林：漓江出版社，1999.
❷ 鲁迅. 南腔北调集·祝中俄文字之交 [M] // 鲁迅全集（第 4 卷）. 北京：人民文学出版社，2005：473.

人日记》之间存在着千丝万缕的联系，他对安德烈耶夫、契诃夫等作家的借鉴也是非常明显的。茅盾也曾说，"大约三十余年前，也就是有名的'五四运动'爆发了以后，俄罗斯文学在中国广大的青年知识分子中间引起了极大的注意和兴趣，俄罗斯文学的爱好，在一般的进步知识分子中间，成为一种风气，俄罗斯文学的研究，在革命的青年知识分子中间，和在青年的文艺工作者中间，成为一种运动。这一运动的目的便是通过文学来认识伟大的俄罗斯民族"。❶ 除了鲁迅和矛盾以外，李大钊、瞿秋白、郭沫若、郁达夫、蒋光慈、郑振铎及周作人等作家也都对俄罗斯文学寄予厚望。郁达夫在《小说论》中曾说，"世界各国的小说，在中国影响最大的是俄国小说"❷。郁达夫尤其对屠格涅夫的小说赞赏有加，"在许许多多的古今大小的外国作家里，我觉得最可爱、最熟悉，同他的作品交往得最久而不会生厌的，便是屠格涅夫。我的开始读小说，开始想写小说，受的完全是这一位相貌柔和、眼睛有点忧郁、络腮胡长得满满的北国巨人的影响"。❸ 至于郑振铎则把矫正中国文学弊端的全部希望寄托在俄罗斯文学中，他说，"第一个最大的影响就是能够把我们中国文学的虚伪的积习去掉。俄国文学最注意的是真，中国文学最缺乏的也是真；第二个影响就是可以把我们非人的文学变成人的文学，俄国的文学是人的文学，他们充满同情心，深埋着人道的情感，他们是诚恳真实、同情、友爱、怜悯的，是人类的文学、人道的文学；第三个影响就是能够把我们非个人的、非人性的文学，转化为表现个性的、切于人生的文学；第四个影响就是能够把我们的文学平民化；第五个影响就是能够把我们的文学悲剧化，改变那千篇一律的团圆主义"。❹ 他认为，俄罗斯文学促进了女性文学的文学观念的变化，也促使女作家转向关注底层人民，关注小市民、小知识分子、农民、妇女和儿童，表现出相应的道德主义和现实主义倾向，"后来我看到一些外国的小说，尤其是俄国、波兰和巴尔干诸小国的，才明白了世界上也有许多和我们的劳苦大众同一

---

❶ 茅盾. 果戈理在中国——纪念果戈理逝世百年 [J]. 文艺报，1952（3）.
❷ 郁达夫. 小说论 [M] //郁达夫文集（第5卷）. 广州：花城出版社，1982：16.
❸ 郁达夫. 屠格涅夫的《罗亭》问世以前 [J]. 文学杂志，1933（1）.
❹ 郑振铎. 俄国文学发达的原因与影响 [J]. 改造，1920，3（4）.

命运的人，而有些作家正在为此呼号而战斗。而历来所见的农村之类的景况，也更加分明地再现于我的眼前，偶然得到一个可写文章的机会，我便将所谓上流社会的堕落和下层社会的不幸，陆续用短篇小说的形式发表出来了"❶。

　　20 世纪三四十年代，苏联文学开始和俄罗斯文学同时对中国文学产生影响。大批的苏联文学名著在中国翻译出版，如肖洛霍夫的《静静的顿河》、阿·托尔斯泰的《苦难的历程》，奥斯特洛夫斯基的《钢铁是怎样炼成的》等。中国抗战开始不久，苏联也开始了卫国战争，那些再现苏联人民可歌可泣战斗精神的文学作品在中国引起了强烈的共鸣，鼓舞了战火中的中国人民。对于左翼文学、延安文学和解放区文学，高尔基、法捷耶夫、马雅可夫斯基、勃洛克、肖洛霍夫等苏联作家具有根本的影响，像高尔基小说《草原上》影响到艾芜的《南行记》等小说，肖洛霍夫的《被开垦的处女地》影响到丁玲的《太阳照在桑干河上》和周立波的《暴风骤雨》等长篇小说。果戈理、契诃夫的讽刺小说对沙汀的小说产生了影响，托尔斯泰、陀思妥耶夫斯基则深刻影响了路翎的小说。此外，如巴金的《家》与托尔斯泰的《复活》，茅盾的《子夜》和托尔斯泰的《战争与和平》，沈从文与契诃夫、屠格涅夫，曹禺、夏衍的戏剧和契诃夫的戏剧，师陀的《结婚》《马兰》等小说和契诃夫、莱蒙托夫的小说之间，都存在明显的文学联系。

　　1949 年新中国成立后，中国文学的指导思想、创作方法及理论批评原则都是以苏联文学为楷模的，第二次全国文代会上"社会主义现实主义"创作原则成为文学创作和批评的基本方法和最高准则，以爱国主义和革命英雄主义为主旋律的苏联小说《钢铁是怎样炼成的》《卓娅和舒拉的故事》《青年近卫军》《海鸥》《勇敢》等几乎成为那一代中国青年的人生教科书，高尔基、法捷耶夫、马雅可夫斯基等作家也成为那个时代中国作家的心中偶像。在"17年文学"中，俄苏文学中无产阶级英雄人物的主题在《红岩》等作品中再现，俄苏文学中战争英雄的人物形象塑造在《红日》《保卫延安》《林海雪原》中

---

　　❶ 鲁迅. 集外集拾遗·英译短篇小说选集自序［M］//鲁迅全集（第 7 卷）. 北京：人民文学出版社，2005：411.

展现得淋漓尽致，俄苏文学中农业集体化题材小说在这个时期的小说创作中也有展示，如爱伦堡的《解冻》、尼古拉耶娃的《拖拉机站站长和总农艺师》、田德里亚科夫的《阴雨天》、特罗耶波利斯基的《一个农艺师的札记》等小说则直接影响了刘宾雁、王蒙、陆文夫等作家的创作。20 世纪 60 年代中苏关系破裂，中苏文学之间的交流和影响也进入全面冷却时期，国内不再公开出版任何苏联当代著名作家的作品，所有俄苏文学作品均从公开出版物中消失。

在改革开放的 20 世纪 80 年代，中国女性文学接受了来自世界范围的异域资源的影响，苏联文学资源不再是中国文学的唯一选择，尽管如此，中国文学的题材和形式上仍能看到俄苏文学的影响。俄苏资源中表现出来的深厚的人道主义精神、道德责任感、忧患意识和全球意识引起了相当多的中国作家的共鸣，不但普希金、莱蒙托夫、屠格涅夫、托尔斯泰、陀思妥耶夫斯基等俄罗斯古典作家再次令国人为之侧目，而且艾特玛托夫、邦达列夫、阿斯塔菲耶夫、拉斯普京、帕斯捷尔纳克、索尔仁尼琴、阿赫玛托娃、肖洛霍夫等苏联作家也给予中国作家以关键性的启发。与 50 年代相比，新时期作家不再对苏联文学进行机械的模仿，而是从苏联当代文学中汲取有益的艺术经验，加以积极的消化吸收，比如张贤亮的《肖尔布拉克》对艾特玛托夫《我的包红头巾的小白杨》的借鉴，古华的《爬满青藤的木屋》对艾特玛托夫的《查密莉雅》的借鉴，正是在俄苏文学全方位的影响下，20 世纪中国女性文学表现出与俄苏文学较为相似的精神、基调和特色。❶

俄苏文学对历史的深刻反思、对民族心态的追寻、对改革趋势的揭示，以及对任性的多侧面描写，几乎都可以在新时期中国文学中找到极为相似的对应创作，"中国文学在认识和接受俄罗斯文学的过程中，有不少的片面性，出现了一些有意无意的忽略和失落。这主要表现在中国作家看重的是俄罗斯作家的社会批判，却忽略了俄罗斯作家对俄罗斯国民性、民族心态所做的描写、反思

---

❶ 汪介之. 文学接受与当代解读——20 世纪中国文学语境中的俄罗斯文学 [M]. 北京：北京师范大学出版社，2010：113.

与批判"❶。尽管如此,俄苏文学以浓郁的人道主义情绪、对底层人民的关心和尊重及鲜明的民族风情和地域风情,依然对 20 世纪中国女作家产生了独特而深远的影响。

(二) 欧美文学资源

俄苏文学资源以坚定的社会批判立场和深重的道德感影响 20 世纪中国女作家的创作。随着欧美文学资源译介的迅猛发展及文学观念的更新,中国女作家对欧美文学资源的追随,成为 20 世纪中国文学中不可或缺的重要文学现象。在近一个世纪的文学历程中,女作家积极倡导"为人生"的艺术,在表现社会现实的同时,开始关注人的命运,在创作意识、文学思潮及审美特征上呈现出对欧美文学资源的认同。"欧美文学,尤其是 20 世纪的欧美文学对中国当代文学影响巨大,它们成了中国当代文学的发动机或助推器"❷,欧美文学资源中以再现现实、分析人性为特征的传统写实主义思潮和以表现自我、锐意求新为特色的浪漫主义思潮,在当代中国的文坛上都结出了丰硕的成果,对中国文学的影响与塑造也达到了空前的程度。

"五四"时期人的意识的觉醒,引发了文学观念的革命,这一时期的中国作家积极吸纳欧美资源,达尔文的进化论、卢梭的返归自然论、叔本华的唯美主义、尼采的个人主义与超人学说都冲击中国文坛,表现出"五四"时代所呼唤的启蒙精神。以鲁迅为代表的一批作家以呐喊唤醒民众,刻意揭示国民的灵魂,表现出对个体的关注;"文学研究会"着重描写下层劳动人民和知识分子的灰色人生,创造社作家则叙写生的欲求与性的苦闷,除了现实主义和浪漫主义两大思潮流派之外,"五四"作家还对欧美资源中的象征主义、唯美主义和现代主义等文学资源进行理论阐释和创作尝试。"大革命"失败后作家思想上的苦闷、彷徨、无出路,与象征主义的颓废、感伤情绪相契合,在鲁迅的《狂人日记》及郭沫若、郁达夫的新浪漫主义中表现出象征主义特征。心理分

---

❶ 汪介之. 选择与失落——中俄文学关系的文化对照 [M]. 南京:江苏文艺出版社,1995:26.
❷ 阎连科. 我的现实,我的主义 [M]. 北京:中国人民大学出版社,2011:221.

析学说的影响使"五四"时期出现了一批心理小说,鲁迅的《狂人日记》《补天》《肥皂》《高老夫子》《弟兄》《离婚》,与郭沫若的《叶罗提之墓》《残春》《喀尔美萝姑娘》以及郁达夫的《沉沦》等小说都写了潜意识和性压抑❶。以穆时英为代表的大都市文学是欧美新感觉主义的翻版,都市病和性的苦闷是他们刻意表现的主题,"在中国文坛上,穆氏是被誉为中国的新感觉派圣手的"❷。他的作品表现了大都市的畸形文化,《夜总会的五个人》《公墓》等汇集着大都会的声音、色彩及情绪,显示着色情、混乱与绝望,在创作方法上主张抓住刹那间的主观感受,用象征和暗示的手法揭示人与人之间的扭曲关系,用拟人和夸张手法描绘变态心理。中国作家用现代的表现手法,表现社会的病态,用心理分析展示自然人与社会人的对抗,突破了传统的小说模式。

除了"五四"时期之外,中国作家对欧美资源的借鉴在80年代中后期也形成了一个高峰,出现了马原、刘索拉、徐星、残雪、余华、格非、苏童及莫言等一批作家,他们直接承袭了欧美文学资源,致力于叙事话语拓展,改变传统小说的叙述模式,表述独特的审美追求。随着卡夫卡、福克纳、博尔赫斯等作家作品的译介,中国女作家仿佛找到一块新大陆,女作家宗璞说,"卡夫卡是文学上的一个怪杰,他的《变形记》《城堡》写的是现实中不可能发生的事,可是在精神上是那样准确,他使人惊异,原来小说竟然能这样写"❸。发出这种惊叹的决非宗璞一人。女作家残雪也极力推崇西方文学,她认为中国文化缺乏自我更新能力,应该把西方的种子移到中国来,"残雪女士取舍作品好坏高低,只有一个标准,即是否现代派。残雪最喜欢的作家是卡夫卡、怀特以及川端康成,后来便是马尔克斯。这几位其实很不一样。但是,他们都是'现代派',这就好。残雪对于国粹,几乎怀有一种厌恶,她是从来就不去谈的"❹。

进入20世纪90年代,陈染、林白及徐坤等"新生代"女作家活跃文坛,

---

❶ 马良春,张大明. 中国现代文学思潮史 [M]. 北京:十月文艺出版社,1995:955.
❷ 马良春,张大明. 中国现代文学思潮史 [M]. 北京:十月文艺出版社,1995:961.
❸ 宗璞. 小说和我 [J]. 文学评论,1984 (3).
❹ 何立伟. 关于残雪女士 [J]. 作家,1987 (2).

她们以个人化倾向为创作宗旨，自觉地把自己定位于远离政治生活中心的文化边缘地带，表现个人化的生活经验和隐秘的个性欲求，因而在创作上描摹个人的感觉经验和瞬间即逝的感官印象，陈染、林白甚至以女性身体为对象，描述变态的自恋和自虐。此外，90 年代还出现了以方方的《风景》和池莉的《烦恼人生》为代表的新写实小说，这些作品充分显示了在欧美文学资源冲击下女性文学的新变化，这些创作描写普通人的生命躁动、文化心态及生存本相，以世俗化的特征与现代主义相吻合，借鉴了荒诞、精神分析等手法。

由此可见，从"五四"时期至今，随着大量西方资源涌入中国，中国现当代女作家在对欧美文学资源的借鉴中走出一条独特的审美历程。"五四"时期到 20 世纪 30 年代为第一个高峰，是启蒙意识下全面接受欧美影响的文学尝试，体现文学观念的革命；第二个高峰为 80 年代，这是思想解放政治背景下知识分子又一次心灵的觉醒，她们理性地借鉴欧美文学资源的一些手法，描述个人在政治风波中的命运及心灵状态；第三个高峰为 90 年代，文学以世俗化的特征消解了理性、价值、意义等，叙述视角从政治走向个人，从理性走向非理性，从一元到多元，表现出与欧美资源趋同的哲学基础和心理基础。由此可见，女作家所接受的欧美影响呈现出明显的阶段性特征。

（三）拉美文学资源

在异域文学资源中，除了俄苏文学和欧美文学资源之外，20 世纪中期崛起的拉丁美洲文学同样对中国女作家的创作产生了鲜明而独特的影响。拉美文学资源具有悠久的历史、鲜明的特色以及丰硕的创作成果。不仅出现了像《佩德罗·巴拉莫》《百年孤独》《家长的没落》等一批经典名著，拥有了像马尔克斯、阿斯图里亚斯等声名显赫的诺贝尔文学奖得主，而且还通过采用一些独特的方式和表现手法，把现实在"魔幻"化了的环境和氛围中加以描绘，从而反映出真实的现实生活，并展示出缤纷的神秘文化，成为对中国作家具有重大影响的异域资源。

文化土壤的相似，往往是一个国家的文学进入异域文学的桥梁。任何一种成功的文学都是以深刻展示本民族文化为前提的，反过来，任何一种成功的文学又都是以一种深厚的民族文化为滋养的。拉美文学之所以异军突起是与拉丁美洲这块神秘大陆上的独特历史、文化与地理环境分不开的。拉丁美洲有着鲜为人知的自然风貌，有着从漫长民族社会后期迅速进入资本主义时代的畸形历史，有着在长期反殖民斗争中形成的"拉丁美洲"意识，有着因多种族结构而形成的复杂文化，这一切对拉美文学的培植起到了十分重要的作用。

和拉丁美洲相比，拥有同样悠久历史的中国，也有着与之相似的自然环境及灿烂的古代文明，正是由于这一系列相同与相似的因素，拉近了中国女作家与拉美文学资源的距离，她们从拉美作家获得诺贝尔奖中看到了成功的希望，对拉美文学产生了一种特有的亲和感，使她们在思维方式、表现手法和文化展示等方面受到了十分明显的拉美文学资源的影响，并因此使中国新时期的女性文学园地出现了一道奇异的风景线。

拉美文学资源在中国的传播始于 20 世纪 70 年代中后期，随着欧美及俄苏文学资源吸引力的日渐减弱，女作家关注的焦点逐渐转向拉丁美洲，特别是拉美文学资源中最具代表性和影响力的作家与作品。如富恩特斯的《阿尔特米奥·克鲁斯之死》、略萨的《城市与狗》《酒吧长谈》、科塔萨尔的《跳房子》、马尔克斯的《周末后的一天》《枯枝败叶》和《百年孤独》、博尔赫斯的《小径分叉的花园》、鲁尔福的《佩德罗·帕拉莫》等小说，这些拉美文学的代表性作品，为新时期女作家们营造了一个个光怪陆离、神妙莫测的世界。借助拉美文学作品，女作家们进入一个个超越时空的、难以言说的领域，并在这些领域中体验各种神秘的因素，表达自己对现实人生的感受与思索。

拉美文学资源对中国女性文学的影响表现为创作思想上的认同与接受。

马尔克斯、博尔赫斯等拉美作家的文学观点和在小说叙事上的创新，对中国当代女作家的创新实验产生了深刻的影响，残雪等女作家的小说创作，都能清楚地显示出拉美影响的痕迹，"这些拉美作品，哺育了 80 年代整整一代的作家，不断滋养了 80 年代高潮迭起的文学革命"❶。博尔赫斯认为，文学创作是"改写""抄袭""复制"和"拼贴"的，文学创作是在已经有文本的基础上，

---

❶ 莫言. 我与加西亚·马尔克斯 [M]. 北京：华文出版社，2014：69.

对原有的材料进行艺术加工，使之"焕然一新"，文学创作"抄出来的是感觉，是内心需要"。❶ 卡彭铁尔认为，拉美的现实是"神奇的现实"，神奇的现实是真实的现实的文学认知。马尔克斯则认为，"小说是用密码写就的现实，是对世界的揣度"❷。文学作品需要用一种更加丰富多彩的语言，使之进入另外一种现实，即那种被人称之为神话的现实和魔幻的现实。拉美作家对于"现实"的认识与理解，以及他们作品中所反映出来的那种相较于欧美资源有过之而无不及的前卫性、神秘性、超越性和反叛性的文学艺术特征，共同构成了拉美文学资源对残雪等女作家影响的主要内容。残雪在文学创作与现实的关系问题上，从拉美文学资源中受到启发和影响，认识到拉美作家笔下那些被称为"魔幻"的内容，其实正是作家心目中的真实现实，她依照拉美的理论认识世界，认为现实的真实性具有时间和对象上的差异性，昨天真实的东西今天可能是神话，作者心目中的现实，读者可能认为是传奇，历史或现实生活中某些神秘的内容甚至会使人们的想象或虚构相形见绌。

拉美文学资源对中国女性文学的影响还表现为创作手法上的模仿与借鉴。新时期作家从拉美文学资源中发现了艺术与土地的关系，特别是那种带有浓郁家乡色彩的地域描写，成为作家们描写的重点内容。莫言从马尔克斯对马孔多镇地域的多元化定位中，认识到地域描写对于文学创作的重要意义，认为这种地域描写正是"立足一点，深入核心，然后获得通向世界的证件"❸。受此启发，莫言创造出属于自己的高密东北乡的地域性写作，"我在 1985 年中写了五部中篇和十几个短篇小说，它们在思想上和艺术手法上无疑都受到了外国文学的极大影响。其中对我影响最大的两部著作是加西亚·马尔克斯的《百年孤独》和福克纳的《喧哗与骚动》"❹。作家们在展现故乡地域性特征的同时，也书写进了自己最初的生命记忆，比如马原、扎西达娃笔下的雪域高原西藏地区

---

❶　唐建清. 国外后现代文学［M］. 南京：江苏美术出版社，2003：36.
❷　［哥伦比亚］加西亚·马尔克斯·门多萨. 番石榴飘香［M］. 林一安，译. 北京：生活·读书·新知三联书店，1987：46.
❸　莫言. 我与加西亚·马尔克斯［M］. 北京：华文出版社，2014：6.
❹　莫言. 两座灼热的高炉［J］. 世界文学，1986（3）.

的地域风情写作等，"你也一定会想起你所熟悉的拉丁美洲文学。你说，这当然是魔幻现实主义。于是你回到你的书橱前沿着你自编目录次序找出博尔赫斯、鲁尔弗、卡彭铁尔、马尔克斯和哈萨的著作。这些拉美作家是你所喜爱的，你在心里竟不自觉地把扎西达娃放在这些名字中间，不管怎么说，在小说中出入自如不受时空限制的作者，使你想起鲁尔弗的《圆形废墟》规定的想象境地"❶。

除了地域性特色，拉美文学资源也让中国作家重新认识民间文化资源对于写作的意义。博尔赫斯在《小径分叉的花园》中将中国历史上的故事与欧洲所发生的战事联系起来，以增添故事的神秘色彩。马尔克斯在《百年孤独》中加入外祖母故事中的"幻觉、预兆和祈请鬼魂"等事件，以使故事更加符合印第安人观察事物的独特视野。拉美文学对民间文化和习俗的重视也吸引了一批中国作家的创作目光，莫言在小说《红高粱》中讲述了高密历史上的传说人物和民间故事，徐小斌在《羽蛇》中也插入了太平天国、辛亥革命、新民主主义革命和"文革"中发生的民间故事。甚至马尔克斯在《百年孤独》中的"多年以后……"这一句式，也成为新时期作家竞相模仿的话语标签，莫言的《红高粱》以"一九三九年古历八月初九……"开篇❷，苏童的《平静如水》以"我选择了这个有风的午后开始记录去年的流水账……"开篇❸，陈忠实的《白鹿原》以"白嘉轩后来最引以为自豪的是一生中……"开篇❹，而周大新的《银饰》中以"在那个薄雾飘绕的春天的早晨……"开篇，新时期作家模仿了拉美文学叙事的多维视角，使三维的时空包容更加广阔的故事内涵。

除了地域书写和民间文化，拉美文学资源还让新时期作家注意到对家族历史的描述。马尔克斯在《百年孤独》中以马孔多和布恩蒂亚家族的历史展现拉美社会历史图景，扎西达娃使用的相似手法在《西藏，隐秘岁月》中以哲

---

❶ 陆高. 魔幻的，还是现实的? ［J］. 西藏文学，1985（1）.
❷ 曾利君. 加西亚·马尔克斯作品的汉译传播与接受 ［M］. 北京：中华书局，2011：141.
❸ 曾利君. 加西亚·马尔克斯作品的汉译传播与接受 ［M］. 北京：中华书局，2011：141.
❹ 曾利君. 加西亚·马尔克斯作品的汉译传播与接受 ［M］. 北京：中华书局，2011：142.

拉山区廓康小村达朗家族五代人的命运反映西藏社会岁月的变迁；张炜在《古船》中以隋、赵、李三个家族的兴衰反映注狸镇从解放前夕到改革开放 40年间的历史变迁的故事；苏童在《一九三四年的逃亡》中通过描写家族的陈年往事反映在特定历史环境中家族的生存状态，借家族历史展现社会历史画卷。此外，巴尔加斯·略萨在结构上的努力、卡彭铁尔在时间上的创新、马尔克斯在空间地域上的发掘、博尔赫斯在文本形式方面的变化，等等，均使新时期女作家找到了各自的发力方向，使她们确立了个性于写作中的地位。

此外，拉美文学的魔幻手法和迷宫叙事也深深吸引了新时期女作家。博尔赫斯小说中常用迷宫现象，把故事的因果联系拆解得七零八碎，然后再用拼接的手法，把一些互不相关的故事组装在一起。这种对迷宫叙事的建构一时成为中国作家效仿的对象，残雪的创作也受到了博尔赫斯的影响，"博尔赫斯在国内我看是没有人看懂，只有我看懂了。对于博尔赫斯的每一篇文章，我都认真读，每篇最少读四五遍"[1]。残雪说，"没有比博尔赫斯更具有艺术感的作家了"[2]。残雪继续评论道："几乎他的所有故事，谈论的都是同一件事，艺术的形式感，也就是精神的形式，的确，离开了形式，艺术还能是什么呢。"[3] 残雪通过借鉴博尔赫斯的迷宫叙事的表现手法和技巧，用虚构的手法突破现实原则的束缚，构筑出一个个奇幻的故事，表达对生存困境的体验和对存在的非理性理解，使小说在有趣的同时，更增添了魔幻色彩。

俄苏文学、欧美文学、拉美文学等异域文学资源以各自不同的精神气质、审美品格及文化特色给予了中国作家多重启迪和影响。女作家不但要突破中国传统的写作手法、美学原则和文学思想，将各种外来文学因素与个人体验、民族历史相结合，而且要以清醒执着的态度和严肃的书写姿态，用敏锐的感受力吸收异域资源的养分，用超强的模仿能力进行各种学习和尝试。在不拘一格地吸纳异域资源的求索过程中，用准确的鉴别能力对异域资源进行去粗取精的选

---

[1] 残雪. 永生的操练——解读《神曲》[M]. 北京：北京十月文艺出版社，2004：237.
[2] 残雪. 解读博尔赫斯 [M]. 北京：人民文学出版社，2000：3.
[3] 残雪. 解读博尔赫斯 [M]. 北京：人民文学出版社，2000：235.

择，以自身的创造力构建属于自我的文学世界，在更为广阔的异域资源背景下使用"共同语言"与世界文学资源进行精神对话。只有这样，才能真正把异域资源的营养整合到中国现实文化中，才能真正回归自我，成为优秀的民族作家和世界作家。

三、创化：全球化与异域影响

作为中国文学历史长河的有机组成部分，中国现当代女作家创作展现了其独特的魅力。异域资源在各方面对中国女性文学的产生和发展起到了深远的影响，在短短几十年的进程中，中国现代文学史从无到有，并且发展成为生机勃勃与世界接轨的完备体系，与外国文明的撞击息息相关。通过对外国文学的筛选、吸收、归纳和改造，最终崭新的现代文学传统得以在中国产生并茁壮成长。可以说，近百年来中国文学史上向现代性迈进的每一步都与外国文学的影响息息相关，"欧美文学，尤其是 20 世纪的欧美文学对中国当代文学影响巨大，它们成了中国当代文学的发动机或助推器"❶。因此，域外资源对中国现当代女作家的启发性影响正是在异域资源中国影响的整体背景上呈现出来的。

首先，异域资源带来了女作家创作的高峰和女性文学的繁荣局面。当国内思想解放的闸门与异域资源的闸门双双开启的时候，新时期以来女作家及其作品都不同程度地留下了异域资源的印迹。在异域思想和文化资源狂风暴雨般的影响下，新时期的各种文学思潮如雨后春笋般从僵化的坚土上破土而出，令人目不暇接。"没有外国文学理论狂飙式地出现在我们身边，中国文学就不可能迅速摆脱政治与美学的多重转型，演化出眼下无比繁杂的多元态势。如果没有外国文学作品井喷式地出现在我们面前，中国文学就不可能迅速告别'伤痕文学'，衍生出'寻根文学'和'先锋文学'"❷。"伤痕文学""反思文学""寻根文学""先锋小说""新写实小说""新历史主义小说""女性文学"等

---

❶ 阎连科. 我的现实，我的主义 [M]. 北京：中国人民大学出版社，2011.
❷ 陈众议. 从"斗争武器"到"以人为本"——外国文学研究六十年速写 [J]. 外国文学动态，2009（4）.

一浪高过一浪。舒婷等人的"朦胧诗"、茹志鹃的《剪辑错了的故事》、宗璞
的《我是谁》、张洁的《爱,是不能忘记的》、谌容的《减去十年》等诸多小
说有意无意地借鉴了异域资源的写作技艺;刘索拉的《你别无选择》、徐星的
《无主题变奏》等女作家作品深受西方现代主义的影响;残雪的《山上的小
屋》飘荡着卡夫卡的影子,张辛欣的《我们这个年纪的梦》、池莉的《烦恼人
生》及方方的《风景》等无疑留下了存在主义的痕迹。女作家接受异域资源
影响的创作进程大致分为以下几个阶段。

茹志鹃、宗璞和谌容等"归来者"女作家无疑是新时期最早接受异域资
源影响的女作家,她们站在现代反思的立场上,借鉴异域资源对中国历史进行
追问与重审。这批"归来者"创作的"意识流"与"荒诞"意味小说,在反
思历史的时候,把眼光聚焦在了对大写的"人"的寻找上,通过感觉体察、
思忆联想,由个人的经历折射出社会历史的变迁,这里,个人命运与社会历史
是息息相关的,这类小说主要是对"文革"的反思。它是继"伤痕文学"之
后,率先回到"现代性"文化命题轨道上的。正是由于当时"归来者"这批
知识分子话语意识的萌发,才逐步形成后来的多元话语格局,虽然对极"左"
思潮的批判只停留在简单否定的层次,因而限制了其历史反思的深度,但其作
品中凸显出的对"人性"难以实现的焦虑、对人性的呼唤、人道主义的关怀,
确实带有对"个人主体"的"现代性"的思考。这批女作家率先大胆引进西
方现代主义的表现手法,使新时期小说在创作观念、审美视角、创作手法上发
生了变化,这类小说在新时期初构成了对传统话语的第一次强大的冲击波。

随后是以王安忆、铁凝等为代表的"寻根作家",她们在"现代性"与
"历史性"的夹缝中探索"文化主体"的重建。"寻根文学"可谓是一场文化
启蒙,"寻根作家"从"民族传统文化"中呼唤、寻找"现代意识",试图以
民族主义的文化语境进入"现代",乃至"后现代"的文化语境之中。这批女
作家依然是坚定而充满希望的一群,她们已经不再局限于从政治、经济等社会
学、历史学层面去观察生活与反思生活,而开始从文化哲学、人本哲学、生命
哲学等多种角度去观察、反思以及把握生活,追求一种超越社会学意义的文化
学意蕴。他们从张扬原始生命力、超越现代、寻找民族性格的病根出发,以荒

诞的形象和荒诞的手法来批判传统道德的愚昧和败落。显然，这与"五四"时期以后的文学审美意识是相互呼应的。寻根既是向传统的回归，又是新的现代性观念的表征。"寻根文学"既向传统文化进行纵向的寻求，又从根本上颠覆了传统写实的意义，从而使小说叙事表现出由写实走向对于本体象征追求的倾向。寻根文学的目的从根本上是为了提炼具有现代意义的因素，开掘民族文化富有生命力的内核，并将其引入现代。

接着是以刘索拉、徐星为代表的"现代派"女作家，她们从自我的视角出发，在对当下文化的阐释与自我生活的透视中寻找"个人主体"的价值。如果说"意识流"小说、"寻根文学"更多的是从国家、民族过往的历史里寻找"个人主体"的生存意义与生命价值，那么，以刘索拉、徐星为代表的"现代派"则从自我的视角出发，开始关注身边现实的生活、自我的生活。她们在对中国现状的叙写中着力表现了对"个人主体"价值和意义的寻找，哪怕对之持困惑与怀疑态度，也在苦苦地寻求。她们不再是一个生活的裁判者，而成了生活的探险者，一个同小说主人公精神一致的迷惘者。她们的作品中表现出来的是一代年轻人的反传统观，不符合传统规范的意识与行为、迷惘无助的情绪和缺乏信仰的生活目标，追求自我和个性的生活态度，狂乱而富有浪漫情调的心理，那种想有所作为却不知该怎么办的"个人主体"迷失的现状。这批女作家在加速进入"现代性"的过程中起着文化与生活观念蜕变的重要作用。为了表现现代人在迷惘中对生命意义的求索，女作家们常常运用"黑色幽默""反讽""荒诞"等艺术技法以揭示现代人的精神困境与反叛。实际上，这批女作家对现实产生的不适感让她们发出的迷惘的狂嚣，使她们在本质上更加接近西方的现代主义。她们的狂嚣更加汹涌地冲击了传统文学的美学价值，为后来的现代主义小说实践开辟了道路。

在刘索拉、徐星等"现代派"女作家之后，出现了以残雪为代表的"先锋派"女作家，她们沉醉于个体生命的观照与艺术形式的追求。如果说 80 年代前期小说在"现代性"的思想氛围里，女作家追求人的主体性不仅具有理论的超越意义，而且具有实践的能动品格。20 世纪 80 年代中后期出现的残雪的"先锋小说"，给人的感受则是"主体性衰落""历史神话的终结"。在小说中，那种对主体性的强调，对历史和民族命运的沉思，在残雪的叙事中已面目全非。她在作品中直接描写"人"的本身所存在的问题，诸如"人"的破碎性、非真实性、不可信赖性等，追问人的主体存在的真实性和可能性。此外，残雪从另外一个角度构成了对现代性问题进行探索的思路——应该取消对人的生命、本能的压抑，因为这种压抑造成了"异化"和"物化"。面对传统、群体或主流的压迫，只有个体自我的树立，才能解放生命，才能无限制地逼近人的"本真"。❶ 面对现代性问题，残雪展示了个体孤独的反叛和思辨，这时西方现代主义思潮中人的异化的观点为阐释这一话题提供了合法的前提，残雪在反叛传统文学的过程中，越来越疏远社会，疏远大众，极力淡化现实，极端自我地向个人化的经验与内心开掘，"拆除了生活原有的本质意义，把生活中最无意义的环节作为叙事的核心，在没有历史压力的语境中，来审视个人的无本质存在"❷。可以说她们是真正意义上中国新时期现代主义小说家，她们的创新表明小说创作没有任何规范不可逾越，给所有企图打破陈规陋习的创新者以勇气。

最后是以陈染、林白为代表的女性作家的"个人化"写作。"个人化"写作女性作家借鉴了西方女性主义的文学观念，通过个人"躯体写作"来与男权中心的世界抗衡。这批女性作家彻底解构了以往的宏大叙事，仅仅剩下灵魂的呓语。小说成了她们逃避与拒绝世界的工具，因而更加"个人化"。这种个人化是一种封闭的、狭窄的、病态的人生体验。她们坚持用边缘话语"呼喊与细语出她们生命最本质的愤感与渴望"❸，痴迷于张扬女性意识，暴露自己的隐秘内心，反复地书写自恋、同性恋、异性恋，其目的是在"躯体写作"的文本中对传统的爱情观念和性观念进行颠覆，消解在传统与现实之间的正统意识和富有霸权意味的男权话语。由于女性作家无限地向内心世界去开掘，沉溺于身体叙事，小说中夸大的是自己的感受，看不见对现实与历史做太多的思

---

❶ 许志英，丁帆. 中国新时期小说主潮［M］. 北京：人民文学出版社，2002：366.

❷ 陈晓明. 关于九十年代先锋派易变的思考［J］. 文艺研究，2000（6）.

❸ 徐坤. 因为沉默太久［N］. 中华读书周报，1996 – 01 – 10.

索，因而表现出视角的单一、题材的单一、人物的单一。从另一个角度看，女性作家个人化写作表现出一种寻觅的勇气。她们于茫茫人海中寻觅一个契合的灵魂、一份可以依托的情感、一个可以让自己灵魂不再飘零的归宿，这种寻觅精神家园的执着，虽然局限于单一的生活世界而显得深度不够，但也呈现出一些知识女性的期盼，也表达了一部分女性对真情的呼唤。她们的写作仍然是具有现代意义的，充满了对人性丰富性、复杂性的表现，闪烁着女性对自由与禁锢、生存与死亡、孤独与沟通等人生基本命题的艺术求证。

20世纪中国女作家寻找异域文化养料的勇气和力求艺术创新的意识，与整个时代潮流极其合拍，并构成一种与异域资源趋同的文化心态。这种心态促使女作家在西方现代小说大师面前无条件地投降，而又直接影响了作家创作过程中对自我感受和人生体验的表达。虽然女作家在经受了历史的颠簸之后，在获取了怀疑的目光之后，在接受了混杂在西方现代文学作品和哲学论著中的荒诞思潮之后，转向关注个体存在的处境和内心深处的真实，并对西方现代主义或后现代主义文学作品中表现出来的荒诞发生强烈的共鸣，甚至进一步地领悟和体验自我的荒诞处境。宗璞的《我是谁》《蜗居》等小说流于粗浅简单，观念性和政治性较强，并具有浓厚的社会历史特征，其荒诞感并不能使读者产生像读卡夫卡《变形记》《城堡》一类小说时对个体存在处境的震惊和恐惧。残雪小说用丑恶之像构筑出一幅荒诞的生存景观，描述了一个报复一切传统和现存的行为习惯、思维方式、价值标准的清醒者。这种反抗荒诞的极端形式使残雪小说被视为80年代小说表现荒诞的转折性突破。然而，在极端形式背面，我们感觉到的是单纯的价值取向，而非因希望与绝望、意义与虚无、合理与荒诞之间悖谬而来的深邃和复杂。小说中清醒者的姿态，又容易使读者感觉某人在高傲地划清与生存在荒诞世界中人们的界限。整个社会所营造的急切的趋同心态形成了一种无形的制约，致使作家们缺失创作个性，作品观念化色彩和模仿痕迹较为明显。

其次，异域资源为女作家创作带来了更加多元化的开放视野。从异域资源的影响和接受研究的角度，考察20世纪中国女性文学所走过的风雨历程，可以看出女作家对异域资源的接受经历了从单一接受到全面排斥，从封闭走向开放，并在全球化语境中步入多元化等四个时期，在文学创作上则留下了一条明显的从"苏化"到"文革"，从"西化"再到"多元化"的演化轨迹。梳理女性文学与异域资源之间的关系，是中国文学在新世纪走向世界的一份备忘录。

当今世界，文化的挑战已被视为全球化的最大挑战。自从 1492 年哥伦布远航美洲使东西两半球会合之时起，全球化的序幕已经拉开。"21 世纪的今天，市场经济的全球化和信息传播的全球化应该说是全球划时代的最重要的标志。而随着全球化时代的来临，不但经济、科学技术已经趋向全球化，而且各国的国家制度、各国的价值也将趋于全球化。"❶ 随着全球化的到来，文化的全球化作为趋势早已展开。因为文化是一个国家、一个民族或一群人共同具有的符号、价值观及规范，以及它们的物质形式，应该说文化是人类生存的一种形态，一种反映。随着经济、信息的全球化，它必然会影响到世界各国的上层建筑及意识形态。作为文化，它怎能会置身事外？详细一点讲，文化有三个组成部分，符号、价值观和规范。符号是文化的基础，是文化的表达形式，如语言符号、艺术符号、数字符号、科学符号。而语言文字和数字符号是最基本的符号，应该说符号各有功能、各具特色，一般说来没有先进落后之分，但运用符号却有高下之分。今天英语几乎成为世界通用语，这是文化具有全球化趋势的一个重要标志，数学符号的全球化自不用说，就连艺术符号也有许多形成了全球的具有统一意义的内涵。价值观是文化的核心，是文化的最高境界。自由、平等、正义、真善美是当今人类的最高价值观，也逐渐被大多数国家所接受。至于规范如制度规范、道德规范、习惯规范，虽因各国的文化背景不一，呈现出复杂的一面，但仍体现出许许多多的一致性。联合国签署的各种世界公约、WTO 体现了人类共同的制度规范，甚至民主政治制度也越来越成为全人类共同的制度规范。

中外文化交流史的诸多事实既证明了异质文化之间的碰撞、交流、挪用、吸收可使双方受益，同时也印证了撇开本土强调全球，或撇开全球只强调本

---

❶ 李慎之，何家栋. 中国的道路［M］. 广州：南方日报出版社，2000：18.

土，都不能使边缘的弱势文化保持长久的生命力。❶ 女作家的创作与异质文化、外国文学的关系以及她们作品中表现出的现代意识说明，女性文学接受了异质文化及西方现代意识的启迪和激发，在本土文化和自身处境中生成。女作家的作品对中国现代化进程、对现代性的追求形成了反省、批判的现代意识，表现出与外国文学整合后的艺术表现形式，由此才具备了中国语境下的现代性和世界性。"文学对话的前提是国别文学研究的国际眼光。换言之，对话的比较文学方法论将我们置于与世界主动对话的理论前提之中。因为，以这样的方法论来考察任何问题，中国文学再也不是孤立的现象，永远有一个可见或不可见的'他者'，成为中国文学的对话者。中国文学成为世界文学不可缺少的一部分，认识中国文学的发展也离不开他者的对照性存在所构成的参照系。"❷女作家从不同的视角切入，思考全球化与本国传统文化的关系，以及本土文化如何重新认识和自我理解等问题。

异域资源影响下的女作家创作是一种文化创造，对本土文化的转型，对民族新文化的建构都具有现实意义和参考价值。在文学领域里，越来越多的国家与民族的文化与思潮正在或将会参与到愈加频繁的相互碰撞与融合中。20世纪女性文学发端于新文化运动的启蒙，在短短几十年的进程中，女性文学从无到有，并且发展成为生机勃勃与世界接轨的完备体系，与异域资源的撞击和影响息息相关。女作家通过对异域资源的筛选、吸收、归纳和改造，并最终使崭新的女性文学得以在中国产生并茁壮成长。所以，20世纪中国女性文学是在异域资源的借鉴和指导下产生、发展和成熟的，而中国女性文学的发展方向与内容则与世界文坛有了一致性，两者相互呼应与对话。展望未来，互联网将全世界以前所未有的方式联系起来。信息流动的速度与数量以几何倍增加，跨国界的交流日益频繁。一方面随着欧洲中心论的解体，西方话语渐渐引退，急于引进新的参照系反观自身；另一方面，中国文学也力求在世界语境下探讨新的发展路向。无论从历史、现实还是未来的角度分析，20世纪中国女性文学继

❶ 杨乃乔. 比较文学概论［M］. 北京：北京大学出版社，2002：15.
❷ 乐黛云. 比较文学原理新编［M］. 北京：北京大学出版社，1998：83.

承了"五四"以来的现代传统，仍然并将继续接受异域资源的影响。如果说有什么不同，那就是异域资源对女作家的影响将会更加密切，与本土文学的回应互动更加全方位，东西方文学将以崭新的形式和途径更加深入地相互渗透。中国女性文学由向外国文学学习、受异域资源单方向的影响到与之相互交织，相互渗透，这反映了中国女性文学已经取得了巨大成就与进步，也说明了国别化文学的发展在全球化的趋势下，必然与世界文学产生越来越紧密的联系。随着女作家创作事业的发展，异域资源将更多地与本土资源融合，女性文学将进一步取得广阔的发展前景。

第一章

挣脱人性的枷锁：张爱玲小说与毛姆

威廉·萨姆塞特·毛姆（William Somerset Maugham，1874—1965）是英国著名的现代小说家、剧作家，在长达 65 年的文学生涯中，他创作了 20 多部长篇小说，32 部戏剧以及 100 多篇具有奇特艺术魅力的短篇小说。毛姆在创作中用客观冷静的态度，描写了当时西方社会中人与人之间的畸形关系、上流社会的荒淫无度以及下层人民的苦难生活，将人性的复杂性描述得淋漓尽致，表达了对人性的关注和对社会的关心。❶ 随着时间的流逝，毛姆在读者中的声誉也越来越高，是迄今为止英国小说界难得的几位深受各阶层读者欢迎的作家之一。

　　从域外影响的研究视角探讨西方文化对张爱玲作品的影响时，不难发现英国作家毛姆对张爱玲的创作影响很大。张爱玲在 20 世纪中国文学史上是一位带有传奇色彩的女作家，她的作品充分体现了中国传统的文化元素，同时还融合了西方现代小说的特点，从而形成了独具特色的"张体结构"。张爱玲与毛姆无论是人生经历、创作主题，还是创作手法确实存在许多相通之处和相似之处。张爱玲与毛姆都经历了缺少爱的青少年时代，相似的生命体验使他们产生了相通的人生态度，而对心理分析技巧的认同和钟爱，更是拉近了二人的距离，使博采众长的张爱玲在创作中深受毛姆的影响。由此可见，张爱玲喜欢毛姆的作品绝非偶然，正是毛姆的作品中有大量与张爱玲共同的人生体验，唤起了她的感觉、印象、回忆、欲望等多种感知，从而将她在现实世界与心灵中那些无法表达的、难以确定的东西结合起来，使她写出了与她阅历并不相称，却又具有深刻人性内涵的作品。

　　从这个意义上看，在 20 世纪女性文学史中，张爱玲小说是骨子里受毛姆

---

❶ 胡妮，许丽芹. 游移的他者：毛姆小说中的文化边缘人 [J]. 宁夏社会科学，2010 (6).

影响痕迹最深的。如果把女性文学的第 1 个 10 年看作是域外影响的发生期，第 2 个 10 年看作是域外影响的生长期，第 3 个 10 年是域外影响的成熟期，毫无疑问，张爱玲的创作应该属于第 3 个 10 年域外影响成熟之标志。从异域影响的角度来看，张爱玲是一个非常值得研究的作家。张爱玲在创作中借助毛姆，以一个崭新的角度体验人生、透视社会，并注意到在人们普遍的生存方式和行为方式背后有一双无意识的手在操纵，进而探测到社会表象下隐藏的深层内容。她格外重视非理性的力量在人性结构、人际关系和人物命运中所起的重要作用，并致力于探究心理的无意识力量是如何强有力地支配人的意识和行为并影响人的成长和命运。从这点来看，她触及的人类灵魂之深，是同时代的其他作家难以企及的。

一、爱的缺失

在张爱玲的成长历程中，不难发现英美文学等域外影响对她精神世界有意无意的浸染。同时，她自身所经历的生存危机、精神危机也使她对域外文学和艺术有一种主动认同的态度。张爱玲不善交际，在香港念书期间，最好的朋友就是书，她接受老师的推荐去读毛姆的作品，结果发现自己越来越喜欢毛姆小说。《张看自序》中，张爱玲描绘炎樱父亲的老朋友，"整个像毛姆小说里流落远东或南太平洋的西方人，肤色与白头发全都是泛黄的脏白色，只有一双缠满了血丝的麻黄大眼睛像印度人"❶。可见张爱玲对毛姆小说的熟悉程度。张爱玲小说的创作手法也深受毛姆的影响，1943 年春天的一个下午，张爱玲带着《沉香屑·第一炉香》和《沉香屑·第二炉香》的手稿去见周瘦鸥，周瘦鸥在审读《沉香屑·第二炉香》的时候，"一边读，一边击节，觉得它的风格很像英国名作家毛姆的作品，而又受一些《红楼梦》的影响"。周瘦鸥敏感地察觉到张爱玲对人情冷漠的深刻洞察，类似毛姆的写作风格，一周后张爱玲再次拜访周瘦鸥，而对周的询问，她回答说毛姆是她很喜爱的作家，证实了周瘦

---

❶ 张爱玲. 张看自序［M］//重返边城. 北京：十月文艺出版社，2009：95.

鸥的推测。在《今生今世》中，张爱玲跟胡兰成谈论西洋文学时，"她讲给我听桑茂忒芒、萧伯纳、赫克斯莱及劳伦斯的作品"（这里桑茂忒芒是指毛姆，赫克斯莱是指赫胥黎）❶。张爱玲年轻时对弟弟说过很喜欢看毛姆的作品，还介绍他看毛姆的小说，要他留心学习毛姆的写作方法。❷ 甚至到了晚年张爱玲还是极力推崇毛姆小说。张爱玲受到毛姆的影响，加上其深厚的东方文化底蕴，所以成就了一代才女张爱玲。

和大多数作家一样，张爱玲接受毛姆的影响可能是潜移默化的。首先，张爱玲早年的情感体验和生活经历使她易于接受毛姆创作。"家"是儿童最初接触的一个社会化环境，也是一个亚文化环境，"一个作家最好的早期训练是不愉快的童年"❸，父母对子女性格的发展起着极其重要的作用。毛姆和张爱玲都出身于名门世家，毛姆的祖父是英国法律界的前辈，父亲是英国驻法大使馆的律师，母亲是法国皇室的远亲，巴黎社交界的名人。良好的家庭出身并没有使他幸福，恰恰相反，带给他的是痛苦。毛姆父母早逝，10 岁的他成了孤儿，被寄养于经济困窘、俗气势利的叔叔家，曾经有过的辉煌和如今的落魄相对照，越发使得他眷恋过去，哀叹眼下的苦。生活和精神上的双重折磨让毛姆痛苦不堪，也造成了他敏感多疑、冷漠薄情、悲观的性格。童年失去父母庇护的痛苦和成长期寄人篱下的痛楚，不仅使他经历了种种不幸和心灵伤害，更给他的创作倾向带来不可忽视的影响。

张爱玲也出生在没落贵族之家，张爱玲的祖父是清末名臣张佩伦，曾外祖父是李鸿章；她的父亲是个封建官僚，娶妻纳妾、抽鸦片、对子女粗暴专横。她的母亲是个有较高文化修养、追求个性自由的新女性，由于与丈夫个性不和，在张爱玲很小的时候母亲就撇下她姐弟出国留学，因此张爱玲童年时代经常感到失落，她说"最初的家里没有我母亲这个人"❹。父亲再婚后对她非常暴戾，"他（指父亲）曾扬言用手枪打死我""把我囚禁在黑屋子里"。在她幼

❶ 胡兰成. 今生今世［M］. 北京：中国社会科学出版社，2003：257.

❷ 张子静. 我的姊姊张爱玲［M］. 上海：文汇出版社，2003：120.

❸ 董衡巽. 海明威研究［M］. 北京：中国社会科学出版社，1980：76.

❹ 张爱玲. 私语［M］//张爱玲文集. 合肥：安徽文艺出版社，1991：79.

小的心里感受生命的悲哀和孤独，她不堪忍受父亲和继母虐待逃到母亲那里。可是手头拮据的母亲无法给她母爱，父亲又"旧病复发"，玩女人、抽大烟、胡花钱，夫妻俩争吵不休直至离婚，"婴儿时期母亲的'缺席'以及和母亲的代理人何干不融洽的关系，从根本上损伤了张爱玲对别人的信赖感，给她留下了永久的精神外伤"❶。父母不和，对子女缺乏关心爱护会直接影响小孩心理的健康成长。与毛姆一样，在张爱玲早年的经验中，对家庭的憎恨和挣脱家的阴影、发泄被压抑的欲望，成为她创作中潜在的最强烈的欲望。因此，张爱玲作品中的故事虽然表面上看尽是他人之事，但是却能从中窥见其记忆深处关于"家"的梦魇和关于父母的阴影，"家庭的破裂、早期情感性剥夺、社会的歧视、被父母抛弃等遭遇造成儿童心理上的伤害，使儿童在社会化过程中发生多种困难。目前不少研究即把这种社会因素看作精神病态及其他行为异常的主要原因"❷。张爱玲把自己的人生经历写进小说，写的是没有爱的家庭，没有亲情的亲人，她无情地剖析了中国传统观念里所谓慈爱的亲人、温暖的家庭形象。在这种情感指向的牵引下，张爱玲更易于在创作中选择与毛姆接近的观点。

其次，张爱玲之所以能接受毛姆影响也与她自身的性格因素有关。张爱玲是一个天资聪慧、心思敏感的人，童年家庭的不幸使她对社会人生有一种与年龄不相称的深刻和早熟，18 岁时她在《天才梦》里打比方，"生命是一袭华美的袍，爬满了蚤子"。她在香港求学期间经历了恐怖的战争，"我很少有正义感，我不愿意看见什么，就有本事看不见"。战争使她对人类自身的兽性和暴力有了进一步的认识，在婚姻问题上也因为与胡兰成的感情纠葛而对婚姻感到憎恨和怀疑。张爱玲生活中所遭遇的这一系列变故和挫折不仅使她变得自私冷漠，也使她对个体生存和人类文明悲观绝望。由此可见，成长的经历使张爱玲过早地体味到人生的坎坷和生命的黯淡，形成了她冷漠、孤僻、自私、虚荣及自我中心等多重性格，并在一定程度上造成了她的病态心理和人格障碍，

---

❶　邵迎建. 传奇文学与流言人生［M］. 北京：生活·读书·新知三联书店，1998：41.

❷　陈仲庚，张雨新. 人格心理学［M］. 沈阳：辽宁人民出版社，1986：435.

"爱玲因为家庭的某种不幸，使她成为一个十分沉默的人，不说话、懒惰、不交朋友、不活动，精神长期萎靡不振"。❶ 孤僻冷傲的个性以及对毛姆的认同，使她始终以一种冷静与悲观的目光注视社会人生，"现时的强烈经验唤起了作家对早年经验（通常是童年时代的经验）的记忆，现在，从这个记忆中产生了一个愿望，这个愿望又在现实中得到实现。作品本身展示出两种成分：最近的诱发场合和旧时的记忆"❷。张爱玲个性突出，内心世界丰富复杂，她用女性的直觉细腻地感悟，用生命的体验触及周围的社会生活。在某种程度上她是把自己的人生体验、心理体会、个性因素如雪融水地化入小说当中，只有当她在对人类的潜意识心理把握得比较透彻时，她才能得心应手地抒写那么多人性的堕落和亲人之间互相戕害的故事。

最后，张爱玲对毛姆的接受也与西方文化思潮对她的熏陶有关。如果说早年的创伤性心理体验为她接受毛姆影响提供了生活基础和心理前提，那么，张爱玲对西方文化思潮的了解和仰慕也是她易于接受毛姆影响的一个理性和自觉的选择。在张爱玲接受现代化教育、学习中英文写作的阶段，正是"五四"新文化发展到辉煌的 30 年代，她不可能回避毛姆给予她的巨大影响。张爱玲出生于 1921 年，其时的中国刚刚经过"五四"新文化运动的洗礼，"一种寻求更大的社会整合来代替家族约束的倾向逐步形成，妇女的地位开始提高，成立男女合校，妇女开始从传统伦理、社会和政治的桎梏中解放出来，事实上这场运动发起并推进了一场家庭革命"❸。留学法国的母亲给张爱玲带来了西方文化的熏陶和氛围，使这个昔日的"诗礼簪缨之族，钟鸣鼎食之家"始终弥漫着一种独特的生活氛围——既有"奇异的西方文化的鲜活"，又有"东方文化中厚沉沉的鸦片"。❹ 她从小受到的西方文明的熏陶，从家庭生活蔓延到学校教育中。她就读的中小学都是美国教会所办，特别是教会中学使她有机会接触较多的西方文学艺术作品。进入香港大学后，她的授课教师在名家作品选读

❶ 章岩. 红楼隔雨相望冷［N］. 团结报，1995－12－20.

❷ ［奥］弗洛伊德. 作家与白日梦［M］//弗洛伊德论美文选. 长沙：湖南文艺出版社，1986：36.

❸ 周策纵. 五四运动史［M］. 长沙：岳麓书社，1999：506.

❹ 于青. 张爱玲传略［M］. 合肥：安徽文艺出版社，1992：435.

课中推荐毛姆的作品，难怪张爱玲在《双声》里称自己"是在英美的思想空气里面长大的"❶，她在上海这样的新旧文明都很发达的城市里出生和成长。在中西交汇的十里洋场上海，古老与现代、腐朽与时髦、新潮与旧态汇集碰撞，产生出许许多多复杂多变的社会景观和心理形态，她对人性悲剧的深刻体验，对大时代中小人物的悲欢离合所持的不无同情的讽刺态度，都可以证明这种文化上的血脉。

由此可见，张爱玲接受毛姆影响既与"五四"以来毛姆创作在中国的广泛传播有关，也与她自身早年的创伤性体验有关，此外也与西方文化和哲学对她的影响有关，因此张爱玲接触毛姆创作并受其影响乃势在必然。在毛姆创作的烛照下，张爱玲通过一系列小说创作，超越了早年情感的心理阴影，获得了强烈的生命感受，同时也获得了永恒的艺术之光。

二、畸形的婚恋世界

张爱玲与毛姆小说中有一个共同的主题，就是揭示原欲对人的折磨、支配和惩罚。从题材来看，两位作家都侧重从爱情和婚姻的角度挖掘和考察人性的恶。在任何一种文化背景中，性爱关系都是人际关系中最敏感的部分，在某种程度上反映了人伦关系及人性的本质。张爱玲和毛姆因为创伤性的童年经历，都形成了悲观的人生基调以及对人性的批判。从这个意义上讲，毛姆和张爱玲把爱欲看作文明的核心和实质，通过对爱欲主题的深刻展示，对西方文明进行了理性的反思和尖锐的批判。毛姆和张爱玲几乎每一部作品都表现了对畸形家庭和人性的强烈兴趣，因此病态的母爱、病态的亲情和病态的爱情，构成了两位作家创作中一个个触目惊心的病态现象。

毛姆早年留学海德堡时，曾广泛涉猎西方现代各种哲学、心理学和文艺思潮，除叔本华的悲观主义哲学对他的思想和创作产生重大影响外，精神分析学说也在一定程度上给毛姆以极大的精神洗礼。精神分析探讨潜意识深处的复杂

---

❶ 张爱玲. 双声［M］//张爱玲文集. 合肥：安徽文艺出版社，1991：58.

状态，这对于毛姆这样一位对人性的复杂深邃有特殊嗜好的作家来说，是一个重大的理论启发，促使他更为自觉地从人物的深层意识，尤其是从人物的畸形心理角度出发，思索和观察人性的隐秘。《风筝》写家里的独生子赫伯特深受父母的溺爱，小的时候不让他跟街头巷尾的孩子们玩，也不准和同学多打交道，大了以后父母也不放手让他独立，认为结婚对他而言是一件愚蠢的事情，他不该有结婚成家的想法。后来赫伯特遇到了贝蒂，两人一见钟情并迅速结婚。婚后父母为了从儿媳手里重新夺回儿子，不惜重金购买了儿子从小就痴迷的风筝，贝蒂毁掉了这只破坏自己幸福婚姻的风筝，赫伯特以牙还牙，因殴打妻子而入狱。《克雷杜克夫人》里的伯莎受情欲所困，与雇工爱德华·克雷杜克堕入情网，并不顾身份和地位的极大悬殊与之结婚。婚后当她的激情冷却下来，又爱上了年轻表弟杰拉尔德，深陷情欲的藩篱而不能自拔。《人性的枷锁》里的菲利普、《剧院风情》里的朱莉亚等明明知道对方粗俗不堪，并非自己真心所爱，却无法控制自己的情欲，一再地放任自己沉溺其中，这些小说大致都是毛姆对精神分析学说的直接演绎。

毛姆对婚恋与性爱的扭曲和畸形的阐释，在他大部分作品中都有所体现。毛姆认为，婚姻是人性的枷锁，"毛姆最喜欢的话题是婚姻的不忠"。❶ 在毛姆的作品中，描写情变、情杀、谋杀、通奸的故事比比皆是，而且这类故事大致都有一个相似的模式，即夫妻之间情感淡漠，妻子红杏出墙，丈夫或情夫一方深受其害，最后导致死亡悲剧的发生。毛姆认为，对于性爱的追求往往是悲剧性的，这种悲剧性主要来自社会环境及传统观念对性爱的束缚与压抑，他笔下的男女主人公的婚恋追求也大多是徒劳和不幸的。《露水姻缘》写一个年轻的外交官杰克·阿尔蒙特爱上了一个有夫之妇卡斯特兰夫人，但不久私情暴露，卡斯特兰决心与妻子离婚，而卡斯特兰夫人为了保住自己现有的身份和地位，不惜抛弃这份爱情，卡斯特兰深受打击，从此消沉堕落，不久之后死在贫民窟里。《彩色的面纱》女主人公凯蒂草率地嫁给了华尔特，婚后不堪忍受平淡的生活，与总督助理汤森产生私情。华尔特发现妻子的不忠后，出于报复，将她

---

❶ Thomas Votteler (ed). *Short Story Criticism*. Detroit: Gale Research Inc, 1991 (8).

带到一个瘟疫流行的小镇，结果夫妻却不幸染病，客死他乡。《行尸走肉》中诺尔曼开枪打死了妻子的情夫，婚姻关系已经破碎，他们巴不得对方早死，好让自己少受彼此的折磨。毛姆笔下这些非正常的婚姻故事还有很多，在毛姆看来，男性是受害者，他们不幸的原因在于对妻子或情人真挚的爱，而妻子或者情人则是造成悲剧的罪魁祸首。她们一方面虚荣、浅薄、自私，对待婚姻的态度不慎重；另一方面又不能控制自己的情欲，因而婚姻的悲剧便不可避免，"婚姻，在最好的程度上，也是男女间最不正常的关系。我拒绝相信男性和女性因为一纸法律条文而被绑在同个屋檐下生活，它构成了对隐私、个性的侵犯，破坏和打断了独立的思想和行为，无辜的人被卷入厌烦的沼泽中"❶。

在毛姆看来，作家创作的"内驱力"是性的欲望的宣泄，是"力比多"冲动的结果。作家为了解除因压抑造成的痛苦，便通过梦幻或创作活动等方式，用一种更远大、更有社会价值的目标代替原有的性目的，释放被压抑的欲望，毛姆这种与艺术源于生活相悖的本能说，与张爱玲创作中对婚恋畸形的揭示不谋而合。张爱玲的英文功底很好，她阅读了大量英美等国的文学和文化书籍，她是看过精神分析学著作，还是从毛姆等外国作家的作品中受到精神分析学说的启发，现在已无从考证。但可以肯定的是，张爱玲与毛姆一样，其创作明显受到了精神分析学说的影响，这在她的创作尤其是早期创作中表现得最明显。婚姻爱情等两性关系也成为张爱玲观照人生、解析人性的一个基本角度，"我甚至只写男女间的小事情，我的作品里没有战争，也没有革命。我以为人在恋爱的时候，是比在战争或革命的时候更素朴，也更放态的"❷。张爱玲在创作中所关注的是被压抑的欲望得不到正常表现所产生的变态心理以及随之而来的变本加厉的报复行为，这个观点与毛姆是一脉相承的。张爱玲认为，"极端病态与极端觉悟的人究竟不多。时代是这么沉重，不容那么容易就大彻大

---

❶ Sean O Connor. Straight Actin：Popular Gay Drama from Wilde to Rattigan. London Cassell Press，1998：65.

❷ 张爱玲. 流言［M］. 北京：北京十月文艺出版社，2005：187.

悟。这些年来，人类到底就这么生活了下来，可见疯狂是疯狂，还是有分寸的。所以我的小说里，除了《金锁记》里的曹七巧，全是些不彻底的人物❶。毛姆作品在创作思想、主题意蕴和审美形态等方面契合了张爱玲对婚恋的悲观意识。

张爱玲描写了各种各样不正常的婚姻关系，在小说集《传奇》中，张爱玲用极端传统化的小说故事，从性本能的层面，通过对情欲力量和心理变态的渲染表达她对人的非理性的认同与强调，挖掘出原欲最深层面的精神变异的悲剧，从而揭示出情欲存在于人性悲剧之中，表达了与毛姆的性本能理论相似的阐释。《沉香屑·第一炉香》中40岁"安静而平凡的独身汉"罗杰生活平静满足，"他深信他绝对不会出乱子，他有一种安全的感觉"，其实他的周围危机四伏，充满不安，悲剧从他决定娶"天真得使人不能相信"的愫细为妻开始。罗杰充满了对愫细深深的爱意。然而愫细像姐姐一样，把正常的夫妻生活视为禽兽行为，新婚之夜对罗杰做出的性爱要求表示了巨大的抗拒和厌恶，以至连夜逃回娘家。结果闹得满城风雨，罗杰很快便感到"一片庞大而不彻底的宁静"，安全感这时候变成了恐怖感。遭到羞耻和疑惧打击的罗杰，被外界鄙视、憎恶，他的肉体和内心遭受了巨大创伤，他觉得今后再也不会有正常的性冲动了，开始向往死亡的静谧，最后他无法抑制肉体的欲望而自杀。禁欲教育不仅毁灭了愫细的正常生活，而且无情地扼杀了罗杰的生命。然而更可悲的是愫细丝毫也没有感到对罗杰之死的悔恨和愧疚，相反她竟在公众面前表现她的"纯洁"。这是一种典型的变态行为，它"明显地表现着一种超乎常情的性压抑，夸大了我们所知道的羞耻心和厌恶感一类的阻抗作用，来抗拒性冲动，他们本能地逃避着，绝不使心理沾染性问题，其结果表现在显著的例子里，则为性的全然无知，持续直至成熟之后"❷。张爱玲在这篇小说中通过性欲受到压抑而导致的悲剧，揭示了性爱遭到压抑乃至遭到屈辱所形成的人性悲剧，揭

---

❶ 张爱玲. 自己的文章 [M] //张爱玲文集. 合肥：安徽文艺出版社，1991：12.

❷ [奥] 弗洛伊德. 性学三论 [M] //弗洛伊德文集·性爱与文明. 滕守尧，译. 合肥：安徽文艺出版社，1996：86.

露了禁欲教育对生命的摧残。

毛姆对英格兰人性爱和情感扭曲的深刻揭示，使张爱玲折服崇拜。她喜欢毛姆的小说，"实质上正是欣赏毛姆那种'人世挑剔者'的眼光，从中部分地找到了和自己心态相符的观察视角"❶。毛姆对性爱和人性的悲观意识，影响并形成了张爱玲对性爱悲剧性的认识以及对人类文明的悲剧结论。张爱玲的小说和散文中清晰地传达出她对性爱的悲观情绪，"时代是仓促的，已经在破坏中，还有更大的破坏要来。有一天，我们的文明，不论是升华还是浮华，都要成为过去，思想背景里有这惘惘的威胁"❷。生活本身充满了不幸和悲伤，因而一切欢乐不仅是虚假的，更是浅薄的、缺少深度的，所以张爱玲笔下的人物总是与性爱畸形的悲剧命运联系在一起。《红玫瑰与白玫瑰》中留学生振保受聘回国之后暂时租寄在老同学家中，对同学美丽的妻子娇蕊产生了性欲望。然而传统的礼仪规范和道德力量阻挡了这种欲望的实现，振保便在心理和举动上，用替代物取代性对象娇蕊，他把"瓷砖上的娇蕊乱头发一团团拣了起来，集成一嘟噜。烫过的头发，梢子上发黄，相当的硬，像传电的细钢丝。他把它塞到裤袋里去，他的手停在口袋里，只觉得浑身燥热"。他以娇蕊的头发满足他的那份渴望和性满足，头发在这里成为一种"崇拜物"，当性欲因社会道德的限制不能实现，或自我抑制这种冲动时，就会出现性变态或精神变异，呈现出歇斯底里或者"恋物症"症状。令人惊奇的是娇蕊也同样在振保身上寄托了自己的性幻想，也将性欲转入对振保替代物的幻想中。她把振保的大衣拿到自己屋里，坐在旁边，让大衣上香烟味笼罩着，又把振保的烟灰盒拿来，点起一截振保吸过的香烟，直到烫了手才抛掉，这时娇蕊"仿佛很满意似的"。振保和娇蕊相同的性欲转移是自我压抑的结果，彼此以物为幻想的动力，希望从中满足被压抑的欲望。当振保和妻子结婚后，在潜意识中仍纪念着娇蕊，故意冷落妻子。为释放压抑，振保就和妓女来往，但在欲望满足之后的夜里，却将笑像眼泪一样流了一脸。振保表达性欲的变异形式和实现后的痛苦，都是最初

---

❶　宋家宏. 张爱玲的"失落者"心态及创作 [J]. 文学评论，1988（1）.

❷　张爱玲. 张爱玲典藏全集（第6册）[M]. 哈尔滨：哈尔滨出版社，2003：142.

欲望屡遭抑制并将最初欲望固置的结果。

张爱玲对婚恋的悲剧性描写，揭示出人性的恶和难以捉摸，由此表现出了受毛姆影响的明显印迹。张爱玲不仅集中刻画了两性之间的爱情婚姻关系，还描写了不少残缺不全的人伦感情，通过揭示这些亲情的不复存在，进一步剖析和审视人性的丑恶与不堪。与毛姆相比，她对人性恶的发掘和书写更全面更彻底也更深入，因而其笔下的世界更加阴暗、悲惨和冷酷无情。在张爱玲笔下，最典型的变态女性是《金锁记》中的曹七巧。她由兄嫂安排嫁给姜家二少爷做了二少奶奶，然而二少爷是个骨痨病人，姜家降低了择偶标准选了麻油店出身的曹七巧。过了门的七巧被姜家上下瞧不起，在这闭塞的姜家大院里，没有正常性生活的七巧渴望正常的性爱，将爱的希望倾注在三少爷身上。然而三少爷与七巧只是逢场作戏。为了以后能继承二少爷的家产，七巧"多少回了，为了要按捺自己，她进得全身的筋骨和牙根都酸楚了"。终于一晃10年，老太太和二少爷都过世了，七巧得到二少爷家产自立了门户。为了"捍卫"用青春换来的血汗钱，她神经质地怀疑所有人，害怕别人来用自己的钱。对自己的一双儿女，她没有丝毫的爱意，她不能让身边的人哪怕是自己的骨肉过上快乐的日子。这是一种紧张、提防心、受迫害感和不平衡心理综合引发的焦虑症，"焦虑症的主要表现是在无直接相应的外界刺激下的心理紧张、不安、恐惧及其行为表现"❶。畸形的生活必然造就扭曲的人格，曹七巧的心理变得恶毒丑陋，她做出种种非人道的举动去迫害她身边的人包括儿女。当儿子结婚后，她竟然向儿子追问他们夫妇俩的隐私，然后到处宣扬，看见儿媳生不如死，她有一种幸灾乐祸的快感，"具有变态人格的病人喜好幸灾乐祸地开玩笑，以从中取乐，这也是攻击行为的另一种形式"❷。女儿恋爱后容光焕发，她满怀嫉妒毁灭了女儿刚刚开始的爱情。七巧的歇斯底里症还时有表现，她经常使性子、打丫头、换厨子。对她来说，爱情生活长期得不到满足，精神上茫无边际的空虚、生理上无边的寂寞、性苦闷的膨胀，使她的性格发生了裂变，使她逐渐变

---

❶ 王维亮. 变态心理学 [M]. 武汉：湖北科技出版社，1987：91.

❷ 王维亮. 变态心理学 [M]. 武汉：湖北科技出版社，1987：189.

成了一个心理变态的畸形者。她恶毒地离间和逼死儿媳，并残忍地葬送了女儿的终生幸福。她把那个社会给予她的不幸报复给她的儿女们。作为婚姻的牺牲品，长期的性压抑和社会压迫使曹七巧的性情愈加恶毒和丑陋，产生了极端的虐待心理，其行为具有典型的攻击性和报复性，最终演变成为杀人不见血的刽子手。正是不幸的生活、扭曲的性欲和变形的人格，还有这种"疯子的审慎与机智"❶，使七巧成为一个"刽子手"，由一个天真活泼的少女一步步演变成一个近乎骷髅的疯狂老太，其变态经历不能不使人感到震惊。

张爱玲和毛姆用冷静而近乎挑剔的目光揭示了人生的苦痛与无奈，深入剖析了人性的复杂、深邃和弱点。其实，对恶的揭示恰恰表现了他们对人世真、善、美的向往，"为保护一个过于敏感和害羞的人免受冷酷世界的严寒，他（毛姆）采取了愤世嫉俗和世故的姿势来做掩护，渐渐地这个姿势成为他的一部分，但是在这看似冷漠无情、悲观厌世的作家背后，是一个渴望爱的、孤独的人"❷。张爱玲通过一个个朴实却又传奇的故事，说明人无法摆脱性欲望的绝对支配和巨大引诱，人的心理行动甚至人性中的潜在成分以及人性的失落和变异，都来自它的力量，从而揭示了性本能在人格发展过程中所起的决定性作用。张爱玲在作品中不但通过对血缘亲情的肆意解构，反映了她对人世真情的深切呼唤，而且通过对畸形爱情婚姻的灰色书写，表达了她对美好爱情的无限向往，同时通过对笔下人物人性弱点的宽容与悲悯，表达了她对自身命运无从把握的无奈，从而使其作品具有一种特殊的撼动人心的力量。

与毛姆不同的是，张爱玲表现的人物是近现代中国浸泡在浓厚沉重的封建文化里的中上层人士，那些表面被资本主义浸湿了、但骨子里依然流淌着封建意识的老爷、太太、少爷、小姐们。由于封建文化中许多虚伪的成分包裹了人的极为普通的天性，所以作者表达这种天性时，必须艰难地剥开依附于人体之外的阻碍物。正是在这个剥脱过程中，人们看到了社会、时代、历史与人割不断的丝缕牵连。因此张爱玲既表达了人的本体内部实有的超社会历史范畴的部

---

❶　张爱玲. 金锁记［M］//张爱玲文集（第 2 卷）. 合肥：安徽文艺出版社，1991：122.
❷　Robin Maugham. *Somerset and All the Maughams.* London：Heinemann Ltd，1966：123.

分，又呈现了生存环境对人的影响、制约和创造。从这个意义上看，张爱玲既吸收了毛姆中的无意识和性本能学说，又避免了像毛姆那样专断地将人的心理与社会环境和历史的冲突隔断，回避了毛姆对人的意识和公理的社会制约性以及人的本能的历史性的缺陷。

三、人性枷锁的挣扎

毛姆的作品之所以广受欢迎、魅力经久不衰，根本原因就在于毛姆对人性真实而又深刻的揭示。"我在等待这样一位批评家，等着他来告诉我，为什么我有这么多的缺点，我的书却仍然在那么多年里被那么多人翻阅？"[1] 人性亘古不变，作为人类具有的共性，为大家所熟悉，所以写人性的作品才会得到世世代代读者的共同关注。除了对婚恋世界的揭示之外，毛姆小说的另一个重要主题是对畸形人生和人性的表现和批判。人性的阴暗面是毛姆创作的主要主题，他如此关注人性不好的一面，是因为他亲身经历的、耳闻目睹的多是黑暗和苦难。所谓美好的人性，在他看来，不过是对现实的绝妙讽刺，因此，罪恶、通奸、谋杀等在他的作品里屡见不鲜。痛苦、不幸的身世经历使张爱玲对毛姆笔下人世的冷酷和人性中的恶有着异乎寻常的体察和认同，从而在其内心深处激起强烈的共鸣。张爱玲在创作中也入木三分地刻画了一个个心理变态、人性扭曲的人物形象。

毛姆与张爱玲有着相似的心理性格特征，两位作家童年病态心理的形成和在创作中的升华使其超越了自我心灵的樊篱，展示了特定的历史时代与文化困境中普遍的病态人性。在两位作家进入艺术世界之前，早年情感的人格阴影制约他们的审美选择和审美情绪，成为最能激发其审美联想的生活敏感区，使他们不由自主地选择这样的视角去透视生活。毛姆和张爱玲都是以描写人性恶而著称的作家，他们以敏锐的目光和深邃的艺术洞察力将人性深处的自私、贪婪、邪恶和残忍等在作品中进行了冷酷无情的展示和剖析。可以说，人性趋恶

---

[1] Vottler Thomas (ed)：*Short Storylsm Criticism*. Detrolt：Gale Research Inc，1991（8）.

是他们写作的一贯主题。

首先，从人性异常的表现看张爱玲和毛姆两位作家对人性的揭示。从医学和心理学看，所谓异常是指由于社会与个体的相互冲突，生理和心理的不相协调或遗传等多种因素，导致人性超出正常范围而发生病变的心理及行为。而"正常范围"则是个体生存于社会所需要维持的行为规范以及所需要保持的身心健康。人的本能欲望长期受到压抑，如不能得到恰当的宣泄与升华时，会形成一种病态心理，导致性变态或其他心理障碍。这种变态心理常常以冲破社会规范的反常行为表现出来，或是暴戾的攻击，或是猥琐的刺激，"潜意识包括个人的原始冲动和各种本能，以及本能产生的欲望而被风俗习惯和法律道德所压抑的心理部分"❶。变态心理是一个特殊且又十分重要的精神领域，是心理过程最重要的一个部分。

与毛姆一样，张爱玲也是一个人性恶的言说者，在《沉香屑·第一炉香》中，葛薇龙为了求学寄住于姑妈家中，风月场上的姑妈让她借住在家里，实际上却是为了把她培养成自己的左右手，帮忙拉拢有用的男人。薇龙也曾经挣扎过，可是终究抵挡不住锦衣玉食的诱惑，逐渐放弃了学业，坠入了姑妈的社交圈。在她看清这个圈子的丑恶面目决定离开时，姑妈假意不加阻拦，暗地里却设下圈套，把亲侄女推进了深渊。孟子早在两千年前就说过，"虽有慈父，不爱无益之子"，血缘在利益面前是多么苍白无力，人性归根结底是自私残忍的。《沉香屑·第二炉香》的愫细在母亲别有用心的教育下，把正常的丈夫当成变态，毁了他的同时也断送了自己的美好生活。母亲为了要女儿终身陪伴自己，装出一副可怜兮兮、孤苦无依的模样，实际上成竹在胸，一步步扼杀了女儿的幸福，并迫使女婿自杀，"我学习到，人是被一种野蛮的利己主义所驱动。'爱'是自然为了达到种族延续的目的，在我们身上所玩弄的唯一肮脏的阴谋"❷。伟大崇高的母爱在张爱玲的作品里变了味，她用残酷的事实说明，母爱绝不是甘于自我牺牲的，而是有条件的、唯利是图的，它打着为子女着想

---

❶ 王维亮. 变态心理学 [M]. 武汉：湖北科技出版社，1987：62.

❷ Maugham W. S. *The Sunming Up*. London：Pan Books Ltd，1976：51.

的幌子，明为他人，实为自己，恰似一把杀人不见血的刀。"我们的天性是要人种滋长繁殖，多多地生，生了又生。我们自己是要死的，可是我们的种子遍布大地，然而这是什么样的仇恨的种子，不幸的种子！"❶ 千百年来，世代歌颂的亲情家庭在张爱玲犀利的目光下，暴露出自私自利的本性。

从毛姆影响的层面看，张爱玲小说的女性"病态化"还表现为女性作为生命本体的自然性被扭曲变形，导致女性的精神和人格的彻底畸形。在《传奇》的15篇小说中，几乎每一篇女性人物都是畸形和变态的，其中既有毛姆意义上的人性异常的女性，如曹七巧、梁太太、许小寒和愫细姐妹，也有具有轻微人性异常的女性，包括吴翠远、孟烟鹂、娄太太、郑夫人、言丹朱等，在沉重的人性锁链下，她们不是抑郁而死，就是走向心理变态和疯狂，由被迫害到自觉不自觉地害人，在一种畸形的精神状态中宣泄自己的反叛与绝望，最后走向毁灭。如果说《金锁记》侧重于表现人性变异的外部表现以及后果，而《沉香屑·第一炉香》和《花凋》则通过梁太太和郑夫人两个形象，侧重于对人性变异的内部进行精细描写。《沉香屑·第一炉香》中的梁太太是一个中层家庭出身的小家碧玉，为了获得一笔可观的遗产和奢侈的物质生活嫁给了一个老头，老头死后她已是一个五十多岁的女人了。多年来对性爱的压抑使她的心理畸形发展，获得"解放"之后她如饥似渴找男人，然而此时她已经年老色衰，只能利用年轻女子甚至侄女薇龙为"诱饵"捕获她渴望的男子。梁太太通过这种方式，转移和补偿她年轻时没享受过的正常性爱。《花凋》中上了年纪的郑夫人在恋爱和对异性的行为态度上，并没有发展到与年龄阶段相适应的状态，而是停滞在青年时代的性心理状态，于是产生了种种变态心理行为，"郑夫人对于选择女婿很感兴趣"，正是性心理的发展停滞在某一点上的形象化阐释，"人总是要在替代对象中寻找他的宣泄对象。如果他接受了某一替代，我们就可以说他是在补偿他的原始的利比多"。❷ 性爱的压抑成为人性畸形生长的土壤，在现实行为中有意无意地通过"转移"和"补偿"，扭曲而可

---

❶ 任茹文，王艳. 沉香屑里的旧事——张爱玲传［M］. 北京：团结出版社，2002：529.
❷ 王维亮. 变态心理学［M］. 武汉：湖北科技出版社，1987：80.

悲地求取宣泄的对象和渠道。梁太太和郑夫人都是这种因性压抑而产生的人性异常的典型事例，从对梁太太和郑夫人等女性人性异常的描写中，张爱玲表现了审美判断的某种意向性特征。她对这些女性变态心理的描写，与其说是对文本所蕴含意义的客观揭示，不如说是对内心世界的发现，对象与关照主体之间互为诠释，张爱玲的这种人格心理影响了她对于周围事物的观照方式和审美直觉上，把一个对人事挑剔者的情感顽强地投射到创作中，刻意地发掘人性的丑恶。

与曹七巧、梁太太和郑夫人等人明显的人性异常相比，《红玫瑰白玫瑰》中的孟烟鹂、《封锁》中的吴翠远、《鸿鸾禧》中的娄太太则是一种比较隐蔽的人性异常。她们在生活中都是不为人注重的"渺小"笨拙的女性，她们性格中存在着强烈的自卑感，这种自卑使她们生活在精神压抑和心理阴影中，使她们产生扭曲变态的人性异常。孟烟鹂自小就因为笨拙和沉默的性格而被父母、亲戚和老师同学瞧不起，她"在学校里老是觉得谁都瞧不起她"，当一学生"用不很合文法的期期艾艾的句子，骂着'红嘴唇的卖淫妇'"时，她竟批了个"Ａ"字，因为"这学生是胆敢这么毫无顾忌地对她说这些话的唯一的一个男子"，"他拿她当作一个见多识广的人看待，他拿她当作一个男人，一个心腹，他看得起她"。结婚后笨手笨脚的她自然不会得到丈夫和婆家的喜欢，连仆人们也看不起她。于是她与一个丑陋猥琐的裁缝发生了婚外私情，原因在于只有在这个裁缝面前，她才能理直气壮地把握自己、驾驭别人，让心中的郁闷得以发泄。她还有便秘的生理毛病，通过便秘这一生理行为让自己紧绷的神经稍稍得到一些转移和放松。张爱玲对孟烟鹂等女性的人性异常的描写主要集中在一些病态的潜层心理层面，如女性的性压抑意识、自卑意识、逃避心理和虚荣偏狭，等等，这些病态心理积淀为女性弱点的病根，而这些弱点的存在则可以随时随地演化出病态的集体无意识。由此可见，张爱玲揭示女性变态心理更为重要的意义是，她将性别审视与人性中隐蔽的变态心理结合起来剖析，隐喻性地把女性变态心理提升到"原型"和集体无意识的层面。女性集体无意识既是遗传作用下的"本能"和"原始印象"，也包括社会及其个体的双向作用下先天、后天因素共同导致的社会文化心理积淀和因袭，它同样也体现为本能、直觉、原型等心理活动和方式及其生发的社会行为。因此张爱玲通过这些变态女性的描写，不仅说明了变态女性病症、病因的个案，而且深入开掘了这类女性多年沉淀下来的集体无意识，尤其是带有种种不同程度变态特征的集体无意识。

其次，从人性异常的描写看张爱玲和毛姆对人性揭示的异同。张爱玲和毛姆相似的家庭背景，生活环境使他们在 20 岁出头的青春年华，就练就了冷峻的双眼、沉静的心灵和理智的才情，使他们能入木三分地刻画出生活背后真实的人生、人性和人情。张爱玲的作品里没有彻底的恶棍或坏人，也许是对人物的阴暗面太了解，她不屑于描写所谓的好人，而是把注意力转向了坏人，从她们身上找到让人同情、理解的地方，她们坏也有坏的理由。《金锁记》里的曹七巧用黄金的枷锁劈死了好几人，包括亲生儿女，但是她在让人厌恶的同时仍然得到了同情。如果不是家人贪图富贵把她嫁给姜家残废的二少爷，埋葬了她一生的幸福，她就不会从一个普通女子变得狰狞可怕，最后还成了杀人凶手。可悲的是，本是一个受害者的她，待到熬出头掌握了财政大权之后，心灵已经被扭曲，转过来迫害他人，"我用的是参差的对照的写法，我不喜欢采取善与恶，灵与肉的斩钉截铁的冲突的那种古典主义手法"❶。在毛姆的影响下，张爱玲着力塑造的是丰满、立体感强的、复杂多变的圆形女性形象，她们在向读者述说她们的故事、她们的不幸、她们的苦衷，可见她在人物塑造方面和毛姆的高度相似性。

张爱玲笔下的人物和毛姆笔下的人物有着惊人的相似，都是那么的疯狂变态，都是那么的心理畸形，都是那么的人性扭曲。但两者又有所不同，张爱玲继承了毛姆创作的精髓，把人性赤裸裸地剖开给人看，但不是鹦鹉学舌、亦步亦趋，她有自己的特色。毛姆笔下的人物可能是因为篇幅和第一人称"我"的叙述角度的限制，人物的病态心理并没有很全面地展开，对人物病态心理的揭示也更偏重主观方面，而张爱玲笔下的人物却显得更饱满、更形象、也更深刻，毛姆的创作基调是嘲讽的，而张爱玲是悲凉的，毛姆是一个叛逆者，而张

---

❶ 任茹文，王艳. 沉香屑里的旧事——张爱玲传 [M]. 北京：团结出版社，2002：45.

爱玲是一个被弃者，毛姆对社会现状熟视无睹，而张爱玲在作品中反映了时代特征。因此，毛姆是以道德批判的标准，对人性异化现象加以揭露和嘲讽，而张爱玲则认为人性本来如此，无所谓善恶，存在即真实，她只是把这"真实"描述出来。人性被张爱玲揭示得无以复加，自私、贪婪、绝情、残忍，所有的罪恶都可能存在于周围亲朋好友的身上，看到父母、手足、家人竟然对至亲的人下毒手，读者禁不住不寒而栗。可是，作者依然无动于衷，始终平淡从容讲她的故事，好像读者少见多怪似的。张爱玲能在作品中保持这么超然的态度，是因为她知道生活就是这样，真实就是这样，环顾四周都是这样，她早已曾经沧海，见多不怪了。她认为人类需要从过去的幻觉中清醒过来。她如此客观冷静，似乎显得没有人性，然而却从另一方面说明她人性未泯，看透世事，不假以伪饰。

张爱玲之所以能触及女性集体无意识的层面和深度，一方面是她对现实生活中的女性的变态心理有着深入的观察、了解、认识和体会，诸如七巧、梁太太等就有生活原型；另一方面则是这类女性作为社会个体所具有的社会心理学内涵，被张爱玲敏感的心灵和敏锐的笔头所捕捉、所集中描绘，"用灵魂去读灵魂"。❶ 张爱玲以集中的笔墨描写了处于中西文化冲突、现代与传统夹缝间的现代女性的一些内在真实，尤其是处于"没有光"的"死世界"中的女性们阴暗变态的心灵角落；同时她通过对这些女性的变态心理及行为的描写，从人性的深度和潜意识及无意识层面，发掘展示女性的内在真实，尤其是女性在传统与现代之间、金钱与道德之间、性爱与感情之间、物欲和爱欲夹缝中的人性异常，显示了毛姆影响的力度和深度。

四、"情结"的演绎与超越

从异域影响的角度看，毛姆创作和张爱玲创作可以说是精神分析"情结"学说的两个文学版本，且两位作家的童年经历与弗洛伊德理论之间也确有千丝

---

❶ 于青，金宏达. 张爱玲研究资料［M］. 合肥：安徽文艺出版社，1994：14.

万缕的联系，但这两位具有独创个性的作家却并非简单地图解弗洛伊德的"情结"学说，而是有所改造与超越，在"情结"的外衣下，各自闪露出深刻、独到的社会批判锋芒。

毛姆对情结理论非常熟悉，张爱玲的一些作品也对"俄狄浦斯情结"和"厄勒克特拉情结"等情结有所体现。"情结"是弗洛伊德的一个核心概念。弗洛伊德认为，人类的一种心理动作本来可以成为意识，但是被压抑为无意识，进入无意识系统，同类被压抑的成分构成的集合就形成了情结。因此在弗洛伊德看来，情结是人的一组感受与观念，既可以是感性的，也可以是理性的，既可以是一种或一组不太清晰的情绪感觉，也可以是一种长时间思考的思想或观念。毛姆也认为，情结产生的根源在于个体所受的早期伤害或早期某种重大深刻的影响，情结埋藏在意识的深层，持久地影响个体现在的心理活动与心理状态。

在弗洛伊德理论中，"俄狄浦斯情结"是一个重要而又广为人知的概念，这一概念的核心内容是儿子对母亲的性爱和对父亲的妒忌。"俄狄浦斯情结"源于希腊悲剧索福克勒斯的《俄狄浦斯王》。俄狄浦斯出生时，神曾警告他父亲忒拜国王拉伊俄斯说，这孩子将是杀死父亲的凶手，因此俄狄浦斯刚刚出生就被遗弃了。被父母遗弃的俄狄浦斯在偶然的机会被邻国国王救助，并作为邻国的王子抚养长大，神告诉他，他必须背井离乡，因为他注定要杀父娶母。俄狄浦斯离开"故乡"的途中，遇到了他不认识的父王拉伊俄斯，并在一场突发的争吵中杀死了他，然后来到忒拜国。因为俄狄浦斯成功破解了女妖斯芬克斯的人的谜语，忒拜人出于感激而拥戴他为国王，这样俄狄浦斯娶了前王后即他的生母为妻，后来他发现了这无意犯下的罪恶，便弄瞎了双眼离开忒拜国。弗洛伊德用传说中的"杀父娶母"的悲剧，证实了他的儿童性欲理论，儿子自幼爱慕母亲，并且命中注定要把性冲动指向母亲，对父亲则具有忌恨和屠杀的意愿。俄狄浦斯成年后实现了儿童的愿望，这是神把乱伦欲望加在人类头上的一个梦魇般的象征。毛姆对哈姆雷特复仇的犹豫不决，对陀思妥耶夫斯基《卡拉马佐夫兄弟》中的子杀父，都赋予"俄狄浦斯情结"主题的理解。相对于"俄狄浦斯情结"中男子的"爱母妒父"，女子对于父亲的性爱和对母亲的炉忌则被称为"厄莱克特拉情结"。厄莱克特拉是古希腊时的一个公主，她的父亲被母亲谋害了，出于对父亲的爱和对母亲的恨，她怂恿她的兄弟杀死母亲，为父亲报仇。

　　在异域资源的借鉴中，张爱玲最大的创新是成功地将心理分析与故事叙述结合在一起。张爱玲善于以故事外壳包容心理分析故事，虚构故事是张爱玲心理分析手法在小说外在形式上的体现，她的每篇作品都是一个有头有尾、有滋有味的故事，她通过故事说明某个主题的同时，也在说明某种心理情结。在张爱玲的小说中，《沉香屑·第二炉香》写了性压抑者在走投无路时的自杀，《茉莉香片》表现了男主人公聂传庆因得不到父母温爱而变态地对女同学言丹珠的嫉恨与报复，《心经》写少女小寒爱上父亲，暗含了毛姆的恋父情结，《金锁记》写了七巧因性欲的压抑产生了性变态，在《沉香屑·第二炉香》《倾城之恋》等文本中写了女性苦闷挣扎的心理。可见，心理分析使张爱玲对人性的把握达到了一定深度，心理分析与故事性在张爱玲的创作中已达到了有机的融合。

　　张爱玲的《心经》和《茉莉香片》两部小说，即是"俄狄浦斯情结"和"厄莱克特拉情结"的形象化阐释。小寒是张爱玲短篇小说《心经》中塑造的一个"爱父妒母"式的人物，她几乎是"恋父情结"的小说图解式版本。《心经》中早熟的小寒从 12 岁就开始依恋父亲，父女之间有一种超过普通父女关系的暧昧感情，许小寒始终不愿长大，希望自己永远能像孩子般的在父亲怀中撒娇。"峰仪握住她的手，微笑向她注视着道：'二十岁了'。沉默了一会，他又道：'二十年了，你生下来的时候，算命的说是克母亲，本来打算把你过继给三舅母的，你母亲舍不得。'峰仪点头笑道：'把你过继了出去，我们不会有机会见面的。'小寒道：'我过二十岁生日，想必你总会来看我一次。'峰仪又点点头，两人都默然。半响，小寒细声道：'见了面像外姓人似的。'如果那时候，她真是把母亲克坏了，不，过继了出去，照说就不克了。然而……'然而'怎样？他究竟还是她的父亲，她究竟还是他的女儿，即使他没有妻，即使她姓了另外一个姓，他们两人同时下意识地向沙发的两头移了移，坐远了一点，两人都有点羞惭。"❶ 这是一种明显的"恋父情结"。

小寒还把男同学对她的爱情向父亲炫耀，她明明知道这样的爱是违背伦理道德的，但她还因为这样的爱而扼杀健康的爱情。"我是一生一世不打算离开你的。有一天我老了，人家都要说：她为什么不结婚？她根本没有过结婚的机会！没有人爱过她！谁都这样想——也许你也会这样想。我不能不防到这一天，所以我要你记得这一切。"父亲最终和一个与许小寒长得十分相像的女学生同居，从而摧毁了小寒对未来的打算，她哆嗦着感到她自己已经"管不得自己了"。她醋意大发，与父亲厮打，想极力阻挠父亲。她父亲即将离她而到凌卿身边去的时候，她理直气壮地质问峰仪："我有什么不好？我犯了什么法？我不该爱我父亲，可是我是纯洁的。"可能正是基于这样的心态，小寒对自己的爱一直是执着而又不顾一切。她沉醉于对父亲的爱之中而对这种爱会引发的罪恶感并不在意，而父女关系的不可超越性，使得小寒的爱具有了一种触目惊心的张力。

由于对父亲的特殊感情，所以对母亲充满了敌意。对小寒来说，认同父亲必然会导致她对母亲的敌意，母亲时时出现在她的思想和生活中，母亲的存在是横亘在她与父亲之间的阴影。她自觉不自觉地对母亲产生了排斥，母亲偶然穿件美丽点的衣裳，或是对父亲稍微表现出一点亲昵的感情，她就嘲笑母亲，以这种方式打击母亲的自信，破坏父母之间的感情。正是小寒处处"比着"母亲，才使母亲"处处显得不如"她，"老得这样快"，也正是小寒"不知不觉"地卷入父母之间，成为一个在感情上与母亲争夺父亲的"第三者"，"她将她父母之间的爱情慢吞吞地杀死了，一块一块割碎了"。在母女之间的心理较量中，小寒表现得非常勇敢无畏，她不但毫无顾忌地同父亲亲热，而且当母亲进屋后仍然维持与父亲亲热的姿态，尤其当母亲指责她不应该与父亲保持这种关系时，她以"不见得我家里有谁容不得我"的措辞进行回击，并且对母亲称她为"二十岁的人了"表示抗议。然而当她母亲在风雨中把她接回家去时，母亲对她的周到安排使她痛苦地要求母亲"你别对我这么好呀！我受不

---

❶ 张爱玲. 心经 ［M］//张爱玲文集. 合肥：安徽文艺出版社，1991：26.

了！我受不了"！正是父女之间的这种爱的罪恶感，导致了小寒在与母亲的较量中的失败，也几乎注定了这种爱的悲剧性。面对小寒那份执着而又违背伦常的感情，父亲许峰仪由于无法承受罪恶感的压力而感到十分痛苦，"我但凡有点人心，我怎么能快乐呢?"他恳求小寒"我们不能这样下去了。我，我们得想个办法"。他先是打算把小寒送到三舅母那儿去住些时，并同小寒母亲一起到莫干山去过夏天，可是都遭到了小寒的拒绝。为了离开小寒，为了摆脱这种沉重的心理压力，许峰仪把感情转移到小寒的同学凌卿身上，与凌卿恋爱并离开了家庭。

与毛姆一样，张爱玲也十分重视潜意识在主体心理结构中的作用，并倾向于对人的本能和非理性层面进行探索，从而观照人的命运和人与人之间的复杂关系，并透视整个社会。和《心经》相似的《茉莉香片》中，青年学生聂传庆性格软弱无能，20岁上下的人眼角眉梢却带着"老态"，为人猥琐怪僻。聂传庆生活在一个不和睦的家庭里，母亲早逝，父亲不但打聋了他的耳朵，而且骂他"贼头贼脑的，一点丈夫气也没有"，继母也十分厌恶他，这一切导致他病态的心理和变态的性格，心理朝不健全的方向发展。他将对母亲的恋情转移到其他人身上，他偶然发现女同学丹珠的父亲言子夜是母亲生前的情人，此后他不是"整天地伏在卧室角落里那只藤箱上做着白日梦"，就是在言教授的课上胡思乱想，母亲有可能与言子夜结合，他有可能是言的儿子，他有可能利用这个机会做个完美的人。因此他憎恨父亲，憎恨家，希望在言子夜教授身上寻找理想的父亲形象。当这个企求幻灭后，他又在言丹珠身上寻找寄托，"言丹珠，如果你同别人相爱着，对于他，你不过是一个爱人。可是对于我，你不单是一个爱人，你是一个创造者，一个父亲，母亲，一个新的环境，新的天地。你是过去与未来，你是神"。然而丹珠拒绝了他，"恐怕我没有那么大的奢望。我如果爱上了谁，至多我只能做他的爱人与妻子，至于别的，我——我不能那么自不量力"。在遭到丹珠的嘲笑和拒绝后，聂传庆把丹珠打了一顿。聂传庆渴望摆脱以父亲为代表的没落生活，但没有力量改变自己，小说结尾四个字"他跑不了"即证明了他摆脱不了他那变态心理的折磨，他的重重幻想遭到了现实的残酷打击，终于导致了他的歇斯底里症的发作。张爱玲对聂传庆心理波澜的描写，细致入微、扣人心弦，他越是用美丽的幻想抵制现实，现实就越是要作弄他，越挣扎被束缚得越紧，并最终陷入人生的悲剧或困境。他对已故母亲亲切而温柔的怀念，以及对父亲那种仇恨和盼望父亲死去的迫切，也突出了"恋母情结"的主题。张爱玲通过各种情结书写，着力表现的是在肉体和精神自我完善的过程中，必须抑制各种来自肉体和精神的欲念，以及这种抑制的艰难和疯狂。张爱玲的这些作品采用了弗洛伊德的精神分析法，与毛姆所采用的方法是极为相似的。

对于研究者来说，从毛姆和张爱玲创作中发现蕴含其中的作家个人的心理情绪，寻找作家个人童年经历在作品中的印记，揭示作家创作心理中深层的微妙动机，这些都并不困难。虽然这两位作家都熟知弗洛伊德精神分析学且深受其影响，具有把弗洛伊德的心理学说应用于小说创作的理论自觉性，但是弗洛伊德的精神分析学过分强调人的性本能和生物性特征，忽视人的更丰富的社会存在和社会性特征，强调了人的性心理"情结"对创作的潜在影响，而忽略时代、民族和社会文化背景对创作的更深刻的影响。这是弗洛伊德学说的硬伤，因此，"情结"学说只不过为两位作家笔下的主人公及其所处文化背景提供了便利条件，两位作家都是借助带有"情结"色彩的故事，揭示深刻而独到的社会批判主题。毛姆和张爱玲超越弗洛伊德之处就在于他们在人性探索的主题上叠加了更为深刻的社会批判主题，从而实现了对弗洛伊德学说的改造和超越。由此可见，心理探索和社会批判的结合是两位作家的共同关注点，而"情结"学说只不过是为两位作家从人性探索出发进入社会批判主题提供一个便利的切入点，毛姆和张爱玲都是从各自的国情入手，都是基于对社会的认识而对"情结"学说加以改造或超越，从而闪现出深刻而独到的社会批判锋芒。

五、独特的心理分析技巧

张爱玲受毛姆影响，还表现在对毛姆小说艺术特色的自觉吸取与借鉴上。作为 20 世纪初的重要作家，毛姆作品呈现出传统与现代交融的特色，其中的心理分析技巧是毛姆作品现代主义特征的鲜明表现。"毛姆的长篇小说和剧本都取得了令人注目的成功，但是为他赢得最高荣誉、标志着他创作的新高度的却是他的短篇小说。"❶ 20 世纪上半叶是英国短篇小说的繁荣时代，各种风格流派纷纷兴起，有詹姆斯开创的细腻的心理描写，康拉德浓墨重彩的情景交融，乔伊斯首创的意识流写法，和劳伦斯对性本能、潜意识的描写，在各种现代派风起云涌之时，毛姆把心理分析的创作思想作为小说的最高创作目标，把自己定位为一个讲述心理故事的人。

从异域文学资源的影响看，心理分析的运用是文学开始"向内转"的风格标志，也是 20 世纪西方现代主义文学的整体风貌与创作趋势，与当时的时代、社会背景及哲学心理学的发展密不可分。在毛姆小说中，心理分析的运用主要是借助意象象征等多种媒介达成的，一旦进入毛姆的文本世界，就能鲜明地感受到其中充满感受性的象征语言及意象，人物故事的心理起伏就渗入在这些象征性意象之中。心理分析是 20 世纪初伴随精神分析学说的译介而进入并影响中国现代文坛的。1921 年，朱光潜在《东方杂志》上较全面地介绍了心理分析在文学上的运用，随后鲁迅、郭沫若、郁达夫、杨振声、沈从文、施蛰存、许杰等现代作家都不同程度地接受并自觉地在文学创作和批评中运用心理分析方法。在创作上，鲁迅的《补天》、郭沫若的《残春》、郁达夫的《沉沦》都是用心理分析的方法揭示性的苦闷和变态心理的成功之作。30 年代是心理分析小说获得较大发展的时期，新感觉派小说家刘呐鸥、穆时英、施蛰存等用心理分析技巧，表现快节奏中都市人的灵肉冲突以及环境对人性欲的压抑及现代文明对自然人性的抑制。到 40 年代初，张爱玲的出现则使心理分析小说达到一个小小的高峰。张爱玲在进入人物内心时，总是让人感受到外部世界的存在，不管人物内心的活动进行得如何紧张，他们总是处于外部世界的现实联系中，让人既看到人物内心的骚动，同时也看到他们的形貌神态，并且始终感觉到具体环境清晰的轮廓。她既借鉴非文学性因素如电影、音乐、绘画等艺术形式形成文体的开放性特点，又有包容传统、吸纳传统的民族特色，从而使中国心理分析小说取得了奇迹般的成功。在毛姆小说的影响下，张爱玲小说中的心

---

❶ 侯维瑞. 现代英国小说史 [M]. 上海：上海外语教育出版社，1985：126.

理分析技巧在新感觉派等前人探索的基础上进一步走向了沉稳和扎实。她做到了新感觉派作家们想做而没有做到的事情，达到了新感觉派作家想要攀登而未能达到的高度。

张爱玲和毛姆一样，在小说中大量运用心理分析的方法，将流动性的情思感怀注入各种景致之中，使之具有模糊多义性，人物的潜意识心灵图景借助客观物象图景的表征而呈现出丰富的意蕴内涵，这种心理分析技巧的运用是张爱玲对毛姆现代主义艺术手法最鲜明的借鉴。毛姆在创作中主要采用了内心独白、自由联想和内心分析等三类心理分析技巧，在张爱玲小说中，这三种心理分析技巧都有具体的运用和呈现。

首先，张爱玲在小说中采用了内心独白和自由联想，直接把读者导入人物内心活动中去。《金锁记》第二部分姜季泽一番花言巧语说得七巧信以为真，"七巧低着头沐浴在光辉里，细细的音乐，细细的喜悦，这些年了她跟他捉迷藏似的，只是近不得身，原来还有今天。可不是这半辈子已经完了，花一般的年纪已经过去了，人生就是这样的错综复杂，不讲理。当初她为什么嫁到姜家来，为了钱么，不是的，为了要遇见季泽，为了命中注定她要和季泽相爱。她微微抬起脸来，季泽立在她跟前，两手合在她扇子上，面颊贴在她扇子上。他也老了十年了，然而人究竟还是那个人呵。他难道是哄她么，他想她的钱，她卖掉她的一生换来的几个钱，仅仅这一转念便使她暴怒起来，就算她错怪了他，他为她吃的苦抵得过她为他吃的苦么。好容易她死了心了，他又来撩拨她，她恨他，他还在看着她，他的眼睛虽然隔了十年，人还是那个人呵，就算他是骗她的迟一点儿发现不好么，即使明知是骗人的，他太会演戏了，也跟真的差不多罢。不行，她不能有把柄落在这厮手里，姜家的人是厉害的，她的钱只怕保不住，她得先证明他是真心不是"❶。在张爱玲的小说里这大概是最长的一段内心独白，短短的几百字充满紧张的戏剧性以及戏剧性的转折。因为金钱，七巧多年来压抑了自己的性欲，牺牲了美好的青春，使她在面对季泽的挑逗时充满了警惕。情欲性欲的释放和压抑正如悲喜爱恨的交织转换一样，使七

---

❶ 张爱玲. 金锁记［M］//张爱玲文集. 合肥：安徽文艺出版社，1991：238.

巧的这段内心独白充满了情感的极度挣扎和起伏，正是有了这一段复杂的心理描写作铺垫，后文表现七巧的心理变态才有了丰富的心理内涵和震撼人心的力度。类似的自由联想在《传奇》里也比比皆是，"薇龙突然起了疑窦，她生这场病也许一半是自愿的，也许她下意识地不肯回去，有心挨延着，说着容易回去做一个新的人，新的生命，她现在可不像从前那么思想简单了，念了书到社会上去做事，不见得是她这样的美而没有特殊技能的女孩子的适当的出路，她自然还是结婚的好。那么一个新的生命就是一个新的男子，一个新的男子，可是她为了乔琪已经完全丧失了自信心，她不能够应付任何人，乔琪一天不爱她，她一天在他的势力下，她明明知道乔琪不过是一个极普通的浪子，没有什么可怕，可怕的是他引起的她不可理喻的蛮暴的热情"❶。

《倾城之恋》中白流苏在是否值得冒险离家去追随范柳原，内心难以决断的时候，张爱玲运用了内心分析的方法："阳台上四爷又拉起胡琴来了，依着那抑扬顿挫的调子，流苏不由地偏着头微微飞了个凤眼，做了个手势她对着镜子这一表演，那胡琴听上去便不是胡琴，而是笙箫琴瑟奏着的殿堂舞曲，她向左走了几步，又向右走了几步，她走一步路都仿佛是合着失了传的古代音乐的节拍。她忽然笑了，阴阴的不怀好意的一笑，那音乐便戛然而止。外面的胡琴继续拉下去，可是胡琴诉说的是一些辽远的忠孝节义的故事，不与她相干了。"这一段内心分析无疑暗示了诸多复杂的心理意蕴。流苏在幻觉中随着音乐的起舞，胡琴声代表着忠孝节义，在举手投足间窥探到的是她在传统道德背景下的自我形象，然而阴阴的一笑间这个传统形象被否定抹去，白流苏决心不再扮演家族要求她扮演的角色，胡琴声在她听觉上的渐远模糊以至消失，暗示的正是流苏内心对三从四德的反叛，而作者议论式的插入使流苏的决断有了明确的意向。而促使白流苏做出最后决定的正是健康年轻的女性内心深处不可遏止的性渴望。这段描写通过内心分析，将白流苏内心的转机以及潜藏在人物内心的性渴望刻画得逼真传神。

其次，张爱玲虽然从毛姆那里吸取了采用象征意象表征人物心理的艺术手

---

❶ 张爱玲. 沉香屑·第一炉香［M］//张爱玲文集. 合肥：安徽文艺出版社，1991：81.

法，将人物的潜意识心理活动折射在自然景物之中，象征具有朦胧感和丰富性，但张爱玲并不是简单模仿，而是同时融入了自身对象征意象的独特感思，在形式的借鉴下有着内容的微妙差异。"张爱玲较为成功地调和了两者——中国旧小说与西方现代小说的不同情调，在似乎'相克'的艺术元素的化合中，找到了自己的那一种'调子'，这调子未必是最动人的，但对于张爱玲叙述的故事，却是最适宜的。"❶ 心理分析并不是张爱玲的独家之长，新感觉派作家也在大量运用心理分析，新感觉派作家经常让人物的感受和内心活动膨胀到超过人物性格的程度，而外部世界也淹没在主观感受与意识流动的汪洋大海之中，支离破碎，不能给人留下整体的印象。因此新感觉派小说在对西方现代主义的横向移植和借鉴中，带有明显的模仿痕迹，常为写心理而写心理，忽视心理同社会现实的密切联系，显得"精巧有余，恢宏不足"❷，人物的内心独白也成为人与现实之间难以穿透的壁障。张爱玲在借鉴以毛姆为代表的西方现代小说的基础上，吸取其精华并加以创新，融入民族文学传统，把传统的通俗小说提高到一个新的审美层次。

在毛姆和张爱玲文本中的这些内心独白和意象，都不是单一和独立的，而是构成了一个整体空间状态，人物的心绪、潜意识等心理活动就内化在这整体的意象中，成为人物的心理活动空间。由于浸染着强烈的主观感受性，是人物直觉、意识、情感等心理活动的微妙表达，所以本体和象征体之间的关系并不是直接简明的，而是具有朦胧多义性之审美特征，在这心灵化、情感化、思想化的流动空间景象中，读者可以通过艺术感知与想象积极思考文本所唤起的丰富内涵，获得思想启悟。

张爱玲擅长通过暗示隐喻等间接方式，包括让动作对话等形之于外的活动以及环境折射人物的心理。和毛姆一样，张爱玲在文中也经常运用联想、暗示、象征等手法，营造出情境互渗的艺术氛围，通过有声有色的景物渲染，表

---

❶ 赵园. 张爱玲的《传奇》：开向沪、港"洋场社会"的窗口——论小说十家［M］. 杭州：浙江文艺出版社，1987：5.

❷ 唐正绪，等. 20 世纪中国文学与西方现代主义思潮［M］. 成都：四川人民出版社，1992：337.

达人物的潜隐心理，而且这种氛围不是静止不变的，因渗入了人物的情感直觉、思想体验等内心活动，具有动态感和流动性，并成为推动情节发展及表现主旨的重要组成部分。即使描写人物片刻的心理感受，张爱玲也追求一种生动形象的效果，如《红玫瑰白玫瑰》写振保洗手时的感觉："微温的水就像有一根热空的管子，龙头里挂下一股子水一扭一扭流下来，一寸寸都是活的。"振保深层的情欲骚动和潜意识心理就是通过这种对流水的感觉方式体现出来的。随后振保不肯擦掉娇蕊溅在手背上的肥皂沫，以及干后那种紧绷绷的感觉，使他"老觉得有个小嘴吮着他的手"，他在浴室里拣起娇蕊掉在地上的头发并下意识地装进裤袋里，他的手停留在那里，"只觉得浑身燥热"，忽而又将头发抛进垃圾桶里。振保听到娇蕊的话七上八下的心理感受，被张爱玲转化成许多钟摆挂在半空中各自摇晃的可视性空间图景。这些感觉描写不仅展示了振保复杂多变的内心世界，也增强了心理分析小说的文学性。

张爱玲运用心理分析手法并不仅仅是对人的意识、感觉、心理、情绪流动等精神现象进行纯粹的、直接的展示，而是把丰富生动的细节、场景或情节作为心理分析小说的细致肌理和内在构成，增强了小说心理分析的生动真实感。比如《金锁记》里七巧怀着又爱又恨的复杂感情，掷团扇打翻玻璃杯赶走了姜季泽，"这时酸梅汤沿着桌子一滴一滴朝下滴，像迟迟的夜漏一滴一滴一更二更一年一百年真长，这寂寂的一刹那"。这里的意象衬托出七巧在失望后极端空虚的心理。在小说结尾处，七巧"隔着玻璃窗望出去，影影绰绰乌云里有个月亮，一搭黑，一搭白，像个戏剧化的狰狞的脸谱。一点，一点，月亮缓缓的从云里出来了，黑云底下透出一线炯炯的光，是面具底下的眼睛。天是无底洞的深青色"。❶ 这段感受恰好似七巧那种疯狂与正常、理性与非理性、假面目与真面目的写照，她那阴险凶恶的非人道的心境自然产生了她对周围自然环境的印象和感受。

最后，张爱玲因其深厚的中西文化知识，她在借鉴以毛姆为代表的西方现代小说的基础上，不仅很好地吸收了西方的元素，还加以创新，融入民族文学

---

❶　张爱玲. 金锁记［M］//张爱玲文集（第2卷）. 合肥：安徽文艺出版社，1991：111.

传统，把传统的通俗小说提高到一个新的审美高度。传统的背景氛围、人物情调、语言文字与现代的情感意识融合在张爱玲的小说中，有一股浓烈的现代意味，从而形成独特的"张体结构"。毛姆的《人性的因素》的"引子"长达六千多字，这样虽然增加了故事的可信度，但也有不足之处，便是"入话"时间过长，张爱玲则改变了这种缺陷，她在借鉴的基础上有她的独特之处。《沉香屑·第一炉香》是这样开头的："请你寻出家传的霉绿斑斓的铜香炉，点上一炉沉香屑，听我说一支战前香港的故事，您这一炉沉香屑点完了，我的故事也该完了。"简洁入戏，并且形成了很严谨的前后对照结构。在《金锁记》中，结语的开头是文章开头的重复："三十年前的月亮早已沉下去了，三十年前的人也死了，然而三十年前的故事还没完——完不了。"这里包含历史循环论的观念，同时也暗示人间的悲剧在反复上演。

张爱玲心理分析小说的细腻生动也得力于她对意象使用的继承和创造。丰富与活泼的意象是张爱玲用来暗示人物心理的一个主要手段。意象是我国古典文论中一个重要的理论范畴，也是传统诗学的核心理论，它构成了古典诗歌的主体性特征。张爱玲具有灵敏细致的感受能力，她将人物的感官印象与情绪状态有效地联系起来，她笔下人物的心理反应与感官印象往往具有同步的性质，感官捕捉到的意象几乎是直接地展示特定的心理内容。她把日常生活中常见的事物神奇地转化为奇特的意象，为心理分析小说增添了诗的意蕴神采，在"貌似写实的叙述中寄寓了现代的心理含义"。

张爱玲在意象使用上常和比喻、联想打成一片，使意象具有移情、象征、讽刺、暗示等功能。如"整个花团锦簇的大房间是一个玻璃球，球心有五彩的碎花图案，客人们都是小心翼翼顺着球面爬行的苍蝇，无法爬进去"。（《鸿鸾禧》）"玻璃球"成为一切厚重可靠的东西的象征，指现代人理解的能带来稳定感的婚姻，通过这个意象揭示了都市人并没有由婚姻得到稳定感的普遍心态。"月亮"是张爱玲使用频率最高的意象，象征死亡和迷幻的心境，给人恐怖忧郁、哀怨缠绵之感。"遍地的蓝影子，帐顶上也是蓝影子，她的一双脚也在那死寂的蓝影子里。"这是写芝寿（《金锁记》）的孤独恐怖感，暗示人物的死亡心理。《沉香屑·第一炉香》用"蓝阴阴的火"描写"丛林月色"，象征欲望带给人的可怕的毁灭。张爱玲也常用"花"代表女性或某种美好事物，在《怨女》中"干枯的小玫瑰花一个个丰艳起来，变成深红色"，这里"花"既指与姚三爷对饮的银娣，更象征久已失去的温情正渐渐回到她心中。意象的使用使小说展示的心理感受精致生动。

　　张爱玲凭着女性的敏感婉约聪慧，心理描写无论是繁复巧妙的隐喻，还是由丰富生动的意象烘托出的间接心理描写，还是深入直接的心理独白，在张爱玲笔下都是恰如其分，适可而止。由此可见，通过心理分析的创作手法，让毛姆与张爱玲在不经意的"讲故事"中，把他们通过自己冷静、客观而又锐利的眼光观察到的生活，用冷静而机智的方式讲述给读者，让读者看清人性中"恶"的一面。如果说毛姆是对"西方各种现代主义作整体综合"，那么，张爱玲则把毛姆的心理分析方法加以创造性转化，极大限度地实现了它与传统文化的整合，使作品表现出张爱玲式的独特的心理分析风格。张爱玲立足于传统，使异域资源本土化，把心理分析手法运用得得心应手，最终创作出具有深广的社会文化内涵和恢宏气度的心理分析小说。

　　总之，张爱玲深受毛姆创作的影响，从创作思想来看，他们都擅长从婚姻、爱情等角度对笔下人物进行人性层面上的开掘，各自表现出不同程度的对现代性的追求，使其作品染上了孤独与悲凉的精神气息；从叙事结构来看，他们都喜欢用讲故事的方式结构小说文本，擅长使用情结的描写使作品跌宕起伏，曲折多变；从创作手法上看，他们都擅长使用心理分析和意象手法，表现传统与现代完美糅合的艺术特征，他们在对传统的继承上，还对现代主义的某些技巧进行积极的艺术尝试。毛姆对张爱玲的影响是多方面的，但是，张爱玲并不局限于对毛姆的简单模仿，而是吸取其精华并加以创新，使她的作品具有独特的风格。在张爱玲小说所构成的这种崭新的艺术境界里，西方与东方、传统与现代、内容与形式等都呈现出成功的融合和一种参差对照的美，这也是她留给后人的宝贵的文学遗产。

第二章

自我的异化和张扬：我国台湾现代派女作家小说与弗洛伊德

西格蒙特·弗洛伊德（Sigmund Freud, 1856—1939），犹太裔精神病医生，精神分析学派的开山祖师。他于1896年提出精神分析的观念并创立了以无意识为基本内容的精神分析理论，弗洛伊德不仅创建了精神分析，而且还用毕生的精力去阐释、传播和运用精神分析，因此弗洛伊德是和精神分析紧紧联系在一起的。弗洛伊德创立的精神分析，影响远远超出了专业学术领域，而弗洛伊德也成为20世纪为数不多的具有世界知名度的人物之一。"我一生只有一个目标，就是推论出或猜测出精神装置究竟是怎样构造的，究竟是什么力量在其中相互作用和相互制约。"❶ 随着时间的推移，他得到越来越多人的理解、赞誉，获得越来越高的评价和地位。有人将弗洛伊德与爱因斯坦、哥白尼并列为20世纪最有影响力的人物，有人称弗洛伊德是"人类伟大的人物和领路人之一"。

弗洛伊德创立的精神分析学说，在病理学和心理学界产生了很大的影响并波及西方文学。精神分析学说认为，人的行为源于人的深层心理的意识，如性欲、无意识等。从那时起，重视直面内心的作家从这位心理学家的理论中获得了科学的支持，他们不只是靠自发的感情体验，还自觉地将精神分析理论运用于创作和批评。台湾现代派小说诞生于20世纪50年代中期，60年代发展成为台湾现代派文学的主体，它在文学创作观念、理论原则及文学作品的内容和形式等方面，均明显地受到了以精神分析为代表的异域资源的深刻影响。李昂、欧阳子等现代派女作家也正是从那时开始接触存在主义、精神分析、意识流等西方文学思潮，并深受弗洛伊德、卡夫卡等人的影响。李昂在谈及早期小

---

❶ ［奥］弗洛伊德. 弗洛伊德自传［M］. 台北：志文出版社，1984：90.

说创作时也承认："那时候很让我着迷的作家大概是齐克果、弗洛伊德、加缪、卡夫卡，这些作家对我影响最甚的吧。"❶ 欧阳子的创作受精神分析学说影响也很大，欧阳子曾说："弗洛伊德的学说对西洋近代文学的影响很大，我当然很感兴趣，在写作上也相当受影响。"❷

在弗洛伊德精神分析的影响下，李昂、欧阳子等台湾现代派女作家在文学创作观念上强调文学要表现人的非理性心理，强调文学独有的形式特征及其非功利性和反传统性；在创作内容上，她们注重展示人的内心世界，注重描写性爱，注重揭示人的生存困境；在形式上，她们的文学作品注重运用多种多样的手法刻画人物的心理，在意识流手法的运用、叙述视角的选择、"复调"结构的使用及小说语言的新奇怪异等方面，都承接了精神分析批评等异域资源的基本取向。

一、人格的裂变与成长

精神分析对潜意识的揭示，揭开了人性隐秘的帷幕，打开了认识心灵深处的通道，这使李昂和欧阳子等台湾现代派女作家发现，在人的精神世界中还存在一个未被认识的无意识王国，其中隐藏着人的许多隐秘的本能的欲望，而正是这些潜隐的种种欲望在不自觉地影响和支配人的有意识活动，无意识的世界是人的心灵的本原空间。这无疑启示了台湾现代女作家向人物心灵挖掘的途径，在创作中表现出浓厚的精神分析色彩。

李昂在作品里非常关注性和性描写，究其原因，精神分析对她早期创作的影响是不可忽视的因素。"很多小说开始探讨内在问题之际，尤其是受弗洛伊德学说影响的小说，性是很重要的课题。性之所以成为当时我所关心的问题，也是从接触存在主义开始的，当时我极喜欢的像法国女作家玛格丽特·杜拉所

---

❶ 林依洁. 叛逆与救赎——李昂归来的讯息［M］//她们的眼泪. 台北：洪范书店出版社，1992：206.

❷ 欧阳子. 关于我自己——回答夏祖丽女士的访问［M］//台湾作者创作谈. 福州：海峡文艺出版社，1985：170.

写的作品《如歌的行板》，爱、性、疲倦与死亡可说是最主要的课题。"❶ 由此可见李昂十六七岁就开始阅读翻译作品，从中吸取存在主义与弗洛伊德学说，并且在创作中大胆地运用精神分析理论。"李昂曾说过，她在美国读书时，读了许多萨特和弗洛伊德的著作，并尝试着将弗洛伊德的力比多说、升华说、俄狄浦斯情结等运用于自己的创作中，因为这些理论都涉及并探讨了人生的根本问题，因此文学创作无须回避。"❷

从域外影响的角度来看，欧阳子小说同样无法回避弗洛伊德的影响，从欧阳子创作的主题意蕴到表现技巧都可以看出弗洛伊德的影响。欧阳子是 20 世纪 60 年代台湾现代派文学的代表人物之一，也是一位备受争议的台湾现代女作家。她的小说只有《秋叶》（1961）和《那长头发的女孩》（1976）两本，题材比较狭窄，情节也不复杂，但是她对性爱乱伦题材禁区的触及，对人物变态心理的挖掘以及近乎纯客观的冷静描述，在台湾女性文学界引起重大反响，被誉为"心灵的外科医生"。从创作题材上看，欧阳子的小说主要集中在家庭、婚恋、情爱等方面，主要反映女性的性心理问题，描写了女性丰富、复杂、微妙甚至变态的内心世界；从表现手法上看，她以冷静客观的心理写实，描写了各种非常态下的情爱困境，剖析爱情婚姻与人性欲望的悲剧，发掘人生深层复杂的性心理和潜意识，剖析人类潜意识活动受压抑的心理状态，尤其对人性的黑暗面进行关注，突破了文化和社会成规的禁忌。

那么，究竟是什么原因促使李昂和欧阳子等台湾现代派女作家接受弗洛伊德学说并进行写作探索呢？

首先，台湾现代派女作家接受弗洛伊德的原因之一是社会环境的影响。20 世纪 60 年代末，精神分析、存在主义等异域资源对台湾知识界影响极大，西方现代哲学文学经典被大量翻译过来，并在年轻人中产生了深刻的影响。"那时期，很简单的道理就是'反叛'，反叛一些习俗、既定法规，以及学校所代表的条理和约束，我又刚巧开始接触西方现代文学思潮，自然青春期的种种特

---

❶ 李昂. 盐屋·代序 [M] //花季. 台北：洪范书店出版社，1985：5.

❷ 王宁. 文学与精神分析 [M] //王宁文化学术批评文选 (3). 北京：人民文学出版社，2002：210.

征被夸张起来。当青春期特有的焦虑不安跟存在主义所强调的自我追寻加起来，就产生我小说里的种种。"❶ 李昂的阅读范围非常广泛，其中，弗洛伊德、加缪、卡夫卡等人对她影响最深。❷ 李昂通过阅读这些西方现代派文学经典，开始接触存在主义、精神分析、意识流等异域资源。同时，西方现代主义文学经常探讨的人的各种存在问题，比如性、死亡、自我与外界的冲突、怀疑、焦虑及被支配等问题，也时常出现在李昂早期的作品当中，"《花季》里收录的早期作品可以视为李昂面临联考压力的心理困境反映出来的经验，这些小说总在表现冲突不安的境况，像在叙述一个困顿的心理的循环故事，小说人物总处于焦灼不安、被支配的困境当中"❸。

　　与李昂一样，构成欧阳子创作的域外资源，来自她的自我生命体验和对弗洛伊德精神分析理论的接受。20 世纪 60 年代初，进入大学后，欧阳子与她台湾大学外语系的同学白先勇、陈若曦等人创办了《现代文学》杂志，并参与了《现代文学》创作、翻译、评论和编辑工作。欧阳子从台湾大学外文系毕业留校当了两年助教后，于 1962 年秋季考取奖学金赴美留学。作为 20 世纪 60 年代的台湾现代派作家，欧阳子所处的时代正是一个西风东渐、价值观念发生急剧变化的时代，"西方现代主义作品中叛逆的声音，哀伤的调子，是十分能够打动我们这一群成长于战后而正在求新求变彷徨摸索的青年学生的"❹。对于欧阳子这类有着学院成长环境的女作家来说，"再加上媒体输入的崇洋气息，英语使用的逐渐广泛，外语系学科的具体训练，足够叫她们在与西方现代主义文学短兵相接时，以个人经验去想象、揣摩、发扬个中的奥义与魅力"❺。在西方诸多现代派文学类别中，欧阳子更多的是接受弗洛伊德精神分析学说的影响。

─────────────

❶ 李昂. 迷园内外［M］//李昂集. 台北：前卫书局，1992：10.

❷ 李昂. 小说与社会［N］//中国时报. 1986 年 8 月 26 日第 27 版.

❸ 黄武忠. 社会转型中的女性——李昂印象［N］//台湾日报副刊. 1982 年 7 月 18 日.

❹ 白先勇. 现代文学创立的时代背景及其精神风貌［M］//白先勇自选集. 昆明：花城出版社，1997：351.

❺ 江宝钗. 现代主义的兴盛、影响与去化［M］//陈义芝. 台湾现代小说史综论. 台北：联经出版事业有限公司，1998：123.

　　其次，台湾现代派女作家接受弗洛伊德的影响，除了时代和环境的影响之外，还来自对心理学和人类心理的浓厚兴趣。欧阳子曾说："对于人类复杂微妙的心理，我一向最感兴趣，我喜欢分析研究人物行为的动机，因此我作品内容常常是叙述并解析一个人在某种情况下，面临某种难题时会起什么反应，会做什么样的抉择。而这个人物最后采取的某种行动或显露的某种表现，一定和他对该困境所起的心理反应，有直接而必然的关联，而这种关联就可从他的环境、过去经历以及天性中追溯得出，分析得出。"❶ 欧阳子对心理分析的兴趣与她对人性问题的思考是联系在一起的。社会有社会的道德观念，那是为了秩序而建立的，然而个人除了和社会的关系，还有和自己良心的关系，由于个体的人生价值观不尽相同，遇到与社会冲突时，个体的反应和选择也是不同的。"我的根不在于生活过的任何实地环境，也未必在于体内流动的种族血液，而完全在于自己的内心，根之所在，即心之所。根的追寻与认定，若真是个人选择的问题，恐怕还是必须以个人为出发点。"❷

　　在经验世界和理念世界的对立中，欧阳子显然更倚重"内心经验"的优先地位，因此欧阳子选择的小说题材，都是人物感情生活的心理层面，她最擅长的是以反讽、甚至近乎冷酷的语调和态度，剖析人物的深层情感心理。现实主义小说家写小说，往往是先想出一个人物，然后围绕着这一人物，构造出情节故事。欧阳子却总是首先为人物设置一种处境或困境，"我差不多的小说题材，都是关涉小说人物感情生活的心理层面，以及他们的自我觉悟过程。多数人写小说，常是先想出一个人物，然后围绕这一人物，构造出情节故事。我却有点不同，我总是首先想到一种处境，或困境，继而推想，一个具有某种性格的人，在陷入这样的困境时，会起怎样的心理反应？会采取怎样的实际行动，而这个主角最后采取的某种行动，或显露的某种表现，一定和他对于该困境所

---

　　❶ 欧阳子. 乡土、血统、根［M］//台港澳与海外华文文学精读文库·欧阳子卷. 北京：中国人民大学出版社，1994：278.

　　❷ 欧阳子. 乡土、血统、根［M］//台港澳与海外华文文学精读文库·欧阳子卷. 北京：中国人民大学出版社，1994：131.

起的心理反应，有直接而必然的关系"❶。于是"我不再制造悲感印象，却以理性手法，对人心的悲感做微细的分析。我摆脱陈腔滥调与浮华辞藻，文字变得干爽朴素。我弃绝朦胧，追求精确，并运用反讽，预防自己跌回感伤的网罟。我不再把人生幻想成完美，却强调起人性弱点及人心的缺陷"❷。

弗洛伊德精神分析不但为李昂和欧阳子等现代派女作家的创作提供了人物心理和叙事方法，也为她们进行文学评论提供了理论指导。1971年欧阳子翻译了西蒙·波伏娃的《第二性》，开始涉足女性主义研究领域。欧阳子说，翻译西蒙·波伏娃的《第二性》"不是想鼓吹女权运动"，但她"对于女性的深刻见解，全部熔化入我自己的智慧里一般"。❸作为小说家的欧阳子，同时也是台湾文学评论界充满创意的评论者。20世纪70年代初期，由于政治气候及社会意识形态的影响，包括欧阳子、李昂和白先勇在内的《现代文学》派作家遭到台湾文艺界严苛的批判，欧阳子的小说集《秋叶》在1972年引起了台湾文坛乡土派和现代派的大论战。当时的文学评论者运用陈旧的阶级分析方法，根据小说的题材或角色性格来判断作品的优劣，对许多现代派作家和作品进行歪曲和批判。在这种情况下，欧阳子运用精神分析理论，开始了独特的文学评论道路。另一位现代派作家王文兴发表了长篇小说《家变》后，为了反击对《家变》的歪曲，欧阳子在《中外文学》第12期（1973）发表《论家变之结构形式与文字句法》❹，以精神分析的眼光和新批评的理论与方法，对《家变》做出了颇有建树的评论。1978年她把自己公开发表的一系列评论文章，结集出版了《王榭堂前的燕子》，同时还编辑完成上、下两册的《现代文学小说选集》。

从接受弗洛伊德精神分析影响的角度来看，社会和时代的环境因素为台湾

❶ 欧阳子. 关于我自己——回答夏祖丽女士的访问［M］//台湾作家创作谈. 福州：海峡文艺出版社，1985：173.

❷ 欧阳子. 台港澳与海外华文文学精读文库·欧阳子卷［M］. 北京：中国人民大学出版社，1994：17.

❸ 欧阳子. 关于我自己——回答夏祖丽女士的访问［M］//台湾作家创作谈. 福州：海峡文艺出版社，1985：174.

❹ 欧阳子. 论家变之结构形式与文字句法［J］. 中外文学，1973（12）.

现代派女作家接受精神分析学提供了外部条件，而对心理学和人类心理的浓厚兴趣则为台湾现代派女作家提供了接受精神分析的心理环境。李昂、欧阳子等台湾现代派女作家创作最为出色的部分就是运用精神分析理论对女性问题的关注和审视，其中包括她们对女性特殊心理和感受的描写，对女性本能欲望和社会需求之间纠葛的揭示，以及对女性自强自立和自我解放的女性主义表达。

二、性的解构与建构

台湾现代派小说注重描写性爱，一些重要的现代派作家如白先勇、欧阳子、王文兴、施淑青等均写过一些描写性爱的小说。虽然台湾现代派女作家的写作时间绵延很长，然而她们借助精神分析对"性"进行分析和探讨，无论是主题意识、题材人物，还是形式技巧，都呈现出系列化的一致性。从李昂的创作来看，《混声合唱》集里的小说可视作李昂以生活经验为基础发展出来的作品，精神分析学的影响还不太浓重；《鹿城故事》和《人间世》集里的小说是桥梁性的过渡作品，而后《杀夫》集里的小说则明显地表现了精神分析的特色。由此可见李昂作品中的"性"主题从内视性发展到社会关怀，从抽象时空坐标落实到特定的都会与乡镇，经历不断发展突破的过程。

首先，李昂的性爱主题集中于对力比多和性欲的形象化阐释上。"力比多"又称欲力或者性力，是性本能的一种内在的原发动能和力量，也是人类与生俱来的一种性冲动，更是推动个体一切行为的原始驱动力。根据其表现形式，弗洛伊德将"力比多"分为性欲型、强迫型和自恋型三种类型。在李昂的系列小说中，她有意识地将小说中的人物塑造成三种迥然相异的类型，这种分类所隐含的标准很明显具有精神分析学上"力比多"的分类特征。

从性欲型的力比多类型来看，"性欲特征很明显，属于这种类型的人其主要兴趣——力比多的大部分——在于爱。对他们来讲爱比被爱更重要。他们最怕失去爱，因此对他们所爱的人有特殊的依恋"❶。李昂早期小说《转折》描

---

❶ ［奥］弗洛伊德. 力比多的类型［M］//车文博编. 弗洛伊德文集（第2卷）. 长春：长春出版社，1997：716.

写的中年教授与学生的未婚妻之间发生的婚外情故事，就属于性欲型力比多的形象化阐释。男教授为了维持个人的道德人格与平稳美满的婚姻生活，只能暗自压抑自己的情愫，甚至搂着妻子却不自禁地想起她。女主角在结婚前夕主动向安于现状的男教授提出要求，即在新婚前夜将自己献给他，虽是唯一的一次，却因拥有了最直接最忠诚的对方而从此不再遗憾。她通过自己选择的性爱而实现了自我，李昂透过日记体的叙述，表达了一位女子对于爱情勇于追求、敢于体验的激情，"将性提升到劳伦斯的观念层次，性是原始的、纯真的、健康的、自然的，是一种冲破藩篱自我更新的祭典"❶。《莫春》更是以极为大胆的笔触直接描写女性在性爱过程中的感受。女主人公唐可言觉得"唯一实在的只有那可证实自身的男性身体及由此引发的行为"，通过做爱"感知出新临的乐趣"和"一种缓缓注入生命基础源泉的安慰"，觉察"潜藏体内的未知部分悉数被开发了"，从而证实自己"是一个完整的女人"。李昂对此解释道："我们是为男性或女性，性别应具有何等意义和特性，必有一段混淆的时期，历经成长的转变，性是为一种自我存在的肯定。那也是何以性在我的追寻中占有这般重大的意义。"❷

　　然而李昂并不仅仅把情欲归结为力比多，而是将男女的性爱和社会问题相联系，指出某些性爱行为乃是现代人孤寂、空虚心灵的一种慰藉，从而避免了精神分析在力比多问题上的生物学倾向。她笔下的女主角多数是以苦闷的态度来面对性，因此难免出现一种绝望的激情和事后的空虚，这样的描写"给人一种强烈性反抗的象征，象征了女性的自我追寻、肯定和突破"❸。李昂在《莫春》创作后记中说："我没有将这小说推展到另一层次，去追问为什么我们的社会会产生这种病根，这种如此迫切的想要藉性来解决问题的矛盾。假如性与社会的一些问题是相关联的，我还是会以性为题材来写，可是不再会像《莫春》只限定在两个人的关系中。"❹

---

❶ 贺安慰. 台湾当代短篇小说中的女性描写［M］. 台湾：文史哲出版社，1989：94.
❷ 林依洁. 李昂访谈录［M］//她们的眼泪（附录）. 台北：洪范出版社，1984：86.
❸ 林依洁. 李昂访谈录［M］//她们的眼泪（附录）. 台北：洪范出版社，1984：88.
❹ 林依洁. 李昂访谈录［M］//她们的眼泪（附录）. 台北：洪范出版社，1984：88.

《迷园》描写世家小姐朱影红与商业巨子林西庚之间的情爱纠葛。朱影红来自富裕之家鹿城朱家，先后到美国和日本留学，然后回到台湾工作，有着极好的家庭和学校教育背景。朱影红当上公司的特别助理后在一次商业宴会上，与林西庚一见钟情，朱影红着迷于年轻有为的林西庚如此出众俊美，而林西庚也被朱影红的传统贤淑所吸引，"你好像生在上个世纪，你有那个时代的女性的那种安静，那种传统台湾女人的美德，贞洁、柔顺、有家教、乖巧"。朱影红在随后与林西庚的邂逅和交往中，得知林西庚不但已婚，还同时与其他女人保持着密切往来。朱影红试图稳定两人的关系，因为对朱影红而言她要的是爱情与婚姻，而不是露水姻缘般的情妇关系。林西庚则不同，他惯于在不同的女人之间周旋。为得到林西庚，朱影红不得不委曲求全，用自己所擅长的取悦他人的方法，把赢得林西庚的婚姻当成志在必得的一场战斗，经过几次反复，她终于如愿以偿嫁给林西庚，成了他的太太。"《迷园》中的爱情仗，可以说是一部女性史诗，一部歌颂女性战争的世纪末台湾版《伊里亚特》。"❶

从强迫型的力比多类型来看，"这种类型以其超我的主导性为主要特征。该类型的人害怕失去良心而不是失去爱，他们对内在的东西具有更大的依赖性，他们发展成了高度自恋的人。从社会的角度看他们是文明的真正而又卓越的'保守器'"❷。《花季》是李昂公开发表的第一篇小说，虽然当时她只是一名中学生，却老练而敏锐地把笔触直接探进女性性想象的领域。《花季》里的女中学生在临近圣诞的前一天，被阳光唤醒，被沉睡中的景物感动，于是给自己放了假，她待在园中，让阳光暖暖地爬上背，细细地抚摸她，她舒服地享用着，"我再在院中待了一会，阳光暖暖地爬在背上，透过薄毛衣细细地抚着我，我在全然的舒驰下轻轻地旋转起来"❸。性在大自然的启示下，缓缓张开它美妙的翅膀。少女不仅感应到了自然，而且也感应到了作为大自然的一部分的性。她跑到花园，面对一个年岁已大的男人，她的性意识完全播放出来，一

---

❶ 李昂. 台湾两才女——施叔青、李昂小说精粹·迷园序 [M]. 昆明：花城出版社，1997.

❷ [奥] 弗洛伊德. 力比多的类型 [M] //车文博编. 弗洛伊德文集（第2卷）. 长春：长春出版社，1997：717.

❸ 李昂. 花季 [M] //中外文学第1卷4期. 1972：198.

方面她渴望受到冲击，因为生命冲动在呼唤她，然而她又恐惧事情会真的发生。因此当到了偏僻的场所，她开始恐慌地准备着反抗措施，而当一切没有发生时，她又觉得"一切竟是这样的无趣"，少女在希望和虚拟的反抗中让自己的欲望尽情沉浮。在《花季》里李昂通过描写一个性意识刚刚萌动的女中学生，在面对"亮丽的阳光"和卖花男人接触时的性心理过程，揭示了性觉醒带来的生命张力。

李昂在接下来的小说《回顾》中描写了女性性意识觉醒后的第二进程，即面对性时的困惑和挣扎。在这篇用日记体来撰写的自白式小说中，李昂描写了一个高中女生对"性"懵懂摸索的认知过程，以及成长过程中所经历的心理挣扎。"我"羡慕哥哥们高深的谈吐思想、哥哥的女友贺萱成熟丰腴的女性身体，因为厌恶自己青涩的"身体"，她经常在梦中看到自己的身体被撕裂被抛向月亮，看到月亮在吞吃自己身体碎片后转为巨大满月。这个梦境一方面暗示着"我"渴望成熟世界里的一切，另一方面"我"却又对成人世界存在的"性"感到罪恶恐惧，对同性友谊感到依恋与迷惘。在种种生理和心理的困惑和矛盾中，她走向自恋寻找安慰，"两手紧抱在胸口，透过毛衣，乳房温暖轻柔的感觉很使我愉快"，这与《花季》里少女在阳光抚摸下性意识的觉醒形成一个对照。在《回顾》中李昂探讨了一个高中女生面临"性"的困扰不安，将青春期少女最为隐晦私密的成长苦涩，透过日记体形式完整地表达出来，具有浓厚的精神分析色彩。在《回顾》和《花季》中李昂出色地描写了女性的性渴望和性萌动。依据传统的男性中心主义的伦理观念，女性的性意识觉醒是件非常可怕的事，那样道德的堤岸和伦理的缰绳将会四分五裂，"他们历来把女性的异己身体，当成男性行使幻想暴力和构思社会问题的'宝贝清单'，而这个清单是男人开的，是男性视野和想象中的图景和意识形态"。❶ 李昂通过女性性意识的觉醒，从男性划定的话语禁区中开辟出女性自己的空间，把原不可说不该说的东西供奉在祭坛上，建构自己的主体性，解构男性神话，颠覆男性权力。

---

❶ 王光明. 女性文学：告别 1995 年［J］. 人大复印资料，1997（2）.

从自恋型的力比多类型来看，这类人"在自我与超我之间没有紧张关系，并且没有性需要的优势。该类人的兴趣在于自我保护，他们具有独立性并不易受威胁，其自我中充满了大量的进攻性，并随时准备付诸行动。在性生活中对爱的偏好明显大于被爱。他们给人的印象是富有'个性'，尤其能帮助他人，充当领袖，为文化的发展提供新的刺激或者摧毁已有的事态"❶。精神分析学把极端的自恋称为自我原欲，"自恋原欲或者自我原欲就像一个大仓库，性欲力量从这里投向对象，又被收回到这里。自恋原欲的力量投向自我，这是从童年时代就形成的事物的原初状态，它只是被原欲后来的向外发散所掩盖，但是从根本上说，在这些现象的背后，这种状态一直存在"❷。

《有曲线的娃娃》中女主人公结婚后在平淡的生活中发现，丈夫不可能真正关注她的内心世界，他只活在能养家糊口的男性的骄傲和自信之中，妻子只是他心中虚幻的家的一个象征而已。在深深的失望中，女主人公转而陷入自恋的迷狂状态，在这种充满性意识和身体存在的自我迷恋和自我注视的过程中，女主人公意外地找到了女性永恒的精神故乡——"发现自己的身体"，它既是女性自我存在的象征，又是唯一真实能获得生命动力的可信任物。女主人公在梦境中甚至希望丈夫长出丰满的乳房供她抚摸吸吮。在女性主义看来，社会性别和自然性别的差异，在社会学和权力话语意义上是等同的，自然性别决定女性只能是这样的生存方式，决定女人只能是从属地位和弱势群体，虽然法国著名的女权主义者西蒙·波伏娃曾在《第二性》中写出"女人并不是天生的，而是变成的"。但是社会并没有真正关注这句话所包含的漫长的塑造女性的历史过程。"发现自己的身体"意味着女人找到了自己的主体存在对象，能自由地面对自我，以女性的身体存在作为女性存在的哲学基础，进而寻找到世界和社会对女性认识上的偏差。

李昂在《假面》中通过女主人公的叙述，展示了女人在婚外恋过程中无

---

❶ ［奥］弗洛伊德. 力比多的类型［M］//车文博编. 弗洛伊德文集（2）. 长春：长春出版社，1997：718.

❷ ［奥］弗洛伊德. 论自恋［M］//车文博编. 弗洛伊德文集（2）. 长春：长春出版社，1997：668.

意间发现自我时的幸福和巨大的震惊，"我们夫妇汲汲劳劳，为着是存下能存的钱，买房子和车子，再换更大的房子和车子，除此之外，当我回顾过往的生活，竟似也无甚可记忆""我的确是在最世俗的意义上对不起我的丈夫"❶。作者强调了女人在发现自我身体存在的同时，开始了对自身所处的社会位置的思考，意识到社会规定和女人自我存在的缝隙和差异所在，从而在更高意义上否定了社会所赋予女人的性质。"在最世俗的意义上对不起我的丈夫"即意味着"就我自己而言，我并不认为我对不起他"。在这里，女性已经把"自我"的存在和社会角色截然分开，并对性和性欲进行了重新审视。"那激切的热情可以带来如此的幸福"。即使写给情人的信，她也一再强调，"只是希望你能了解，你在我的一生中，造成怎样重大的改变"。可以说这已标示着此时女人对身体意义的理解大于她寻找爱情本身。

在精神分析性欲理论参照下，李昂从女性的角度出发，对性进行了全面的探讨。在早期的《花季》等作品中，"性"是对不合理事物的一种叛逆与反抗，是一系列抽象观念的象征，因此"性"的描写方式也是超现实的。到了《人间世》系列，性不再是观念的象征，而是现实生活里的具体现象。因此，李昂在小说中加入了大量性场面的描写，在当时的台湾社会引起一阵哗然，李昂甚至被冠以"成人小说作家"❷的头衔。在晚期的《迷园》系列中，"性"成为帮助女性追寻自我的一种方式，是女人建构自我的一个重要过程。在李昂的笔下，性对于女性来说，是一场如影随形的灾难，也是以男性话语为中心的社会达到自己统治权力的最好手段。从少女最初充满淡淡喜悦的性萌动以及无知的性尝试，到青年时代的性失望一直到婚后的性虐待到最后沦为性交易的工具，女人在社会的泥淖中艰难地挣扎，最终必然地陷入这个泥淖之中。

在封建保守的男性中心社会里，女性的性意识是最大的禁忌之一，任何对性的展示和批判都意味着对封建传统的一种反叛与挑战，因此李昂用性冲破社会既定的规范，表现女性对抗世界的不合理、反抗社会成规的力量。"'性'

---

❶ 李昂. 假面 [J] //中外文学, 1973, 1 (8).
❷ 李昂. 小说与社会 [M]. 台北：联经出版社, 1988：153.

只是当时我用来批判社会和男性世界，用来展露一些在这样压抑社会下的人性问题的工具。"❶ 从这个意义上讲，李昂和一般的女性主义作家不同，她并不是单纯从女性自身对性的感觉出发，也不是用一种私人化的女性话语去写作，而是把它纳入社会的大框架，着重描述社会作为一个完整的机制把女人逼到孤独和异化的境地，"你不该接近，你不该接触，你不该享用，你不该体验快感，你不该开口，你不该表现你自己。归根到底，除了在黑暗和隐秘之中，你不应该存在。要么你自己否定你自己，要么遭受被压制的惩罚"❷。因此"性"作为李昂小说进行内心探索以及女性自我追寻的重要工具，"性"的象征意义远超过现实意义。

其次，李昂的性爱主题还表现在对于性爱异化的展示以及性的解构上。中国人一向视人性为禁区，传统的受封建意识控制的审美观往往将正常的人性当作丑恶，尤其几千年来封建伦理道德对人性的束缚，更导致了中国的一般民众无法正视愈趋复杂的人的心理世界，有时甚至将自己的真实感情隐藏起来。然而，现代科学技术的高度发展既推动了历史的前进，也使人类更趋复杂化。千百年来，一直生活在封建社会中的中国妇女，饱受着以儒家思想为核心的封建礼教的禁锢，各种清规戒律压在妇女的头上，她们的自由、权利和要求受到蔑视，各种禁忌像一张无形的网紧紧地束缚女性的一切活动。中国这样一个保持了几千年封建文化传统的社会，一旦受到外来开明文化的冲击，潜在的被压抑的人性无疑会被唤醒并试图通过各种方式表现出来，而传统的势力又是那样难以抗拒，灵肉的冲突便是不可避免的了。李昂正是从性虐待、性压抑、性倒错入手，写出社会对女性的不公正，用李昂自己的话说"回到人间管管是非了"。

李昂在创作中一直关注"性"的虐待狂与受虐狂。女性所遭受的性虐待，并非指纯粹意义上男人对女人的虐待，而是指男性对女性欲望、身体的冷漠和

---

❶ 李昂. 花季到迷园［M］//从四〇年代到九〇年代两岸三边华文研讨会论文集. 台北：时报出版社，1994：300.

❷ ［法］福柯. 性史［M］. 西宁：青海出版社，1999：72.

压制。弗洛伊德对"虐待狂"和"受虐狂"——给性对象造成痛苦的欲望以及相反的欲望——这一对性变态的状态，有这样的论述："虐待狂和受虐狂在性变态当中占据着特殊的位置。这种变态现象最显著的特征在于，它的主动形式和被动形式通常成对地出现在同一个人身上。一个在性关系中由于给对方造成痛苦而得到快感的人，他也能从自己在性关系中受到的痛苦中得到快感。虐待狂同时也总是受虐狂。"❶

　　李昂反抗意识比较浓的作品首推《杀夫》《暗夜》和《迷园》，在这三部作品中性虐待比比皆是。"翻开她的《杀夫》《暗夜》等小说，我们就可以看到不少弗洛伊德主义的因素：陈江水的性虐待特征——原始时代的兽欲和乱伦的缩影，对猪头的祭拜——原始时代的图腾崇拜之曲折再现，以及阿罔官等人的性变态心理和拙劣动作——弗洛伊德所说的'压抑'导致的'移植'之结果。"❷ 李昂描写了女性受到的性压抑和性苦闷，在一定程度上反映了台湾社会的道德沦丧和妇女的不平等地位，同时也在尝试为女性寻找人性复苏的途径。

　　《杀夫》描写了林市母女两代人所遭受的性虐待，刻画了性虐待给女人带来的身心伤害。林市父亲死后，家里的财产被叔叔霸占，母亲在饥饿的折磨下以出卖身体为条件接受了两个饭团。结果在林市叔叔的一手策划下，母亲被同族人以有伤风化为借口沉塘致死，而林市随后也被叔叔卖给了屠夫陈江水。在新婚之夜，林市因饥饿和初夜的疼痛而昏迷过去，"陈江水到厅里取来一大块连皮带油的猪肉，往林市嘴里塞，林市满满一嘴地嚼吃猪肉，肥油还溢出嘴角，串串延滴到下颚、脖子处，油湿腻腻，这时眼泪才溢出眼眶。林市怎么也没有料到，往后她重复过的，就是这样的生活"❸。林市在丈夫陈江水的长期性凌虐下，过着禽兽不如的生活，最后她忍无可忍，用丈夫的杀猪刀把他杀

---

❶　[奥] 弗洛伊德. 性学三论 [M] //弗洛伊德文集·性爱与文明. 滕守尧，译. 合肥：安徽文艺出版社，1996：26.

❷　王宁. 文学与精神分析 [M] //王宁文化学术批评文选（第3卷）. 北京：人民文学出版社，2002：210.

❸　李昂. 杀夫——鹿城故事 [M]. 台北：联经出版社，1983.

死，林市用疯狂的杀夫和自我毁灭行为获得了自我解脱。

在陈江水看来，林市只是一件纯粹的性工具。只要他高兴，就可以不论时间地点对她百般虐待并以此为乐。李昂在小说中反复描写了陈江水对林市近乎疯狂的性虐待心理，只有令她痛苦不堪，大声呼叫才能令他心满意足，这显然是带有原始兽行的性虐待行为，陈江水性格中的虐待狂心理的形成可能与他长期从事杀猪的职业有关。"《杀夫》中林市长期遭受性摧残——性压抑的另一种形式——的结果，并没有导致她那些郁积在无意识底层的'邪恶意识'冲破压抑，进而升华为崇高的艺术形式，倒是促使她走向了邪恶的极端——杀死丈夫陈江水并将其碎尸，终于使这个现代人中的原始性虐待又返回了原始（死亡）。从小说中的这些现象来看，弗洛伊德主义的成分是显而易见的。"❶李昂几次将林市受虐时的呻吟与猪在尖刀下的惨号互相对照，强烈地暗喻着在男子凌虐下的妇女命运与猪狗同命。陈江水杀猪的情景和对林市的性虐待互相转化，两种行为都是男性权力的发泄，都不顾及对方的生命感受，而自己却从中获得冲动和快感。这种结构性对比，两种活动的操作程序、情境气氛和心理暗示极端相似，使"女人不是人"的主题得到惊心动魄的表达，它不但是千百年受屈辱的女人的再现，也是男人自我异化的表现。"《杀夫》写人性的不可捉摸，人兽之间剃刀边缘情形，写得十分大胆和不留情面，写蒙昧的农业社会中国人的阴暗面，把故事架构在原始性的社会里来研究人兽之间的一线之隔。这是一篇突破性的作品，打破了中国小说的很多禁忌，不留情地把人性最深处挖掘了出来。"❷

在《杀夫》中李昂还描绘了鹿镇女人的生活状况，她们把林市看作鄙视和嘲笑的对象，阿罔官的窥视既有对欲望的渴求，更多的则以它作为自我尊严和骄傲的对比。在一个女性没有独立价值的社会，女人们判断女人的价值标准完全依赖于男性给予女性的判断，女性根本没有自我独立生存的机会，也就没

---

❶ 王宁. 文学与精神分析 [M] //王宁文化学术批评文选（第3卷）. 北京：人民文学出版社，2002：210.

❷ 王渝. 台港海外评论家眼中的《杀夫》[J]. 收获，1986 (4).

有能力做出女性自己的判断，她们不但自己是受害者，而且也不自觉地充当了帮凶和男性话语的传声筒，从而无形中和男人形成一种同谋关系。可以说，她们也是把林市推向绝境的凶手之一。林市心理上的恐惧也来自这些女性无情的嘲弄和轻视，她在男人那里失去尊严，也因此在女人那里失去生存的尊严。李昂借助女性意识中弥漫着的无时不在的恐惧，使读者更多思考背后深藏着的社会大语境。因此性虐待是社会话语统治的一种形式，它不是陈江水个人的事情，也不是林市一个人的遭遇，而是女性在社会中所处位置的一种隐喻。

在李昂的大部分作品中，性交易似乎没有女人所遭受的性虐待那样让人触目惊心，然而作为承受主体来说，她们的遭遇更悲惨，她们受害的隐秘程度更深，受到的伤害也更大。在缺乏人性人情的工业社会和商业社会，性经常沦为物质功利关系的"兑换券"。《暗夜》中所呈现的是无所不在的交换关系和利用关系，人性的弱点和人的异化现象在这里做了一个集中的亮相。陈天瑞道貌岸然地推行"道德净化运动"的原因是因为他在丁欣欣那里碰了钉子，想报复丁欣欣的情人叶原；黄承德之所以忍受叶原与妻子李琳私通是为了从后者那里获取信息；而叶原则利用职业的便利到处勾引女人，满足自己的欲望。在这几个人的相互关系中，女人是一个媒介，是一个符号，是他们之间交易的工具，却没有一个人想起来去关心女人的存在状况。当李琳怀孕之后，叶原虚弱慌张，黄承德虽感羞辱却仍沉着盘算。然而，李琳所遭受的心理打击和情感上的寂寞他们却根本不去关心也不想知道，她只是他们棋盘上的棋子，双方都想从中获取一些利益。而作为一个现代女性，丁欣欣利用自己的美貌放弃尊严去追求留美博士孙亚新，以获得出国的机会。但是，在性游戏之后，她却发现，孙只不过是抓住她的弱点满足自己的情欲，丁欣欣在自己进行的性交易中以失败而告终。《色阳》中的女主人公也遭遇了相似的命运。色阳做过妓女的经历是她一生也走不出的阴影，她周围的人在一个偶然的对话中表达出社会和大众对她的定位，而色阳所有美好的生命感受就在这轻轻的点击之中被否定掉了。这无疑揭示了现代女性生存的另一境况，以身体为交易手段并不能真正为女性带来好处，相反它使女性陷入更深的耻辱之中。

李昂也特别关注性禁忌给女性带来的伤害。《人世间》通过性关注青少年人格的塑造，尤其是少女的心理健康问题。小说的主人公是一对年轻的大学生，由于社会、学校、家庭对性问题畏之如虎，他们没有得到正确的性知识，女大学生在盲目的情况下与男友发生性行为，导致下身出血，就去找辅导室老师求救，而这位老师竟将此事告诉了校训导处，学校宣布将他们开除。女学生在无可奈何中离开学校，"我从前不曾想到那事会牵连到如此多问题，等到懂得了，却不再有机会而必得离开学校，永远不能再回来"❶。李昂这篇作品是斥责台湾教育制度，事先不对学生进行生理和道德教育，女大学生居然不懂得穿胸罩，不知月经为何物，认为被男友吻一下就会怀孕。结果事情发生之后对学生搞暴君式的惩罚，断送了两个大学生的前程，实在是件残酷的事。

性的禁忌其实只是社会权力统治彰显的一种方式而已，而对女性的性禁忌，则更多地涉及男权制度的统治问题，尤其是在中国这样一个经历了漫长的封建时代的社会，女性在其中一直处于弱势地位，性的约束几乎全部指向女性。其实，即使是现代社会中有职业的独立女性，也仍然有深深的焦虑和不安全感，而在日常生活中，女性自身也常常不自觉地认同于社会，把自己放在一种次主体的地位。在李昂的作品中，有一部分女性也有自己的工作，但是，她们并没有找到女性的自我意识，或者说没有把自我的存在当作生命最根本的支撑点，而仍在寻找一种依托，这种依托常常假借"爱情"之名使女性迷失。由此可以看出，女性的地位随着性的政治化、制度化而被搁置在次要位置上，并且随着社会伦理的每一个暗示深深植入女性自身的意识之中。

最后，李昂在创作中还非常关注由于性虐待和性禁忌所形成的各种性倒错。对于"性倒错"的界定，弗洛伊德认为："普通人对性本能的看法，可以从一个如诗般美的神话中反映出来，它告诉我们，本来的人被从中间一分为二——成为男人和女人——于是它们总是挣扎着努力要通过爱重新结合在一起。因此当我们知道这些男人的性对象是男人而非女人，而有些女人的性对象是女人而非男人时，我们会大吃一惊。这种类型的人被描述成具有相反的性感

---

❶ 李昂. 爱情实验［M］. 台北：洪范书店出版社，1985.

受，或者准确地说是性倒错者，这种现象则被称为'性倒错'。❶李昂在小说中对性倒错的分析，完全是一种精神分析学的目光。

李昂认为性是"与自身最有关的一个要素"，并通过创作探索"性"，也探索"自身"。形体自恋在《有曲线的娃娃》中被放大到了极致，这种类似返祖的自恋狂暗示了女性对自己身体和生命怜惜的本能，对原始生命的热切追求。早年丧母的女主人公从小依恋女性丰腴温暖的乳房，因此她喜欢各种不同形貌特征的娃娃，这些布娃娃有着母亲般柔软舒适的乳房。最初她只是用一些团团捆起的旧衣服做成一个可以替代早逝母亲的布娃娃，后来她以黏土制作泥娃娃，当她以唇触抚泥像胸部的时候，总是"带着战栗和感动的快乐"❷。当她躺在丈夫身旁却渴望获得"一种熟悉、曾经得到、却又不知道得到什么的感觉"，她开始做梦，"梦到一些奇特透明的东西，散布在与事实毫无关连的一大片灰苍苍的空间，带着充盈的生命漂浮着"，在梦境中她将自己锁在卧房，拉上帘幕，裸身站在穿衣镜前，渐渐地，"梦中的形体开始聚合，组成一个物体，一个有曲线的女人底躯体"。她开始发现一对"带着动物才有兽性的残忍和摧毁一切的欲望"的黄绿色眼睛，然后，她屈服于"那对眼睛可怕的征服的情欲"，完成了另一种方式的洗礼，而后，"深而不可测知的幸福像波涛般的摇晃着、冲击着她"。她甚至祈祷她的丈夫可以"长出一对像她一样的奶子"，这是自我体验与满足的高潮。李昂在《有曲线的娃娃》中试图反映童年创伤和苦难对女性所带来的终身压抑，以及由此而来的对女性意识的扭曲与变态，女主人公起先以物质形式创造可以替换母亲的过渡物品，继而在镜中寻求自身，以自身的变形来达到仪式性的契合，因此"她被不断蜕变的'娃娃'召唤，进行一出又一出的现代人心灵祭典，通过它们，她获得生命的洗礼，重建她在人的社会里萎缩了的自我历史"❸。

李昂非常关注各种病态的性倒错，在《彩妆血祭》中李昂以二二八事件

---

❶　[奥]弗洛伊德. 性学三论[M]//弗洛伊德文集·性爱与文明. 滕守尧，译. 上海：东方出版社，1996：2.

❷　李昂. 有曲线的娃娃[M]//李昂集. 台北：前卫出版社，1993：9－12.

❸　施叔. 盐屋·花季代序[M]//花季. 台北：洪范书店出版社，1985：12.

为背景描写了一个同性恋的悲剧。《彩妆血祭》女主人公王妈妈是一个积极参与反对运动的女子，她的丈夫因为二二八事件被逮捕杀害。王妈妈的儿子继承家中传统的医生职业，医学院毕业之后成为一名医生，大好的前程正等待着他。然而王妈妈一次出其不意地回家时却撞见儿子怪异的打扮，那背负着众多期望的儿子，在房间内穿着粉红色的礼服，戴着大卷的长假发，脸上有浓重脂粉的彩妆，和画好口红的嘴唇。王妈妈的儿子还时常以这样的装扮，流连于新公园中老年肥壮男人的身边，而儿子也因为被妈妈发现了同性恋行为而羞愧自杀。王妈妈在儿子死后亲自动手给儿子画最后的彩妆，由粉底、眼影、腮红、口红到粉红色的睡衣，以至于黑色的假发，最后王妈妈不断地喃喃"从此不会再假了"，儿子从头到脚以女性的姿态躺在棺木之中。

《彩妆血祭》描写了一个性倒错的悲剧，然而李昂更为关注的是什么原因形成了儿子的性倒错。"有时候还可以观察到，有些人在正常的性对象和颠倒的性对象之间呈现阶段性摇摆，那种情形格外有趣，因为原欲在正常的性对象那里得到了不愉快的经验，就转向了倒错的性对象。"❶ 王妈妈自丈夫死后和年幼的儿子一直生活在二二八的阴影中，他们长期被人监视着，为了保护母亲，懂事的儿子向这些人端茶敬水，甚至受到这些人的性侵害也默默忍受下来。在儿子上初中时，王妈妈发现儿子周期性地在睡梦中呼喊惨叫，并扭动着身体，像是试图要奔逃的样子，这个恶梦的谜团王妈妈直至看到儿子怪异的装扮之后才明白过来。处于青春期的王妈妈之子，因成长时受到性侵害而成了性别倒错的同性恋，而施加性侵害者，正是代表统治者监控的情报人员。

在李昂的小说中，虽然性爱描写大胆而且详细，但她的目的绝不是让性描写成为刺激读者感官的佐料，也不是鼓吹女权主义，而是力图透过性探求投射在性爱上的社会文化形态。"在她的诸多作品中集中抓住对妇女关系影响最大、影响妇女命运最深、最烈、最久的性，从各个角度进行深入开掘，从而表现出强者对弱者、男性对女性的掠夺，并把这种掠夺和社会现实紧密连接在一

---

❶ ［奥］弗洛伊德. 性学三论［M］//弗洛伊德文集·性爱与文明. 滕守尧，译. 上海：东方出版社，1996：17.

起，表现出其社会本质。"❶李昂自己也一再强调，在她的小说中，性的象征意义远远超过现实意义，她所谓的性是一种性别上的肯定，是女性自我存在意义上的肯定，它并不代表整个意义，而只是第三种象征，最重要的意义还在于自我追寻与自我突破当中，"只有当妇女能提出质疑，不再断然地相信女人的命运完全被生理的、心理的、经济的情况决定，只有当妇女对传统宗教、哲学和神话中所塑造的'永恒的女性''真正的女性化'产生怀疑，并探求这类说法的基础根源，妇女才算走出第一步"❷。这也许是李昂给女性的一种鼓励和启示。

三、探索心理的王国

在精神分析理论的参照下，与李昂关注性的探索不同，欧阳子小说对人物的深层和变异的心理进行了探索，对女性灵魂的分裂和自我的挣扎做了真实而深刻的描写。欧阳子小说所选择的人物几乎全是现代女子，与别人的关系多半是不正常的甚至是不伦的，这些女性都陷入某种心理困境，而这个心理困境又显示了人性黑暗的一面。欧阳子在标新立异的创作实践中正是抓住人的这种复杂的心理世界建构了关于人的心灵的"另外一个王国"。随着人体进化的越趋完美，大脑的高度发达，人类进入一个光怪陆离的复杂世界。在心理平面上，人类带着自然的本能的力量，进行着无声的抗争，这便导致了灵魂的分裂。这种看不见的、内在的分裂活动曾被不少作家在作品中表现过，而欧阳子集中地暴露了一系列血淋淋的灵肉自相格斗的画面。

精神分析对人有两种基本看法，一种是正常的心理健全的"自我"，另一种是反常的心理疯狂的"分裂的自我"，大众舆论常把后者称之为"精神病患者"。莱恩认为，"健全或疯狂是由人与人之间联系或分裂的程度所决定的，如果有一人被公共意见所接纳，那他就是健全的；同样，把一位患者判断为精神病，主要是因为判断和被判断双方之间缺乏理解，存在分裂"。他还指出：

❶ 古继堂. 台湾小说发展史 [M]. 台北：台湾文史哲出版社，1989：396.
❷ 李昂. 一封未寄出的情书 [M] //爱情试验. 台北：洪范书店出版社，1985.

"分裂是一种不幸，不幸之所以不幸并不在于不幸本身，而在于这不幸没有幸运地得到理解和同情。"❶ 正常的人和反常的人作为一个绝对自由的人是平等的，他们的分歧在于他们各自拥有一套属于自己的看待世界的立场和方法论，不同的是所谓"正常"的人的立场是大多数人的立场，反常的精神病患者的疯言疯语和出轨行为并非无缘无故，并非真正疯狂，其中隐含着复杂的社会内容和现实意义。

首先，欧阳子小说对女性人物的变态心理进行了多层面的探索。在大多数人看来，精神病患者无疑是反常的人，而在精神病人眼中，生活在这个社会的大多数人才是不正常的，正毫无觉察地生活在疯狂之中，弗洛伊德指出，"治愈精神病患者的不幸，不过是将其引入生活的普遍的不幸之中罢了"❷。精神分析对人的这种看法体现了对"正常人"的精神领域的无情批判。《半个微笑》主人公汪琪的生活圈子并不大，作为一个学生主要与老师和同学打交道，从小学起她一直就是标准的好学生，永远规规矩矩，永远稳重拘谨，"她是这样的好女孩，要是突然变了，人家就要感到非常奇怪了。因此她只好永远扮演着人家要她扮演的角色：用功、规矩、拘谨、持重，虽然她明明知道这并不是真正的自己"。汪琪感到当好学生是一种痛苦，因为好学生的头衔紧紧地束缚着她，使她失去了自我，不能纵情欢笑，无法过其他女孩子所过的生活，说些无伤大雅的轻浮话，引得大家发笑。汪琪的悲剧在于她的自我失落得太久、太彻底，她已无法真正认识自己，她挣脱了旧的枷锁，又将自己套进另一个新的枷锁中，如此循环往复，她所得到的只能是空虚和失落。

在《素珍表姐》里，理惠抢过表姐的男友吕士平确实是为了好强，但这里面却隐含着极为复杂的心理因素。理惠从小和表姐素珍生活在一起，豪爽、好强、洒脱的素珍在各方面都比理惠要强。到初中三年级，理惠开始挣脱素珍的影响力，她试图靠胜过素珍来证明自己的存在。但是，理惠既想抵抗素珍的影响力，有时又愿意依附素珍。在这种内心矛盾中，她既恨自己，又恨素珍，

❶ [美] R. D. 莱恩. 分裂的自我 [M]. 贵阳：贵州人民出版社，1994：24.
❷ [美] R. D. 莱恩. 分裂的自我 [M]. 贵阳：贵州人民出版社，1994：1.

于是产生了强烈的报复心理，企图靠抢夺素珍的男友来挫败素珍，享受胜利的快慰。但是，当她得知吕士平原来不是素珍的男友时，她的爱情便一下子冷淡下来。觉得她所获取的已没有太大的意义了，尽管她与吕士平的恋爱带有报复素珍的成分在内，但不可否认她爱过他，只是在她内心深处，战胜素珍的欲望压倒了一切，当它们发生冲突时，她宁可丢弃爱情而满足自己的好胜心。

　　精神分析学认为，人随时会意识到自己的存在，并可自由地超越他的存在之身体或心理而进入精神境界。但这超越必须符合人性的基本规范，即必须引导人走向完美的精神境界，使个体完善并得到完满的快乐，反之则会使人感到自我的隔离，就会由其存在处境上本能地体验到不安。欧阳子小说所反映的人与人的关系大都建立在强烈的占有欲上，充满了自私、妒嫉、仇恨等感情色彩。但是，这一切并不是凭空产生的，它们与人物的性格、经历、生活环境紧密相连。作者着力刻画的不是现象，而是隐藏在人物内心的自我挣扎的分裂过程。《网》中的余文谨在内心深处爱着她过去的大学同学唐培之，但她却嫁给了丁士忠，嫁过之后，又同时想拥有唐培之。她与唐培之之间存在着一种精神上的依恋，然而两个人之间性格过于相似，和唐培之在一起使她产生精神压力，而和丁士忠在一起，她觉得安全有依靠。余文谨没有丁士忠便活不下去，然而在灵魂深处，心灵的相通者唐培之的影子永远笼罩着她，余文谨是个地道的分裂型人物，她的本体需求与她内心的愿望是互为矛盾的。她的可悲之处不在于自我的失落，而在于灵与肉永不能合而为一。由此来看，欧阳子不仅探究了女性与男性的权力制衡问题，而且在男女性别关系的视角下，深入挖掘女性在自由与逃避自由之间的困难选择。《约会》中的留美女学生美莲同样存在心灵分裂的痛苦，只不过这种痛苦不是来自性和感情，而是来自东西两种不同文化在她身上互相冲突的结果。美莲是一个留学美国的中国女学生，她不满于落伍过时、不合时代潮流的东方文化，而骨子里却是一个百分之百的中国人，她爱美国，但又处处突出自己是中国人、黄种人。保罗是一个美国学生，他称赞中国的旗袍和艺术，又说这是中国落后的原因之一，他深爱着美莲，但他又难以捉摸到她的心思。美莲渴望超越国籍，然而她又深受东方文化的熏陶，改变不了东方人那种矜持的态度，这和惯于大胆直率表达内心感情的美国人自然难以互相理解，因此她无法与西方青年站在同一平面上真正互爱。这对年轻人在不同皮肤的外表下，各有着自己的文化传统和深层的文化心理结构，在两种文化交汇时，影响的焦虑、认同的焦虑是深入骨髓的，因此两人在恋爱过程中的相悦和相左，与其说是性别的交流和冲撞，不如说是文化的交流和冲撞。

在小说《墙》中姐姐与妹妹相依为命，姐姐在新婚之际希望妹妹与自己的丈夫像一家人一样亲密相处，妹妹却憎恨姐夫，认为他抢走了她的姐姐，抢去了姐姐对她的感情。但当姐夫为她别上那支为她买的生日礼物别针时，他的手指轻轻触着她胸部，她体略到一股奇异的快感，非但误会冰释，而且爱上了姐夫。姐夫说他跟姐姐结婚，只因姐姐有钱，他离间了相亲相爱的姐妹，在她们之间筑起一堵墙，最后，妹妹觉悟了，决定结束这段情感。《浪子》中丈夫宏明失业在家，妻子兰芳外出工作。兰芳漂亮高雅、自立自尊，而丈夫却平凡又窝囊。宏明一方面深爱着自己的妻子，"他站在床边，俯视她那苗条细小的身体，他心里突然涌起一股似曾认识、但已长久忘怀了的甜蜜之感。于是他忆起，在他们新婚之夜，他也有过这同样的感觉"❶。但另一方面又感到事业有成的妻子对自己是一种莫名其妙的压力和威胁，总觉得对方高高在上，漠视一切。这种独特的家庭结构使丈夫宏明产生了复杂的心理矛盾，他认为这个家的支撑者是他的太太，而不是他，因此他企图重新获得一家之长的尊严和地位。但是宏明并不与妻子兰芳面对面地较量，他把儿子当成了一个秘密武器。儿子要与一个据说名声不好的女孩结婚，兰芳反对，宏明就暗中支持。儿子是兰芳的生命支撑点，她下意识里怕别人将儿子从自己身边夺走，而宏明的目的是通过挫败妻子而恢复他"家长"的地位，或者报复性地让妻子感到失去儿子的痛苦，宏明不动声色地看着母子两人在交锋，儿子决绝地坚持与那女孩结婚，头也不回地走了。妻子败下阵来，宏明这时以为妻子会对他臣服，没想到兰芬的一句话——"你知道我对你多么失望，宏明"，让他通体冰凉，败下阵来。这篇小说情节并不复杂，但揭示出婚姻中微妙的权力关系却复杂难解。《浪

---

❶ 欧阳子. 浪子［M］//台港澳与海外华文文学精读文库·欧阳子卷［M］. 北京：中国人民大学出版社，1994：118.

子》精心地描摹了丈夫对妻子这种既敌视又依恋的矛盾心理，婚姻中是有控制与反控制的，而有的控制却是以爱的名义实施的，同时反控制也穿上了爱的衣衫，爱之中存在着自私和占有。

其次，欧阳子小说还对女性人物的变态情结进行了剖析和挖掘。精神分析学认为，所谓人物心理的变态，只能从相对意义而言，其复杂性不是仅仅用本能解释得了的，它与人性有着密切的关联。人性，即存在于所有人的潜能与可能性。在人的爱的活动中，由于人的生物的、心理的、精神的属性，决定了人的一部分欲望只能存在于潜意识中。在现实生活里，人最害怕的是孤立、寂寞与被遗弃，为了迎合自己所生存的社会，人有时不得不压抑自己的某些感觉、思想及欲望。但是在意识的最底层，被压抑的欲望依然存在并且一遇合适的机会便要爆发出来。在这从潜在到公开的抗争过程中，有些欲望因与传统的道德抵触太甚，于是以扭曲变形甚至变态的面貌呈现出来。欧阳子小说里很多家庭关系都呈现出非正常状态。《秋叶》里继母、父亲与儿子之间的三角关系，使家庭亲情呈现出异化状态；《近黄昏时》的三角关系更是繁复，女主角丽芬与两个儿子形成一个三角关系，丽芬与大儿子吉威，以及吉威的同学余彬的关系又形成另一个三角关系。在欧阳子小说的三角关系结构中，最初的三角关系是隐秘的，然后由第三者将原来隐伏着的欲望推到顶峰冲泄出来，然后再揭露欲望的真相。此外《最后一节课》中的师生同性之恋，《墙》里妹妹与姐夫之恋，《魔女》中的恋母情结，欧阳子擅长以其女性独特的视角与精细的观察，入木三分地表现情感与心理世界里存在的异态亲情以及各种变态心理情结，使其小说带有某种形而上的哲学意味，打上了精神分析的烙印。

欧阳子的小说大多存在着一个欲望三角关系和变态情结，并形成了不可遏止的爱的冲突，其中既有夫妇之爱、青年男女之爱，亦有母子、同性之恋，它们大都带着变态的成分，"欧阳子是个扎实的心理写实者，她突破了人类以及社会的禁忌，把人类潜意识的心理活动忠实地暴露出来。她的小说中有母子乱伦之爱，但是也有普通男女间爱情心理种种微妙的描写。欧阳子是心理世界勇敢的探索者，她毫不留情，毫不姑息，把人类心理，尤其是爱情心理，抽丝剥茧,一一剖析"❶。欧阳子通过这些欲望的三角关系和变态爱恋,从一个个经过层层剥露而显现出来的欲望中,宣泄女性内心漫溢的黑暗的欲望,透视深藏于人物内心世界中的暧昧的意念。《近黄昏时》是欧阳子独具匠心经营的作品,呈现了她个人特殊的女性书写风格。丽芬的儿子吉威自出生到30多岁,母亲从未喜欢过他,然而他对母亲有一种天生的依恋感,吉威虽得不到母爱,却留存着母亲爱哥哥瑞威的深刻印象。在他童年的记忆中,母亲是那么美丽,但母亲对他只有憎厌,他无法接近母亲,便只有靠代替者来完成这一愿望。吉威因特殊的生活经历及环境产生了复杂变态的情感和心理世界。吉威所以鼓动自己的朋友余彬与自己的母亲通奸,因为自己无法占有母亲,因而把余彬当成自己的替身。在他潜意识深处,余彬与丽芬的互爱也是他与丽芬的互爱。吉威是藉余彬这一替身来满足他乱伦的冲动,吉威藉着这种自欺欺人的方法得以和母亲互相沟通。这一切源自吉威对母亲强烈的爱恋,却又得不到,结果通过错乱的方式表现出来。《近黄昏时》是欧阳子研究了亨利·詹姆斯、福克纳等意识流小说家以后写就的,这个典型的"恋母情结"文本受到了福克纳小说《当我垂死时》的直接影响,作者不仅"跟着实验起多重观点的运用,不同语调的运用,甚至小说人物,母子之间的暧昧感情等,也有点是取自《当我垂死时》"❷。但欧阳子不像《当我垂死时》和《儿子与情人》等小说那样正面书写儿子对母亲的情欲,而是在儿子与母亲中间插入了一个替身余彬,正像儿子吉威所说,"余彬是我,我是余彬,我们是一体"。吉威支持余彬追求母亲丽芬,当余彬要离开丽芬时,吉威自身身份受到了威胁,结果他刺伤了余彬。

欧阳子小说所反映的是一些人在变态感情的驱使下,无法像正常人那样去爱、去生活的悲剧,她们对自我的追寻往往包含在爱的过程中,变态的爱恋则体现出被扭曲的自我。这些为爱而受苦受难的人们,或由于特殊的生活环境及生活经历,或由于自身人格的缺陷,大都是自编自导自演了自己的人生悲剧,

---

❶ 白先勇. 崎岖的心路·秋叶序 [M] //欧阳子. 秋叶. 台北:晨钟出版社,1971:172.
❷ 欧阳子. 关于我自己——回答夏祖丽女士的访问 [M] //台湾作者创作谈. 福建:海峡文艺出版社,1985:180.

她们都是为了满足自己的欲望而试图压抑对方的人性、破坏对方的自我的抵抗，她们在体现自己的人性的过程中又破坏了自己的人性，结果自然遭到挫败。《觉醒》中母亲郭治在与丈夫的婚姻生活破裂后，于孤寂失望中把全部身心移到了独子敏申身上，她将敏申看作已逝去的丈夫，将对丈夫的无望爱情转移给了儿子。她发狂地恋着儿子，已超越了母亲对儿子的正常情感而带有一种异性爱的成分，因此她会同别的女孩争风吃醋。那个长头发的女孩的出现伤害了她对儿子的独占心理而引起她妒忌仇恨。《花瓶》中丈夫石治川生命中最宝贵的两件东西就是花瓶和太太，他像珍惜花瓶一样爱恋着他的太太，他不许任何人碰花瓶，也不许任何人与他太太接近。为此他总是生活在担心失去花瓶和妻子的恐惧中，甚至为此产生了掐死妻子的欲望。当他感到无法控制妻子时，就把对妻子的感情转移到花瓶上，独自地去抚摩它、擦拭它，"他（石治川）从没见过这样可爱的饰物。它看来如此光滑、如此娇脆；它表面画着的奇花异卉，多是含苞待放，露珠欲滴，充满挑逗与诱惑。石治川时常独坐房内，玩抚这玲珑的花瓶，享受其冰凉与美色。每当他的手指在它鲜冷的表面上滑动，他总有种难以形容的快感，尖锐的、近乎痛苦的快感"❶。在精神分析理论中，"光滑、娇脆、含苞待放、露珠欲滴、冰凉、美色、玲珑"这些词，全是女性肢体语言的象征，那种近乎痛苦的尖锐的"快感"，无疑更是性的隐喻。石治川怀疑妻子与表哥陈生有暧昧感情，为了证实自己的怀疑就经常窥探跟踪妻子，当他知道妻子与陈生有约后，故意在同一时间邀她去看电影。他的窥探被太太拆穿后，他又气急又恼恨，与妻子的关系便濒临决裂。妻子离开他之后，他把愤怒失望发泄在花瓶上，狠狠地把那只漂亮精致的花瓶摔在地上，可是花瓶却"轻快地连翻两个斛斗，还翻身坐起，对他招展微笑"。最后他只好"屈腿、跪下，开始朝着它（被摔的花瓶，被他喝走的妻子）爬行"。石治川无论对妻子对花瓶而言都是权力主宰者，但是石治川在妻子和花瓶面前的一连串挫败，显示了父系社会中男性的拥有权、宰制权受到了无情的颠覆和解构。

---

❶　欧阳子. 乡土、血统、根［M］//台港澳与海外华文文学精读文库·欧阳子卷. 北京：中国人民大学出版社，1994：58.

欧阳子小说里的人物正是由于对过去无意义生活的醒悟，试图寻求生命真正的价值，才陷入深沉的苦痛之中，她们自我的挣扎，表现了她们为寻求有意义的生活所做的奋斗。然而，虽然她们感受到了自我存在的空虚状态，却缺乏真正面对自我的勇气，她们的追寻又大都建立在自以为是的幻觉上，一旦幻觉破灭，她们便为更大的不安或恐惧所包围，因此她们永远无法确定自己的所属感及自主性，也就永远无法消除心灵的分裂和矛盾。

四、心理分析的叙事模式

欧阳子在伊利诺斯大学主修的是戏剧，深入地研读过亨利·詹姆斯、福克纳和劳伦斯等人的作品，严格的西方现代主义文学写作与批评的训练，不但使她对小说的艺术形式格外注重，也直接影响和深化了她的创作风格。"很客观地说，欧阳子的小说可以说是由中国文学和西方理论混合而成的作品。"❶ 欧阳子的心理小说，与乔伊斯的《尤利西斯》、福克纳的《喧哗与骚动》和伍尔夫的《达罗威夫人》等典型的意识流小说有明显的不同，在欧阳子的作品中很少看到大量的意识流片断、错杂的意识组接等，她继承了中国传统小说讲究情节戏剧性和人物言行描写等特点，积极寻求意识流小说与传统小说的融和。

首先，欧阳子在小说中对人物内心独白的运用特别得心应手，她经常用大段的内心独白揭示女性黑暗之心的内在冲突。《近黄昏时》是具有浓厚精神分析特色的心理独白小说。欧阳子运用意识流手法揭示丽芬复杂的内心冲突，丽芬大段的自言自语和内心独白，全部由短句运用顶真、嵌插、并排等方法连缀而成，同时由于标点符号的简省，文句的再三复叠，造成一种回环往复的诗意效果。欧阳子还通过王妈的视角揭示了吉威杀伤余彬的内在原因，丽芬喜欢和年轻小伙厮混的心理痼疾等，她运用多重叙事观点的分裂组合，呈现扑朔迷离的事实真相。

在《秋叶》中欧阳子描写了一个恋母情结的故事，为了表现一个自幼缺

---

❶ 齐邦媛. 千年之泪 [M]. 台北：尔雅出版社，1990.

乏母爱的混血儿与继母之间的变态感情，欧阳子不但创造了许多动人的场景细描，从中渲染出这种变态之爱形成的经过，而且用内心独白揭示两人之间有违伦理却又美好的感情体味，"在虹桥上，两人不约而同，停步伫立，俯视下面。刚才日光下看来不甚洁净的湖水，在昏幽中，却显出纯洁如玉。绚烂的暮霭，反映在被风掀起绉纹的湖面，与隐幽的枯树倒影互相掩映，一闪一熠，宁谧，悠远。他们没有说话。只是凝望着，沉醉着。在这一片刻，他们消失了自我，与宇宙，大自然，融汇成一体。这一片刻，他们接触到永恒"❶。随后欧阳子以近 200 句以四五字构成的短句，将两人的故事带入高潮，"两人对立，痛苦，绝望，互相凝视。于是狂风暴雨般，他们开始拥抱。他搂紧她，狂吻她嘴里，嘴外。隔着单薄睡衣，她紧贴摩擦他赤裸的前胸。泪水从两人眼中沁出，你贴我沾，分不清她的泪，他的泪。断断续续，他喃喃道出她名字，吻着她，字音不清。他搂紧她腰背，贴压向他，她觉出他身体那处，强烈惊人的反应"。由急促的短句构成的强烈的内心独白，不仅与两人激烈的肢体接触呼应，也更强化了两人绝望而甜蜜的苦涩心境。

其次，欧阳子很注意运用心理分析的叙事结构。她指出："一篇小说之为成功的艺术品，最重要的莫过于具有严谨的结构，也就是说，一篇小说的组构元素，即人物、情节、主题、语言、语调、气氛、观点等，相互之间必须有十分密切的关联。"❷ 欧阳子小说结构大都遵循二元对立原则，追求叙述结构的两种层次的对立统一，由此形成了其颇具特色的双层叙述模式，比如《浪子》《最后一节课》《半个微笑》等小说都可纳入双层叙述模式之中。这种模式的一层是小说人物的言行，另一层是人物的意识片段，这一实一虚，或统一或对立或交错，将小说组织成一个有生命的艺术世界。小说《浪子》中现实层是男主人公宏明视野中的妻子、儿子和自己的言行，而虚层是自己的心理内容。实层展开的逻辑是时间因果关系，而虚构层展开的逻辑是空间与对立的关

---

❶　欧阳子. 近黄昏时［M］//台港澳与海外华文文学精读文库·欧阳子卷. 北京：中国人民大学出版社，1994：128.

❷　欧阳子. 关于我自己——回答夏祖丽女士的访问［M］. 福州：海峡文艺出版社，1985：172.

系，小说在随着情节展开时再融合心理内容，就形成了时空交错的双层叙述模式。

从叙事视角的选择上看，欧阳子的大部分小说都放弃了传统的全知叙述，而采用第三人称内视角，《约会》《最后一节课》《半个微笑》《浪子》《花瓶》等都是以作品中的某一人物视角展开叙述，像《浪子》中宏明、《约会》中的美莲等就是叙述人物。而《近黄昏时》中的叙述人物就变成了三个，分别是丽芬、吉威和王妈，三种不同视点下的话语有重合也有异样，三个人分别叙述同一个故事，三个视点实际上是三种价值观念下对同一故事的理解，彼此之间就产生了对话关系。欧阳子使用第三人称内叙事视角，将故事先进行拆解然后重新缝合，使小说与故事之间产生张力关系，既包含故事本身又包含作者的阐释和游离，让读者既看到了故事，又不沉溺其中，以形式的力量实现了对题材内容的转化和超越。

欧阳子曾在西方求学多年，深受精神分析等异域资源的影响，她的创作方法呈现出独特的魅力。在精神分析美学技巧的借鉴下，欧阳子作品的情节大多从某一个角度展开，故事自始至终都围绕着人物的心理冲突进行，并通过对人物内心独白的刻画，对人物心理循序渐进、细致入微地往纵深挖掘，使作品获得强烈的客观效果；欧阳子所描写的都是人物的内心生活，又由于内心生活不形于外的特质，欧阳子对外界景物的具体描写不多，对人物外貌的具体刻画也少，因此具有特色的内心独白就成为她刻画人物的主要手段；欧阳子擅长用抽象的心理动作代替具体的现实事件，用象征表现人物的潜意识，她刻画人物心理，如同精雕细刻一件艺术品，不放过任何一点细微之处，她能够冷静地将一个个立体的人层层剖开分析，慢慢推进，及至把人心的最深层面、最阴暗的一隅放大在你眼前，"她小说的背景建筑在她小说人物的心理平面上，如同陀斯妥也夫斯基的小说一般，卡拉马佐夫兄弟之间发生的惊天动地的故事，实际上并不是发生在卡家的那个小镇上，而是发生在卡家几个兄弟黑暗的心理平原上。欧阳子小说人物的塑造，也是与一般小说人物不同。她的小说人物并不是血肉之躯，而是几束心力的合成。这几束心力，在心理平面上，互斥互吸，相消相长，替作者演出许多幕各式各样的心理剧来"❶。

　　总之，李昂、欧阳子等台湾现代派女作家，在精神分析理论的参照下，不但直闯"性"的禁忌国度，处理情爱与性的问题，更针对性、暴力、经济和赤裸裸的男女权力关系等问题，为女性解放开创一个新方向。"确实，像李昂这样的女权主义作家，即使读了再多弗洛伊德著作，也不会对之感到满意的。因为在弗洛伊德那里，世界仍然是以男性中心主义占主导地位的，妇女只是这个男性中心社会的附属品，她们的思维方式和活动总是围绕着男性生殖崇拜来展开，而这些恰恰是女性主义者所不能容忍的。因此李昂就存心要把这种等级制度颠倒过来，她最后让女主人公林市杀死丈夫陈江水，正好实现了压抑在她无意识底层的欲望，向男性世界发起攻击，以唤起女性意识的觉醒，实现女性的解放。"❷ 李昂、欧阳子所关注的是女性如何在社会层层压抑束缚下，摆脱自己的困境，寻找最好的生活立足点。她们把性爱作为一种救赎方式，从性交易到性虐待，再从性变态到性倒错，探寻女性的角度和出路，她们站在女性解放的立场上，"对现代女性在自然存在、社会存在和精神存在所遭受的压抑和蹂躏作大胆的反省"❸。李昂、欧阳子等台湾现代派女作家在二十多年的创作历程中，坚持不懈地对性、女性以及人性进行深层探索，从而以丰富多彩的创作实绩成为台湾文坛备受瞩目的女作家群体之一。

---

❶　白先勇. 崎岖的心路·秋叶序［M］//欧阳子. 秋叶. 台北：晨钟出版社，1971：173.

❷　王宁. 文学与精神分析［M］//王宁文化学术批评文选（第3卷）. 北京：人民文学出版社，2002：211.

❸　［法］西蒙·波伏娃. 第二性——女人［M］. 南珊，等，译. 长沙：湖南文艺出版社，1986：86.

第三章

存在与虚无的精神超越：残雪小说与卡夫卡

在众多当代女作家之中，残雪以特立独行的姿态活跃于中国文坛，成为中国最具特色的女作家之一。自残雪小说问世以来，她便因与卡夫卡极其相似的文风，有了东方卡夫卡之称誉。"20世纪80年代初他的作品就被介绍进来，我特别欣赏《城堡》，当时读了又读。除了《变形记》以外，他的所有的作品我都非常喜欢。"❶ 1999年残雪出版《灵魂的城堡——理解卡夫卡》一书后，残雪与卡夫卡密切的关系越来越受到研究界的关注，"残雪以直觉为先导，凭借纯粹艺术家的感悟，对卡夫卡的重要作品《美国》《审判》《城堡》《地洞》《乡村医生》等作品做出了全新的解读和阐释"❷。卡夫卡与残雪，一个是有着深远影响的西方"现代文学之父"，一个是中国当代文学先锋派的代表，不同的社会时代背景，不同的生活经历，两位作家却展开了一场跨越时空的对话。

残雪小说中的许多特点都和卡夫卡等作家的异域影响有着千丝万缕的联系，残雪与卡夫卡是说不尽的。在中国文坛，说到卡夫卡，必然想起残雪，说到残雪，必然忘不了卡夫卡。可以这么说，卡夫卡对残雪的影响是巨大的、全方位的。她之所以走上先锋小说之道路，完全是与以卡夫卡为代表的异域文学资源有关。残雪认为自己与卡夫卡"在最深的层次上有共同之处"❸。这种共同之处既体现在文学观念上，也体现在创作手法上。从文学观念上看，虽然卡夫卡和残雪生活在不同的时空，体验着不同的文化传统和社会现实，但他们先后走进了现代主义的非理性世界，以焦灼痛苦的荒诞感、悲剧感和绝望感，犀

❶ 残雪. 残雪文学观 [M]. 桂林：广西师范大学出版社，2007：15.

❷ 姜智芹. 超验的灵魂世界：残雪对卡夫卡的创造性解读 [J]. 当代文坛，2003（5）.

❸ 残雪. 为了报仇写小说——残雪访谈录 [M]. 桂林：广西师范大学出版社，2003：164.

利地批判世界的异己本质，残雪小说中对荒诞和存在主义的阐释都可以从卡夫卡小说中找到渊源；从创作手法上看，残雪小说中故事的叙述方法和自由联想的手法，也是卡夫卡小说的典型特征的体现。

正因为两位作家之间的心灵契合，残雪用自己的创作精神和艺术审美使卡夫卡的现代主义意识得到中国式的传承，对特定历史条件下所形成的荒诞意识的探询、梦境的描摹以及幻觉与意象体系的审美观照等都是残雪在卡夫卡式写作时的独到之处。"残雪的创作几乎全是内向的探索，她走的是一条与中国传统的'文以载道'和批判现实完全不同的文学道路"❶。正因为这样，残雪才拥有了与现代主义大师卡夫卡对话的基本条件，同时建构起其小说创作自身的独特意义。

一、孤独的个体

弗兰兹·卡夫卡是 20 世纪最伟大的德语作家。他出生于犹太商人家庭，1904 年开始写作，主要作品有 4 部短篇小说集和 3 部长篇小说，可惜生前大多未发表，3 部长篇也均未写完。他的小说文笔明净，用变形荒诞的形象和象征直觉的手法，表现被充满敌意的社会环境所包围的孤立、绝望的个人情绪，具有奇诡的想象和丰富的内涵，对后世文学影响深远。20 世纪是卡夫卡的世纪，无论是在西方还是东方，卡夫卡启迪并哺育了无数后世作家，他的名字已演变成一个形容词"卡夫卡式"。诸多现代主义文学流派，无论是表现主义、荒诞派和魔幻现实主义、存在主义还是黑色幽默，都可以在卡夫卡的创作中找到它们的某些渊源。在中国，卡夫卡被称为"现代小说艺术的探险者和奠基者"❷，更充分体现了卡夫卡在中国当代文坛举足轻重的地位。

残雪从 1983 年开始练习写作，1985 年发表了第一篇小说《污水上的肥皂泡》，到目前已有百余万字作品，其作品已翻译成日、英、法、意、俄多种文字出版，并成为美国哈佛、康奈尔、哥伦比亚等大学和日本东京中央大学文学

---

❶　姜智芹. 超验的灵魂世界：残雪对卡夫卡的创造性解读 [J]. 当代文坛，2003 (5).
❷　叶廷芳. 论卡夫卡 [M]. 北京：中国社会科学出版社，1988：423.

院的文学教材。日本、美国、法国的纯文学杂志均多次刊登残雪作品。日本著名作家日野启三留称残雪小说为"近年来世界上最有冲击力的作品",另一日本著名作家新岛淳良称残雪小说为他"近年来读到的最优秀的小说",美国著名评论家夏洛特·英尼斯称残雪作品"就中国文学水平来说,残雪是一次革命;就任何文学水平来说,她是多年来出现在西方读者面前的最有趣的、最有创造性的中国作家之一"。另一著名评论家约翰·多米尼说残雪"从一个似乎是病入膏肓的世界里创造了一种独特的新鲜的语言",称残雪的作品为"艰难的条件下产生的奇迹"。

从创作之初,残雪笔下的世界就显得离经叛道、特立独行,这与她写作营养基本上来自西方文学有着莫大关系,而残雪也在多个场合提到卡夫卡对自己有着"决定性的影响",❶ 在《卡夫卡的事业》一文中,她写道:"二十多年前,当我还是一个刚刚做了母亲的家庭妇女时,在一个阴沉的下午,我偶然地读起了卡夫卡的小说。也许正是这一下意识的举动,从此改变了我对整个文学的看法,并在后来漫长的文学探索中使我获得了一种新的文学信念。"❷ 正是由于对文学信念的坚持,残雪在创作中呈现出了与卡夫卡内在的相似性,也使残雪自她的小说传播以来,便有"东方卡夫卡"的称誉。1998 年,残雪在被问到哪位作家对她有过决定性影响时答道:"对我创作最关键最直接的影响是80 年代西方文学的引入,我喜欢卡夫卡。"❸ 2003 年出版的《残雪访谈录——为了报仇写小说》收集了残雪从 1987~2002 年的 20 次重要访谈,其中采访者15 次提到卡夫卡,残雪十多次详略不同的评析过卡夫卡。20 世纪 90 年代,残雪在《灵魂的城堡——理解卡夫卡》中系统地解读卡夫卡,在这部著作里,残雪解读了卡夫卡几乎所有的小说,比如《美国》《审判》《城堡》《地洞》《乡村医生》《猎人格拉库斯》《致某科学院的报告》《夫妇》《小妇人》《判决》《拒绝》《一条狗的研究》《歌手约瑟芬或耗子一样的民族》《乡村教师》

---

❶ 残雪. 为了报仇写小说——残雪访谈录 [M]. 长沙:湖南文艺出版社,2003:132.

❷ 残雪. 灵魂的城堡:理解卡夫卡 [M]. 上海:上海文艺出版社,1999:1.

❸ 残雪. 为了报仇写小说——残雪访谈录 [M]. 长沙:湖南文艺出版社,2003:80.

《和祈祷者谈话》以及《中国长城建造时》等。残雪对卡夫卡的作品的解读是非常独特的，残雪认为，卡夫卡不仅是个文学家，更是个最纯粹的艺术家，他的全部创作都是对作者内心灵魂不断地深入考察追究的历程。阅读卡夫卡，残雪看到了卡夫卡作品冷漠背后高超的理性，那个理性就是对灵魂的看重，对肉体的扬弃。她从非理性描写的《乡村医生》中看到了怪诞，她从《城堡》中看到了进不去的其实是灵魂的城堡。既然灵魂的城堡是无法进入的，那么，人类之间也就无法沟通了，所以，残雪作品中的人物都是生活在自己的世界中，在以自己的方式生活在这个世界上并解释这个世界。残雪对卡夫卡的解读，其目的显然不仅仅是为卡夫卡的研究再添一说，而是通过对卡夫卡的阐述探求生存的意义。到目前为止《灵魂的城堡——理解卡夫卡》仍是研究卡夫卡与残雪关系最重要的资料之一，一些研究者甚至指出残雪在创作后期与卡夫卡的小说创作已经达到了高度"契合"的状态。那么，两位生活在不同时空的作家为何会如此相似？为什么残雪会对卡夫卡的创作如此情有独钟呢？

首先，残雪接受卡夫卡影响和个性气质有关。卡夫卡生性温和、敏感、谨慎，这种性格特征一方面使他能深刻地体会到周遭人们的痛苦，特别是他在劳工工伤保险公司遇到的普通民众；另一方面这种性格特征也使他渐渐走进了思想的死胡同。因为人越是敏感，感知到的痛楚就越会被扩大，当生活与理想产生矛盾时，抑郁之心就不断增长，导致最后的精神崩溃。残雪也是个性敏感之人，遇事容易激动，"两人都有一种桀骜不驯的内在性格，有一种承受苦难的勇气和守护孤独的殉道精神，都有一种超乎常人的敏锐和透视本质的慧眼，有一种善于自我反省、自我咀嚼的坚强耐力，有一种置身于一片漆黑之中然而却向更黑暗处冒险闯入的不顾一切的蛮横，有一种自我分裂、有意将自己置于自相矛盾之中的恶作剧式的快感"❶。

卡夫卡出身于一个富裕的布拉格中产阶级家庭，但是家庭关系冷漠，暴君式的父亲和唯唯诺诺的母亲使卡夫卡对家庭生活充满了恐惧，让卡夫卡感到窒息，他常常渴望逃离这种生活。马克思·勃罗德认为卡夫卡企图把他所有的文

---

❶　沙水. 残雪与卡夫卡（代跋）[M] //灵魂的城堡. 上海：上海文艺出版社，2004：449.

学作品堆积在一起，作为一种从父亲身边逃脱出来的尝试。不论是童年还是求学，不管是职业还是婚姻的选择，父亲巨大的影响总像噩梦般缠绕着他，让卡夫卡心理蒙上了阴影。在婚姻问题上，他与菲利斯·鲍尔三次订婚又三次毁约，与米伦娜也是一段苦涩的恋爱关系，而与多拉的幸福来得太晚，最终孑然一身走完人生旅程。卡夫卡的这些经历深刻影响了他的性格，他孱弱敏感，易受伤害，充满了失败感、孤独感、负罪感，"于是在许多作品中我们看到了他那些自传式的影子，生活有多种可能性，而向他展开的则只是这种可能性：荒诞、痛苦、焦灼与无望"。❶ 卡夫卡这种忧郁、脆弱、敏感、胆怯的性格特征，对他的创作产生了巨大的影响。虽然他的作品中总是流露出对人生的无能为力，表现出对他人的不信任，但是他敏感的心灵使他对生命的本真状态有了更细腻、深入的思考，让他的作品无限接近生命的本质。

相似的自卑与焦虑的性格使得残雪对卡夫卡作品产生了认同感，在与卡夫卡相同的心理体验中，残雪对人际关系和心理特征的描写同样呈现出孤独苦痛的状态，"我的作品为什么会成为现在的样子，我想那多半与我个人的性格相关。我从小时候起，总是与世界作对，大人说'东'，我偏说'西'，不理解周围的人为什么会那样，而且不赞成他们所做的一切。因此，我能采取的方法就是封闭自己，一直都是这样的"❷。幼年的残雪由于父母下放，从小由外祖母抚养，生活充满了艰辛。残雪的外祖母虽心地善良，但有些神经质，有一些常人无法理解的怪异生活习惯，如喜欢编鬼怪故事、半夜赶鬼、以唾沫代药替孩子们搽伤痛等，对残雪神经质性格的形成影响很大。残雪回忆自己的外婆具有幽默的潜质"她常常用好笑的，有几分自嘲的口气讲叙那些绝望的故事，她说的是别人，但是她的语气，她所制造的那种氛围，处处指向在生活重压下拼全力挣扎的自己"❸。残雪8岁的时候目睹了外祖母的死亡，在那个饥荒的年代，外婆把仅有的一点食物留给了残雪，自己却饿死了。残雪在《趋光运

---

❶ 刘惠萍，梁玉龙. 透视苦难的冰 [J]. 伊犁教育学院学报，2004 (4).

❷ 萧元. 圣殿的倾圮——残雪之谜 [M]. 贵阳：贵州人民出版社，1993：46.

❸ 残雪. 趋光运动 [M]. 上海：上海文艺出版社，2008：231.

动·故乡》中说："当我的灵魂还处在混沌之中的时候，外婆的故乡其实就是我的故乡。那个时候，我看过最多的灵魂的风景，我看不明白，也不打算弄明白。那是我们祖孙两人的漫游。"❶ 外婆去世以及父母长期不在身边，残雪幼小的灵魂失去了庇护，不得不蜗牛般地护卫着自己的心灵世界，"那曾经有过的一切坎坷、艰辛与梦幻，却不论在什么时候，作为一座攻不破的营房，长久的保存在'她'的记忆中，它们存在于隐暗深处，存在于不可见的幻象状态内。它们并不轻易出来，但却永远不消失"❷。残雪的小说总是充满了神奇怪诞的感觉符号和情绪氛围，也总是烙着孤独和诡秘的童年印记，她的心灵便和遥远时空的卡夫卡心灵相通了。

其次，残雪接受卡夫卡还和她所处的湘楚文化的影响有关。残雪的文学创作带有典型的湖湘文化味道。作为湖南女性，年幼时受外婆的影响，她也变得神神怪怪起来，这种气质影响到了残雪后来的写作。直到残雪开始小说创作的20世纪80年代，中国文坛开始介绍西方现代派作品进入中国，残雪终于发现，原来在她的心目中那种朦胧的印象，居然在西方现代派作家的作品中已得到表现，这个作家就是卡夫卡。随后，在阅读西方作品的过程中，残雪与卡夫卡相遇，从而使残雪的文学观开拓了深度。

残雪的家乡湖南是楚文化的发源地之一，楚文化是一个以本土巫文化为中心，吸收了中原文化和三苗文化的多元文化形态，其基本特征是崇尚自然，笃信鬼神，具有丰富的幻想力和想象力，具有对奇诡的神秘之物的好奇心以及追问与探寻精神，以屈原《九歌》《天问》为代表的巫诗传统更是源远流长，滋润了楚地文人。王逸在《楚辞章句》里说："昔楚国南呈之邑，沅湘之间，其俗信鬼而好祀，其祀必作歌乐鼓舞以乐诸神。"楚文化这种信巫好祀的传统，随着楚国力量的强大，借着楚文化的外壳由里到外，由南到北散发着浪漫的气息，从而与中原的以儒家文化为主体的文化比翼齐飞。直到今天，以楚文化内核为背景的文学作品，无论是古代以屈原为代表的《楚辞》，还是现代沈从文

---

❶ 残雪. 趋光运动［M］. 上海：上海文艺出版社，2008：229.
❷ 萧元. 圣殿的倾圮——残雪之谜［M］. 贵阳：贵州人民出版社，1993：78.

的作品，其中人与神之间、神与自然之间，都是统一的，合为一体的。现当代湖湘作家沈从文、韩少功、残雪、叶梦继承了这种浪漫主义的传统，形成湖湘作家群里新的浪漫主义群体。但是倔强的残雪却不这么认为，她一直认为自己的作品受西方文学的影响，比如但丁、莎士比亚、歌德、卡夫卡、博尔赫斯等人的作品。她想表明的是她的学习精神，她认为她有学习西方的能力。但她忘记了的一个事实就是，人自己血脉中的东西，却是无法割断的。她在她的回忆文章中一直强调父亲对她的影响，父亲书桌上的哲学书，父亲书柜里的俄罗斯文学作品对她的影响。父亲虽然读的是西方的马克思主义著作和其他哲学著作，但是，生活中的父亲却是一个标准的湖南汉子。而一直喜欢残雪的外婆却是典型的将湘楚神秘主义文化用于实践的湖湘后代，同时，残雪也在有意无意中表露出楚巫文化这种集体无意识。因此，残雪就是湖南生湖南长的一位极具灵性的小说家，传统的楚文化对她的创作发生了重要影响，并形成了她独特的创作特色。

残雪承继了楚文化中的巫诗传统，湘楚文化赋予残雪小说的不是外在的形态，而是它内在的神话思维方式，"神话是一种思维方式，是早期人类与周围环境的一种真实的关系"❶。楚地独特的巫风习俗和相对闭塞使它得以在民间保存，残雪是在楚湘巫风浓郁的氛围中长大的，这种巫术的神秘之气逐渐进入她的身心，成为她的一种生命本能和思维方式。神话思维方式决定了残雪把握世界的方式是感性的而非理智的，是形象的而非概念性的。在残雪看来，人不是作为一个主体面对世界，而是与自然统一的客体，"幻想在整个心理结构中具有举足轻重的作用。它把无意识的最深层次与意识的最高产物（艺术）相联系，把梦想与现实相联系，它保存了原型，即保存了持久的、但被压抑的集体记忆和个体记忆的观念，保存了被禁忌的自由形象"❷。在残雪作品中想象力、幻想力和白日梦是联系在一起的，残雪接受了巫楚文化的巫神观，并将其内在化，形成了神话思维方式，它极大地解放了被压抑束缚的想象力和幻

---

❶ 叶秀山. 思·史·诗 [M]. 北京：人民出版社，1988：16.

❷ [美] 赫伯特·马尔库塞. 爱欲与文明 [M]. 黄勇，等，译. 上海：上海译文出版社，1987：101.

想力。

　　从异域影响的角度看，神话思维方式必然与神秘主义相联系。西方的上帝信仰，在某个不可知认的方面必然会导致神秘主义的出现，因此，带有西方神秘主义色彩的作家也特别多，残雪的初恋卡夫卡就是这样一个作家。第二次世界大战之后，德国人才发现，原来早在二三十年前，一个德语作家就用作品预示过他们的未来。卡夫卡身上的神秘主义气质内在地吸引了残雪，残雪在前期对卡夫卡的疯狂证明了这一点。我们可以说，是内在的楚巫文化传统的集体无意识推动着残雪对以卡夫卡为代表的西方现代派小说靠拢。长期在这类故事中呼吸的残雪，一旦某一天接触到西方文学，已经形成的潜质便迅猛地发展起来。从幽默的潜质发展到真正的黑色幽默，这中间的过程必然是艰辛的。所以残雪说："如果那个人有真正的幽默感，他必定经历过死里逃生的情感经历，否则就只是一些滑稽、甚至假滑稽或拿肉麻当有趣。"❶

　　此外，残雪接受卡夫卡还和生活的时代背景有关。童年的记忆埋藏在人的记忆深处影响着人们对世界的认识，残雪和卡夫卡童年时就对外在世界产生了强烈的恐惧感，影响了他们对社会的最初认识。作家不可能脱离他的童年记忆，反过来，作家的创作也一定会打上童年生活的印记。对卡夫卡来说，一方面，19 世纪末欧洲犹太民族的处境给卡夫卡精神上很深的刺激，使他感到自己是个失落身份的异乡人，一个充满敌意环境中的精神漂泊者，"如果没有那个充塞着历史残渣的恶臭而恐怖的环境的压迫，他就不可能对'世界的消极面'洞察得如此入木三分，从而写出那么多离奇怪诞而又真实可信，滑稽可笑而又催人泪下的梦境经历"❷。另一方面，卡夫卡笔下的荒诞世界，正是那个风雨飘摇的时代的缩影，卡夫卡生活在即将分崩离析的奥匈帝国，社会矛盾加剧，人的生存受到威胁，社会的不稳定无形中给本来抑郁的卡夫卡带来了恐惧和不安，使其作品蒙上了荒诞、怪异的色彩。

　　卡夫卡作品中的孤独感、人际关系的冷漠，唤起了残雪儿时的记忆。童年

---

❶　残雪. 趋光运动 [M]. 上海：上海文艺出版社，2008：232.

❷　叶廷芳. 现代艺术的探险者 [M]. 广州：花城出版社，1986：218.

的经历埋藏在人们的记忆深处，影响人们对世界的认识。残雪的童年和卡夫卡的童年一样，对外在世界产生了强烈的恐惧。卡夫卡是面对以父亲为代表的父权制的恐惧，残雪是面对整个社会关系颠倒的恐惧。所以，他们对人的认识不具有清晰性，而是符号化，他们笔下的人物因此也就没有年龄、外貌、性格、职业等个体特征，只是一种符号，残雪、卡夫卡的作品表现的就是孤独的个体在现实生活中的无能为力。残雪是经历了"文革"的一代，作品里也浸染着"文革"的味道。当被问到"在你的人生经验里，你觉得对你的写作发挥最大影响的是什么？"时，残雪毫不迟疑地说："我想对我影响较大的是在'文革'那一段日子，我父亲被下放，被送到'五七干校'，因此我没有上学。但我喜欢看书，从小看了不少书。"❶"文革"十年时残雪还只是个孩子，如果说"文革"时的痛苦记忆随着时间的流逝渐行渐远，那么，那个时代带给人们的荒诞感则随着时间的推移越来越浓重。社会的动乱造成家庭的不幸，造成人与人之间关系的疏远、隔膜乃至敌意，造成理性的丧失与非理性的泛滥，给人们的心灵留下深深的创伤。残雪小说的现代意识直接产生于"空前浩劫之后的空前觉醒"，也正是由于社会与时代背景的"巧合"，让残雪毫无阻力地走进了卡夫卡，接受了卡夫卡，也让卡夫卡成为对残雪影响最大的作家。

由此可见，残雪在创作之初接受了卡夫卡的作品，从卡夫卡的写作经验中获得了一种新的创作体验，并在创作道路上不断进行实践和革新。"卡夫卡，这位西方现代艺术的怪才和探险家，他以痛苦走进世界，以绝望拥抱爱人，以惊恐触摸真实，以毁灭为自己加冕，他的独一无二的生活方式决定了他的创作，他的创作完成了他自己。"❷卡夫卡小说表现的是在"上帝之死"以后，对荒诞的世界感到迷茫和恐惧的感受；在表现形式上，卡夫卡不仅通过大量的意象构造了一个变幻莫测的充满怪诞的梦魇世界，而且运用象征和隐喻，使作品具有多义性和寓言性。残雪深受卡夫卡的影响，着力于对心理和潜意识的挖

---

❶ 残雪，万彬彬. 文学创作与女性意识——残雪女士访谈录［M］//周实，王平编. 天火. 长沙：岳麓书社，2000：187.

❷ 曾繁仁. 20世纪欧美文学热点问题［M］. 北京：高等教育出版社，2002：343.

掘，"残雪的小说是那种你一旦接触了，就是你想放弃它，它也不会放弃你的小说。为什么呢？因为残雪是一个真正的谜，是一个文学的核心的谜"❶。残雪小说以其鲜明的卡夫卡特色和创作的超前性而在女性文学史上具有不可替代的价值和意义。

二、荒诞意识与生存困境

从卡夫卡的影响角度看，残雪小说给人印象最深的是她作品中反复表现的"荒诞"意识，残雪的小说总是给人一种噩梦般的焦虑与荒诞，像《山上的小屋》《黄泥街》《苍老的浮云》《我在那个世界里的事情》等，小说环境令人恐怖和恶心，小说氛围充满了变异错乱的感觉，人物也总有宿命般的恐惧感，甚至蜕化为焦虑与荒诞的象征物。一切皆因荒诞而生，一切皆生荒诞，因此荒诞意识是残雪小说的核心。而卡夫卡以独有的艺术气质，用荒诞的意象，将人类的变态心理和混乱意识化作扭曲怪诞的面目裸露出来，使人看到痛苦痉挛的灵魂和荒诞抽搐的现实，表达了人类的生存困境和人性的弱点这一现代派小说的母题。

首先，卡夫卡和残雪小说的荒诞意识是建立在人际关系的荒诞展示之上的。当人的本真生活被非本真的现实遮蔽时，人的境遇只存在一个维度，即荒诞。艾略特曾经说过，要揭示一种主观的深刻体验，必须选择一种与它相关的对应物，所以卡夫卡要用荒诞意识来超越现实，用荒诞的异化形式来揭示人的形而上的生存孤独与焦虑，人无力面对又无法躲避的"他人即地狱"的人际处境。

卡夫卡描写了由于人际关系的冷漠而形成的荒诞感，《乡村医生》是一篇有着浓厚荒诞因素的小说，小说中充满了不可解释的神秘事件。"我"是一个乡村医生，在一个暴风雪的夜晚来到十里开外的一个村子去出诊，出发时"我"的马死掉了，女仆帮"我"四处借马，却借不到。忽然"我"在猪圈里

---

❶ 残雪. 残雪文学观［M］. 桂林：广西师范大学出版社，2007：93.

面发现了一个男人和一匹马，男人帮"我"套好了马车后却抢走了"我"的女仆。马车的速度快到不可思议，一刹那就跑到了十里开外的目的地。病人是一个小男孩，他用诡异的声调凑在"我"的耳边说，"大夫，让我死吧"❶。"我"的马从窗口探进头来，注视着病人。"我"发现男孩的右侧臀部有一个掌心大的伤口，"玫瑰红色，但各处深浅不一，中间颜色深，越往旁边颜色越浅，呈小颗粒状，还有东一块西一块的淤血，像露天矿一样裸露着。一堆虫子，和"我"的小指一般长一般粗，玫瑰红的身体还沾满了血，它们待在伤口中心，白色的小脑袋，密密麻麻的小腿，正往亮处蠕动着"❷。病人的家人和村里的人呼喊着要脱掉"我"的衣服，"我"跳上马车打算逃走，而孩子们在"我"身后唱着恐怖的歌。卡夫卡这篇小说的风格和残雪的风格是极其接近的，小说内容神秘诡异，缺乏生活逻辑，情节阴森恐怖，充满了血腥和暴力的怪诞展示，小说人物都有神经症，对话和行为反常。如果只看小说不看作者署名的话，几乎会认为卡夫卡的这篇小说也是出自残雪之手。

卡夫卡小说中对荒诞冷漠的人际关系的描写引起了残雪的共鸣，这种共鸣体现在残雪作品中对人际关系的描写之中。残雪作品中荒诞的直接承载者和发散者都是女性主人公，《苍老的浮云》里的虚汝华，《公牛》《旷野里》《我在那一个世界里的事情》《天堂里的对话》中的"我"以及《阿梅在一个太阳天里的愁思》中的阿梅，都是直接体验着"荒诞"意识的女主人公。在这些女主人公周围，几乎无一例外地缠绕着可怕的人际关系。从婚姻关系上看，夫妻之间冷淡隔膜，从来没有正常的情感交流，连他们结婚的理由也是很奇怪的，虚汝华的丈夫老况是因为"葡萄架"才与她结婚的，阿梅的丈夫与她结婚的理由主要是她母亲有一套房子，等等。从家庭关系看，父母子女之间形同路人。《山上的小屋》中父亲天天晚上装狼嗥，母亲搭在肩上的手像割人的冰凌，还滴滴答答往下滴冰水，小妹的眼神也是"直勾勾的，刺得我脖子上长出红色的小疹子来"。《苍老的浮云》中虚汝华的母亲对她恨之入骨，天天晚

---

❶ ［奥］卡夫卡. 卡夫卡小说全集（3）［M］. 北京：人民文学出版社，2007：59.
❷ ［奥］卡夫卡. 卡夫卡小说全集（3）［M］. 北京：人民文学出版社，2007：60.

上来扒屋顶监视骚扰她，甚至恶毒地诅咒她，婆婆、丈夫将她看成一只老鼠，丈夫甚至曾经想用鼠药毒死她。读残雪小说容易使人联想到疯人院，生活在这样恐怖的人际关系中的女主人公，几乎个个半疯半狂，日日夜夜惊惧地躲在"小屋"中，甚至还要费尽心机将门窗全钉上"铁栅"才感到安全，才能够与欲置她于死地的外部世界对抗。残雪小说对现实的变形描写以及小说中的荒诞意识都可以从卡夫卡小说中找到来源。

残雪并非像荒诞派戏剧家那样制造荒诞，她只是发现了日常生活中尚未被察觉的荒诞所在，因此，她对荒诞的日常化展示所引发的震撼也最强烈。《山上的小屋》通过叙述者怪异的妄想体验，描绘出一个荒诞的世界，"所有人的耳朵都出了毛病"，叙述者对她的母亲憋着一口气说下去，"月光下，有那么多的小偷在我们这栋房子周围徘徊。我打开灯，看见窗子上被人用手指捅出数不清的洞眼。隔壁房里，你和父亲的鼾声格外沉重，震得瓶瓶罐罐在碗柜里跳跃起来。我蹬了一脚床板，侧转肿大的头，听见那个被反锁在小屋里的人暴怒地撞着木板门，声音一直持续到天亮"。叙述者感到这个世界充满了隐秘的威胁，她周围的事物都不可理喻，特别是她的亲人也都显出邪恶的面目，"父亲每天夜里变为狼群中的一只，绕着这栋房子奔跑，发出凄厉的嗥叫"，"妈妈老在暗中与我作对"，"她正恶狠狠地盯着我的后脑勺，我感觉得出来。每次她盯着我的后脑勺，我头皮上被她盯的那块地方就发麻，而且肿起来"❶。由于叙述者与人物"我"处在同一视界，让人难以区分是"我"的感觉出了问题还是生存环境就是如此，叙述者在如此恐怖的环境中也已失去了正常的理性和感受力，因此《山上的小屋》通过幻觉意象，把内心体验的阴暗面极端化地表现出来，显示出残雪对于荒诞近乎残酷和阴鸷的透视力。在这个世界中，人的举止越是符合常规，越是平常，它往往就越是荒诞的，因为这个世界本身就是荒诞的；反之，越是显得离奇怪诞不符合常规的行为举止，其实正是真实的。在《山上的小屋》中"我"反复做的就是"每天都在家中清理抽屉"，针对"我"的这一怪癖，"母亲一直在打主意要弄断我的胳膊，因为我开关抽屉

---

❶ 残雪. 山上的小屋 [J]. 人民文学, 1985 (8).

的声音使'我'发狂"。"我"疑心这是母亲的嫉恨，同时"我发现他们趁我不在的时候把我的抽屉翻得乱七八糟，几只死蛾子、死蜻蜓全扔到了地上，他们很清楚那是我心爱的东西"。"我"认为这是家人的故意破坏。但是"我"却从不放弃，总是想方设法要把抽屉清理好，甚至起劲地通宵干起来。"清理抽屉"这一幻觉意象，隐喻着"我"重建秩序和正常理性的努力，这一行为同寻找"山上的小屋"一样，在小说中看不出成功的希望，但却非常明显地传达出了对生存之恶的反抗意识。"在山上的小屋里，也有一个人正在呻吟，黑风里夹带着一些山葡萄的叶子"。这似乎在暗示着那个不知名的人对"我"有着一种精神上的吸引力，使"我"一次次走上山去，企图寻找摆脱荒诞的出路，也企图走出这噩梦的体验，但是每一次却都令"我"失望："我爬上山，满眼都是白石子的火焰，没有山葡萄，也没有小屋。"寻找山上小屋的失败和不停整理抽屉的行为暗示了"我"为了摆脱荒诞所做的抗争的失败以及理想的破灭。

其次，卡夫卡和残雪小说的荒诞意识还指人对自我、对世界的束手无策。卡夫卡的作品都是表现人与人之间的冷漠与隔阂的，"在人与人的关系上，现代派文学揭示出一幅冷漠无情、自我中心，人与人无法沟通的可怕图景"❶。卡夫卡在《饥饿艺术家》中讲述了一个以表演忍受饥饿闻名的艺术家，在表演的初期他引起了很多人的关注，但是人们并不能真正理解他，人们都把他当作一个江湖骗子，连看守他不准进食的人也故意离开，想给他进食机会，因为连他都不相信艺术家是真的不进食的。后来，人们都失去了观赏他表演饥饿行为的兴趣，饥饿艺术家最后终于在饥饿中死去，庸俗的人不能理解饥饿艺术家对艺术的执着。同样，在卡夫卡的《第一场痛苦》中的空中飞人艺术家也是不能为大众所理解的。这位艺术家为了表演的完美甚至养成了在高空中生活的习惯，艺术家在火车上为了要在表演中增加一个秋千和经理无法沟通，艺术家想要追求的是艺术的完美，经理却为增加秋千引起的麻烦感到焦虑。卡夫卡的《变形记》讲的是普通职员变虫子的事，但每个人其实都可能在生活中的某一

---

❶ 袁可嘉. 欧美现代派文学概论［M］. 广西：广西师范大学出版社，2003：8.

天变成自己也无法理喻的"虫子"，变得无法辨认。在现代社会的压力下，道德沦丧、心灵扭曲，日复一日，年复一年，终于有一天彻底地变成了"虫"——一只没心没肺、工于心计、虚伪自私的"虫子"。虽然没有年代没有具体地点，但异化世界对人的摧残和捉弄，却是现代人不得不面对的问题。

与卡夫卡一样，残雪笔下的人物之间同样也是对世界束手无策的。残雪偏重于展示人在各种关系中的纠葛，展示血缘关系、夫妻关系、情人关系、同事关系、朋友关系等表现出来的连他们自己都不曾意识到的最深层、最本质的荒诞。在《苍老的浮云》中，特定文化情境所造成的人际关系的复杂与紧张，使人类作茧自缚，为自己布下陷阱，更善无和妻子幕兰、虚汝华与丈夫老况，以及他们的亲属、邻人、同事，都身不由己地掉下去，跌入荒诞的生存困境中。虚汝华的婆婆那种强烈的优越感、力图操纵支配他人的欲望所构成的"扩张型"神经质人格，老况在其母面前既自恨自卑又依赖他人的"自贬型"神经质人格，幕兰在敌对感中获得慰藉的"攻击型"神经质人格，亲生母亲冷漠的"报复型"神经质人格，均作为各种丑恶的人际关系的持久形态，使虚汝华经受的种种来自集体无意识的窥视与迫害狂的折磨，带有鲜明的人际性。在社会和家人的窥视、迫害之下，虚汝华不得不把自己封闭在四面钉上铁条的居室里，以病态的逃避和压抑，试图从人际关系的残酷罗网中挣脱出来。然而，这种神经质的隐退选择也无法驱尽其内心的恐惧、焦虑和孤寂感，她得了萎缩症，只能在精神焦虑的煎熬中逐渐自我毁灭。《旷野里》描写了住在一座空寂的大寓所中的一对夫妇。这对夫妻夜晚梦游，"每天夜里，他们如两个鬼魂在黑暗中，在这所大寓所的许多空间游来游去"。他们像两个鬼魂互相躲避着，在深夜梦魇的世界里独自承受着自我折磨的痛苦。残雪首次把男女两性"疯子"形象并置，在男女主人公的恐惧与焦虑中，使人感到生存环境对人类的巨大威胁和控制，感到人的孤独无靠与渺小。《阿梅在一个太阳天里的愁思》通过描写阿梅对丈夫、母亲、儿子的感觉，用神经质的眼光审视不合理的婚姻与家庭关系，在夫妻情感的疏离中，在家庭成员间的隔膜和冷漠中，传达出一种在鄙俗的人际环境下生存的荒谬感及焦虑情绪。这种恐惧与焦虑的折磨，正是人类在生存困境中精神挣扎的扭曲再现。这种亲人、家人之间的猜忌和互相折磨，如同一条血脉贯穿于残雪的小说，不仅出现在前面提到的小说中，而且绵延贯通到《山上的小屋》《我在那个世界里的事情》《污水上的肥皂泡》等作品里，表现了女主人公在人际环境中的荒诞感觉。

卡夫卡的小说中具有某些荒诞因素，而荒诞因素几乎充满了残雪小说的绝大部分作品，在《公牛》《天窗》《归途》《奇异的木板房》《患血吸虫病的小人》《末世爱情》等小说中随处可见。猫会带电（《最后的情人》），公牛会突然出现（《公牛》），烧尸体的老人会出现在午夜的镜子里（《天窗》），神秘的小屋子永远无法找到出口（《归途》）……残雪笔下的人物大都呈现出被世界压倒、被环境压倒而不能掌握自己命运的荒诞的生存状态。《污水上的肥皂泡》中"我不时地种点什么，但从来没有存活过，因为天不下雨"。一个人实在太渺小了，一个人的能力实在太有限了，无法与强大的自然界相抗衡。所以，"我"总是耕耘，总是奋斗，但从来没有收获过，从来没有取得过成功。"我"的母亲不但神经质，而且多疑、歹毒、卑劣，被邪恶浸淫的母亲在我的幻觉视系中化作一盆发黑的肥皂水。人化成脏水的变形，最深刻的寓意在于它所显示的价值取向，这一变形将人类的荒诞与可悲推到了极致。当人类从自身的世界分离出来，演变为"非人"的时候，也获取了一个静观自我的视界，残雪小说所营造的如此诡异的物境，显然不是现实的反映，而是一种荒诞意识的宣泄。残雪从不说那是自己的一个荒诞的世界，因为在残雪的小说世界里，荒诞和生活完全就是一回事。残雪用荒诞的手法增强了文本的表现力，使她的作品更深刻地反映了人类的潜意识，更能挖掘生活的本质。

残雪在揭示人与人之间荒诞意识的同时，也描述了对荒诞处境的反抗与逃避。如果仅从文本表面看，残雪的小说似乎也是悲观、绝望的，因为其小说的荒诞意识更多地附会在琐屑污秽、丑陋病态的物体上，人物的生存环境肮脏污秽、丑陋不堪，生活在这种氛围中的人物也清一色地表现了内心的阴暗面：窥视、狂躁、妄想迫害狂、猜忌，等等。但残雪小说绝非一味溢丑溢恶，而是在丑恶的阴霾下能够感受到"一派朦胧而温暖的夏日阳光"❶。在《布谷鸟叫的

---

❶ 残雪. 南方美丽之夏日 ［M］. 昆明：云南人民出版社，2000：10.

那一瞬间》《约会》《天堂里的对话》《我在那个世界里的事情》等小说中，可以感受到一个充满光明、希望、博爱的超凡脱俗的灵魂。《天窗》中"我"在梦幻中剪开屋顶，飘出陈旧的房间，飞翔在旷野中，与前人直接打交道，想象奇特诡异，表现了女性超越死亡的愿望和努力，体现了残雪大胆的新生渴望和感人的理想主义倾向；在《天堂里的对话》里，残雪描写了一幅理想主义的图画，"天堂那里比目兔、太阳和月亮将同时升起，妖娆的大地扭曲着腰身。……静静地，古树下面，年轻的头颅玲珑剔透"，它昭示了女性对一种崭新的人类关系的向往。然而与这种微弱的理想主义相比，更多的女主人公却无法逃脱命定的荒诞厄运，不管是江水英钻进笼子不出来（《黄泥街》）、虚汝华把自己禁锢在钉上铁栅的小屋里阻挡他人的侵入（《苍老的浮云》），还是"我"待在盖上盖子的大木箱里（《我在那个世界里的事情》），都无济于事，这些女性注定永远无法获得心中渴求的安全感。

由此可见，与卡夫卡的荒诞意识相比，残雪小说的荒诞意识不但建立在对人与人之间变态关系的荒诞展示之上，而且还建立在人对自我、对世界的束手无策的刻画上。残雪在《旷野里》反映了女性荒诞的生存环境，在《苍老的浮云》里透视了荒诞的文化情境，《阿梅在一个太阳天里的愁思》透视了荒诞的家庭关系，因此残雪通过对女性荒诞心态的摹写，紧紧抓住女性内在意识的流变，展示荒诞意识中紊乱不堪的幻觉和飘离不定的意念，记录种种梦魇般的情景和心灵动作，惟妙惟肖地刻画了一个个女性荒诞的心理流程。"艺术创造是通过重演痛苦来发泄痛苦的方式，纯文学就是复活那些表层已经死掉的，潜入到了记忆深层的情感记忆。这种创作如同一种魔力将常识完全颠倒。"❶ 从卡夫卡的意义上看，残雪小说中那一个个被围困的荒诞的女性形象，正是千百年来女性荒诞的生存困境的真实写照。

三、梦境的描述

在构筑小说荒诞主题的同时，卡夫卡和残雪不约而同地认识到，梦境在表

---

❶ 残雪. 永生的操练——解读《神曲》[M]. 北京：北京十月文艺出版社，2004：93.

现荒诞意识时所呈现出的重要的审美功能，注重梦境的描述这种审美风格上相似性的生成与残雪对卡夫卡文本的精细阅读发生在同一过程中，显然这不仅只是巧合，更是一种影响的结果。残雪对卡夫卡的接受是从内心的切合上感同身受的，残雪在对卡夫卡学习的过程中，发掘了梦作为文学主体的方向性。残雪喜欢做梦，当发现西方的伟大作家卡夫卡也是以梦入作品，自然是开心的，残雪于是也使自己的小说成为一个梦境和幻想的世界，"有一个梦追随着我，我简直分不清自己是在做梦还是醒着，我在办公室里讲起胡话来"。本来只是在梦境和幻想中才能出现的事物却可以在残雪创作中成为一种常态。对梦境文学的接受，对梦幻的形式感的接受都可以证明，残雪的文学创作与卡夫卡等欧美文学传统有着密切的关系。

超现实主义者把世界分成三部分，客观世界、理性思维世界和无意识的梦境世界。卡夫卡是一位不喜欢描写事物表象的作家，他在小说中很少对故事发生的历史文化背景予以明确交代，他更关注的是事物的本质和人的梦幻世界，他的作品中总是亦真亦幻，亦实亦虚，总是最关注潜意识的梦境世界。"在卡夫卡的作品里，幻想和现实融合在一起，莫名其妙的和无法解释的事情发生在日常的、平庸的环境里，幻想性成分破坏了所有的传统，但它从来不带着眼花缭乱的浪漫主义色彩侵入作品，而是作为一种不会令任何人吃惊的、人世间极其自然的事情表现出来。然而，神奇根本不是入侵卡夫卡的世界的，它是种处处存在，是这个世界的一种不变的固有的特征。"❶ 卡夫卡没有采用理性和逻辑的叙述方式，而是堆砌了大量的幻觉与梦境的视觉形象，赋予了梦境深刻的象征意义，从而达到形而上的深度。

与卡夫卡一样，残雪同样关注梦境世界的描摹，荒诞在残雪那里被当成梦幻的形式来体验，因此，生活的原生态对残雪来说，实际上是被体验过的梦幻境界，"凡是同灵魂与梦境有关的艺术品都可能对我产生很大的影响"❷。残雪认为，梦是幻想的世界，生命的魅力在于幻想，"幻想的世界是人类自古以来

---

❶ ［苏］德·弗·扎东斯基. 卡夫卡与现代主义［M］. 北京：外国文学出版社，1991：86.

❷ 残雪. 为了报仇写小说——残雪访谈录［M］. 长沙：湖南文艺出版社，2003.

就聚集发展起来的那种深层记忆，梦是艺术永远的源泉"❶。在残雪的小说
《天堂里的对话》的序言里，程德培把残雪的小说称为"梦"，是一个"折磨
着残雪的梦"，梦境成为残雪一种常用的表现方法。残雪的"梦"与一般小说
家笔下以理智方式叙说的某种精神变异的"梦"不同，"残雪小说的梦幻不仅
是某种外在形式，而且是存在的本质"❷。她借助梦境达到了文学最终的目的
地——人类灵魂，残雪进入了卡夫卡的梦境城堡，于是各种各样让人难以把握
和阐释的梦境描述便出现在 20 世纪 90 年代中后期残雪小说之中，"如果说，
20 世纪 80 年代的《苍老的浮云》《天窗》《山上的小屋》等作品中喷薄而出、
纷至沓来的梦境描写，与卡夫卡那现实主义般地精确刻画荒诞事物的风格仍保
持一定距离的话，那么，在 20 世纪 90 年代创作的那些更为节制、纯熟、理性
的小说中，残雪与卡夫卡在梦境描写上达成了更深的默契"。

梦境是卡夫卡进入艺术世界的媒介，也是他进行艺术创造的工具，同样，
梦境也是残雪艺术世界的载体，是理解残雪创作艺术的重要契机。荒诞的物境
之中往往藏着心境，导向对潜意识状态下人的内在感觉、情绪，或意念的暗
示，"小说传达给我们的不只是栩栩如生或者激动人心之类的价值，它应该是
象征的存在，而象征并不是从某个人物或者某条河流那里显示，一部真正的小
说无处不洋溢着象征，即我们寓居世界方式的象征，我们理解世界并且与世界
打交道的方式的象征"❸。从处女作《黄泥街》到近作《松明老师》，残雪始
终固执地营造着梦境。为了达到梦境的描摹，她放弃了传统小说对人物故事的
表面化描写，打乱惯常的逻辑裁剪与合理秩序。她通过描写梦境，打开了人类
潜意识活动的大门，在梦幻中追求现实的事象，达到梦与现实的媾和，以梦境
的描摹赋予小说一种形而上的魅力，从而创造出与个人气质最为妥帖的独特艺
术形式。

首先，残雪小说大都可以看作是一个卡夫卡式的梦境叙事。用梦幻替代符

❶ 残雪. 解读博尔赫斯［M］. 北京：人民文学出版社，2000：46.
❷ 季进. 作家们的作家——博尔赫斯及其在中国的影响［J］. 当代作家评论，2001（3）.
❸ 余华. 余华作品集（2）［M］. 北京：中国社会科学出版社，1995：15.

合逻辑理性的情节是荒诞表现方式不可或缺的一种叙事方式。弗洛伊德认为，当人被现实所压抑又受理性道德的控制时，他只能在梦中表现一种超验的真实。残雪摒弃了传统小说的写作手法，以超现实物化的手段赋予自己的小说一种形而上的魅力，"我想用文学，用幻想的形式说出这些话"❶。残雪小说大部分都具备了这种强烈的梦幻色彩，其中因梦境扩展的幅度与渗入的深度不同，也导致了梦境色彩的浓淡厚薄之别。《阿梅在一个太阳天里的愁思》《瓦缝里的雨滴》《污水上的肥皂泡》梦境化的程度低些，在现实与梦的统一中，现实融化了梦，作品的梦幻色彩比较轻淡；《我在那个世界里的事情》《山上的小屋》《旷野里》等梦境化的程度比较高，现实被噩梦和怪梦所吞噬，作品笼罩着浓重的梦幻色彩；而《苍老的浮云》较为持中，是噩梦与现实的中和。

　　残雪小说的场所本身与梦的场所相似，她小说中所写的事件也是以梦的方式出现的，她的叙述风格表明，叙述者本身就处于梦幻状态。《黄泥街》中寻梦者未能与渴望中的梦想相遇，而是与另一种噩梦相交。《黄泥街》有明显的时代背景，大量"文革"时期的语言不时可见。但残雪讲述的并非一个现实和政治的故事，而是一个荒诞恐怖的梦境，一个没有结果的寻找过程。作品中的"我"既是叙事者也是寻找者，"我"游离于梦境之外，在荒谬的现实里寻找作为美与真化身的"黄泥街"。"那城边上有一条黄泥街，我记得非常真切。但是他们却说没有这么一条街。""我去找，……我逢人就问。我来到一条街。"虽然没有人物情节，但寻梦者与噩梦的剧烈冲突，却具有惊心动魄的效果，"我离开铁门，一只蛔虫的尸体'啪'地一声掉在我的脚下。我伸手去摸头发，头发发出枯燥的响声，毕毕剥剥的，像要跳起来"。结果是"我"发现，美与真是存在的，但是无法证实，只能在想象中接近。

　　残雪小说特有的阅读方式也是梦境化的，当人们试图以现实的经验意识去破译它时，才发现一切都是徒然，因为常态的阅读方式，训练有素的理性思维无法接近小说所营造的梦境氛围。残雪的语言没有拗口的地方，她用直白的语言营造出诡异的梦境或者如同梦境的生活场景，日常的逻辑链条在梦境书写中

---

❶　残雪. 艺术复仇［M］. 桂林：广西师范大学出版社，2003：175.

扭曲变形，人物像影子一般飘忽并且不可捉摸，情节始终处于断裂状态，面对如此支离破碎的仿梦叙事，进入故事并和人物一起走向故事终点的阅读期待显然是不可能的。阅读残雪小说需要的是参与，暂时离开现实，进入梦境，当梦结束的时候，会在现实中发现梦的影子，甚至可以说，所谓现实不过是梦的镜像而已。小说《阿娥》开头是 7 个小孩玩跳绳，跳着跳着，阿娥突然跌倒，然后她父亲出现了，"搂起她的上身就往家里走，而阿娥的下半身就在地上拖。看来这位父亲已经熟悉了女儿的发作，一点都不感到奇怪"。随后小说进入了一种梦境世界，阿娥被装进一个玻璃柜、阿娥父亲奇特的暴躁、"我"和阿娥逃往后山、在后山的喜怒无常的舅舅和舅妈、阿娥夜里坐在树上唱歌、阿娥对父亲微妙的感情、阿娥父亲与"我"母亲的微妙关系、冷漠而健忘的母亲和最后"我"的出走。这些画面就像一个梦境的拼图，活动在其中的人物模糊清楚，情节一再脱线，上下文之间的关系一再断裂。但作者在写作时毕竟不是在做梦，叙述得以进行下去的是那些五官不清的人物们的内心冲动。

残雪用梦境叙事表现了现代人所感受到的不同程度的厌倦、莫名的恐惧、内心挥之不去的焦虑以及痛苦的挣扎。所有这些，又恰恰是人在常态下需要压抑并要遗忘的生存之痛。《山上的小屋》写"我"在梦境中对山上小屋的探寻。"我"是一个处在生存困境中备受煎熬的梦幻形象，"我回家时在房门外站了一会儿，看见镜子里那个人鞋上沾满了湿泥巴，眼圈周围浮着两大团紫晕"。"我"每天"都在家中清理抽屉"，过着极端无聊的囚禁般的生活，而父亲打磨剪刀、母亲晒被子、妹妹告密等，他们也都在做着极端荒唐无聊的重复动作，在"我"的梦中，一方面是自我探寻发现的梦幻，另一方面则是生存噩梦，双重梦境呈现出交织与叠加状态。

残雪通过梦境叙述这一特殊表现形式，记录了对于现实生存的特殊感受，写出了生存中噩梦般的恶与丑陋的景象，也刻画出人们找不到救赎与解脱的焦虑体验。同时这种梦境描写也包含了否定的向度，它将生存揭示得如此令人厌恶，也就是表明了它的无意义。《开凿》一开头就像做梦，"我向往已久的穴居生活，父亲先于我而达到了"。这篇小说中父亲与母亲的关系一如残雪其他小说里的夫妻关系一样，透着股阴森恐怖的暧昧，在这样的生存现实里，

"我"和父亲都不由自主地向往非常不现实的穴居生活。因为不现实，父亲很快就从山洞回到家里，开始在黑暗的房间里编花篮。父亲编花篮给了"我"深刻的印象，以至于"当我倾听的时候，驼背的父亲在黑屋子里编花篮的形象便凸现出来。"对于他来说，做出什么并不重要，重要的是"做"这个动作本身。小说结尾时，"我一边说一边哭出了声，还有就是兰花不用浇水了，它们的根须全被雨水泡烂了。妈妈笑了笑，高举手中的化妆镜，她正在窗前往脸上搽粉。明天，明天我就要去那里，侍弄那些个兰花"。兰花的根既已烂去，还侍弄什么呢？小说最后暗示了拯救之路还没有被"开凿"出来，开凿的"意义"注定是徒劳的过程。这篇小说语意上的含混和不合逻辑、审美上的恶感与虚幻性，都是借以表达那种噩梦般的感受的不可分割的形式，梦境叙述造成了这篇小说独特的审美效果。

其次，残雪发挥了卡夫卡对梦境的描写，可她却把梦夸张到几乎变形的程度。《黄泥街》在一开头就写到"那城边有一条黄泥街，我记得非常真切，但是他们都说没有这么一条街"。作者用了很肯定的语气告诉大家，城边上的确有这样一条黄泥街，但大家都说没有，这是为什么？难道作者真的记错了，还是作者在做梦？这个事情大家都还没想明白的时候，作者又写道"有一个梦，那梦是一条青蛇，温柔而冰凉地从我肩头挂下来"。梦见一条蛇，而且还是一条温柔的蛇，这又是什么意思呢？文章里还有这样的一段话："黄泥街人胆子都极小，并且都喜欢做噩梦，又每天都要到别人家里去诉说，做了什么梦啊，害怕的程度呀，夜里有什么响动呀，梦里有什么兆头呀，直讲得脸色惨白，眼珠暴出来。"黄泥街的人喜欢做噩梦，并且喜欢讲噩梦，这所有的一切都是不符合日常生活规律的。真的有黄泥街人这样的特殊存在吗？或者根本就不存在这样的一条街，而是作者在做梦？在小说的结尾，"我曾去找黄泥街，找的时间真漫长，好像几个世纪。梦的碎片儿落在我的脚边，那梦已经死去很久了"。到底有没有找到黄泥街？到底是不是梦？还是其实已经是在梦里了？这就是残雪，把文学当作了白日梦，把梦夸张到变形，让所有人都跟着她的想法进入她的梦境，却看不透梦里究竟有什么。

残雪擅长通过变形描写，对种种非逻辑的、超经验的感觉符号进行排列组合，以非自然的手段造成一种超自然的梦境效果。荒诞就是把正常的人物进行夸张或扭曲变形，变形是残雪营造梦境效果的有力手段。她笔下各色各样的变形，无论是人变胶水、变狗，还是人变老鼠、变麻雀、变石头、变猫头鹰，或是猫头鹰变人，都万变不离其宗，在怪诞的物境中导向对潜意识状态下人的内在感觉的暗示。变形这一特征突出体现在细节或具体场景的描写中，《苍老的浮云》里会飞的毛毯，呻吟的蚊虫，长出桂花树的耳朵，排满纤细芦苇的透明胸腔和腹腔，屋角长着的像人头一样大的怪草，出其不意地从天花板上伸出的爬满蜘蛛的脚，长着人头发的枯树。"瞧那星涛里的比目鱼，太阳和月亮将同时升起，娇娆的大地扭曲着腰身，静静地，古树下面，年轻的头颅玲珑剔透。"❶ 这是一组梦呓般的感觉符号的神奇组合，在这种组合里找不到一根清晰的逻辑链条，残雪以日常经验时空秩序的断裂重构梦境的时空秩序，从而强化小说的梦幻感。"一直回溯到具体的人性，回溯到一种原始意识的状态，这种原始意识仍然浸在梦中，受一些基本力量的影响，几乎还不可能用一种清楚的语言来表达"❷。

　　残雪通过变形和变异塑造梦境，其视觉效果是引起人们心理生理的反感。在《黄泥街》里，残雪运用江水英感觉的变异描述江水英被关进笼子这一事件，"杨三痴子走了以后好久，江水英还在想着猫的事。夜里那只猫抓门要进来，整整抓了一夜，凄惨的猫叫声毛骨悚然，一直到黎明她男人才捉住它扔到笼子里。她男人什么都抓，一只鸟，一条蛇，一只小猪，一条狗，见什么抓什么，抓回来就扔进笼子关起，关到饿死为止。她非常想不通那个笼子，那东西又高，里面又宽敞，用扎实的宽木条钉成，四条腿就像小牛的腿，凶神恶煞地立在后院。昨天半夜猫叫的时候，她就看见他阴险地瞪着她，像看怪物一样看了好久"。这段文字呈现出江水英潜意识的内在逻辑，她由猫被抓进笼子而想到种种动物，由动物饿死想到笼子的凶恶，由猫叫想到别人看自己的阴险的眼睛。残雪通过呈现江水英的潜意识活动，对江水英被关进笼子这一丑恶事件做

---

❶ 残雪. 天堂里的对话［M］. 北京：作家出版社，1988.

❷ ［法］米盖尔·杜夫海纳. 美学与哲学［M］. 北京：中国社会科学出版社，1985.

出了价值判断和逻辑注解。

残雪为了营造梦境的氛围，还善于把复杂的心境物化为对蚊、虫等动物的感觉，使这种感觉超越物象本身，达到形而上的境界。《阿梅在一个太阳天里的愁思》中动不动就爬到屋子里粉红的又肥又长的纸烟，渲染出生存环境的恶劣，暗示着女主人公阿梅厌烦不宁的心境，《旷野里》通过蝎子的惨痛呻吟传达出人的内心恐惧与焦虑，《苍老的浮云》写虚汝华看见"一只丑陋不堪的麻点蛾子撒了一泡黄水，还在窗帘上密密麻麻地产了一大片卵""两只大苍蝇在帐顶嗡嗡叫着"，把人从具体的对蛾子、苍蝇的奇特感觉，引导到抽象却又肉欲的世界，传达出虚汝华对自己同更善无肉欲关系的厌恶与自卑情绪。

除了梦境叙事和变形描写之外，残雪的梦境营造还得力于语言的效果。残雪擅长运用语言感觉的多重感知逻辑，通过多种语言并置的叙述方式，实现"陌生化"的效果，"这种梦中人常发出的声音和清醒者梦后最易恢复的声响记忆布满了残雪的小说，它既反映了做梦者所特有的知觉状态，同时又反映了清醒者对梦的印象与观察"❶。《瓦缝里的雨滴》几乎通篇都是这样的对白。三个女主人公"我""我的女儿"和"我的同事易于华"，三个人的话语互相无法沟通交流。重病不起的"我"没完没了地叨念着有关"申诉书"和渴望解决自己历史遗留问题的疯话，"我"成为在某个运动中无辜受害的冤魂的化身；"我的女儿"不着边际地讲着人变猫头鹰、螃蟹长在崖洞里等胡言乱语；"我的同事易于华"反反复复说着莫名其妙的关于主任穿戴的痴语。三个人拥有三套话语，三套话语显示出三种不同的情感状态："我"在命运的旋涡中孤独无助地挣扎，女儿的少不更事，朋友在"关切"的背后并不真正投入感情的冷漠。正是此类毫无干系的话语对白，抽象出作者深切的人际感受，从不同的角度共同烘托出一个惨淡孤冷的氛围，使人感到人际关系的冷酷与隔膜，渲染出"我"在危难中的孤苦恶境。这样的话语对白，也程度不同地出现在残雪的其他小说中，形成了残雪作品独具特色的语言风格。

---

❶ 程德培. 天堂里的对话·序［M］//残雪. 天堂里的对话. 北京：作家出版社，1988.

残雪与生俱来的潜意识和梦境制造的天赋与卡夫卡的相遇，产生了惊天动地的效应。由于卡夫卡的影响，残雪的小说成为当代文坛上真正的现代派作品。与以前的中国女作家不同，她不是停留在意识的层次上，不是在现实的经验世界里构造自己的小说叙事，而是写人的潜意识，在梦幻中寻求描写的题材。她所展示的也不是视角领域里多元的客观现实，而是幻觉视像中客体实在性被改造和破坏的主观现实，"我觉得关于这十年，我可以说一些话，而这些话，是一般人不愿意识到，不曾说过的，我想用文学，用梦幻的形式说出这些话，一股抽象的又是纯情的东西，在我的内部慢慢凝聚起来"❶。残雪一方面执着于梦境的描述、潜意识的发掘；一方面又执着于梦境的分析、理性的控制；一方面表现灵魂的丑恶、境遇的荒诞；一方面又显示批判和展示的力量，给人以美的激情；一方面带给人绝望、压抑和阴冷的阅读体验；一方面又流露出一个作家的幽默、诙谐和明亮。

残雪关注于梦的叙述和描摹，而把传统小说的要素，诸如故事性、事件逻辑关系、时空秩序等全部打乱，在残雪小说中出现的不再是为理智所控制的人物与事件，而是原生状态的人和事。支离破碎的外在世界印象，扭曲夸张而变形的客观形貌，混乱飘忽的潜意识意念，人物之间失去因果联系、主观随意性极强的话语对白，这一切糅合在一起形成了残雪特有的梦境化审美感觉。"以假定型式的有形指向无形，虚幻性的具象指向抽象，描摹的是人在梦的妊娠中痛苦痉挛的灵魂，传导出的是在精神焦虑的煎熬下人的痛感和深切的人生悲剧体验。"❷ 对残雪来说，营造梦境不是她的目的，而是手段，她最终的目的是为了粉碎梦境，因此，残雪几乎所有的小说都可以被看作是卡夫卡小说理念的形象化阐释。

四、意象的使用与创新

残雪在创作中善于将对立错综的心理和冲突组织成一幅绮丽的意象画卷，

---

❶　残雪. 美丽南方之夏日 [M]. 昆明：云南人民出版社，2000：106.

❷　程德培. 折磨着残雪的梦 [J]. 上海文学，1987 (6).

通过意象把灵魂的对白外化为心理现实，残雪对意象的注重和发掘显然也来自卡夫卡的熏陶和影响。在灵魂世界里，一切奇妙的事情都在发生，一切都是可能的，卡夫卡用丰富的意象表现了他对人生和宇宙的思考与探索，残雪同样也关注灵魂世界，她认同卡夫卡意象手法对生活的表现力，并运用到自己的创作当中，在学习卡夫卡意象营造的基础上构建独特的意象世界。

在残雪的大多数作品中，都可以找到一个或几个基本意象，这些意象在她的作品中不断重复，成为一个完整的象征系统。意象在残雪小说中的重要性远远超过情节。她小说中那些基本意象不断复现又不断变化，不但使这些意象本身的内涵日益丰富，而且使残雪的全部作品成为一个首尾连贯、具有美妙旋律和节奏的抒情整体。

首先，是空间意象的使用。卡夫卡塑造的空间意象都是对自己内心世界的揭示，是外部世界在内心的投影以及对内心的感受和认知。而残雪笔下的空间意象同样也是作者内在思想情感的外化，承载了她对人类社会和自我内心的认知。在空间意象的选择上，卡夫卡选择了"城堡"作为空间意象的代表，而残雪的小说中则反复出现"小屋"的空间意象。

卡夫卡在《城堡》的开头就给城堡的意象预设了双重的意义，它既是一个实体的存在，又是一个虚无的幻象，读者似乎体会到一种梦幻的氛围。《城堡》的故事情节非常简单，它讲述的是一个叫作 K 的土地测量员想方设法进入城堡的故事。夜幕降临的时候，K 踏着积雪来到城堡前的村子，他长途跋涉来到这里想拜见城堡的主人，在一座木桥上他向城堡方向眺望，在雾霭和烟云中却看不到城堡的踪影。他想证明自己是城堡聘请来的土地测量员，却不能出示任何相关的文件，也见不到负责人克拉姆。来到旅馆就受到了严格的盘问，旅馆用电话向城堡中央办公厅请示，得到了肯定答复后，K 才被同意留宿。城堡就在附近的山冈上，没有路可到那里，他永远也走不到那里。城堡的主人西西里伯爵人人皆知，却从未有人见过他。城堡办公室主任克拉姆也不肯露面，K 只能通过他的信使巴那巴斯同他联系，而巴那巴斯也没有见过克拉姆本人。从那个晚上开始，K 便陷入梦魇一般的生活和充满悖论的荒诞遭遇，也开始了毫无结果的追寻。小说中的城堡是一种抽象神秘的象征，象征着迷幻的、混乱的世界，象征不可捉摸的现实与渴望实现的目标之间的矛盾与争斗，陷入这样一个未知的荒诞境地，一切挣扎都是虚妄的，都是徒劳的，永远也达不到任何的目的。

"小屋"是残雪小说中一个很重要的象征意象，在残雪许多作品中以不同的形式出现，比如"黑屋子""想象中的空屋""铁笼子"（《天堂里的对话 I》）、"空旷的黑屋"（《旷野里》）、"潮湿的仓库"（《雾》）、"海边的小屋"（《海的诱惑》）。《山上的小屋》的主人公"我"坚信山上有一座小屋，可家里没人能看见那座小屋。"我"屡次奔出家门爬上山去，但都没找到那座小屋，也没看见里面的人，太阳光刺得"我"头昏目眩，每一块石头都闪动着白色的小火苗。母亲想弄断"我"的胳膊，因为每天夜里"我"不停清理抽屉的声音和房间透出的灯光弄得她发疯，父亲终日为一把 20 年前落入井中的剪刀苦恼，一到夜间就变成一只悲哀嚎叫的狼。有几次趁"我"不在家，父母便将"我"的抽屉翻得乱七八糟，偷走"我"珍藏的东西：一盒被埋在井旁的围棋，几只扔在地板上的死蛾子和死蜻蜓。每一次"我"只得在半夜里将围棋挖出，百般无奈地将抽屉侧面打上油，以便清理抽屉时不发出任何响声，就像卡夫卡的《城堡》引发的对于"城堡"象征意义的众说纷纭一样，残雪的"小屋"意象也是神秘莫测的。

在《天堂里的对话》中，"桑树下的小屋"这一空间意象重复出现了三次。"一个意象可以被转换成一个隐喻，但是如果它不断重复，那就变成了一个象征，甚至是一个象征（或者神话）系统的一部分。"❶ "桑树下的小屋"这一意象后来还被简化成"桑树""桑树的事"等。中国是一个有着几千年桑树崇拜的国家，植桑养蚕是古代中国人最基本的生存活动之一。桑林既是求雨祭祀和求子祭祀的圣地，也是男欢女爱、幽会对歌的场所，在中国文化象征体系中，桑树是作为生命和爱情活动的象征而出现的，在《诗经》等中国古代文学作品中，桑树总是和妇女、爱情、生殖联系在一起。"桑树下的小屋"既具有如此源远流长的文化意蕴，又象征民族原始生命力和回归自然的精神追

❶ ［美］雷·韦勒克，奥·沃伦. 文学理论［M］. 北京：生活·读书·新知三联书店，1984.

求。"桑树下的小屋"可能和《山上的小屋》里那个臆想中的"小屋"有着同一个来源。"我从前住在桑树下的小屋里","你告诉我,你是从有星光的地方走来的,你的小屋在桑树下","你仍然挂念着那件事,你说,要是我们俩手挽手闭着眼一直走下去,说不定会到达桑树下的小屋"。而通往小屋的"那条弯弯曲曲的小路有时会忽然迷失在一片紫色的荒漠中,你说,我早就忘了那地方"。可见"桑树下的小屋"是"我"从前拥有的那个精神家园,那个从前拥有、现在丧失了的、至今仍叫人念念不忘的家园。

除了"小屋"意象,残雪《污水上的肥皂泡》中"污水上的肥皂泡"这一意象,贴切而又生动地表现出"文革"中崇高口号下的肮脏而狂热的政治事件,以及种种不切实际的、如肥皂泡一般虚幻的"理想"。《黄泥街》中的"黄泥街"也是小说中的一个空间意象,"叫作黄泥街的这条街在何处呢?就说是在那城边,所谓那城是哪个城?位于中国土地的何方呢?根据迄今见到的地图,肯定它既是其他的城,又是其他所有城那样的弄不清楚的城。反正,我是从那消失了的废墟开始讲述的"。也正因为有了黄泥街这个空间意象的成功运用,《黄泥街》超出了一般"伤痕文学""反思文学"的地域文化特征,具有超越时代和地域限制的人性批判意义。《天窗》中的"天窗"意象,为了从寂寞的旷野中、从那些"又大又空虚"的"老屋"中冲出去,"我忍不住把屋顶剪一个洞,好掉下来一束光,我的屋顶已成了一个漏勺了"。这里的"天窗"就成为冲破噩梦、走向光明和希望的象征。

其次,是时间意象的使用。"镜子"是卡夫卡惯用的叙述意象,镜子是意识与潜意识交接的桥梁,也是残雪梦境叙述的入口和出口,"镜子"这一意象在残雪的作品中反复出现,是残雪小说中比较具有代表性的时间意象,在《公牛》《旷野里》《天窗》和《天堂里的对话》等小说里,女主人公的屋内和屋外都有不可缺少的镜子,《公牛》描写了女主人公寻梦的心态,"我从墙上的大镜子里看见闪过一道紫光。那是一头公牛的背,那家伙缓慢地移过去了,我奔到窗口,探出头去"。残雪通过"我"在梦幻中看见公牛以及感觉中公牛到来与离去的潜意识活动,表现了女主人公对夫妻生活的反思与质问,揭开了夫妻之间过去与现在的矛盾冲突。

不同作品中"镜子"意象也不是一成不变的。"镜子"意象在《约会》中代表骚扰他人的武器，在《苍老的浮云》中代表窥视他人的工具，在《布谷鸟叫的那一瞬间》中代表对另一个世界的呈现和憧憬，在《山上的小屋》中代表对自我的审视。镜子既是残雪小说包容诸多意蕴的意象，又是残雪特别女性化的一个时间意象。镜子意象的多次重复使用，使残雪小说超越了现实世界的层面而上升为对女性存在的关注和质疑，意象的重复以及意象的多义性构成了残雪与卡夫卡意象使用的特色。

在残雪早期的创作中也经常出现"鱼网"的时间意象。在《双脚像一团鱼网的女人》中，"鱼网"象征着生命就像一团渔网那样，网不住时间的流逝。昔日的妙龄少女转瞬之间已变成老态龙钟的祖母，从前那使少女着迷的柔和优美的低音，也已经变得"干巴巴的"，青春的生命终于从天堂回到了地上，在易脏的"白裙子"和易脆的"石膏鞋"的掩饰下，命运女神终于显露出她那不可抗拒的本质。尽管祖母仍然不断地"约会"，但那"约会"早已失去青春的冲动和诗意，成为一种由经验和世故把握的必然结果。小说中祖母、泥朱和双脚像一团渔网的女人3个女性人物的三位一体，表明过去、现在和未来都是一种网状结构，生命本身就像一团渔网，时间的流逝是自然的生命规律。

"鱼网"作为一种时光流逝的象征，还出现在《一段没有根据的记录》中。人总是希望用生命之网去网住些什么，但又必然漏掉更多，他所网住的未必都是他所需要的，也未必都是具有存在价值的东西，最终一切包括人的生命，都将随着时间的流逝从这巨大的、无所不在的网中漏掉。正因为认识到了这种"生命如网"的悲剧，《乏味的故事》中的"我"才放弃了各种各样的比赛和荣誉，甘于坐在轮椅上默默地"守护"，从此不再关心谁得了冠军、亚军之类的消息。因为生命如渔网一样的空虚和徒劳，而死亡则是不可体验的生命结局，因此生命中最大的谜乃是死亡之谜，在《名人之死》中，名人临死时还忘不了"体验"，他用"守护"静候死亡女神的到来，最后被他最终的"体验"迷住了。

残雪小说中由"鱼网"的基本意象以及生发出来的"网眼"和"空洞"

的意象，也同样清楚地传达出强烈的生命意识。在《布谷鸟叫的那一瞬间》《天窗》《天堂里的对话》《约会》等作品中，常常有一位美丽的纯情少女在热情而执着地等待和寻找，她忽而沉浸在无法摆脱的遐想之中，忽而与"他"手牵手走进镜子里面，把青虫打落在地、朝镜子外面吐口水，忽而和那全身灰白的夜鸟比翼双飞，在纯净的虚空中遨游。那真是一个神采飞扬、生命力如岩浆喷涌的时期，虽然烧尸老人在一旁喋喋不休，但那个无数次光着头、赤着脚、长时间在烈日下行走的少女，却充满了欢欣和漫无边际的遐想。

总之，作为西方现代主义大师的卡夫卡和中国现代主义先锋派作家残雪，"他们之间存在着从世界观到创作观的相似性，都以文字的迷宫直指人的灵魂深处，揭示了异化世界对个体的无端摧残和荒谬捉弄"❶。在物质财富日益增长的今天，人们的精神领域却遭遇了前所未有的困境，向精神领域进发，剖析灵魂的本质成为人们所关注和探讨的热点问题。"两人的作品都展示了灵魂内部的各种层次、关系、矛盾冲突和反省历程。"❷ 残雪和卡夫卡以向灵魂开刀的方式引导人们对内心世界进行探索，给读者提供了解读心灵的钥匙。

在两位作家众多的相似点之外，残雪的小说有着自己独特的不可替代的东西，有着只有残雪的小说才能发现的东西。残雪向卡夫卡学习，她希望把文学中的非理性、潜意识、神秘主义发扬光大，从而建立自己的文学城堡，虽然在残雪创作中可以看到卡夫卡的影响，但是残雪的自身性格、阅历、文化背景和生命体验使其与卡夫卡始终保持一定的差异，在借鉴和学习卡夫卡的同时，她加入了诸多自己独特的理解。"有的评论就是要把我和那些人割断，只讲我一个人。我讲，我就是这样一个历史的发展，我接受了他们所有人的长处，我把他们一个一个指出来。西方人硬要把我当作一个奇迹，神秘的天才，我讲我一点也不神秘，就是集大成，集他们的，然后再加上我中国的背景。"❸ 残雪借鉴了卡夫卡的叙事模式与荒诞风格，却表达出一种不同于卡夫卡的积极乐观的

---

❶ 陈硕. 残雪与卡夫卡：相遇在灵魂的城堡［N］. 河北理工学院学报（社会科学版），2003（4）.

❷ 沙水. 残雪与卡夫卡（代跋）［M］. 灵魂的城堡. 上海：上海文艺出版社，2004：450.

❸ 邓晓芒，残雪. 文学创作与理性的关系——哲学与文学的对话［J］. 学术月刊，2010（5）.

思想感情，残雪在为坚持自己的文学理想而努力，她的努力也是在为中国女性文学的未来开辟一条利用域外资源的新路。正如昆德拉在《小说的艺术》中所说的："发现唯有小说才能发现的东西，乃是一部小说唯一的存在理由。一部小说，若不发现一点在它当时还未知的存在，那它就是一部不道德的小说。"❶ 残雪超越时空及文化视阈对卡夫卡的解读与接受也彰显出异质文化之间的理解与沟通是可能的，从接受异域影响的角度看，残雪和她的小说在新时期文坛上是独一无二的。

---

❶ ［捷］米兰·昆德拉. 小说的艺术［M］. 上海：上海译文出版社，2004：17.

第四章

异化与救赎：王安忆与劳伦斯

戴维·赫伯特·劳伦斯（David Herbert Lawrence）是 20 世纪英国文学史上最伟大的小说家之一。作为来自英国普通劳动阶级家庭的作家，劳伦斯的天赋在于他对人类深刻而敏锐的体察，他把人的内心世界作为人最根本的存在，把性作为回归本真状态的最高境界而着力描写，通过对男女两性关系及现代工业文明对人类自然本能的破坏的阐释，探索人的灵魂深处的奥秘，"戴维·赫伯特·劳伦斯是 20 世纪英国文坛乃至世界文坛的一个怪杰，他生前身后一直备受人们关注。关于他，人们已经和正在写着几乎数不清的文章和专著，他是一个说不尽的话题。几乎每一个从不同角度和时空走向他和他的思想、作品的人都情不自禁地被他的某些方面所吸引，他的天才为人们所公认"❶。毋庸置疑，劳伦斯是 20 世纪英语文学中最具创造性和影响力的作家。

　　王安忆是位多产且风格多变的作家，在 20 世纪 80 年代中后期的文坛上，王安忆以"三恋"（《荒山之恋》《小城之恋》和《锦绣谷之恋》）及《岗上的世纪》等大胆描写情爱的作品震撼文坛。而在 90 年代中期以来的小说创作中，她以一种顽强坚韧的姿态，书写自己独特的人生体验、精神历险和生命向往。王安忆创作从一开始就与异域资源有着千丝万缕的联系，"我一向喜欢看翻译过来的西方小说"，外国文学对于她而言，不仅是一种重要的文学资源，更是一个反观自我的窗口。外国文学给了王安忆充足的养料，无论是她创作视点，叙述方式还是表达方式的选择，都透露出鲜明的异域影响的色彩。王安忆对外国文学作品的钟爱，以及其小说对外国文学的借鉴与化用，显示了浓厚的异域精神资源的熏染。

---

　　❶ 邹海仑. 译者的话 ［M］//劳伦斯. 有妇之夫. 北京：中央编译出版社，1999：1.

在王安忆的异域资源接受过程中，对她影响较大的是英国作家劳伦斯。王安忆在创作上深受劳伦斯的影响，不仅体现在对劳伦斯艺术创作形式的借鉴，更集中体现在对劳伦斯创作旨趣的吸收。在劳伦斯的影响下，王安忆小说从情爱、人性异化及意象象征等层面弘扬生命的活力，融入她对生命的张扬与人性悲剧的深刻思考。

一、域外文学的滋养

当我们回顾王安忆自文学创作初始阶段直到今天的作品，我们可以明显地感受到，如果说有些作家的文学创作只是受一两位外国作家影响或是受某一类外国文艺思潮影响，那么体现在王安忆身上的外国文学影响无疑要深广得多。可以说，她的写作史，就是一部自 20 世纪 80 年代以来外国文学思潮在中国大陆的动态影响史。她的创作始终处于一种对东西方文化的自觉参照中，如果没有长期受到异域资源的影响，她的文学创作不可能呈现出如此丰富复杂的面貌。

20 世纪 30 年代劳伦斯就被译介到中国，其作品的惊世骇俗，在社会上引起广泛影响。作为王安忆早年最为熟悉、从少年时代起就开始阅读的重要作家，劳伦斯对王安忆无疑具有重要影响。虽然有研究者指出王安忆创作受到劳伦斯的影响，但大多集中于对"三恋"与《儿子与情人》《查太莱夫人的情人》等作品的平行研究上，指出两位作家在表现女性被扭曲的人格和受压抑的生存状态，以及对导致人性异化的不合理社会的抗议等方面的共同性上，但是对王安忆与劳伦斯创作关系的深度研究还基本处于空白状态。"任何一次个人间的接受过程，如果称得上深刻的话，都意味着在接受者与被选择的对象之间，早已具有某种相近的生活处境、相似的生活体验或对世界的认识。"❶ 那么，王安忆接受劳伦斯影响的原因有哪些呢？

首先，王安忆接受劳伦斯影响源于时代精神的培育，源于 20 世纪 80 年代

---

❶ 王攸欣. 选择、接受与疏离［M］. 北京：生活·读书·新知三联书店，1999：25.

中后期西方文艺思潮的冲击及中国思想解放的大潮。劳伦斯出生在一个煤矿工人家庭，年轻时曾当过教师，他短促的一生基本都处于社会动乱和政治大动荡的时期，"使劳伦斯成为一个杰出的现代主义作家的重要因素，是他对人的内心世界的探索，以及对现实问题的寻求"❶。19 世纪的英国被资本主义工业文明所异化，工业社会衍生出一代代新机器和一批批心灵空虚的"奴隶"，教育制度压抑着人的本性，保守僵化的宗教意识完全否定人本身的自然欲望。劳伦斯反对工业文明对人性的摧残，他在作品中，"借助艺术想象和艺术描写，把现实世界转化为艺术世界，把真实的人类社会转化为虚构的艺术社会，把现实中的各种道德现象转化为艺术中的各种道德矛盾与冲突"❷。在这种灵与肉分离的时代，劳伦斯通过社会批判和心理探索的结合，揭示"以性心理为中心的人的自然本性如何受到机械文明的摧残，资本主义工业如何对人与人之间和谐自然的关系进行破坏"❸。他认为只有人的自然本能得以充分的发挥，才能实现人与人之间的和谐关系，才能摆脱工业文明对人性的压抑，劳伦斯的许多作品也在尝试建立这种新型的和谐的男女关系。

其次，王安忆"三恋"及《岗上的世纪》的创作正好处于包括劳伦斯在内的西方文艺思潮对中国文学进行第二次大冲击的时期，文学由负载社会、政治及道德伦理功能转向了对文学自身的关注。当韩少功、阿城等作家在传统文化中寻根时，王安忆则把触角导向人本身，重新审视人的本质，"如果写人不写性，是不能全面表现人生的，也不能写到人的核心，如果你真是一个严肃的有深度的作家，性这个问题是无法逃避的"❹。王安忆在"三恋"等作品中选择性为审视对象，从性的视角审视人，尤其是女性的自身生命，探索社会化的人的自然本质，"王安忆在'三恋'中把她对情爱的探索突进到文化层面，又把情爱的探索作为一种人性和生命状态来表现。王安忆肯定了爱情中的'性'的合理性和美好性，并结合特定的文化和政治背景对畸形扭曲状态下的'性'

---

❶ 侯维瑞. 现代英国小说史［M］. 上海：上海外语教育出版社，1985：159.
❷ 聂珍钊. 关于文学伦理学批评［J］. 外国文学研究，2005（1）.
❸ 侯维瑞. 现代英国小说史［M］. 上海：上海外语教育出版社，1985：196.
❹ 王安忆，陈思和. 两个69届初中生的即兴对话. 上海文学［J］. 1988（3）.

进行了心理和人性层面的认真探索"❶。共同的对性爱及男女和谐关系的创作旨趣使王安忆不可能不受到劳伦斯潜移默化的影响。

最后，王安忆接受劳伦斯影响还来自她独特的审美追求以及产生这种审美追求的文化语境。传统社会秩序的解体和第一次世界大战的爆发沉重地打击了现代西方人的精神世界。他们被悲观情绪和危机意识所笼罩，不再相信所谓的理想、信念、情操，在现代主义作家的笔下，那些虚无缥缈的"美好理想""伟大的前程"及"幸福生活"已荡然无存，传统文学中司空见惯的宏伟主题和英雄形象已销声匿迹，取而代之的是要深入探索现代社会中备受压抑与伤害的"自我"世界，表现在严酷环境下现代人的孤独感、异化感乃至病态心理，深刻揭示现代生活中的矛盾和危机。劳伦斯一生经历过战争、贫困、病痛、爱情等折磨，他身体虚弱，却要承担感受世界、思考世界的重任；他出身低微，却被迫要与上层社会打交道；他同情矿工，却又难以忍受他们的粗俗；他厌恶战争，却不得不要继续生活下去；他忠于国家，却为祖国所抛弃，劳伦斯身上聚集的这些矛盾既具有鲜明的时代特征，又是与生俱来、无法逃脱的。劳伦斯小说中的人物大多对人生感到无奈，精神空虚，沉重的幻灭感压抑在他们心头，想探寻生活的意义但又迷惘失落。

劳伦斯对人生和现代文明的悲观态度在某种程度上很契合王安忆的生活感悟，和劳伦斯一样，王安忆对社会、历史及文明都持有一定的怀疑态度。在王安忆笔下，亲情、爱情都是值得怀疑的，正是因为怀疑，王安忆才用冷静挑剔的视角打量世间的一切，也就是因为这种怀疑和挑剔，王安忆对世事的态度才显得如此理性，这种怀疑态度成了王安忆观察人生的一个稳定视角。尽管劳伦斯的怀疑主义引起了王安忆思想上的共振，但王安忆对人生的怀疑态度并不全然来自劳伦斯，这其中固然有劳伦斯等外国作家的影响，但更重要的是渗透着她自己深切的人生体验，而劳伦斯的怀疑主义则进一步加深了王安忆对世事的认知，使她对劳伦斯作品产生了共鸣。值得注意的是，虽然劳伦斯对人生的怀疑加深了王安忆对社会文明及人生的理性认知，但王安忆还是摈弃了劳伦斯作

---

❶ 吴义勤. 中国当代新潮小说论 [M]. 江苏文艺出版社，1997：45.

品中浓重的迷惘色彩以及转向宗教救赎的态度。

此外，王安忆接受劳伦斯影响还与她对异域资源的阅读和自觉接受是分不开的。在王安忆的成长中，对外国文学作品的阅读是王安忆相当重要的文学滋养和取之不竭的文学资源，也是她不断审视和寻求突破自己的一面镜子，"一位作家首先是一位读者。我从阅读中建立标准，再通过这些标准来衡量我自己的作品，也正是根据这些标准我看到自己可悲的不足"。作家余华也认为，"没有一个作者的写作历史可以长过阅读历史，就像是没有一种经历能够长过人生一样"❶。对外国经典作品的阅读，寻求一种不以语言、种族、肤色相区分的精神呼应，作家本身就是最优秀的读者，他们通过长期勤奋的阅读和积累，才能夯实自己写作的根基。王安忆是六九届初中毕业生，受教育的程度并不高，也没有系统学习文学理论知识。所幸她有一个良好的家庭背景，母亲是著名作家，父亲是知名导演，家庭文化氛围的熏陶使她能在知识贫乏的年代读到不少文学作品，她对文学最初的感性认识也大多来自于此，"我每天都读书，很享受。我对读书没什么特殊要求，任何时候在任何地方都能看书，是随时随地地看"❷。她的阅读面非常广，阅读书目非常庞杂。但不难看出，外国文学的阅读是最重要的组成部分，劳伦斯、米兰·昆德拉、博尔赫斯、纳博科夫等都是她涉猎的对象，这些不同时期不同流派的外国文学作品与她的文学创作大有联系，如《小鲍庄》与马尔克斯、《三恋》与劳伦斯、《叔叔的故事》与博尔赫斯、《心灵世界》与纳博科夫等。域外资源带给王安忆的不仅仅是文学创作的技法及人物形象的塑造，更使她认识到小说艺术的多样性和丰富性，给她的思想观念和世界观带来一系列的重大变化，使她的小说创作在一种较为饱满、活跃的状态中持续了较长的一段时间。

王安忆于80年代末面临一次精神和思想上的危机，导致创作上的危机。正好此时王安忆与母亲受邀赴美参加爱荷华国际写作中心的活动，在美国的4个月里王安忆从其他西方作家那里，听到了对小说的别样理解，"我需摒除小

---

❶ 余华. 灵魂饭 [M]. 海口：南海出版公司，2002：239.
❷ 王安忆，姜小玲. 人生至乐是读书 [N] //解放日报，2005.

说世界里那些看似深远透彻，但实际上与我路途遥远的观念，这些观念宛如美丽的迷雾，我还需要重新正视我自身的经验，我既不能脱离我的经验，也不能陷入其间而不能自拔"❶。王安忆超越了原来的自我，形成了自己独特的文学观念，"在生活中尚未得到实现的理想，往往在作品中得到实现"❷。在随后90年代的小说创作中，王安忆再次回归自己的经验世界，回到心灵深处，她那些剖析人性奥秘的小说就是这种创作思想转变之后的产物。

在劳伦斯创作的影响下，王安忆不再把性当作社会、道德批判的载体，而是把它上升到艺术审美的层次，通过它来剖析、审视人的心理，同时从女性自身的体验、感受出发，感同身受地书写女性本真的生命欲念。王安忆曾说："我觉得好的作品就像一座大房子，里边房间再多线索却是简单的，我们只要找到一扇主要的门，这扇门一旦打开，我们就会非常顺利地走遍它所有的房间，并且发现所有的房间其实都是连成一体的。"❸ 现代文学理论的发展，使作家和作品具有多种阐释的可能性，但是就一个作家的创作整体来说，能够通向其全部作品并达到全面深刻理解的"门"往往只有一扇，那就是潜藏在全部作品中的作家的主观精神，以及贯穿作家创作始终的那种永恒的精神探索。笔者试图以劳伦斯的域外资源为切入点，通过对王安忆小说中劳伦斯影响在创作中的分析，解读王安忆的小说世界，并加深对王安忆创作整体的理解。从这个意义上来说，劳伦斯的域外精神资源的影响正是这样一扇能走通王安忆所有创作的"门"。

二、文明与人性冲突中的原欲释放

情爱意识是人的生命意识的一个重要内容，情爱要求是人的生命本能的内在要求，文学是人学，文学要表现丰富深邃的人性，必然要涉及情爱的描写，因此情爱一直是劳伦斯和王安忆创作中所关注的问题。由于教育和宗教信仰等

❶　王安忆. 经验的检讨［M］//独语. 湖南文艺出版社，1998：127.

❷　张洁. 我是你们的姐妹［J］. 丑小鸭，1982（4）.

❸　王安忆.《红楼梦》的世界［J］//芙蓉，1997（3）.

传统因素的影响，中西方文化对情爱都表现了强大的厌恶感和羞耻心，劳伦斯和王安忆挑战了对于情爱的传统偏见，从情爱与婚姻、情爱与政治等不同层面反映情爱的自然性和纯洁性。虽然劳伦斯和王安忆接受不同时代不同社会文化的熏陶，他们的婚姻观、人生观和世界观的差异，使他们对情爱的认识和期望值不同，但他们对情爱理想的追求、对情爱的态度是一致的，他们不但追求灵与肉和谐统一的情爱关系，而且对人性异化的社会现实进行了揭露和深入的思考。

对文明与人性冲突中的原欲释放及新型两性关系的探索一直是劳伦斯小说创作的聚焦点，"我只能写我感受最强烈的东西，这种东西在目前来说就是男人与女人之间的关系，建立一种新型的男人与女人之间的关系，或者调整旧的男人与女人之间的关系，这毕竟是当今问题的所在。我确信，只有通过调整男女之间关系，使性变得自由和健康，英国才能从目前的萎靡不振中挣脱出来"❶。劳伦斯的《儿子与情人》（1913）、《虹》（1915）、《恋爱中的妇女》（1920）和《查泰莱夫人的情人》（1928）等作品都表现了这一共同主题，体现了劳伦斯对情爱问题的严肃思考。如果说《儿子与情人》关注的是旧的两性关系的不合理性，《虹》和《恋爱中的妇女》开始尝试构建新的理想的两性关系，那么，《查泰莱夫人的情人》则不仅深化了情爱与现代文明的矛盾，而且把情爱当作生命的救赎，从而赋予了情爱以宗教般的力量。劳伦斯创作中对情爱主题的持续书写，无疑使情爱重新获得了重要的文化意义和社会内容。

劳伦斯对和谐的两性关系的构想是建立在崇尚自然和回归自然的基础上的，"性和美是一回事，就像火焰和火是一回事一样。如果你憎恨性，你就是憎恨美。如果你爱上了有生命的美，你就是敬重性"❷。劳伦斯强调回归人的自然本性，他相信性本能的宣泄可以促成精神的复苏，精神的复苏可以拯救资本主义工业文明下的英国，"两种爱，交流的甜美之爱和疯狂骄傲的肉欲满足

❶ [英] 劳伦斯. 劳伦斯书信选 [M]. 北京：北方文艺出版社，1988：80.
❷ [英] 劳伦斯. 劳伦斯散文选 [M]. 天津：百花文艺出版社，1992：108.

之爱，合二为一，这是最理想的。我们两个既相通又独立，像宝石那样保持自身的个性"❶。劳伦斯通过对和谐的两性关系的阐释，表达了对田园牧歌式生活的呼唤，以及对资本主义工业文明压抑与摧残人性的批判。

虽然劳伦斯把两性和谐当作一生追求的理想，但这里的和谐并不是指男女间不存在矛盾，而是指两性在矛盾冲突中互相理解和包容。劳伦斯作品中的男女关系自始至终都处于斗争状态，都笼罩在爱恨交织的情感里。男人和女人之间总是存在着一种欲望，一种征服他人的欲望，而这种欲望的存在并不利于两性关系的和谐发展，至少在劳伦斯看来是不利的。《儿子与情人》中保罗周旋于母亲莫瑞尔太太、情人克拉拉和女友米朋娅姆之间，她们都想从精神或是肉体上征服保罗，而最终保罗却逃离她们独自去流浪了。小说《虹》的女主人公厄秀拉是一个富于理想、不断追求探索的形象，她对爱情的追求不是纯感官的肉体的满足，而是精神与肉体的完美统一。她痴迷于安东尼·斯克里本斯基贵族式的男子汉气质，他们相爱并纵情地享受着一切。然而，随着时间的流逝，厄秀拉感觉到她与安东只有肉体的欲望，缺乏精神的交流，她不能改变安东尼没有是非观念、对现存制度深信不疑的奴性，也无法阻止他想去印度当殖民者的野心与欲望，当她意识到无法实现精神与肉体的统一时，就拒绝了安东尼的求婚。厄秀拉在寻求独立人格的过程中，也充满了无数的内心挣扎。在与安东分开后，她也曾想放弃自己的追求，最终还是超越了自我，反叛了现实，打破传统，去追求自我生命的价值。从这两部小说来看，劳伦斯追求的是两性的和谐，他希望男女结合能让彼此在心灵上保持一定的距离，情爱和精神应同样受到重视。

在劳伦斯的小说中，自然的两性和谐不仅可以解决社会和道德等问题，还能让人类走向理想世界，让处于工业文明下的英国恢复以往的生机。对劳伦斯来说，性、爱和婚姻都应该是处于自然的状态，如果脱离自然，这一切都将成为悲剧，只有亲近自然，让性、爱、精神和婚姻都融入自然，这样的关系才能长久。劳伦斯在《查泰莱夫人的情人》中描绘了康妮和梅勒斯对于性的大胆

---

❶　[英]劳伦斯. 性与美 [M]. 黑马，译. 长沙：湖南文艺出版社，2004：33.

追求，他们在小屋中享受原始激情的性生活，这种灵与肉的交融让康妮重燃爱火和希望，劳伦斯认为性爱不是一种苟合，男人和女人在灵与肉的交融中，关系更加和谐，心灵更加接近。虽然康妮和梅勒斯之间的性生活违背了婚姻道德的底线，但他们对于性的追求以及相处的模式正是劳伦斯所追求的理想状态，"男女之间的关系是人和人之间最自然的关系。因此，这种关系表明人的自然行为在何种程度上成了人的行为，或者人的本质在何种程度上对人来说成了自然的本质"❶。劳伦斯以一个现代主义者特有的目光审视现代工业社会中的两性关系，透过男女两性关系反映了现代人的生存现状，并试图以理想的两性关系来恢复由于物质社会对人的异化而带来的人的主体性的丧失，唤醒处于迷惘和困惑中的人性沦丧。

在劳伦斯的影响下，王安忆 80 年代中后期以"三恋"及《岗上的世纪》成为文坛的热点人物，这是一次重要的蜕变。现代意义上的人具备自然和社会两重属性，王安忆通过书写女性自然属性的性欲和其在社会背景下女性性心理发展历程中的变化，展现出女性的成长历程。她选择把婚外恋、少男少女性冲动作为创作的焦点，以一种悲壮的笔调书写了男女之间的性别关系，她带领自己笔下的女性角色冲破传统伦理道德的束缚，勇敢地表达女性一直被隐藏的爱与性的欲望，传达出女性追求自我、执着于爱的生命意识。

首先，王安忆认为情爱就是自然人原始生命的冲动，在创作中表达了对两性和谐的构建，对情爱创造力的膜拜以及对生命意识的张扬。《荒山之恋》是一个男人和两个女人之间发生的婚外恋悲剧。女主人公虽然已经结婚，但是却陷入了无力自拔的情感旋涡中，"远远地看着他，她觉得自己的心在一片片地碎下来。她是从未体验过心碎的感觉，痛苦使她软弱，也使她变得纯真。……他们是真爱了"❷。男主人公是个软弱、怯懦的男人，对他来说妻子更像是个母亲，他在妻子博大的母爱中成长为一个男人，而情人的出现唤醒了他作为一个男人的本性，他在妻子和情人之间彷徨，他既无法离开妻子，也无法舍弃情

---

❶ [德] 马克思. 1844 年经济学哲学手稿 [M]. 北京：人民出版社，1985：76.
❷ 王安忆. 小城之恋 [M] //王安忆自选集之二. 北京：作家出版社，1996：67.

人。虽然男女主人公渴望拥有这种爱情，但是这种感情在生活中却是不道德的，他们无法在这个现实世界里拥有和实现它，最后两人不得不双双殉情，通过死亡获得永久的爱情超越。

性作为原欲，是生命的本原动力，作为一种本能的欲望支配人们的行为。它是人类生存过程中必需的生理需要。这种需要和冲动在王安忆细腻的书写中体现得淋漓尽致。当人的身体发育到一定程度后，性作为一种生理需要，就会表现出对性的渴望。《小城之恋》中的男女主人公从小青梅竹马，随着生理的成熟，他们开始了莫名其妙的冲突以及噩梦般迷乱的夜晚，原始的本能使他们结合在一起，使他们得到了快感和满足。但是社会性的道德规范又潜在地制约着他们，使他们产生巨大的罪孽感，他们陷入了放纵和忏悔的恶性循环中无法解脱，由此导致了两个人悲剧性的生活。王安忆用女性的视角和情感体验跨越了文学的禁区，写出女性在性欲中焦渴难耐的期待、欢心愉悦的满足、自卑和羞耻的苦痛以及在灵与肉的激烈交战中几近疯狂的复杂状态。《岗上的世纪》中知识青年李小琴为了争取招工的名额，把自身的美貌和性当成交换筹码，诱惑有妇之夫的小队长杨绪国，以换取回城的允诺。在李小琴的故意献身中，前两次杨绪国竟因"性无能"而未成功。等到他们得以结合后，李小琴一厢情愿地认定杨绪国已经答应了她，却在无意中得罪了真正握有权势的老队长，也就是杨绪国的父亲，于是后果便不如当初所设想的那样，李小琴最后并未拿到招工名额。李小琴在闹完、哭完后，选择了告发杨绪国"奸污知青"的报复行动，杨绪国因此失去了党员和干部的资格。当这两个人在小岗上再次相遇时，他们借由情爱，一起创造出 7 天 7 夜极乐的世纪。李小琴开始时只是把性当作改变生存处境的工具，但是随后在与杨绪国的多次交欢中，她体会到了生命的愉悦，在几个昼夜的灵肉厮杀后，他还是离去了，欲望之火也平息了。"《岗上的世纪》可以和《小城之恋》一块看，它显示了性力量的巨大，可以将精神之火扑灭掉，光剩下性也能维持男女之爱。"❶ 王安忆笔下的性爱书写，不再仅仅是情感上的渴求与呼唤，他们不仅有着精神上的出轨，更有着躯体上

---

❶ 王安忆. 王安忆说［M］. 长沙：湖南文艺出版社，2003：39.

的反叛，处处洋溢着生命的活力。在"三恋"系列小说以及《岗上的世纪》中，王安忆敢于描写两性之间的相互吸引和交合，既写出了人的原始本能，又具有现代情爱意识，是对中国传统文化中盲目排斥情爱的反拨。

其次，王安忆认为情爱除了是自然人原始生命的冲动之外，还需要社会印记下的欲望修正。人作为社会的主体，除了要具备一定的社会文化属性，还要受到社会道德的规范和制约。婚姻是性关系合法化的途径，只有婚姻关系中的性才是合乎道理和没有限制的。与传统社会道德规范相冲突的性行为，反叛了传统性道德，必然不被认可。《小城之恋》中一对正值青春期的男与女，他们在练舞时肉体接触过程中，开始意识到对方性别的存在，情欲的波动开始在他们内心滋长，在初尝禁果后"性"便成了他们生活中的主要事项，"他们并不懂什么叫爱情，只知道互相是无法克制的需要"。王安忆描写了男女主人公行为背后的性力的驱动以及性驱力的无法控制，"他们真苦啊！苦得没法说，他们不明白，这么狂暴地肆意地推动他们，支持他们的，究竟是来自什么地方的一股力量。他们不明白，这么残酷地烧灼他们，燎烤他们的，究竟是从哪里升起的火焰"❶男女主人公在情爱中拼命地折磨对方，也甘心情愿地让对方折磨自己。对他们来说，从小便对道德规范耳濡目染，道德的自觉自律意识已成为他们的行为准则，约束着他们的欲望，限制和干预着他们的行为。"男未婚，女未嫁"这种身份问题的尴尬，道德良心的不允，性欢愉的短暂与空虚，迫使他俩从性的欢愉转向不安及罪恶，"如同过场似地走了一遍（性），心理只是沮丧。得不着一点快乐，倒弄了一身的污秽，他们再不能作个纯洁的人了。这时方才感到了悲哀与悔恨"。情爱过后的空虚与罪恶感交织在一起的内心感受，开始让"她"想要逃离。传统社会观念上对"性"的道德规范，让"性"走向"纯洁"与"善"的对立面，成为"不洁""恶"的象征。充满不安的他与她，就一直在这样的焦虑下生存，并相互指责对方的不是，"他们不明白自己是怎么了？是怎么了？是怎么了？"❷罪恶感与情爱后无法排解的苦

---

❶ 王安忆. 小城之恋［M］//王安忆自选集之二. 北京：作家出版社，1996：103.

❷ 王安忆. 小城之恋［M］//王安忆自选集之二. 北京：作家出版社，1996：108.

恼使他们暂时停止了情爱，他们却将无法发泄的情爱转变为公开的暴力互殴，"他们几乎不能单独相处了，偶一碰撞，便会酿成一场灾难性的纠纷。不需要几句口角的来去，立即撕成了一团，怎么拉扯都拉扯不开，好比两匹交尾的野狗似的。多少人想起了这个比喻，却没有一个人敢说出口，太刻薄了。这是一场真正的肉搏，互相都要把对方弄疼，互相又都要对方将自己弄疼，不疼便不过瘾似的。真的疼了，便发出那样撕心裂肺的叫喊，那叫喊是这样刺人耳膜，令人胆战心惊。而敏感的人却会发现，这叫喊之所以恐怖的原因在于，它含有一股子奇异的快乐"❶。王安忆先描述女性在欲望冲突中的性心理和性意识，然后尽情展示她们在不可抑制的性冲动下的畸形言行，最后以不同的方式让欲望之火得到休止，男人堕入狂赌，另组家庭，女人则在圣母般的母爱中得到净化、升华。

最后，王安忆认为情爱在自然冲动及欲望修正之外，还需要精神的皈依。不论是中国传统文化还是性道德规范，爱与性的结合，都是人类社会的文化印记，人生活在文明发展的社会，不能脱离社会、文化而孤立生存，这就决定了人的行为必然会有意无意被社会文化所训诫、修正。男女之间的性欲也正是在这样的环境下，有了理性的节制。女性承担着繁衍的责任，母性是女性天生就具备的，也是女性最伟大、最无私的自然与社会本性。在女人情欲与理智矛盾的时候，小生命的出现唤起了女性潜在的母性，博大无私的母爱代替了强大性欲的驱动，女性由此担当起对新生命的责任并付出母爱，从而在精神上得以走上皈依之路。《小城之恋》中当她要克制情欲的时候却意外怀孕了，对"她"而言，怀孕是一种救赎，"身体的某一部分日益的沉重，同时又感到无比的轻松"。在母性的光辉下，她洗清罪孽，找到了自我存在的主体性，"事实上，经过情欲狂暴的洗涤，她比以往任何时候都更干净，更纯洁"。她在情欲骚动后，经过哺育的洗礼，在母性的皈依中净化了自己。她"非常的平静，心里清凉如水，那一团火焰似乎被这小生命吸收了，扑灭了"❷。王安忆以女性视

---

❶　王安忆. 小城之恋［M］//王安忆自选集之二. 北京：作家出版社，1996：117.
❷　王安忆. 小城之恋［M］//王安忆自选集之二. 北京：作家出版社，1996：125.

角直面两性世界，展示了女性本真的生命状态和欲望，并为女性找到了一条母性皈依的升华之路。

母性不仅能够净化情欲，让女性担当起生命赋予的母爱责任，还能让她们用一颗宽容的心去包容一切。《小城之恋》中"他"与"她"在性欲与道德的冲突中，由压抑情爱而产生暴力举动，由沉溺于情爱中产生出罪恶感，最后再由"女"性承担后果，接受社会的道德批判，"在传统观念中，女性的性欲只能和生育联系在一起，前者只是后者的附带部分。女性的单纯的性欲是不洁的，甚至是有罪的"❶。性的意义在于生育，而且生育的使命一完成，性欲也就随之消失。与劳伦斯一样，王安忆既肯定了生育是女人与生俱来的"自然本能"，是女性价值的一种实现，同时，生育却又压抑了女性生命价值的另一方面的实现——性欲、情爱的实现。女孩情爱之后母爱意识被唤醒了，让她有了充分的自控力量，生命由此变得平静安宁，"作家终于心虚了。王安忆已经无法收拾女主人公的烈焰般的性欲，她只好再度将这种性欲重新导向'母性'——女主人公终于在'母亲'的身份中得到了净化"❷。如果说《荒山之恋》是以"殉情而死"，《小城之恋》是以"母性"休止她们的性欲冲动的话，那么《锦绣谷之恋》和《岗上的世纪》则是以男性的"缺席"而终止了性欲的冲动。《锦绣谷之恋》中的女编辑，由于厌倦毫无激情的家庭生活和刻板麻木的丈夫，期望寻觅浪漫激情的冲击，庐山笔会的邂逅使男女主人公坠入情欲的深渊。然而5天之后，一切又恢复老样，她重归生活的原有轨道。尽管分别后她在苦苦等候他的音信，结果仍是什么也没有再发生。《荒山之恋》中大提琴手的妻子如母亲一般抚慰着他心灵的创伤、维护着他脆弱的自尊、无私支持着他的事业。而在他背叛了他们的婚姻后，她依然相信他，原谅他，这种态度是她自身母性迸发的力量，是她给予了他母爱和博大的宽容。

从王安忆作品中的女性形象来看，王安忆对她们的性欲冲动和挣扎、与男性的角逐和较量、单身母亲的传统皈依、性行为的主动性与攻击性等的描写把

❶ 王绯. 女性与阅读期待［M］. 西安：陕西人民教育出版社，1991.
❷ 南帆. 冲突的文学［M］. 上海：上海社会科学院出版社，1992.

144

握中无不显示出强烈的劳伦斯影响的痕迹。在劳伦斯的影响下，王安忆通过情爱这个视角塑造了个性鲜明的女性形象，她带着深切的人文关怀深入女性的内心，在性欲的书写中探索人性，不仅引领读者领略女性身心成长历程，引导人们以多种角度关注、理解女性的生命情境，而且在对女性身心发展状况、境遇的深度剖析中给予女性正确的生活、生命及生存启发，呈现出更加真实、更加全面的女性世界。

三、人性异化的悲剧

悲剧是一种人类所特有的精神现象，它不仅来源于理智与情感的冲突、理想与现实的落差以及生存与毁灭的矛盾冲突，而且也是对生存意义感到虚无的一种精神态度。在悲剧境地中，世界成了非精神之物的所在，存在变成了"深渊"。海德格尔曾用"深渊时代"和"世界之夜"描述悲剧，他认为，悲剧乃是人的精神沦落和毁灭的一种境遇，它是一种"世界的黑暗化"，亦即"精神的阉割、瓦解、荒废、奴役与误解"。❶ 悲剧意识始终伴随着特定历史时期的生命主体，使历代文人都从他们心灵深处发出对人生的绝望呼喊，从品达的"阴影中的梦境"到卡尔德隆的"生命如梦幻"，以及莎士比亚的"我们是由幻梦织成的物品"，都体现了这样一种悲剧意识。

悲剧意识特别是人性异化的悲剧同样也是劳伦斯创作的重要主题。在劳伦斯看来，主体在一定的发展阶段，分裂出其对立面，变成外在的异己的力量。资本主义机械文明不仅因为其非人的劳动条件而损害了人的身心健康、人际交往及家庭幸福，而且也损害了人与人、人与自然之间的和谐关系。劳伦斯创作了一系列长篇小说，大多都弥漫着浓厚的悲剧色彩。《儿子与情人》中莫瑞尔夫妇的婚姻生活以及保罗的爱情生活，《虹》中布朗文家族三代人的婚恋故事，《恋爱中的女人》中杰罗德的死亡描述，《查泰来夫人的情人》中克利福的生活，无不笼罩着阴冷灰暗的悲剧基调。劳伦斯认为，现代文明是以牺牲个

---

❶ ［德］海德格尔. 存在与时间［M］. 陈嘉映，王庆节，译. 北京：生活·读书·新知三联书店，1999：82.

体生命为代价的，高度的工业化使人们越来越多地依赖理智、意志和努力去争取更高的社会地位，获得承认和成功，人们有意无意地压抑和忽略了对情感生活的需要，精神和肉体趋于分裂，现代文明剥夺了他们的欢乐和幸福，造成了人与人之间的矛盾和交流障碍，产生了现代人普遍感到的无处不在的异化感。劳伦斯在创作中，基于对人类命运的深切关怀，探究了植根于人类心灵深处的本能，展现了悲剧的必然性和心理体验，揭示了悲剧的本质，从而建立了非理性主义的悲剧观。

与劳伦斯一样，如果说在"三恋"中王安忆探讨了作为生命形态的"情爱"，人性异化的悲剧作为另一种生命形态，也同样回旋在王安忆的小说创作中。命运之思是王安忆探求悲剧意识的途径之一，她按照自然生命流程描写了不同年龄人物（主要是女性人物）几乎全部的人生事项和生命体验。她描写了生命成长的烦恼（《流水三十章》等中的雯雯系列）、情感的迷失（《米尼》《我爱比尔》）、性的迷乱（"三恋"以及《逐鹿中原》）、生命的焦躁、沉沦乃至堕落（《香港的情与爱》《长恨歌》）以及对家族和自我来历的寻根问底（《纪实与虚构》《伤心太平洋》）。"当人们认识到，有一个心理生活的普遍规律在其全部情绪意义上被人们抓住了，那么所有这一切便豁然开朗。命运和神谕只不过是一种内部必然性的外化。英雄在不知不觉中，在与自己意向相悖的情况下犯罪这一事实，很明显正是他犯罪倾向性的无意识本质的正确表现。从理解这一命运悲剧的角度来看，理解人物悲剧《哈姆雷特》只是前进了一步。"❶ 人类的生命本质、纯粹的人性何在？纯物质性或者纯精神性的人生景观如何？人在人性自然与社会规范的夹缝中如何自处？在她所描绘的庞大的人类生命历程中，与生命历程相伴的是一种浓重的人性异化的悲剧，其中既有人与人孤独隔膜的悲剧，也有情爱的悲剧和命运的悲剧，反映出王安忆内心潜在的悲剧意识。悲剧意识在劳伦斯和王安忆小说文本中主要呈现为家庭亲情的悲剧、情感的悲剧以及人性异化的悲剧等几种形态。

---

❶ ［奥］弗洛伊德.《俄狄浦斯王》与《哈姆雷特》［M］//弗洛伊德论美文选. 北京：知识出版社，1987：21.

首先，劳伦斯和王安忆的悲剧意识主要呈现为家庭亲情异化的悲剧。正常的家庭亲情关系是家人之间相亲相爱、尊重沟通，但《儿子与情人》中却充斥着异化的家庭亲情。"异化即人的物质、精神活动本身及其产物在特定的历史条件下变成一种外在的异己力量，转而反对、支配和统治人自身，以致人性被极端的抑制和扭曲。"❶ 女主人公莫瑞尔太太出身中产阶级家庭，少女时她对未来的婚姻生活有过美好的憧憬，与矿工莫瑞尔结婚后，两人情趣不投。莫瑞尔心地不坏，但性格粗鲁、傲慢，在生活的重压下常借酒浇愁打骂妻子。婚后不久，莫瑞尔太太就开始厌弃丈夫，把感情转移到孩子保罗身上。随着对丈夫的绝望及夫妻关系的恶化，莫瑞尔太太长期在精神与肉体上得不到满足，她对保罗的爱产生了扭曲。当保罗长大有了女朋友时，莫瑞尔太太无法容忍别的女人与她争夺保罗，她向儿子大发雷霆，"是的，我很清楚我老了，因此我可以站到一边去了，我和你们没有什么关系，你只需要我服侍你，其余的都属于米丽安，我无法忍受。其实我从来未有——你知道，保罗，我从来都没有过丈夫"。莫瑞尔太太与保罗的感情无异于女人之于情夫，她的人格已经完全扭曲了。

儿子保罗也是被家庭亲情异化的又一人物形象。与父亲不同的是，父亲被冷漠所异化，保罗是被温情所异化。母亲对父亲日复一日的冷漠和轻蔑，潜移默化地影响着保罗，致使保罗日渐疏远父亲，在他眼里，父亲酗酒成性，脾气暴躁，待人粗鲁，动辄打骂妻子，他憎恨父亲，甚至默默地祈祷父亲早早地死去。莫瑞尔太太处处使保罗处于被支配地位，使儿子在心理和精神上迷恋于她，依附于她，她破坏了儿子个性的完整与独立，扭曲的母子关系使保罗在心理上变态，在精神上沉沦。一个既谙悉绘画艺术、又懂法语的青年本可以快乐地生活，成就自己的事业，而他却未能如此。在母亲死后，保罗有种解脱感，然而他又觉得"茫茫人世间，唯有她是他的支柱"。"他要她抚摸他，带他在身边"。对母爱过分依恋的保罗无法摆脱母爱的羁绊，致使他在同女性接触的过程中，那种畸形的母爱使保罗与两任女朋友的交往全部以失败告终，保罗心

---

❶ 陈志尚. 人学原理［M］. 北京：北京出版社，2005：110.

灵上的痛苦与矛盾来自家庭亲情异化而导致的一次次感情失败。由此可见，家庭亲情异化所造成的人性异化是劳伦斯《儿子与情人》中所揭示的深刻的主题之一。

与劳伦斯一样，在王安忆的早期作品中，家庭亲情异化的悲剧是其小说传达悲剧意识的一个重要方面。王安忆小说中几乎所有主人公都是在孤独中长大的，由于家庭亲情异化所造成的孤独感是王安忆小说中最常见的聚焦点。《六九届初中生》的雯雯、《流水三十章》的张达玲、《妙妙》的妙妙、《神圣祭坛》的项五一都属于"孤独英雄"。《六九届初中生》中童年的雯雯内心充满了由于缺少父母的关爱而产生的孤独感，"妈妈天不亮就走了，天黑了才回来，雯雯见不到妈妈；爸爸天黑了才起来，天亮才睡下，雯雯也见不到爸爸，雯雯哭了"❶。传达出雯雯幼小心灵中朦胧的孤独和悲哀的感觉。《神圣祭坛》项五一具有超凡的智慧和洞察力，在内心深处筑起一道神圣祭坛，坚守着圣洁的理想，但是他依然无法摆脱孤独的感觉，成为孤独中坚守的英雄。"一个人面对着世界，可以与大家携起手，并起肩，共同作战。而他面对自己的内心却是孤独的，外人无法给予一点援助，先行者无法给予一点启明，全凭自己去战斗，去摸索。这是一场永恒的战斗，无论人类的文明走到哪一个阶段都难摆脱，甚至越演越烈。"❷《纪实与虚构》中的"我"是上海这个城市的外来户，虽然从小在上海长大，却始终有着外乡人的无根的焦虑感，庸常的生活和精神匮乏的时代，也带给她巨大的困扰心灵的孤独感。小说中反复提到的"孤独"和"焦虑"，其深层的心理根源应该是直面人类存在所产生的虚无和惶惑。《妙妙》中头铺街上的妙妙是孤独苦闷的，"她从心底里瞧不起头铺这个地方，也瞧不起县城，她只崇拜中国的三个城市：北京、上海、广州"❸。她成了整个头铺街的不和谐音，她沉溺于服饰潮流的追逐中，将自我意识转移和宣泄在服饰上，企图以女性时尚的外表掩盖空虚的内心，借此排遣内心的孤寂。然

---

❶ 王安忆. 六九届初中生［J］. 上海文学，1988（3）.

❷ 王安忆. 香港的情与爱（卷首语）［M］//王安忆自选集之三. 北京：作家出版社，1996：67.

❸ 王安忆. 妙妙［M］//王安忆自选集之三. 北京：作家出版社，1996.

而，这里的最新潮流也是落伍者，因为时尚的轮回使偏远的头铺要比大城市晚好几轮。妙妙的孤独感没有减退，反而愈加强烈。

由于家庭亲情异化所造成的成长焦虑是王安忆小说中常见的另一个聚焦点。《忧伤的年代》描写了小女孩"我"由于父母上山下乡无暇照顾孩子而产生的童年焦虑，对"我"来说，这种原始焦虑和创伤状态来自自身、家庭、学校和社会等各方面。"我"意识到自己眼睛牙齿肤色发型无一可取，性格也没有吸引人的地方，"我"在与姐姐的竞争中是个失败者，并且难以从家庭中最亲近的人身上获得心理补偿，"我总是敏锐地感觉到不公平。权力在大人手里，他们仅只是随心所欲，便决定了我的快乐与不快乐。这里含有着一种竞争的内容，而我总是敏感地意识到自己所处的竞争的弱势，预先就为失败的结果而愤怒起来，事后又为这丧失伤心许久"。当这种不公平被"我"格外地关注时，便被放大了无数倍，从而深深地埋下了"我"焦虑的种子，"当个人面对一个他无法适当应付的问题时，他表示他绝对无法解决这个问题，此时出现的便是自卑情结"❶。这么多的挫折对"我"造成了伤害，并且由于"我"的偏执和心理承受度，使"我"内心充满了焦虑。

其次，劳伦斯和王安忆的悲剧意识还来自情感的悲剧。19世纪英国社会正处于资本主义大发展时期，机械工业的发展对人们的思想、行为方式等产生了巨大冲击，因此带来了一系列社会异化现象。生活在其中的人也发生了异化，资本主义机械文明的迅速发展摧毁了原来的主体认知、价值认知、社会认知等，自我与人及社会等相互之间的关系也在发生着变异，这一切都刺激着劳伦斯敏感的创作心理，促使其写作趋向于表现两性关系的异化及精神肉体的分离等。情感和婚姻的主题是劳伦斯得心应手的经验世界，他常常把人性的悲剧落实在情感上，人性的悲剧主题往往表现为恋爱婚姻中的悲剧。在劳伦斯所构建的情爱故事中没有一个是"健康的正常的"爱，情爱在两性游戏中进行，情与爱的结局无一不指向虚无，劳伦斯用普普通通的情感悲剧演绎了人性中情爱的悖论和残缺。劳伦斯在小说《虹》中通过一个家族三代人的婚恋故事对

---

❶　[德] 阿德勒. 自卑与超越 [M]. 台北：志文出版社，1984：41.

两性关系的悲剧性进行探索。第一代女主人公莉灿娅是一位波兰流亡贵族的后裔，她与一个忠厚本分的农民汤姆结婚后，因家庭背景及生活经历的差异，夫妻关系处于冲突与疏远的状态，丈夫郁郁寡欢而酒后溺水身亡；第二代女主人公安娜与丈夫威尔的婚姻也因信仰的分歧、感情的挫折及性格的冲突而长期处于矛盾与冲突状态；第三代女主人公厄秀拉在情感生活中也充满着矛盾、迷惑和痛苦。厄秀拉年轻时曾与女教师英杰发生同性恋关系，后来又对安东尼一见钟情，在厄秀拉情感探索的过程中，屡遇挫折，孤立无助，最终也未能找到一条解决情感矛盾的办法。《虹》展现的是一个个心灵饱受煎熬、孤独而又迷惘的女人，她们在充满矛盾、痛苦与无奈的生活中，努力寻找"另一个全新的自我"，但最终还是未能从彷徨、孤独、困惑的生活中走出来。

悲剧意识贯穿于劳伦斯的每部重要作品，成为劳伦斯作品的一大艺术特色。与劳伦斯一样，王安忆除了关注家庭亲情的悲剧外，隐藏在现实景象之后的另一种沉重的悲剧——情感的悲剧——也是她关注的对象，情感的悲剧构成了王安忆悲剧意识的第二个层面。在"三恋"、《我爱比尔》《米尼》《香港的情与爱》以及《逐鹿中街》中，王安忆以女作家特有的悲悯情怀叙述了一个个情爱悲剧。"在世界上，最具悲剧性格的是爱。爱是幻象的产物，也是醒悟的根源"❶。《岗上的世纪》中插队知青李小琴为了达到回城的目的，不惜用肉体引诱生产队长，她知道这种肉体交易是不道德的，但是她还是按照自己的计划实施了，最后虽然她成功地引诱了生产队长，可是回城的梦想依然没有实现。《小城之恋》中的男女主人公从小青梅竹马，随着生理的成熟，他们开始了莫名其妙的冲突以及噩梦般迷乱的夜晚。性欲是人的自然本能，是一种盲目非理性的心理行为，原始的本能使他们结合在一起，使他们得到了快感和满足，但是社会性的道德规范又潜在地制约着他们，使他们产生巨大的罪孽感，他们陷入了放纵和忏悔的恶性循环中无法解脱，由此导致了两个人悲剧性的生活。

《我爱比尔》讲述了一个画画的女孩阿三奇异的感情经历及其悲剧性结

---

❶ ［美］乌纳穆诺. 生命的悲剧意识［M］. 北京：北方文艺出版社，1987：136.

局。她先后与比尔、马丁、艾可及一个比利时人发生了恋爱故事，"与外国人的情爱"作为一种特殊的情结贯穿了阿三的情感历程。阿三的伤心之旅起自一场浪漫的异国之恋，她爱上了比尔，可是作为外交官的比尔一句话打破了阿三的爱情幻想，"作为我们国家的外交官员，我们不允许和共产主义国家的女孩恋爱"●。阿三尝试以画画、创事业作为精神寄托，可是马丁认为"画画不是这样的"，把她视为生命的绘画作品当作一堆废纸，阿三聊以自慰的艺术生命彻底结束了，至此阿三开始走上了日趋堕落的生活。在连续失去比尔、马丁后，阿三浸染在一种"大堂情结"当中，她的肉身梦游在各个酒店的大堂中。酒店大堂成为失意的阿三寻找"比尔式安慰"的最理想去处。阿三认为自己与那些同样在大堂进行肉体交易的女人不同，因为自己是为着一种幻梦和情感来的。阿三由一个单纯、自信、希望保持自己人格完整的少女到幻想的贬值、自信的破灭终至人格的丧失，这一过程是对她先前所抱有的异国浪漫爱情幻想的有力嘲讽。

情感悲剧不仅存在于恋爱和婚外恋之中，同样也存在于婚姻家庭中。对女人来说结婚大都不是为了寻找爱情，而是"谋生"之外的"谋爱"，她把家庭的稳固看作是她的天职，守住丈夫并管住他，便是她生命中的最大快乐，因此婚姻常常成为葬送爱的场所，家庭也成为夫妻争斗的战场。王安忆的《逐鹿中街》演绎的就是这样的一出婚姻悲剧。女主人公陈传青是一个颇有素养的中年女教师，已近不惑之年的丈夫却在抓紧一切时间使自己活得洒脱起来，他穿牛仔裤，和年轻漂亮的女孩子下馆子，学跳迪斯科。她不得不整天将目光紧盯着丈夫，当怀疑丈夫有外遇时便整天跟踪他。当他知道妻子跟踪他时，非但不收敛，反而更加得意地戏弄起她来，于是夫妇两人在繁华的上海街头展开了近乎疯狂的相互追逐。这场互相盯梢、互相仇恨的"夫妻战争"揭示出家庭面纱下情感的丑恶以及现代婚姻扭曲的悲剧。

在物质化的都市生活中，女性占有物质并沉溺于物质的同时，也使自身沦为物欲化的筹码，从而形成了情感异化。《香港的情与爱》中的逢佳和《长恨

● 王安忆. 我爱比尔［M］//王安忆自选集之三. 北京：作家出版社，1996.

歌》中的王倚瑶就是这类情感悲剧的代表。在依然是男权中心的现代社会里，逢佳的道路是一条屈辱沉重然而又快捷有效的道路，它承载着女性无限的精神伤痛。"作为商品化大潮的首当其冲者——女人，她们不仅是中国现代社会的主体与推动者，而且无可避免地成了商品化的对象。"❶ 在香港孤身奋斗的中年女性逢佳，为了改变灰暗窘迫的生存处境，实现移民美国的愿望，作了富商老魏的情妇，终于如愿以偿移民澳洲。老魏和逢佳之间是一场赤裸裸的物质交换关系，当这桩买卖最后达成的时候，逢佳想："我觉得很值得，没有吃亏，假如靠我自己去奋斗，这两年到不了这个程度，许多大陆出来的新移民就是例子。我还是觉得自己不错的，我倒觉得这两年的时间是用在刀刃上了。"❷ 逢佳将男女平等、自尊自爱的信条置之脑后，将自身当作商品摆在了交易台上，步入了封建传统女性的陈腐人生道路。

《长恨歌》同样描写了一个女人由于欲望而导致的情感悲剧。年轻的王琦瑶经上海小姐的选美活动而声名鹊起，之后傍依军政大员李主任进入"爱丽丝公寓"，开始了她的金丝雀生活。可惜好景不长，李主任罹难，王倚瑶重新回归普通人的生活，并开始了悲剧性的后半生。在王倚瑶参加上海小姐竞选一节里，作者渲染了 40 年代的上海繁华梦，可是这满眼繁华却仅仅只是过眼烟云，王倚瑶用后半生的凄凉生活换取了这场繁华梦。最有象征意义的是那盒金条，它是王倚瑶用美貌和青春交换来的。李主任死后，因为这盒金条，王倚瑶的生活并没有忽然之间变得拮据，她仍然可以维持自己的生计，抚养私生子，甚至在年迈的时候还幻想用这匣子金条买一个黄昏恋。可是最后也正是因为那一匣子金条，毁灭的悲剧降临到她身上，她也为此付出了生命的代价。从这个意义上看，王倚瑶的悲剧正是都市女性永远逃不开物质欲望的诱惑以及由此带来的毁灭的悲剧。

最后，劳伦斯和王安忆的悲剧意识还来自命运的悲剧。在家庭亲情的悲剧和情感悲剧之外，两位作家也非常关注命运悲剧，对命运悲剧的体验和观照构

---

❶ 戴锦华. 奇遇与突围 [J]. 文学评论, 1996 (5).

❷ 王安忆. 香港的情与爱 [M] //岗上的世纪. 昆明：云南人民出版社, 2000：346.

成了两位作家悲剧意识的第三个层面。

在王安忆早期小说中，命运是在一种大的历史背景中被表现的，她强调的是个体的生存遭际在整体的历史格局中的错位，也就是说，这种命运只不过是特定的历史错误造成的，它是人为的主观的，因而也并非是不可改变的。"悲剧命运就是悲剧人物的全部可能性的充分实现。在戏剧的发展过程中，人的可能性的实现逐步展示出来，而终于落得一场空。他的性格就是他的命运，命运是一个定数，表面事物不过借以显示命运的实现而已。"❶《69 届初中生》中雯雯是一个出生在知识分子家庭的孩子，她的童年平静快乐，可是外部世界却发生了一系列她无法把握的变化：公私合营、反右、大跃进、三年自然灾害、"文化大革命"、插队、回城。雯雯从一个懵懂无知的孩子，到游戏般地参与观望，再到完全卷入，在强大的命运面前雯雯是迷惑而柔弱的，她除了跟着生活的惯性朝前走之外似乎别无他法。在无法回避的命运面前，雯雯走完了自己充满悲剧性的一生。"雯雯对自己的命运怀着莫大的好奇，就好像她本应该走进这个世界，结果阴差阳错，走进了那个世界。她很想知道她应该属于的那个世界是什么样的，只要看一眼。命运真是奇怪，假如事情是这样发生，而不是那样发生，她雯雯如今是个什么境地呢？而事情又为什么偏要那样发生，而不是这样发生，真是个莫大莫解的谜。"❷《流水三十章》中的张达玲也是如此。她一出生就遭到父母的嫌弃，带着冷漠和敌意来到人间，她习惯用沉默面对世界。张达玲经过 8 年插队之后回到上海，一切都变化了，但是张达玲却无法以自己的方式顺应外部世界的变化，她依然不能把握自己的命运，在小说的结尾处尽管迟来的爱情唤醒了她心里的一点温情和暖意，但是"她明白，一切的一切，虽然仅仅错过了那么一霎、一瞬、一步、一折，然而却是太晚、太晚、太晚了"❸。尽管她经历了无数磨难，但是命运并没有从此垂青她。

王安忆创作中出现的这种全命运悲剧观念，也使她获得了新的关注人类生

---

❶ ［美］苏珊·朗格. 情感与形式［M］. 北京：中国社会科学出版社，1986：23.

❷ 王安忆. 69 届初中生［J］. 上海文学，1988（3）.

❸ 王安忆. 流水三十章［M］//王安忆自选集之三. 作家出版社，1996：308.

存境遇的审美视点。《叔叔的故事》中叔叔所表现的也是这样的一种命运悲剧。叔叔并不是一个具体的人，而是上辈人的象征。叔叔高中毕业后被下放到农村劳动改造，"文革"后他返城出书成名，与乡下妻儿离异，为了弥补"文革"中被耽误的青春，叔叔开始在大城市的红颜女子之中追逐感情游戏。叔叔希望充实生命，希望找回失落的自我，妩媚的小米和端庄淑雅的大姐成了他的寄托。于小米处，他得到一种生理平衡与虚荣的满足，但是知识分子传统的使命感、责任感迫使他无法满足于这种形而下的充实，于是与大姐的交往和谈话便成了他灵魂的净化和升华。叔叔企图用不同女性身上折射出的价值来证明自己，但是这种人格分裂的探寻只能使他感到更加孤独与痛苦。处在新旧交替之际的叔叔这辈人，在新时代面前他身上因袭的传统意识已经成为沉重的羁绊，他无法抛弃它们，无法调整自己的文化价值观念，然而又抵挡不住新思潮、新观念的诱惑，他陷入了无法摆脱的困境。

实际上，真正意义上的命运应是那神秘的非人所能理喻的超人类的力量，它是客观的，也是永远不以人的意志为转移的超现实的存在。《米尼》描写了一个女孩子走向堕落的历程，显示的正是这种命运悲剧的力量。米尼在偶然的邂逅中认识了阿康并为他所吸引，这次相遇就好像一道分水岭，将米尼的生活彻底改变了，从与阿康相识相爱，到阿康因偷窃被捕，到米尼也从此靠偷窃养活自己的孩子，再到结识皮条客平头，再到彻底堕落成为妓女、皮条客并参与组织卖淫，米尼进入了一个丑陋、卑鄙、毫无廉耻的罪恶世界。假如没有和阿康相遇，米尼的人生也许是另一个样子，这就是命运，不可抗拒的命运。而所有这一切都是米尼无法知道的，她的人生由许多偶然组成，许多偶然构成了必然，必然之手操纵了一切，由此造成了米尼悲剧性的命运。在这篇小说的后记中，王安忆说："我想知道米尼为什么那么执着地要走向彼岸，是因为此岸世界排斥她，还是人性深处总是向往彼岸。我还想知道：当一个人决定走向彼岸的时候，他是否有选择的可能，就是说，他有无可能那样走而不这样走，这些可能性又是由什么来限定的。人的一生中究竟有多少可能性。"❶ 王安忆通过

---

❶ 王安忆. 白茅岭纪事 [M] //男人和女人，女人和城市. 昆明：云南人民出版社，2000：15.

对人生悲剧境况的描摹，通过对悲剧意识的质询，实现了向人类生命本质与生存本义的逼近。

劳伦斯和王安忆的创作始终关注着人的孤独感、情爱婚姻的虚无感以及命运的不可抗拒感，从家庭的悲剧、情感的悲剧和命运的悲剧三个层面构建了独特的悲剧城堡。"世界是时间的流程，生命是这流程中的一段，生命与生命在这流程中偶尔碰撞却必然分离，这便是所有痛楚之感的所在。"❶ 两位作家通过对悲剧城堡的构建，展示了生命中的孤独漂浮感，揭示了生命的悲剧性陷落，显示了人类与命运所进行的悲壮的抗争和最后无法挽回的失败。悲剧意识不仅形成了两位作家创作主题的深刻内涵，同时也使其创作获得了一种极具震撼力的效果。

四、象征意象

意象是艺术家运用形象思维创造出来的心物相契、虚实统一、令人回味无穷的艺术形象，同时也是在审美感兴中，"意"（心与情）与"象"（物与景）交融合一、升华所成的艺术表象。❷ 作为英国 19 世纪末和 20 世纪初的重要作家，劳伦斯作品呈现出传统与现代交融的特色，其中象征意象的使用是劳伦斯作品审美特征的鲜明表现，"劳伦斯在艺术上的革新具有强烈的反传统、反理性的倾向，有力地推动了英国现代文学的发展，他独树一帜，成为英国心理分析小说的主要代表人物"❸。在劳伦斯小说中，心理分析的运用主要是借助于意象象征等多种媒介达成的，"劳伦斯是从心理学意义上运用象征的大师，他丰富的想象力和独特的艺术风格，使他的作品具有丰富、深刻的内涵"❹。"中国叙事文学是一种高文化浓度的文学，这种文化浓度更具体而真切地容纳在它的意象之中"❺。处于中国传统文化语境中的王安忆在创作中善于捕捉蕴含丰

---

❶ 王安忆. 乘火车去旅行 [M]. 北京：中国华侨出版社，1995：91.

❷ 韩林德. 境生象处——华夏审美艺术与审美特征考察 [M]. 1996：51.

❸ 蒋家国. 重建人类的伊甸园：劳伦斯长篇小说研究 [M]. 长沙：湖南大学出版社，2003：373.

❹ 罗婷. 劳伦斯研究——劳伦斯的生平、著作和思想 [M]. 长沙：湖南文艺出版社，1996：73.

❺ 杨义. 中国叙事学 [M]. 北京：人民出版社，1997：267.

富的象征意象，用以营造象征化的、隐喻性的叙述空间，使小说文本的叙述空间更富有立体感和层次感。

劳伦斯和王安忆在创作中使用了一系列象征意象，不但把人物的心理起伏渗入在这些象征性意象之中，而且常借助事件、场景及情绪的折射而使意象成为故事情节的重要构成因素，人物的潜意识心灵图景借助客观物象图景的表征而呈现出丰富的意蕴内涵，从而赋予文本以极大的艺术感染力。劳伦斯和王安忆的象征意象主要分为自然意象、社会文化意象和性意象三种。

首先是自然意象。在劳伦斯作品中，自然是一个重要概念，劳伦斯将流动性的情思感怀注入各种自然意象中，从而呈现出模糊多义性内涵。"对劳伦斯来说，自然不是纯粹的客观外在之物，而是自我主体的对象化。要想真正领悟它，就不能只是去看、去分析、去分类，而要用真实的直觉意识和本能情感去把握它，占据它。劳伦斯的确有这样一种本领，能用活力和激情将自己与周围的事物融在一起，尤其是与大自然融为一体。"❶ 大自然为人物心理提供活动空间，在自然空间中花草虫鱼树木等与人物的潜意识及心理活动相契合，人物的体验感悟在自然空间中被释放和展现。《恋爱中的妇女》中厄秀拉和安东尼出去散步，周围鸟雀在新发的枝条上欢唱，万物竞相生长，潮湿的薄雾充满柔和清新的气息，这种充满灵性的自然景物蕴含人物的心灵感应，"她的全身都在感受着它们凉爽而微妙的抚摸，似乎沉浸在同它们的交流之中"❷。《白孔雀》中"我"在磨坊水塘边感受山谷景致，山谷原本充满生气，但因为此刻"我"的沉思，整个山谷看起来都沉浸在对过去回忆之中，自然意象与人物的瞬间心理活动及生命体验融合在了一起。《玫瑰园中的影子》中自然意象具有流动的情绪特征，随着故事情节的发展而变化，暗示了人物的潜意识活动。这些充满人物内在心理流变的自然意象，为劳伦斯笔下人物建构了心理空间，劳伦斯将人物的心理情绪指向了自然景物，它们不再是单纯的客观物象，而是折

---

❶ 刘洪涛. 荒原与拯救——现代主义语境中的劳伦斯小说［M］. 北京：中国社会科学出版社，2007：108.

❷ ［英］劳伦斯. 恋爱中的妇女［M］. 袁铮，译. 哈尔滨：北方文艺出版社，1994：124.

射人物心绪意识的微妙流变，是人物心理情感活动的延伸空间，并且成为故事情节发展的重要因素。这种朦胧中带着不明确意向的意象表达方式，使劳伦斯小说文本呈现出多向度的意蕴内涵。

　　和劳伦斯一样，王安忆也经常运用自然意象，营造出情境交融的艺术氛围，自然景象同样构成了王安忆小说人物的心理情绪空间。在《小鲍庄》开头："七天七夜的雨，天都下黑了。洪水从鲍山顶上轰轰然地直泻下来，天没了，地没了，鸦雀无声。不晓得过了多久，一根树浮出来，划开了天和地，树横漂在水面上，盘着一条长虫。"❶ 王安忆赋予山洪这一自然意象以创世纪的象征意味。在"三恋"中，"荒山""小城"及"锦绣谷"都成了生命文化的象征意象。《荒山之恋》叙述了四个男女之间的爱情故事，一个敏感、体弱和拉大提琴的男人为两个女人所爱，又被狂热地争夺，通过第一个女人，他得到了家庭，而第二个女人使他对爱情猛醒，这种热烈大胆的婚外情，自然不为闭塞传统的小城所容，两人殉情而死的结局着实令人惊叹。从表面看，荒山仅仅指一个地方，但在王安忆的小说中就有了特殊的意义，"荒山"暗指那个年代男女的身体之荒。《锦绣谷之恋》中男女主人公在一个极其偶然的机会相识，并产生一段十分微妙的情感，王安忆把他们的感情故事放在庐山锦绣谷的瀑布、迷雾、白云、小溪等环境下，"连她都隐隐地觉着，要有什么事发生了。这一切都是几十年前就预定好了似的，是与生俱来的，是与这景与这情同在的，是宿命，是自然"。这些自然景物的存在都不是偶然的，是作者为了表达特定的主题而设的。突发的洪水、荒山、弄堂墙上的绰绰月影、锦绣谷夹竹桃的粉红落花、邹桥九曲十八弯的山山水水、纱窗帘后头的婆娑灯光、城市上空成群的鸽子等自然意象看似平常，其实在王安忆小说中有着深刻的文化意蕴。"一个意象可以被装换成一个隐喻，但如果它作为呈现与再现不断重复，那就变成了一个象征。"❷ 王安忆通过这些有声有色的自然意象，表达了人物的潜隐心理，而且这种氛围不是静止不变的，因渗入了人物的情感直觉、思想

---

❶ 王安忆. 小鲍庄［M］//王安忆作品系列. 上海：上海文艺出版社，1986：284.

❷ 吴雄娟. 论张爱玲小说中镜子意象的审美意义［N］. 昆明冶金高等专科学校学报，2006（2）.

体验等内心活动，具有动态感和流动性，并成为推动情节发展及表现主旨的重要组成部分。

其次是社会文化意象。树林意象在劳伦斯小说中是作为自然生命的栖居地而存在的，《查特莱夫人的情人》中康妮与梅乐士的情爱，是在树林的环境中产生和发展的，树林与勒格贝庄园形成了两个互相对立的象征意义，树林中有蒲公英开着的花、富于生命力的水仙、叮咚流淌的泉水及刚出壳的鸡雏，一切充满生机和希望，更是工业文明喧哗中的一片净土。劳伦斯通过这些社会意象，展示特定情境中人物意识深层的细微变化。

在王安忆的小说中，雕花木纹盒子、小城、小鲍庄、大刘庄、城市的弄堂、闪着路灯的小道、城市的女人、照相馆、酒楼、梅兰芳唱片、旗袍咖啡、香水、首饰、影院、霓虹灯、亭子间、流行报刊、广告、点心小吃、人们的嘴边的飞短流长，等等，构成了缤纷多彩的意象世界，这些社会文化意象在王安忆小说中的运用都带有其特定的文化内涵。王安忆在《长恨歌》中使用了都市意象群，女主人公王琦瑶在照相馆拍照，通过"照相馆"这一意象，她认识了程先生，也就有了"选美"，也就有了李主任等男人的出现。王安忆把女人、照相馆、弄堂、霓虹灯、旗袍及唱片等意象组合成一个蒙太奇式的复合意象群，展现了上海普通市民的日常生活的文化底蕴，看似琐碎却有味，这些社会文化意象不但是叙事向前发展的推动力，也是海派文化的象征。

在王安忆的社会文化意象中，最独特、出现最为频繁的意象是"弄堂"意象。"在长达百年的岁月中，上海逐渐形成花园洋房，公寓住宅，里弄住宅和简易棚户区四类。里弄住宅则是最大多数普遍市民的居所，是城市建筑的主体和上海市民文化的主要载体。"❶ 在王安忆的眼中，上海的弄堂其实就是上海的象征，弄堂孕育了上海的文化，养育了上海的芸芸众生，上海的精髓不在那些高楼大厦，而在于弄堂之中，只有弄堂，才是上海的精髓所在。在王安忆创作中，给人最深印象的不是大上海的繁华与喧嚣，反而是这些古老又普通的弄堂，"站在一个至高点上看上海，上海的弄堂是壮观的景象，它是这城市背

---

❶ 王安忆. 长恨歌 [M]. 上海：上海教育出版社，2005：102.

景一样的东西。街道和楼房凸现在它之上，是一些点和线，而它则是中国画中称为皴法的那类笔触来将空白填满的。当天黑下来，灯亮起来的时分，这些点和线都是有光的，在那光后面，大片大片的暗，便是上海的弄堂了。那暗看上去几乎是波涛汹涌，几乎要将那几点几线的光推着走似的。上海的几点几线的光，全是叫那暗托住的，一托便是几十年，这东方巴黎的璀璨，是以那暗作底铺陈开，一铺便是几十年"❶。在《长恨歌》中王琦瑶从拥挤的弄堂走向李主任，走进了爱丽丝公寓，几经周折与辗转又回到了弄堂，回到了平安里。在王安忆的心中，弄堂才是肌肤可亲、知冷知热的，爱丽丝公寓再好，可终究是没有人气的，在那里王琦瑶除了被动的等待还是等待，而一旦回到弄堂，再大的伤痛也会慢慢抚平。王琦瑶在弄堂里安家生子，关起房门，过起了与世无争的淡定生活。弄堂在王安忆这里成了家的象征，成了王琦瑶心灵和肉体的避难所，只有通过弄堂意象，才能传达出上海的精神，表现出上海的精髓。外面的世界风云激荡，充满诱惑与刺激，而真正给王琦瑶安全感的还是这弄堂，它给王琦瑶的不是一份光亮耀眼、万众瞩目的生活，而是一份家长里短、平实安稳的生活。弄堂意象的反复出现，显示出王安忆所要表现的上海不是风花雪月的，而是朴实平常的上海；她所要表现的人物不是英雄式的伟人，而是那些穿梭于弄堂的普通人；她所要表现的题材也不是惊心动魄的，而是日常化的。劳伦斯和王安忆创作中的这些意象，都不是单一和独立的，而是构成了一个整体状态，人物的心绪及潜意识等心理活动被内化在意象中，构成了人物的心理活动空间。在这心灵化、情感化、思想化的意象空间中，这些意象浸染着作家强烈的主观感受性，是人物直觉、意识及情感等心理活动的微妙表达。

最后是性意象。每一个具有独创性的小说家，总是有自己的惯用的意象，性意象是劳伦斯惯用的叙事意象，这些性意象中隐含着作者的创作思想，从而呈现出丰富的思想内涵和深厚的文化意蕴。在劳伦斯的作品中，马是一个经常出现的性意象，"马象征男性最活跃的性活动""马的身体给人以雄壮、几乎是美的印象"。在劳伦斯看来，马是充满阳刚之气的动物，是男性力量和性欲

---

❶　王安忆. 桃之夭夭［M］. 上海：上海文艺出版社，2003：2.

的象征，同时也是男性意志、暴虐和专制的象征。在小说《虹》中，女主人公厄秀拉在梦里经常看见黑压压的一群野马在驰骋狂奔，在一步步向她逼近，在与马的对峙中，那强壮有力的马群时而在她面前惊散，时而又慢慢聚集在一起。劳伦斯通过这个震撼人心的意象场面，不但显示了女性在与男性对峙时不战而败的结局，而且揭示了厄秀拉复杂的情感矛盾，她既不满足于徒有肉体而无精神的爱情，不满意丈夫安东尼所代表的世俗化的社会势力，但又对安东尼的性能力充满了渴望，因此她必须向男性妥协才能找到真实的自我并实现自己的报复，才能找到战胜男性权威的力量和自信。

如果说奔马是男性强悍的象征，那么月亮则是女性温柔的象征。在劳伦斯的笔下，他对月亮的描写既富有诗意，又充满深刻的象征意义。在《虹》中，劳伦斯用月亮意象表现布朗文一家三代女主人公的性心理及自我意识的觉醒，"有时透明的月亮高高的挂在空中，躲在电流般的、褐色的彩云的边缘，夜空中出现了气体般的彩光，整个大空云雾翻滚，呈现出一种由飞云、黑影、暮霭和一个庞大的褐色光圈组成的混沌状态，然后，惊恐的月亮又变得清澈透明，有些刺眼。不久，她又重新钻进云雾之中"。月亮意象不仅推进情节的发展，而且折射出人物关系的微妙变化以及人物潜在心理的内涵。

《儿子与情人》中"鞋子"也是一种性意象。保罗与母亲一起外出之前，他精心地为母亲擦鞋，"他洗好餐具，支起腰来，拿起了母亲的靴子。靴子很干净，但是，保罗还是替她擦一擦。这是一双只花了8先令买来的小山羊皮靴子，可是他眼里这是世界上最精美的鞋子。他怀着无比崇敬的心情擦着它们，就好像细心呵护花朵一般"❶。劳伦斯通过"鞋子"意象的描写，把保罗对母亲超乎寻常的感情细致地反映了出来。

王安忆虽然与劳伦斯一样，采用象征意象表达人物潜意识心理活动，但王安忆不是简单模仿，而是融入对象征意象的独特感思，在形式的借鉴下仍然有一些微妙的差异。劳伦斯笔下的意象充满生命气息，男女主人公将情感投注于意象，而这些意象作为人物的心理活动空间，与男女主人公有着潜隐的互动交

---

❶ ［英］D. H. Lawrence. *Sons and Lovers*. Harmondsworth, Penguin Press, 1981：166.

流，《恋爱中的妇女》中的伯金，在清新凉爽、秀丽怡然的环境中获得一种满足感；《儿子与情人》中莫瑞尔太太在自然景致中，心情得以释放和平静。相比之下，王安忆笔下的意象并不具有劳伦斯作品中的那种直觉美感特征，景象也并不与人物发生互动交融。虽然王安忆笔下的这些意象也是人物情绪象征指向的多义空间，但却通常处于人物自身之外，是作为人物情感表征的客体而存在，人与花草树木没有交流，没有一种亲密的交往契合。如果说劳伦斯对意象的表达，是对人类生命活力的诠释及对文明重塑的渴求，并包含着一种对自然在现代文明工业化进程中逐渐丧失生机的失落之感，那么，在王安忆的意象使用中，自然与人缺少和谐共生感，人物不会主动亲近自然，也不会在花草树木之中寻找心灵安慰，因此王安忆笔下的意象没有承载起这么厚重的力量，仅仅是被用来渲染烘托情感思绪的一种载体。

王安忆和劳伦斯在意象使用上的差异，其原因很大程度上来自劳伦斯和王安忆对城市及自然的不同态度。在劳伦斯看来，"城市是工业、机械化的中心，是他挞伐、诅咒的对象"❶。"他的灵魂的一半使他逃向自然，回归其他一些尚未工业化的乡村，回归似乎依然能够获得一种真正自然的生活方式的原始文化。"❷ 与劳伦斯对城市的恐惧不同，王安忆是热爱城市的，即便选择晚年隐居地时也还是城市，而不是乡村。对王安忆而言，在城市中生活是别有一番滋味的。王安忆对自然和文明是持双重审视视角的，或者说是持中立态度的，所以她不会如劳伦斯那样对文明与自然呈现二元对立的表达。如果说在劳伦斯笔下，追求的是自然的诗意，那么对王安忆而言，这种诗意却体现在城市之中，城市虽然有着工业化进程所带来的弊端，但却还能找到一种物我合一的感觉，同样能使人类获得一种心灵的满足感。

总之，王安忆小说中对情爱的揭示，对于人性异化的悲剧建构以及象征意象的使用，无不打上了劳伦斯的印记。劳伦斯和王安忆对悲剧意识都有着清醒、充分而深刻的认识，在创作中通过家庭亲情的异化主题、情感和婚姻中的

---

❶ 苗福光. 生态批评视角下的劳伦斯 [M]. 上海：上海大学出版社，2007：43.
❷ [英] 基思·萨格. 劳伦斯的生活 [M]. 高万隆，王建琦，译. 济南：山东友谊出版社，1989：2.

失落感以及生命中幻灭意识的描写，揭示了悲剧的深刻内涵。但是这一切并不是说在两位作家看来人生是毫无意义的，恰恰相反，没有对生命价值的虔诚就决不会有如此深刻的悲剧体验，两位作家的悲剧意识正是出自对生命本体的认识，"悲剧用形而上的慰藉来解脱我们，不管情况如何变化，生命仍然都是坚不可摧的、充满欢乐的"。现实的人生充满了痛苦和悲剧，但是悲剧本身经由人的超越和反思，就有可能进入新的可能性，这就是劳伦斯和王安忆小说人物悲剧所蕴含的全部意义。

第五章

徘徊在传统与现代之间：铁凝小说与陀思妥耶夫斯基

陀思妥耶夫斯基（1821—1881）是俄国 19 世纪文坛上享有盛誉的一位小说家，他的作品注重人性的发掘，尤其是揭示人的内心分裂，他对人类肉体与精神痛苦的描写是其他作家难以企及的，"陀思妥耶夫斯基的天才是无可辩驳的，就描绘的能力而言，他的才华也许只有莎士比亚可以与之并列"❶。陀思妥耶夫斯基不仅以现实主义的精细笔法描绘了俄国城市贫民的生活，对人的心灵特别是人的深层意识进行挖掘，而且在小说的叙事方式上开创了独特的"复调小说"，使他在同时代作家中独树一帜，并对 20 世纪西方现代派文学产生深远的影响，"欧洲青年，尤其德国青年认为最伟大的作家不是歌德，甚至不是尼采，而是陀思妥耶夫斯基，我觉得这对于我们的命运是有决定性意义的。只要翻阅一下青年作家们的任何一部作品，你处处可发现陀思妥耶夫斯基的影响，哪怕这甚至常常是一种模仿，看起来十分幼稚"❷。

从开始创作直到今天，铁凝笔耕不辍，以其自由的创作环境和踏实的创作态度，在创作上逐步走向成熟。《会飞的镰刀》《哦，香雪》以及《没有纽扣的红衬衫》这些早期的短篇小说，让读者感受到一种淳朴、善良和温馨，体会到隐藏在其中的纯净和宽容；随后的"三垛"（《麦秸垛》《棉花垛》和《青草垛》）是作家在文化寻根的浪潮中，对人性和传统文化进行探寻的开始，标志着作家创作的成熟；《玫瑰门》《对面》和《笨花》等作品无论是对人性内在的揭露和思考，还是乡村日常生活的描写中凸显人类充满善意的心灵世界，都在讲述女性面临精神困境时无法超脱的心灵纠缠，这些作品是铁凝创作

---

❶ ［俄］高尔基. 文学论文选［M］. 曹葆华，等，译. 北京：人民文学出版社，1959：340.
❷ ［德］赫尔曼·海塞编. 陀思妥耶夫斯基的上帝［M］. 北京：社会科学文献出版社，1999：162.

的又一高峰期。铁凝每一阶段的作品都有其自身独有的特色，让读者在阅读中得到不同的感受。铁凝的每一次亮相，都带来当代中国文坛的一次惊喜，她以丰硕的创作实绩和作品深厚的文化底蕴以及所饱含的人性魅力在中国当代文坛独树一帜。

改革开放之后，异域文学创作和异域文学批评思潮纷纷涌入，当代女作家吸收新的异域文学观念，在创作中呈现出新潮和独特的创作特色，种种风格和形式各异的女性文学写作丰富了当代中国文坛。在这些异域思潮的推动下，铁凝也接受了外国文学的一些影响，比如俄罗斯文学、日本文学、法国文学等。对于托尔斯泰和陀思妥耶夫斯基的创作，铁凝非常赞赏，"我想我诚实地说，我认为最初我受俄罗斯文学的影响是有的，我毫不隐瞒这一点，因为我跟先锋好像也没有必然的关系。最初非常喜欢托尔斯泰、屠格涅夫这些，后来对屠格涅夫我就比较淡然了，因为又读了陀思妥耶夫斯基的作品。长大了才开始读《罪与罚》，小时候我看不懂，去了俄罗斯以后，也可能看了他的故居以后，到彼得堡的铁匠街，知道了他的一生以后，回过头来再读他的《罪与罚》，我还是觉得那种透不过气来的压抑，文学我觉得有的时候也是需要透不过气来的。他的《卡拉马佐夫兄弟》读了以后，让人一星期都不能平静。陀思妥耶夫斯基从宗教入手，他表达的是人类灵魂永远的钝痛，不是尖利的，不是很锋利的那种疼，是钝痛。那么我觉得这些东西都是非常浓厚的，一言难尽，它就影响了你，它就好像在空气里影响你"❶。

俄国的陀思妥耶夫斯基和铁凝这两位作家的创作时间虽然相隔近一个世纪，但他们笔下的人物以及所处的历史境遇与社会文化背景却有相通之处。铁凝谈到外国文学的影响时，打了这样一个比方：借鉴外国文学是"空气"，把握本土特色是"泥土"，都是不可或缺的。延伸一下，我们要固守"泥土"，也要借助新鲜空气优化"泥土"，让它长出好庄稼。❷ 陀思妥耶夫斯基对于人

❶ 王尧. 文学应当有捍卫人类精神健康和内心真正高贵的能力［J］. 当代作家评论, 2003（6）.
❷ 罗建华. 传播逆差"背后：话语权的丧失与维护——关于"文化赤字"问题的阅读札记［J］. 新闻记者, 2006（7）.

性的阴暗面的关注、对负罪与救赎的心理剖析以及对宗教意识的看法对铁凝的创作产生了一定的影响。因此，来自本土的写作资源和来自外国文学的影响共同推动铁凝的创作。

一、苦难的坚守与超越

正如人生、爱情、命运此类永恒的主题一样，作为对人类情感终极关怀的"苦难"也进入了古今中外无数伟大作家的视野，并成为他们创作生涯苦苦追寻的主题。陀思妥耶夫斯基和铁凝虽是不同时代不同国籍的作家，但他们对"苦难"主题却有英雄所见略同般的执着。

陀思妥耶夫斯基生活在 19 世纪下半叶正处于社会转型时期的俄国，出生地是古老的莫斯科最凄苦的地区之一。他的父亲是莫斯科一家贫民医院的医生，在他幼小的心灵里，父亲因生活艰难而紧锁的眉头和贫苦病人因付不起医药费而苍白的脸色给他留下了不可磨灭的印象。❶ 家庭所处的市民环境和人生经历使他真正接触到底层生活，并对生活的苦难有着与生俱来的敏感，苦难问题成为陀思妥耶夫斯基作品的中心。陀思妥耶夫斯基自从处女作《穷人》开始，就对苦难主题表现出极大的创作热情。《罪与罚》《被侮辱与被损害的》《白痴》以及《卡拉马佐夫兄弟》等作品更是淋漓尽致地表现了社会底层生活的苦难和不幸。陀思妥耶夫斯基和铁凝在人生际遇上有诸多相似之处，他们在艺术灵感上很大程度来自对生活苦难的敏锐感受，所以两人不约而同地选择了苦难主题书写自己的文学梦想。

像俄罗斯民族一样，中华民族的历史也充满了灾难和不幸，对苦难的记忆深深扎根于这个民族的意识深层。在当代小说家中，无论是莫言、余华、张承志等男作家，还是铁凝、王安忆、严歌苓等女作家，在创作中对苦难叙事都有大量呈现，苦难叙事成为当代小说的一大叙事特色。多年来铁凝持续不断地进行反刍式的苦难叙事，其中《死刑》《木樨地》《大浴女》及《玫瑰门》等以

---

❶ 黎军. 苦难、追求与宗教思想——试论陀思妥耶夫斯基的创作 ［M］. 湘潭师范学院学报，2009.

"文革"背景为题材的小说在铁凝的创作中占有很大比重，铁凝对"文革"历史进行了持久的关注和思考，而对于苦难的审视则成为铁凝小说话语的一个支撑点。从铁凝的创作历程来看，苦难叙事呈现出较为清晰的嬗变路径：80 年代中后期，铁凝小说侧重从"文革"视阈对暴力与苦难进行展示，90 年代则转向从人文视点对苦难的本质和根源进行追溯，而 20 世纪末以来铁凝对苦难与救赎的价值取向更为关注。铁凝苦难叙事从表层到本原再到深层的嬗变，一方面源于铁凝对历史和人性探究意识的深化，另一方面也源于其对苦难从体验到记忆再到文化审视的多样化呈现上。

　　首先是对苦难主题的展示。鲁迅先生评价陀思妥耶夫斯基是"一位拷问人类灵魂的残酷天才"。陀思妥耶夫斯基在笔记中对自己的艺术创作特点做过说明："有人称我是心理学家，这不对，我只是最高意义上的现实主义者，也就是说我描绘人的内心深处的全部隐秘。"❶ 在《双重人格》中，陀思妥耶夫斯基描写了主人公高略德金由精神变态到发疯的过程，在整篇小说 4 天的经历中，他刻画了人物的内在本性和精神状态的矛盾变化，把笔墨集中于浓重的幻觉想象、病态心理和性格分裂的描绘，而把社会环境因素置于次要地位，"他把笔触深入到人的内心深处，将人心理上主观的、内在的、隐秘的、变异的东西一一展现给读者，深刻地表现当时人们面对危机时的恐惧不安情绪"❷。《罪与罚》中的拉斯科尔尼科夫在犯下罪行后陷入深深的痛苦和自我的折磨，"难道我杀死的是老太婆吗？我杀死的是我自己，而不是老太婆，我一下子把自己毁了，永远地毁了"。他在自以为是的理论和良知的斗争中陷入了混乱与焦虑，在陀思妥耶夫斯基的小说中人物所面临的真正苦难并不是肉体上的折磨，而是在认识到自身的"恶"后的近乎自虐式的精神拷问，对灵魂挣扎轨迹的描摹是陀思妥耶夫斯基展现苦难的方式。

　　与陀思妥耶夫斯基一样，铁凝也把苦难作为小说讲述的核心事件，尤其是对暴力行为而导致的苦难进行了原生态的展示，把反思和批判的目光集中在暴

---

❶　[俄] 巴赫金. 诗学访谈 [M]. 白春玲，顾亚玲，译. 石家庄：河北教育出版社，1998.

❷　陈建，梁复明. 论陀思妥耶夫斯基小说的现代性 [J]. 长城，2009 (2).

力行为的恶魔性以及所带来的灾难上。作家对过去经验与经历的记忆构成了其
小说创作的原始冲动，铁凝是"文革"的经历者，"文革"时代占据了她最重
要的成长岁月，梦魇般的"文革"创伤记忆，牢固地烙印在铁凝的语言和思
维中，成为铁凝心灵深处无法忘却的存在。"文革"是历史的灾难，更是人性
的灾难，"我们捕风捉影，罗织罪名，逼迫无罪的人们交代滔天罪行。我们向
亲生父母宣布划清界限，自以为是，大义灭亲，焚烧文物，批斗同胞，落井下
石，刑讯逼供，抄家劫舍，甚至殴打自己恩重如山的老师，制造无数惨绝人寰
的酷刑与冤案，使无数人日夜生活在无所不在的恐惧里"❶。在这个颠覆一切
秩序的时代，人们极度膨胀的仇恨心理通过暴力得到了彻底释放，暴力行为被
政治合法化而肆虐无忌，暴力也因人性的阴暗面而加剧了杀伤力。"正是在意
识形态的默许和纵容下，'文化大革命'期间的暴力演化为一场全民族集体参
与的'暴力嘉年华'，并在人类的文明史上留下了黑暗的岁月。"❷

在历史的迷狂氛围中，人性之恶在意识形态的推波助澜之下被发挥到极
致，人和人之间的关系陷入互相折磨、互相残害的深渊之中。铁凝在创作中通
过暴力行为的描述，深度反映了历史黑暗时代的荒谬状况，揭示暴力带给人们
的精神折磨，并将这种深层的精神折磨不断放大，其中无论是语言暴力还是暴
力行为的血腥场面都屡见不鲜。"文革"开始后，居住在同一条街上的人们分
成了两派，大家斗来斗去，以暴力形式进行相互的杀戮和折磨。唐津津（《大
浴女》）是个小学教师，她因有一个私生女而屡次遭到学生的批斗，在脖子上
挂着"我是女流氓"的牌子被学生们一番拳打脚踢之后，学生们又突发奇想，
把一茶缸屎端上台来，逼迫她吃大便，她要么吃屎，要么把她的女儿拉上台来
让全校师生都认识一下。出于母爱，为了保护女儿，这个倔强的母亲屈服了，
在吃屎与袒露私情的两难选择中，她"抓起茶缸双手捧着将屎尿一饮而尽"❸。
白鞋队长带了一帮红卫兵闯进人民医院的宿舍，将有女特务嫌疑的独身老护士

---

❶ 杨健. 中国知青文学史·序言 [M]. 北京：中国工人出版社，2002.

❷ 杨丹丹. 新时期初期"文革"小说中的暴力叙事 [N] //哈尔滨师范大学学报（社科版），
2011（1）.

❸ 铁凝. 大浴女 [M]. 北京：人民文学出版社，2006：136.

长轮奸了。更荒唐的是，当她天亮去保卫科报案时却不予受理，理由是"被强奸的是个老女特务，老女特务天生就该被强奸的，不强奸她强奸谁?"❶ 竹西是个本性温良贤淑的医生，她在一次批斗会上被迫打了科室主任耳光，她的手掌因打人而变得红胀火热，但同时也使她感到一种被压抑的欲望得到释放的快感。铁凝在对历史创伤记忆及暴力景观的描述中，展现了暴力的残酷性，揭示了在疯狂的政治口号掩盖下，为了发泄某种欲望而释放出的人性中邪恶的、残酷的、魔鬼般的毁灭性因素。

"文革"历史的残忍与暴虐使人与人之间互相提防，相互利用，连至亲好友之间为了不被连累也不得不划清界限、互相揭发，亲情与血缘之间的互相残害则进一步将历史的法西斯残暴性推上了巅峰。《玫瑰门》中有关暴力的叙述在篇幅上较《大浴女》更多，暴力中的恶魔性因素释放的方式更恶毒也更原始。大旗、二旗兄弟为了一块被猫叼走的猪肉，就以狠抓阶级斗争新动向为借口，把大黄猫吊打肢解而杀害。司绮纹的儿子为划清界限带头抄了自己家，抢走家里祖传的值钱物，为了向造反派表忠心，甚至丧失人性地用开水烫掉母亲喂养过自己的乳头，"眉眉看见姨婆胸膛上满是疤痕，深紫色发亮的皮肤上蜿蜒着褶皱，像人手随便捏起来的棱子。左边的乳房上少了乳头，像肉食店里油亮的小肚"❷。孤身一人的半老女人姑爸被造反派打骂、罚跪、挂砖而含恨死去，"眉眉拉着竹西的手。她们出了南屋走近西屋，趁着天还没全黑，一眼就看见了躺在床上的姑爸。她赤着全身，仰面朝天，两腿之间有一根手指粗的通条直挺挺的戳在那里"❸。实施这些令人发指暴行的主体并非是大奸大恶之人，而是生活中的普通人，他们对自己的亲人、朋友、邻居施暴，这已经足以令人震惊，更令人震惊的是这些施暴者在做这些残忍举动时的冷漠甚至兴奋心理。铁凝将暴力行为对人的戕害揭示得淋漓尽致而又惊心动魄，铁凝在展示历史残暴丑恶的同时也完成了关于历史的、人性的、时代的、精神的审视与

---

❶ 铁凝. 大浴女 [M]. 北京：人民文学出版社，2006：275.
❷ 铁凝. 玫瑰门 [M]. 北京：人民文学出版社，2006：208.
❸ 铁凝. 玫瑰门 [M]. 北京：人民文学出版社，2006：138.

批判。

从某种意义上说，文学最深刻的力量在于对人的精神境界的拷问，对人的心灵世界的深度展现。无论是早期作品中保持距离的冷漠的叙述风格还是后来转向的温情叙述，铁凝都在不动声色、冷静细致地大肆涂抹各种苦难的画面。她用自己对命运的理解描摹现实的残酷，用冷静的叙述向读者展示什么是苦难。"伤痕—反思文学"常以受害者身份对苦难进行宣泄或政治控诉，铁凝展示的却是普通人在特殊政治背景下的暴行和残忍，这种指向使她的历史叙事达到了前所未有的深度。"记忆不能改变过去，但记忆使我们知道人类曾经发生过非人的行径。而且，迄今为止，人类还没有能力走出自己创造历史也创造灾难的不幸阴影，因而对罪恶的体验与反省和对幸福的渴望与向往总是不可分割地根植于人的动机结构中。"❶ "文革"留在民族肌体上的创伤和诸多亲历者心灵深处的隐痛并没有真正愈合和消失，而由这场荒诞历史所引发的政治、民族及人性的思索也远远没有充分深入。正是这种自我反思和自我升华，使铁凝的苦难叙事在揭示历史不幸的同时，又成为重塑灵魂和人性的思想资源。

其次是对苦难主题的追问。陀思妥耶夫斯基由于对苦难者的深切同情，对人的悲惨命运的痛心疾首，对丑恶社会的揭露控诉，对人类社会未来的艰苦探索，使他的作品具有非常深刻的哲理性和极其感人的艺术性。但陀思妥耶夫斯基并没有停留在对穷人苦难生活的展现上，而是把笔触深入到潜伏在人性深处、人的本性中的不幸。在陀思妥耶夫斯基的笔下，历经精神苦难的人一般具有双重分裂性格，因此陀思妥耶夫斯基也将更多关注精神层面的苦难。"如果说陀思妥耶夫斯基的前期作品更多的是表现了对受苦的多数，对外在苦难的怜悯，后期作品则是更多地表现了对那犯罪的少数，对内心痛苦的怜悯。并且，后期作品已不再满足于感受痛苦，而且思考痛苦，不仅仅是去体会具体的、个别人的痛苦，而且承担起一般的、整个人类的命运和痛苦。"❷

---

❶ 张志杨. 创伤记忆——中国现代哲学的门槛 [M]. 上海：上海三联书店，1999.

❷ 何怀宏. 道德·上帝与人：陀思妥耶夫斯基的问题 [M]. 北京：新华出版社，1999：40.

　　铁凝小说揭示苦难的暴力性与冷酷性的同时，也更多地聚焦于对人性的深度挖掘上，面对那个非正常的年代，铁凝并没有选择血泪史般的控诉，而是将其作为作品的底色，将人物置于这一特殊历史背景之上，让人物在这一极致的环境中充分地表演，以展现人性的善恶。铁凝之所以对人性的表现情有独钟，除了她个人丰富的心理经验和想象力外，更主要的还是与她致力于在小说领域中对人性无限丰富性和可能性的探究有关。"小说家就是存在的勘探者，通过想象出的人物对存在进行深思，揭示存在的不为人知的方面"。❶ 铁凝是一个对人性中那些隐秘的区域保持着高度敏感的作家，在创作中她总是选择一些看似单纯的事件作为叙事通道，通过种种细腻辗转的叙述手段，一步步抵达人性深处，对人性的视阈及其内部的本质联系进行尖锐的揭示。在那段不堪回首的年代中，人们借革命与政治意识的淫威释放人心的"恶"，心理变态的极致便是人性的彻底沦丧。铁凝从人性解剖出发，审视那个特定年代的人性领域，从而形成了对一代人灵魂的书写。

　　对铁凝来说，人性只有在这段真实的历史背景下，才拥有充足的空间，才会暴露出深层不为人知的秘密。从某种意义上说，对人性的重新估价、对人性恶的深入挖掘、对政治和权力所导致的人性异化的批判，使铁凝的苦难叙事达到了前所未有的深度。"那是被迫害者对迫害者的认可，以及前者对后者逻辑的承袭，不是对权力的憎恶，而是对权力、对加入权力游戏的更为急切的渴望，哪怕是作为迫害者以成就权力游戏的完满。"❷《玫瑰门》中的婆婆司绮纹就是一个被权力意识异化的牺牲品，就身份而言，她应该是革命的对象，但她却费尽心思在运动中察言观色、曲意逢迎，"文革"成了她宣泄私欲、满足私利、攫取权力的舞台和工具。在红卫兵抄家打人的恐怖气氛笼罩下，她主动写信请求造反派没收自己的房屋家具，精心导演了挖掘地下财宝献给造反派的好戏。为了讨好外调人员，她编造同父异母的妹妹司绮频的海外关系，以出卖妹妹换取造反派的青睐。对于居委会主任罗大妈，她表面上巴结讨好，暗中却唆

---

❶　[捷克] 米兰·昆德拉. 小说的艺术 [M]. 北京：生活·读书·新知三联书店，1992：43.
❷　戴锦华. 真淳者的质询——重读铁凝 [J]. 文艺评论，1994 (5).

使儿媳引诱罗大妈的儿子并设计捉奸的闹剧。铁凝通过对司绮纹这个普通家庭妇女的具体描写,对人性黑暗进行反省和批判,再现了荒诞的政治和人性之恶联袂演出的一幕幕可悲可笑的话剧,把政治与人性的微妙关系演绎得淋漓尽致。

铁凝还塑造了一群心理变异和精神病态的边缘人物形象,展现了那些小人物因自身弱点而沉沦和堕落的心理过程。《木樨地》中的老万对妻子吹嘘自己曾经吃过人肉,结果被妻子揭发了出来,他冥思苦想也想不出来他到底吃了谁。事实上,他没有吃过任何人,但是在"文革"荒诞的氛围中,在人人都认定他吃人的状况下,老万逐渐出现了幻觉,他也开始认为自己确实吃过人,而且每当有人在他面前走过时,老万就会在心里盘算用什么方法把他吃掉,"这个人肉嫩,滑溜里脊;这个人头大,做人头汤没问题;这个人肉硬,炖着吃;这人血气壮,放了血,做人血豆腐"。❶ 这种"吃人"的意象犹如鲁迅《狂人日记》所说的被食者的"吃人",使被食者在迷失了自我之后变成了隐性的食人者,铁凝展示了他们人性中阴暗残缺的一面,折射出人性的多重性和复杂性,从而引发人们对造成人性裂变的历史根源的反思和批判,而这种人性的批评和反思更接近"五四"启蒙者和鲁迅所达到的高度。

在《死刑》中,铁凝再一次站在理性哲学的高度对女性的内心苦难进行拷问,披露人性中潜在的丑恶本质。无论是直接描写"文革"中的血腥暴力,还是间接地以人性的变态隐喻政治暴力,都在表明铁凝对这场灾难的恐怖记忆一直在苦难叙事中延伸。《死刑》的林先生因莫须有的罪名遭受身心摧残蹲了十几年大狱,平反后领到了补发的工资,干儿子用他的钱买了辆摩托车就再没回来,要跟他结婚的年轻女人拿到 2000 元的存折后也消失了。失望之余他开始把钱馈赠给邻居,在暑热难耐的夏天给邻居们买来了 8 台电扇。然而他的这些行为却使邻居们怀疑他有精神病,并用强制的方式把他送去了医院。当林先生从医院回来时,所有的人都在逃避他。精神上的创伤及现实生活的阴影似一个"无物之阵"包围着林先生,他的心理发生了严重变异,他将报复的矛头

---

❶ 铁凝. 木樨地 [J]. 长城,1987(1).

对准了幼小的孩子，最后在幻觉中掐死了孩子，也毁灭了自己。造成林先生悲剧的原因是人性的软弱，以及由于软弱而催生出的黑暗心态，他不仅被黑暗的政治风波所裹挟，而且也被冷漠的生存环境以及被人性之恶的梦魇所笼罩。

然而，铁凝对人性丑陋与扭曲的体验与书写、对苦难记忆的书写却并非为了表达对生存的绝望与逃避，相反她表达的是给黑暗寻找一点光亮，这体现在铁凝小说人物的"自救"上。章妩（《大浴女》）为了逃避农场的艰苦生活装病回到城里，诱惑唐医生为自己开了假病假条，在滞留城里的日子里又背叛丈夫尹亦寻，生下了唐医生的孩子尹小荃。与人私通以及作为这罪行见证的女儿尹小荃，从此与她的后半生形影相随。随着"文革"的结束，章妩尝试改变自己，并努力从心理阴影中摆脱出来，但是由于她始终不敢直面自己的过失，她的各种尝试包括整容等荒唐行为，只能使她的努力以失败告终。不仅仅是章妩，她身边的其他人也都在历史的阴影中苦苦挣扎着，作为丈夫和父亲的尹亦寻因妻子曾背叛自己而对她产生厌恶，性格愈加偏激而固执，尹小跳、尹小帆和唐津津这几个合谋杀死了尹小荃的小姑娘同样没有逃过心灵的折磨。"文革"已经远去，但在"文革"中暴露的人性黑暗却如同阴影笼罩在两代人心头，铁凝对两代人悲剧的描写不仅仅包蕴作者对社会的批判、政治的批判，更直达人性批判的深层，这就是《大浴女》主题的深刻性所在。

最后是寻求解决苦难之途。苦难是沉重的，苦难不等同于正义，对苦难的关注并非只能通过迷恋苦难来实现，无论是陀思妥耶夫斯基对人类灵魂挣扎轨迹的描摹还是铁凝对苦难赤裸裸的描写，都在描摹苦难的同时又渗透了生命力、活力和对生活的信心，都是力求为人类找寻解决苦难的途径。陀思妥耶夫斯基笔下的人物解决途径往往是回归到精神领域——皈依宗教。而铁凝创作中寻找苦难救赎的路径则是彰显坚忍之美，因为她"并不是站在现代主义的立场上，把世界的本质理解为荒诞的、不可知的、反理性的，因而是绝望的，恰恰相反，她对这个世界充满了理解，也充满了希望"❶。

---

❶　贺绍俊. 铁凝评传［M］. 郑州：郑州大学出版社，2005：4.

陀思妥耶夫斯基的描写往往触及人的灵魂深处，他得出的最后结论是宗教信仰。在基督教精神中，苦难使人神圣、崇高，陀思妥耶夫斯基想通过上帝之爱，消除人类的苦难，实现人类的和谐。陀思妥耶夫斯基的宗教信仰渗透在他的文学创作之中，关于上帝的问题也一直贯穿在陀思妥耶夫斯基所有的作品中，他明确表达过自己对信仰的困惑，"最主要的问题——我自觉不自觉并为之痛苦了整整一生的问题，就是上帝的存在"❶。在《罪与罚》中，索菲亚对上帝的信仰和膜拜令拉斯科尔尼科夫不解，但是他又对这种信仰的力量不可抗拒，拉斯科尔尼科夫强烈地感受到一个柔弱的女子在信仰的力量下所表现出的坚强，索菲亚鼓励他"去承认你的罪过""以受苦去赎你的罪吧"，在对内心的层层拷问中，拉斯科尔尼科夫认识到唯有上帝能把他救赎，唯有走信仰之路才能取得内心的平静，"通过自觉地忍受苦难，屈从于上帝，以获得痛苦的满足与自我的肯定"❷。陀思妥耶夫斯基对上帝之爱的救赎也体现在小说《卡拉马佐夫兄弟》中，米哈伊尔年轻时杀了人，一个无辜的仆人成了他的替罪羊。虽然他用各种办法弥补自己的过错，却仍逃不过内心的质问与谴责。在痛苦之中，他遇到了佐西马长老，他从长老身上感受到了上帝的力量，米哈伊尔终于坦白了自己年轻时的罪过，认罪之后的他虽然陷入重病，心灵却复活了，"俄罗斯民族，就其类型和就其精神结构而言是一个信仰宗教的民族，俄罗斯的虚无主义、无神论和唯物主义，这些都带有宗教色彩。出身于劳动阶级和平民的俄罗斯人甚至在他们脱离了东正教的时候也在继续寻找上帝和上帝的真理，探索生命的意义"❸。对苦难意义的思考、对永生与上帝的痴迷是陀思妥耶夫斯基的关注焦点。

中国是没有宗教信仰的国度，但是几千年来一代代传承下来的中国传统文化教会了人们怎样面对苦难。铁凝并没有沉溺在对世界的强烈质疑中，她以特有的温婉和善良对待苦难，既然历史和苦难是无法摆脱的存在的痛苦，那么正

---

❶ ［俄］陀思妥耶夫斯基. 陀思妥耶夫斯基书信集［M］. 郑文樾，译. 石家庄：河北教育出版社，2010：80.

❷ 黎军. 苦难、追求与宗教思想——试论陀思妥耶夫斯基的创作［N］. 湘潭师范学院学报，2009.

❸ 朱达秋. 俄罗斯东正教与中国儒学的比较［N］. 解放军外国语学院学报，2007（1）.

视苦难、接受苦难、承担苦难，便成为人们在苦难中自我救赎的方式，"我感到在暴力、欲望及强权之上存在着生命更高的法则：同情和怜悯。我相信这是黑暗叙事的最终方向"❶。铁凝写出了暴力世界的苦难和人性世界的苦难，而且在作品中展开了各种形而上的救赎之思，她分别以苦难的反抗和苦难的救赎两种方式，展示了对苦难的反抗性表述。

　　铁凝对于苦难始终有一种崇高的认同感，她表现了人在面对苦难时的反抗姿态，以及寻找人类精神超越之境的执着。铁凝的《大浴女》讲述了主人公尹小跳在对童年过失的反思与忏悔中寻求救赎的心路历程，也是爱与苦难的寓言化书写。作为小学生的尹小跳只是政治运动的边缘人和旁观者，真正将历史境遇与个人命运联系在一起的是母亲的失贞和妹妹尹小荃的失足丧命。因怀疑妹妹尹小荃的私生子身份，在妹妹失足掉进下水管道时，尹小跳内心的嫉妒和怨恨使她丧失了人性的善良，她亲眼看着妹妹尹小荃掉进污水井，却没有上前施以援手。当时她是有救援条件的，但是潜意识里她希望小荃死掉，早在妹妹落井之前，其实就已经被小跳在心中杀死过无数次了。在法律层面上她是无罪的，但是在道德层面上，见死不救便是人生最大的罪恶，她自知罪孽深重，这一罪恶感构成了她进行自我审视和救赎的重要契机。

　　爱与被爱是尹小跳在苦难世界中寻求到的自我拯救的方式，她怀着基督徒般虔诚的原罪意识甘愿在此在的世界中受苦，这种原罪烙印决定了她生活的意义和指向就是宽容和赎罪，这成为她永远无法超越的苦难背景。命运以一种不可理喻的方式不断地给她制造苦难，家人的责难、爱人的背弃、生活的遭遇，面对道德的审问和心灵的煎熬，小跳以不同的方式进行自我救赎。在赎罪与受虐心理的支配下，她毫无怨言地承受了一切情感上的挫折打击，对人类和自己产生了超常的忍耐。她忍受了方兢的不忠以及对她的抛弃，当她和陈在准备结婚时，发现陈在前妻对失去陈在的痛苦，于是主动放弃这份感情，让陈在回到了前妻身边。不仅如此，她还原谅了母亲和妹妹，开始善待和关爱母亲。面对尹小帆对妹妹死亡罪责的推脱和对自己爱情的无理干涉，面对自己在爱情和婚

---

❶　艾伟. 黑暗叙事中的光亮［J］. 南方文坛，1999（5）.

姻中的坎坷和失败，面对好友在欲望的旋涡中挣扎和堕落，小跳对自我精神进行救赎的意识愈加强烈，并把它转化为主动的忏悔和承担。"人的内心两个世界的存在，决定了每个人都有永恒的拯救和永恒的沉沦的可能性，前者是迷人的，后者是恐怖的。"❶ 她逐渐懂得了宽容和理解，不再尖刻和冷漠地对待他人，不再对生活充满怨恨和敌意，也不再在原罪的体验中纠缠，历经挣扎、矛盾与苦痛的尹小跳最终理解到人生的真谛与意义，回归到精神的豁然开朗与博大宽仁。"发掘我们内心的多种原始美德是任何作家在任何时代都不应该放弃的，哪怕在经历了人生苦难之后，外在的形式变了，内部那个坚硬的核还在。"❷ 尹小跳经历了生活的挫折和心灵的忏悔后终于走向了救赎，铁凝抓住了小跳这一隐性赎罪心理，对她的内心世界进行严峻的精神拷问和灵魂审判。虽然妹妹的死在大家看来是场意外，但尹小跳却深知妹妹死亡的真实隐秘，妹妹的死让她终生无法释怀，也让她在以后的岁月中始终在自责和忏悔的漩涡中挣扎。正是在对自我原罪的审视中，尹小跳逐渐走向了灵魂的忏悔，开拓出一条自我精神救赎的路径。这种救赎艰难而漫长，使她的人生充满了罪恶感，不断经受着心灵炼狱的折磨。在经历了成年后的种种人生波折后，尹小跳终于带着赎罪心理获得了自救，走向新生。这是一个在忏悔中不断成熟的女性的心灵成长史，她以一种勇于承担责任的姿态融入现实的亲情、友情和爱情中，原罪并没有成为她人生无法跨越的障碍，反而成为她重构主体精神的原点和起点。

在陀思妥耶夫斯基精神的影响下，近 20 年来铁凝通过小说对历史和苦难进行自觉而持续的书写，陀思妥耶夫斯基在寻求解决苦难的途径上回归到宗教并非是偶然的，而是跟西方精神一脉相承的。"西方的苦难意识与宗教相关，它在本质上与精神救赎连在一起，不仅有肉身经历苦难的意思，而且有精神苦难的意思。《圣经》认为人生来就是受苦受难、压制欲望的，罪恶是欲望带来的，只有压抑住欲望才能忏悔。忏悔有可能净化灵魂和升华生命。"❸ 陀思妥

---

❶ ［丹麦］索伦·克尔凯戈尔. 西方历史哲学译文集［M］//中国当代新潮小说论. 南京：江苏文艺出版社，1997：83.

❷ 铁凝. 人生可能不是一部长篇小说［J］. 当代作家评论，2003（6）.

❸ 施战军. 苦难叙事的看点与立场［J］. 文艺评论，2009（3）.

耶夫斯基的探索正是这种西方基督教精神传统的延续。铁凝并没有对苦难做浓墨重彩的涂抹，而是用温情和戏谑的手法对它进行淡化和消解，用人性的真善美和生命的坚强将苦难转化为诗意的生存状态。铁凝作品中彰显的坚忍之美也是和中国传统哲学中的中正平和、温柔敦厚与超然无为、顺应自然一脉相承。

"回忆过去是解释现在的最常见的策略。"[1] 铁凝小说的苦难叙事对苦难的实施主体、实施对象、实施样态进行描绘，对苦难的起源和历史成因进行解析和探寻，而且对于苦难背后的道德和人性的异化进行鲜明而直接的批判。她直面历史的荒诞和血腥，对十年浩劫及其所产生的根源——集体性的盲从、愚昧、奴性、兽性、邪恶等民族文化基质中的瘤疾进行冷峻的批判和反思。"我常常想，'文革'应当成为我终生追问的命题。在西方，两次世界大战使得他们产生了所有现代意义上的哲学、艺术和宗教，甚至有人说，一切哲学和宗教问题，都应当也只应当从奥斯维辛集中营开始。'文革'是中国的奥斯维辛，'文革'是所有当事者给自己造成的浩劫，'文革'是所有外国的和中国的理想加在一起燃烧出来的废墟。'文革'是一切现代中国人的出发点。"[2]

铁凝小说的苦难叙事显示出出色的文学感受能力和娴熟的叙述技巧，在对历史和苦难进行反思和批判的同时，铁凝还揭示了苦难和救赎中人性闪光的一面，从惨淡的苦难现实中体现出对真、善、美的信心。对人性美的希冀，显示了铁凝对现代人格审视和重塑的勇气和精神，"我们必须有能力不断重新表达对世界的看法和对生命新的追问，必须有勇气反省内心以获得灵魂的提升"[3]。文学要具备捍卫人类精神的健康和心灵高贵的能力，苦难和救赎是铁凝小说固执的探求与思索，是她作为一个文人作家所具有的独特情怀与责任感，也是铁凝小说的魅力所在。从这个意义上说，铁凝小说以对苦难和人性的探求起到了使文学重返心灵和精神殿堂的作用。

---

[1]　[美]萨义德. 文化与帝国主义 [M]. 李琨，译. 北京：生活·读书·新知三联出版社，2003：1.

[2]　李锐. 无风之树 [M]. 济南：山东文艺出版社，2002：202.

[3]　铁凝. 铁凝散文 [M]. 杭州：浙江文艺出版社，2001：267.

二、人性的异化与审视

作为不同时代的优秀作家，陀思妥耶夫斯基和铁凝都聚焦于对人性内蕴的开掘和拓展上，都刻画了具有典型变态心理特征的人物形象，病态心理与人性的扭曲是两位作家小说中人物形象的突出特征之一。病态心理学作为一种科学范畴的理论，是用来描述一种心理异常的发生、发展、变化的原因及规律的科学，而在文学角度上，病态心理是在一种浓厚的人文关照下，超越了常规地域及文化的限制，是一种作家创作的内因及特殊情感的表现。因此，对病态心理的文学描述是一种审美情感的扩展，是一种精神文化价值的体现。陀思妥耶夫斯基和铁凝都是表现复杂心理与灵魂世界的高手，他们在表现病态心理方面有不同程度的相似性，但是又存在一定的差异性。在两位作家的笔下，人的病态是作为社会病象的一种曲折反映，而人的疗救与死亡则成为作家自身文化立场的传达。由于两位作家所处的基本国情与文化传统的不同，对人性的病态及其疗救的文化思考和意义探寻也就存在各自不同的侧重点。

病态的症候与意义，在陀思妥耶夫斯基小说中大致相似：人由精神的苦闷到性的扭曲与变态，其结果不外乎是得到拯救而重生，或者是最终死去。19世纪中后期的俄国和20世纪中期的中国，先后都处于传统的宗法制社会走向崩溃而新的机制尚未形成的社会与文化转型时期，多种思潮的南辕北辙、新旧文化观念的矛盾冲突，使许多人因无所适从而陷入困惑和迷惘，甚至呈现为病态。社会转型时期的每个人似乎都在承受性爱的病痛和精神的疾苦，"他布置了精神的苦刑，一个个拉了不幸的人来，拷问给我们看"❶。凡此种种的病态主要呈现为精神的病态和性爱的病态两种类型。精神病态的症候主要体现在社会道德沦丧和心理扭曲等社会问题层面上。《罪与罚》中小官吏美拉朵夫在别人的帮助下好不容易谋到差事，却在第一次领到薪金后的夜晚，偷了家里仅有的钱回到小酒馆酗酒买醉，在酒精的刺激下，他脱掉最后的一件衣服换成钱继

---

❶ 鲁迅. 鲁迅全集·且介亭杂文集（第6卷）[M]. 北京：人民文学出版社，1982：67.

续酗酒，最后在酩酊大醉中被马车轧死。而他的妻子卡捷塔娜·伊凡诺夫娜虽生活穷困潦倒，还要极力摆出一副遭难的贵夫人派头。丈夫死后为了虚荣，她不惜借高利贷大肆操办丧礼，最后在受尽逼债人的侮辱之后精神崩溃而亡，美拉朵夫夫妇精神病态的形成和悲惨结局，既反映了一个没落时代的社会症候，也体现了特定历史时期人的软弱和挣扎。《罪与罚》中贫困失学的大学生拉斯柯尼科夫不甘于在弱肉强食的社会沦为牺牲品而铤而走险，杀人抢劫后精神上极度痛苦的折磨使他陷入严重的歇斯底里状态。拉斯柯尼科夫既崇尚资产阶级利己主义价值观张扬的个人自由与权力，又摆脱不了以东正教教义为核心的价值观的困扰，因而，他所有的精神痛苦和身体病态，都源于在这两种价值观念中的徘徊和迷惘的矛盾。《卡拉玛佐夫兄弟》中的伊万也同样在传统价值体系和西方现代思想观念的矛盾冲突中挣扎，"既没有灵魂不死，也没有道德，一切都可以做"❶。但当他谋杀父亲后，却无法承受罪恶之重的压迫和良知的自责，最终神经错乱、病入膏肓。可见，在陀思妥耶夫斯基笔下，知识分子的病态表现形式及其成因，既有与一般民众相同的社会历史根源，又有属于知识阶层特有的文化根源，社会道德生活的混乱无序，只是人的病态的外在表现，而社会机制转型引发的价值冲突则是其根本原因。既然如此，找到并建立一种既能符合社会的发展和改良，又能符合个体生存的社会与文化机制，便是陀思妥耶夫斯基想要诊治社会病象和病态人性的良方。

与陀思妥耶夫斯基相比，铁凝对于人性的挖掘有着自己的独特之处。铁凝的小说同样关注人的病态，但却侧重于透过性爱的扭曲对个体的压抑和戕害所造成的人的病态，并以此揭示形成病态的社会与文化本身的痼疾。伴随《麦秸垛》《玫瑰门》等作品的问世，铁凝开始着手对性爱的扭曲和病态进行探索。性变态是一种非常态的性需求，表现为非常规性刺激、性行为或者性取向，铁凝的作品以表现性取向异常为切入点，集中描写性变态。应该说，铁凝的小说在勾画人的性心理，还原人的性本相方面表现得十分突出和精彩。甚至可以说，她在这方面的文学表现与陀思妥耶夫斯基的价值指向十分契合。

---

❶　[俄] 陀思妥耶夫斯基. 卡拉玛佐夫兄弟 [M]. 耿济之，译. 北京：人民文学出版社，1981：112.

铁凝对人物病态心理的描述更偏向于客观，令读者更容易掌握人物的变态心理。铁凝的《对面》是一篇通过描绘人的性心理揭示人物性格特征的杰作。小说以男主人公"我"的自叙口吻讲了一个离奇的故事："我"是一个未婚青年，与多个女子发生过形形色色的爱情故事，得到的却是一系列的失望。一个偶然的机会，"我"偷窥到对面女子的私生活，并对她极为欣赏。但最终"我"出于忌妒，以一种突然袭击的方式，打破了对面女性自以为天衣无缝的婚外情，并导致了对面的猝死。《对面》的外显性结构与内蕴式结构相互结合，外显性结构描述的是男主人公"我"与几个女人之间的爱情故事，它由大大小小的纠葛组成脉络清晰的情节。内蕴式结构则以"我"的故事和套在"我"故事中的对面女子的故事为两个支点，解构了人性与爱情的神话。围绕在"我"周围，与"我"演绎出不同爱情模式的女人们，包括对面女性，则象征一条充满人类欲望的河流。"我"要到达向往的"对面"，必须趟过这条充满欲望的现实之河，此外别无他途。欲望河中，金钱、权力经纬交错，构成了一张无所不在的大网。与之相比，"我"的追求显得苍白无力。最令读者触目惊心的是，苦苦追寻"对面"境界的"我"，最终却成了暴露对面秘密、"谋杀现实生活中最后一块个人角落"的谋杀者，"我"的最终堕落和对面的猝死彻底揭开了蒙在爱情和人性上的最后一块面纱。铁凝并不回避生活中的残缺和人性的荒谬及病态，相反却将笔触深入到变异人物的灵魂深处，通过对变异人性的勘测，引发对人性、对历史和现实的思考。

在描写性变异的同时，铁凝还有不少小说描写各种性扭曲和变态，从而批判性爱的异化。铁凝小说中描写大量的性变态现象，对当代中国都市生活和乡村生活中女性的性爱异化作了淋漓尽致的展示和批判。铁凝所描写的性变态有多种形态，其中主要的有两种：一种是显性的性变态，另一种是隐性的性变态。显性的性变态表现为由于性与爱的分离而导致的性的扭曲。在《对面》中肖禾是"我"爱情故事中接触的第一个女性，她身上洋溢着女性的性魅力，"她那高大蓬勃的身材和手臂上浓密的金色汗毛，以及微微上翘的圆屁股，使很多人想入非非"。"我"同许多男生一样，对她也存有欲望，"为她做过一些想入非非的梦"。然而，当"我"出于本能的欲望，在肖禾的诱惑下与她偷尝禁果后，曾经的梦境变成了失望。在此，铁凝用了一个生动的比喻形容"我"的失望，树上的禁果就像长在美丽宫女身上的玉手："那双美丽的玉手倘若不复长在宫女身上，它便只能具有标本意义。""我"痛心地感到："当我们用自己最初的全部柔情，用自己最敏感、最脆弱的心灵，小心翼翼地注视着我们一无所知的神秘的少女，以无限朦胧而又丰富的想象编织我们与她们之间的故事时，这少女突然直截了当地脱去衣衫向我们逼来，爱和柔情便逃遁了，剩下的只有明白的欲望和粗鲁。"在这里，爱仅仅是肉体暂时的满足，性掩饰了爱、代替了爱。

另一种是隐性的性变态。它不像显性的性变态那样在表面上大起大落，甚至轰轰烈烈，而是主要通过人的思维活动、心理变化等内化的形态呈现出来，有时甚至不易为人察觉。铁凝的《玫瑰门》写的是一个以女人为主体的故事，围绕婚恋这个中心，从性心理角度入手，描写祖孙三代女性的性爱历程，其中包括司绮纹横跨两个时代的心路历程，中年女性竹西的心灵变化和苏眉、苏玮等年轻女性的心灵躁动，是典型的性心理分析小说。在《玫瑰门》中最典型的性变态人物是司猗纹。司猗纹出身名门望族，聪慧开朗，有一个愉快的童年和少年时代。和谐的家庭使她从小受着良好的教育，她有着强烈的爱的欲求，在参加学潮时爱上了华致远。由于父母之命的婚姻约定，她不得不与一个毫不爱她的朱门阔少庄绍俭结合。由于两人之间没有爱，也没有正常的夫妻生活，司猗纹在家经常独守空房，而庄绍俭在外与其他女人鬼混。畸形的家庭生活环境使她的情感发生了强烈的畸变，爱的欲求变成了强烈的性的报复。她的生活是靠着对世界的仇恨与憎恶，以及对庄家阴毒的报复维持下去的：她对公公进行性威吓，对儿媳进行性专横，对外孙女儿进行性干预，在此过程中她的生命尊严与人性的沦丧亦不可避免。当她终于以全部青春为代价迎来了庄绍俭的死，她的心灵也走向了干涸枯竭，完全成为曹七巧式的变态狂和偏执狂。她在与庄家的情感搏击中成长为一个浸满毒汁、阴鸷狰狞的女人。因此，形成司猗纹人生悲剧的根本原因正在于她那种在封建文化熏染下所铸就的变态性格。

铁凝擅长从人的生命内在欲求与社会外在压力的相互作用中写人物病态性

格的形成。司猗纹有过美妙的少女时代，有过浪漫的梦想，也品尝过爱情的甘露。但是不幸的命运最终把她丢进了颓败的庄家。在令人窒息的庄家她的全部青春和激情被囚禁，司猗纹不安于过家庭妇女的安稳日子，渴望被别人承认，渴望发展自我，面对坎坷的人生之路不停地寻找主动出击的机会，试图在落寞中找到自己人生光辉的一面。解放后，她糊纸盒，当老妈子，做教师，她对一切事情都做得尽心尽力，然而一个做过大奶奶的人是很难被当时的社会接纳的，于是她又回到家。"文化大革命"终于又一次给了她摆脱被动人生的机会，她甚至主动给红卫兵小将写信，恳切要求她们在方便的时间来响勺胡同，没收她的几间房子和她的祖上不劳而获的财物，她希冀通过自我革命进而得到别人的肯定。可悲的是从一开始司猗纹就是在一种畸形的自我发展中徘徊。她的种种与社会脱节的想法、做法很可笑，然而她却自认为与社会发展和秩序达到了高度和谐，她得意于自己终于成功地支配了自己的命运，不曾想还是一次又一次地陷入被动生活的涡流。司猗纹是一个生活在现实生活中的极不现实的畸形人的典型代表。她企图打碎宿命论的枷锁，希望变被动的消极无为的生存方式为主动积极的生存方式，而最终却以无可挽回的失败告终，蜕变为一个向生活施虐的恶女人。因此，《玫瑰门》这篇小说包容了作者"对东方女性，或者说是中国市民阶层女性的一套比较完整和明确的感想和认识"。❶ 铁凝通过《玫瑰门》的分析，展现了司猗纹反抗父权压制和争夺社会地位的过程，描写出她的病态行为和心理，揭示了人性的复杂多变。

女性在社会上生存本就不易，要面对太多的诱惑和苦难。铁凝在批判其丑陋病态心理的同时，也深刻体味了女性寻求生命价值的艰难。与司猗纹相比，在《玫瑰门》中另一个性变态人物是姑爸。姑爸的遭际为一个病态年代的女性命运作了补充性的诠释。姑爸因为新婚之夜新郎逃跑了，一辈子丧失了女人之为女人的全部价值和尊严所在，她成了一个"无名"的人：既非女儿，亦非女人。她"自觉"地剪掉了辫子，穿上了男人的服装，抽了烟袋，并为自己取了"姑爸"这样一个非男非女的名字，她甚至"成功"地忘掉了自己是

---

❶ 铁凝. 与文学一起成熟［J］. 人物，1999（2）.

女人这一事实，以重新命名自己换得了在菲勒斯中心世界里继续生存下去的机会。令人触目惊心的不仅是姑爸别无选择的异己性，而更是她在那一强大文化规约之下的自觉驯顺和依从，对女人身份的自觉改写，以此获得可怜的身份认同。铁凝书写姑爸通过伤害报复母亲而使自己心灵获得畸形平衡的快感，展现其病态人格，把对人性丑恶的揭示放在亲情伦理这一领域，对人性的批判达到极其深刻的程度，具有很大开拓性。

关注精神与性爱的病态、凸显病态，希望疗救病态，也就成为陀思妥耶夫斯基和铁凝基于各自的人文立场，对本民族及其时代的社会病象所作出的文化选择。对于人的病态及其社会历史与文化根源的揭示与探讨，两位作家都为本民族的文化危机开出了疗救的方子。陀思妥耶夫斯基致力于与人的心理与精神异化搏斗，意在通过上帝之爱拯救个体之病与社会文化的病象，以达到改良社会的文化和挽救民族精神危机的目的。与陀思妥耶夫斯基一样，铁凝及时捕捉并把握人的病态这种现象，并在小说中做了细腻的反映和表现，对人生品格尤其是那种畸态人生品格的感悟、解析和批判达到了前所未有的深度。铁凝那种质朴又简洁的叙事和人物对话透出的冷峻与辛辣以及深刻的悲哀，也正好符合铁凝要唤醒人们麻木愚钝的灵魂和激励人们的意志。铁凝对人性异化进行了深入探索，对社会文化进行反思的同时，审视和剖析了女性灵魂深处的卑弱与丑陋，显示出了独特深度，也从根本上体现了博大的人文关怀精神。

三、负罪意识与心灵救赎

铁凝对陀思妥耶夫斯基作品中因负罪而起的灵魂救赎及宗教救赎意识等创作主题感触极深，在《大浴女》《玫瑰门》《笨花》《午后悬崖》《棉花垛》和《对面》等作品中都能发现或深或浅的影响痕迹，"诗人只有流露出生活的真、心灵的善、艺术的美，其诗才具备活生生的生命，才具有超越时空的永恒价值"❶。铁凝在《对面》《玫瑰门》等作品中提出了何谓罪，罪如何赎等问题，

---

❶　林宝全. 根基·灵魂·生命［N］. 广西师范大学学报（哲社版），2008（1）.

展示了人们所受内心深处的罪感意识的纠缠以及对于自我的审判和救赎等问题的形而上思考，其思想深度和对心灵的解剖令读者为之震撼并引起深刻的反思。正是在负罪意识与心灵救赎的主题层面，陀思妥耶夫斯基对铁凝创作产生了深刻的影响。

首先是对负罪意识的深层探索。陀思妥耶夫斯基和铁凝对于负罪意识的探索是从心理学和社会学的层面出发，并深入到人性各个隐秘的层面，从而展示给读者一个个复杂的负罪人物形象。两位作家通过这些复杂的负罪人物形象，把灵魂世界中的负罪与救赎的矛盾予以充分的展示，从而显示出灵魂世界的深邃，使人物形象展示出多层面的丰富性。

陀思妥耶夫斯基创作中关注的一个问题是"罪与拯救"，他的每一部作品，都是对人类灵魂的冷酷逼视与无情的拷问，"陀思妥耶夫斯基的小说中，犯罪是生活所提出的一个宗教伦理问题，惩罚则是解决这一问题的形式，所以两者都是陀思妥耶夫斯基的基本主题"❶。出身环境、家庭状况、流放生活中所目睹的下层人民的苦难与其自身所经历的苦难结合在一起，形成一种强大的诱导力量促使陀思妥耶夫斯基去深入思考"什么是负罪""负罪该归结于什么""犯罪后人的心灵去向"等一系列问题。

陀思妥耶夫斯基小说涉及负罪的人物很多，在他的小说中那些带有负罪印记的人物形象往往是邪恶与美德于一体的人，他们有着超常人的智慧，而促使他们犯罪的也正是超群出众的智慧。小说《罪与罚》是陀思妥耶夫斯基的重要代表作品之一，以主人公拉斯科尼科夫从存在主义的自我假设到宗教救赎的精神历程这一经历为主线，刻画了主人公内心的苦痛挣扎过程，最终在宗教的关怀中找到了灵魂的安避所，灵魂得以拯救。拉斯柯尔尼科夫是一个贫穷正直、孤僻却有同情心的年轻人，他精心设计杀死了放高利贷的老太婆。尽管犯罪动机比较复杂，但居主导的因素是拉斯柯尔尼科夫想向社会挑战并祈求验证关于犯罪的理论哲学，自傲与自卑纠结在一起，理性不认罪与感性的罪恶缠绕

---

❶ ［俄］巴赫金. 陀思妥耶夫斯基诗学［M］. 刘虎，译. 北京：生活·读书·新知三联书店，1992：36.

在一起，使拉斯柯尔尼科夫经历了一连串的内心风暴，最终因无法绕过心灵的"上帝"而受到法律惩罚并接受流放的判决。《罪与罚》中另一个负罪人物斯维德里加依洛夫是一个放荡不羁的年轻人，他觉得生活空虚而无聊，便把精力都消耗在逢场作戏的感情游戏中，他深谙各种女人的心理，常利用她们的心理弱点一步一步地引诱她们，并屡屡得手，"每个人都为自己打算，谁最会哄骗自己，谁才能生活得最快乐"。❶ 在他身上存在矛盾的两个方面，一方面令人厌恶，另一方面却又能获得人们的同情甚至尊敬。这些负罪人物对负罪的关注有一种超前意识，在犯罪前就预测到自己在未来的某一个时刻将会做出违背社会规范的行为，在长长的心理准备过程中，伴随而来的是各种关于生存、生存出路、生存意义等命题的思考。陀思妥耶夫斯基通过斯维德里加依洛夫和拉斯科尼科夫等人物形象的塑造，传达出独特的对负罪意识的思考，美德与邪恶仅一线之隔，美德倒退便沦为邪恶，邪恶前进便转为美德，失控的冲动一旦泛滥，必将带来灾难，尤其当这种欲望和道德相抵触的时候，就会作为一种罪感遭到谴责和惩罚。

铁凝深受陀思妥耶夫斯基影响，也擅长描写负罪意识，那些带有负罪印记的人也常是集邪恶与美德于一体的人，体现出铁凝对陀思妥耶夫斯基的接受。在《大浴女》中，"文革"时期五七干校学员章妩希望从干校返城，以缓解自己的身心疲惫、照顾女儿尹小跳和尹小帆。为了让唐医生虚开病假条，章妩与之发生婚外恋并生下女儿尹小荃。年少的尹小跳感到了母亲与唐医生的关系"不光彩"，她厌恶母亲。尹小荃的出生及其长得越来越像唐医生的相貌，使家庭的"不光彩"日益显露，尹小跳把对母亲的厌恶迁怒于无辜的尹小荃，当她看到尹小荃快要掉进污水井时，她没有阻止，甚至当妹妹尹小帆要去拉住尹小荃时，尹小跳拉住妹妹的手导致了尹小荃的死亡，"尹小跳也永远记住了她和尹小帆那天的拉手，和她在尹小帆手上的用力。那是一个含混而又果断的动作，是制止，还是恐惧之至的痉挛？是攻守同盟的暗示，还是负罪深重的哀叹？"在尹小荃落井而死很多年之后，尹小跳仍然感到尹小荃的死与自己有无

---

❶ ［俄］陀思妥耶夫斯基. 罪与罚［M］. 岳麟，译. 上海：上海译文出版社，1997：402.

法解脱的直接关系，"人的一生一世，能够留在记忆里的东西是太少了。宏大的都是容易遗忘的，琐碎的却往往挥之不去，就比如一个人的手，某年某月的某一天，在另一个人手上用过那么一点点力"❶。这一事件直接影响主人公尹小跳的一生，从此她带着一种深深的负罪感生活，她的一切都在这种痛苦回忆中变了形。虽然在法律意义上，尹小跳不是罪犯，可以对尹小荃的死不承担责任，但在精神意识的层面上，尹小跳却又实在无法逃脱"罪"的指责和审判。

人在生命的过程中时常会面对内心的忏悔，这是不可逃脱的生命感悟，也是可以提升自身境界的一种反思形式。铁凝小说中的负罪意识不同于通常法律维度上的负罪，更多的是一种道德负罪，无论是主体的自我负罪，还是自我审判，都需要作者具有拷问自我的勇气和胆识，以及透视人类灵魂的睿智和才情。铁凝笔下的负罪人物因屈从冲动而忍受灵魂巨大的痛苦，并在痛苦中挣扎和自我拯救，《对面》中的主人公出于偶然原因在废弃的仓库意外地发现对面住着一位美丽神秘的女性，与两个男人的关系亲昵，感到自己对这个女人的美好信念受到了欺骗和打击。于是在一个深夜，当矮个子男人又来与女人幽会时突然制造出惊人的声响和光亮，导致女人心脏病复发而猝死。主人公的行为固然造成了一个生命的消亡，但并没有构成一个直接的杀人事件，后果也并不是主人公被绳之以法，而是道德上的负罪与愧疚。

铁凝对负罪意识的阐述并没有仅仅停留在道德层面的追问，《玫瑰门》《大浴女》《午后悬崖》等小说都是由历史层面和道德层面相互参照而构成的，正是历史的荒谬导致了现实道德层面的人逃脱不了罪恶的纠缠，《午后悬崖》和《大浴女》中的负罪者都是幼童，5岁的韩桂心将小朋友推下滑梯使他落在一堆废铁上而死亡，幼年的尹小跳在目睹妹妹尹小荃走向死亡时，本可以救她却没有采取任何行动，由于当事人都是幼童而且事情的真相并未被揭示出来，所以这些行为不会受到来自外界的审判和惩治。"叙述人的反思叙述确实是生动有力的，她总是越过个人的肩头看到背后的历史。反思性的叙述没有纠缠于

---

❶ 铁凝. 大浴女 [M]. 春风文艺出版社，2000：57.

个人的自我意识，个人精神的刺痛感淡化了，或者说那种内在性的紧张感消失了，但历史的背景被拓宽了。"❶ 无论是陀思妥耶夫斯基小说中的拉斯柯尔尼科夫、斯维德里加依洛夫，还是铁凝小说中的苏眉、司猗纹、尹小跳、方兢、唐医生，这些人物身上都带有负罪的印记，但他们都不能用一个"恶"字简单形容，在他们身上恶与善就像影子与身体一样结合在一起，身体前行，影子也前行；善在前行，恶也在前行。

在描写负罪感的同时，铁凝也揭示了形成人物负罪感的诸种因素，特别是来自时代、家庭及个性等方面的因素，体现出铁凝对陀思妥耶夫斯基的创造性接受。在铁凝看来，特定的压抑人性和良知的时代是形成人物负罪感的因素之一。《大浴女》中童年的尹小跳就生活在这个特殊的"文革"时代，人的合理需求变成了大逆不道，苇河农场是"文革"期间知识分子劳动改造的地方，山上有间小屋每到星期天对集体宿舍的夫妻开放，于是就有了知识分子在小屋前排队等待做爱的场景。章妩无法忍受生活的窘迫与粗鄙，借口生病与唐医生产生私情。章妩也是这个年代的受害者，她在逃避农场艰辛劳动的努力中背叛了家庭和自己的丈夫，作为自己罪恶象征的私生女小荃，无论其是生还是死，对她都是一种折磨。少不更事的尹小跳在父母去农场劳动改造的那几年里，不但缺少父母的爱，还要照顾自己的妹妹，此外还体验到了母亲偷情的耻辱，因此她与母亲之间始终存在难以弥合的鸿沟。非理性时代所产生的罪恶意识不是某个人可以解脱的，也不是具体的人可以承担的，她们在成为罪者之前就已经是罪恶时代的受害者了。

除了时代因素之外，在铁凝看来，家庭和个性因素也是形成人物负罪感的因素之一，铁凝通过《午后悬崖》中的韩桂心与《大浴女》中的尹小跳描写了受制于家庭亲情伦理的异常而形成的负罪意识。《午后悬崖》中从女儿韩桂心出生之日起，母亲张美芳就在向女儿述说对丈夫的怨恨，向女儿炫耀自己如何勇敢地砍掉了丈夫的手指头，对女儿怨恨心理的形成起了很大的作用，"我在三四岁的时候就体味到了嫉妒的滋味，它是那么强烈，那么势不可挡"。在

---

❶ 陈晓明. 现代性与中国当代文学转型［M］. 昆明：云南人民出版社，2003：240.

幼儿园，韩桂心对一个生活条件比自己优越的男孩产生嫉妒，一天午后趁四周无人就把他从滑梯上推下来，导致小男孩的死亡，造成了不可挽回的后果。事发后在母亲自私的呵护下，没有人知道这件事情的真相，但这件事情整整折磨了她40年。40年中她和母亲的生活一直被浓重的负罪感所笼罩。婚后她一直无法生育，就把不能生育自己的孩子看作上帝对自己罪孽的惩罚，当她找到当年死去男孩的家人当面忏悔时，不但没能得到男孩子家人的谅解，反而招来了丈夫的阻止和误会。

《大浴女》中的尹小跳也是由于家庭和个性的异常而导致负罪感的形成。尹小跳生活在人伦与亲情扭曲变态的家庭里，与韩桂心相比，尹小跳要走得更远一些。尹小跳是一家少儿出版社的编辑，在她的心里有两桩无法抹去的负罪意识，一个是在小的时候，她的第二个妹妹尹小荃是母亲与唐医生的私生女，于是她把对母亲不贞的怨恨施加在小荃身上，以至于在能够阻止小荃掉进污水井时视而不见。小荃就这样死了，在法律意义上她不是罪人，但在精神意识上，尹小跳从此无法逃脱内心的谴责。另一个负罪意识是尹小跳为了达到调进出版社的目的求助于唐菲，在唐菲靠出卖肉体的帮助下，顺利进入出版社，起初小跳并不认为这是自己的无耻，因为她认为，"唐菲本来就是那样的人，卖身一次和卖身十次有什么本质区别吗？"如果说尹小跳没有及时救助尹小荃而造成她的死，是出于对母亲不贞的憎恶，而唐菲则是她在完全有理性判断能力的成年期故意利用唐菲的美貌以及对自己的信任而做的决定。出于强烈的向善为善的内心需要，她终于认识到了自己的罪过，并在内心世界中进行严酷的精神拷问和灵魂的审判。当然，这种灵魂的拯救过程是艰难痛苦的，她宽容了欺骗自己感情的方兢，接受了曾经讨厌的母亲，理解了夺走自己恋人的妹妹尹小帆。尹小跳经过这样的精神拷问使自己进入了一个新的精神境界。

负罪感无论是来自个体还是来自社会、历史，究竟谁来承担，也许并不重要，重要的是对罪恶的忏悔并不是为了求得原谅，其目的是为了找到真实的自己，重新找回真实的生命状态，"文学可能并不承担审判人类的义务，也不具备指点江山的威力，它却始终承载着理解世界和人类的责任，对人类精神的深层关怀。它的魅力在于我们必须有能力不断重新表达对世界的看法和对生命新的追问，必须有勇气反省内心以获得灵魂的提升"❶。铁凝使原罪与救赎的母题不再成为潜隐的结构，尹小跳与韩桂心等始终以自贬、自抑、自虐的方式存在，其意义便在于自我救赎，她们的存在及行为方式代表了陀思妥耶夫斯基道德谱系中某种富于宗教感的形象。由此可见，与陀思妥耶夫斯基宗教式的负罪意识不同，铁凝则以纤细、温暖去发现和抒写被负罪意识挤压下的人性之美、人心之善和生命、情感的力量，以此彰显负罪与救赎的力量和希冀。

其次是对救赎的深层探索。陀思妥耶夫斯基的小说多次描写人的堕落与犯罪，虽然他关注人身上的罪恶与堕落，但是他更关注的是如何拨开迷雾重重的罪恶重新寻找到最初的和谐，"每个人、每个民族乃至整个人类，其心灵发展大致会经历三个阶段：直接原始的清明阶段、堕落阶段、从堕落中复活新生的阶段"❷。在陀思妥耶夫斯基小说中，那些"罪犯"被推上法庭，并不意味着小说结局的到来，他期望达到的是"罪犯"内心里那股莫名而强烈的对抗情绪的消解，并对生活重新生出纯净的爱来，"艺术美化和神化了痛苦，艺术的幻象满足人的审美需要，艺术的狂欢使人得以忘我，达到超越人生困境和救赎人生的目的"❸。

和尼采主张艺术的救赎不同，陀思妥耶夫斯基更强调宗教的救赎。《卡拉马佐夫兄弟》中米哈伊尔年轻时杀了人，由于他在犯罪时胆大细致，没有引起怀疑，而一个无辜的仆人成了他的替罪羊。然而随着时间的流逝，逃避罪恶的力量越变越衰弱，而质问与谴责的力量则越来越强大。他承受着巨大的精神压力，曾经产生过自杀的念头，渴望摆脱种种痛苦的折磨，渴望"可以治好自己的心病，永远安静下来"。他也尝试用繁重的工作、办慈善事业消除潜在的犯罪感。然而，这一切都无法消除身心所承受的地狱般的煎熬，最后米哈伊尔选择向佐西马长老坦白过去的罪恶，认罪之后的米哈伊尔，尽管身体陷于重病之中，但心灵却复活了。《罪与罚》中另一个负罪人物拉斯柯尔尼科夫也是企图逃避法律的制裁而不肯认罪，然而他最后却承受不住内心灵魂和良知的拷

❶　曹雪萍，铁凝. 大师的时代已然过去［N］. 新京报，2006：11 - 17.
❷　［俄］罗赞诺夫. 论陀思妥耶夫斯基［M］. 张百春，译. 北京：华夏出版社，2002.
❸　罗坚. 人生的困境与艺术的救赎——尼采的艺术美学观刍议［N］. 广西师范大学学报（哲社版）. 2008（1）.

问，希望找到倾诉对象，获得心灵的安宁与祥和。他选择了索尼雅为倾吐对象，让她充当审判者，在索尼雅的劝导下终于将一切坦白，并接受发配的惩罚。通过这些负罪人物内心历程的描写，陀思妥耶夫斯基旨在说明，只有那些经受自我拷问与审判的人，与撒旦斗争到精疲力竭的人才能跌跌撞撞地步入天堂。正是在苦难的泥淖里挣扎许久，心灵才能获得神圣的宁静，天堂才会呈现在他们面前。

在铁凝小说中，那些具有负罪意识的人，也同样渴求摆脱罪恶，寻找心灵的花园。"我的一位诗人朋友说过，当一个人坐下来开始写作时，实际上他开始的是对自己的审判。写作本是自我审判之一种。或许这样的说法更适合长篇小说的写作吧。当年写作《玫瑰门》时，我的确怀有这样的心境。我常想，真正的自我审判是不容易的，呈现这样的状态，大概需要作家既忘掉个人，也忘掉读者。到那时自由便会从你灵魂中奔腾而出，它洋溢你全部的喜怒哀乐，照亮你理应明澈的心。"❶《大浴女》中尹小跳眼看着妹妹失足落入污水井而不上前救助，随着时间的推移，尹小跳内心沉重的罪恶感日益加重，使尹小跳有了一种畸形的"受虐"心理和很自觉的赎罪意识。"是谁让你对生活宽宏大量，对你的儿童出版社尽职尽责，对你的同事以及不友好的人充满善意，对伤害你的人最终也能粲然一笑，对尹小帆的刻薄一忍再忍，对方兢的为所欲为拼命地原谅？谁能有这样的力量，是谁？尹小跳经常这样问自己。她的心告诉她，单单是爱和善良可没有这么大的能耐，那是尹小荃。许多许多年前，扬着两只小手扑进污水井的尹小荃，永远让她人穷志短，背负着一身还不清的债，让她深受负罪感的煎熬，永处炼狱般的挣扎之中。"❷ 为了赎罪，多年来她甘愿当第三者，甘愿忍受方兢无赖式的爱情逻辑对她纯真情感的捉弄，忍受尹小帆对她的心理"施虐"，甚至在与陈在的爱情正如痴如醉时，年近40岁的她也能断然决定把陈在还给前妻万美辰。她一定要远离这可怕的负疚感，她愿意付出终身的努力去撕毁去埋葬心底曾经有过的阴暗。只有怀着赎罪的心理才能

---

❶ 铁凝. 玫瑰门［M］. 南京：江苏文艺出版社，1996：2.
❷ 铁凝. 大浴女［M］. 春风文艺出版社，2000：167.

对人类和自己产生超常的忍耐。然而尹小跳并没有一味地在悔恨与痛苦中沉沦，她在自觉地对自我生命的清理中，完成人性的升华，即由恨到宽容，由焦躁到平静，最终达到对所有人的理解和原谅。铁凝以女人味极浓的叙述方式，让《大浴女》尹小跳在经历了持久动荡的沐浴后，终于走出了最深的、终生有可能无以述说的孤苦状态，从而看到了自己内心深处的那个宁静的大花园。"她惊奇自己能为人们提供这样的一个花园，这样的清风和这样的爱意……在每个人的心中都有一座花园，你必须拉着你的手往心灵深处走，你必须去发现、开垦、拔草、浇灌……当有一天我们头顶波斯菊的时候回望心灵，我们才会清醒那儿是世界最宽阔的地方，我不曾让我至亲至爱的人们栖居在杂草之中。她拉着自己的手一直往心灵深处走，她的肉体和她的心就沉入了万籁俱寂的宁静。"❶

铁凝自觉将基督教精神引入创作中，把基督教的信仰、原罪、惩罚与救赎等观念引入创作中。她认为，每个人都要关注人性的罪恶与心灵的救赎，要保持对灵魂的敬畏，要为自己的罪行忏悔并接受惩罚才能获得新生。铁凝《大浴女》叙述了女性从小女孩到女性自我和社会主体的获得过程，以及女性怎样历经社会风雨和内心搏击，获得再生的成长过程。"人必须在自己之外发展自己。在我看来，人必须跨过一段完整而漫长的时间，即穿越自我的时间，才能完成这种造就。人必须逐渐熟悉这个自己，必须深谙令自己焦虑不安的秘密，深谙它内在的风暴。人必须走完这段蜿蜒复杂的道路进入潜意识的栖居地，以便届时从我挣脱，走向他人。"❷ 从这个意义上看小说的题名"大浴女"，其中"浴"含有洗浴、沐浴之意，也有"荡涤""剖析"与"澄清"之意。也就是说，铁凝就是要对尹小跳等女性复杂而幽深的人性与精神世界作一番透辟彻底的"荡涤""剖析"与"澄清"。铁凝以尹小跳的成长完成了对理想人性的想象性、理想性书写，表达了对理想女性的呼唤与热望。

❶　铁凝. 大浴女［M］. 春风文艺出版社，2000：371.
❷　［法］埃蒙娜·西苏. 从潜意识场景到历史场景［M］//当代女性主义文学批评. 北京大学出版社，1992：188.

与《罪与罚》中的拉斯柯尔尼科夫、米哈伊尔一样，铁凝作品中的尹小跳、韩桂心等人物也是因为背负着罪而寻求新的平衡与和谐，寻找心灵的花园，但两者的最终归宿却是南辕北辙。不管是尹小跳的"头顶波斯菊的心灵花园"还是韩桂心的忏悔，最终都没有达到真正的心灵花园与平静，与陀思妥耶夫斯基小说中人物所经历的忏悔与获得的最终平静之间都只是一种形似而非神似。拉斯柯尔尼科夫等人负罪与救赎之后展示的是对于生活的积极的爱，而韩桂心、尹小跳、方兢等人物所做的忏悔都不是基督教所要求的洗涤污垢、澄明本心的忏悔，而是一种印证我本纯洁善良的自我表白，他们一方面对自己所犯的罪念念不忘，另一方面在内心深层又不愿意将自己定义为罪人，因此他们的负罪与忏悔更多的是基于对现实利益的考虑，他们在反省与忏悔的过程中伴随着浓厚的功利思想，带着自恋的虚伪与故作姿态，缺乏真正的基督式忏悔所需要的深度真诚，他们所体味到的内心折磨、心灵的平静及精神的复活与拉斯柯尔尼科夫等人感受到的相距甚远。

从深层上看，陀思妥耶夫斯基和铁凝两个作家对待救赎的不同正是中俄民族在宗教信仰以及伦理道德上差异的体现。从宗教信仰的影响来看，俄罗斯是一个信仰东正教的国度，陀思妥耶夫斯基是一名典型的俄罗斯人，但他并不是从一出生便对基督教深信无疑，"我是时代的孩童，直到现在，甚至直到进入坟墓都是一个没有信仰和充满怀疑的孩童。这种对信仰的渴望使我过去和现在经受了多少可怕的折磨啊！我的反对的论据越多，我心中的这种渴望就越强烈" ❶。基督教的信条恰是在这种矛盾的思考中植根到了他的整个世界观以及创作当中，作家心中的这种矛盾心理亦被影射到了其创作的人物身上。在进行艰难的灵魂拷问时，他所遵循的是心灵的法则，而不是世俗的道德与法规，忏悔的最终指向是那个唯一能审判众人的上帝，"在基督教中，不管上帝一词意指什么，它的本质只有一个，那就是爱" ❷。从拉斯柯尔尼科夫、米哈伊尔等人的

---

❶ [俄] 陀思妥耶夫斯基. 陀思妥耶夫斯基论艺术 [M]. 冯增义，徐振亚，译. 桂林：漓江出版社，1988：297.

❷ [英] 詹姆士·里德. 基督的人生观 [M]. 蒋庆，译. 北京：生活·读书·新知三联书店，1989：23.

性格当中可以感受到，在他们身上都有着一种巨大的内心风暴与精神磨难，在犯罪后他们的精神转变都经历了一段长久的坚持与动摇、苦闷与徘徊之间迂回曲折的心路历程，正是在自我与神性的斗争当中，堕落的灵魂才逐渐挖掘出自身的神性，走上灵魂的复活之路，抵达心灵的花园，"他把小说中的男男女女，放在万劫不复的境遇里来试炼他们，不但剥去了表面的洁白，拷问深藏在底下的罪恶，而且还要拷问出藏在那罪恶下的真正的洁白来"❶。

　　虽然铁凝深受陀思妥耶夫斯基的影响，但与之相比，作品在思想深度上还存在一些差距，铁凝笔下的人物缺乏一种真正的基督教式的忏悔精神与作家所处的特定时代也大有关系。铁凝生于1957年，成长于"文革"，"文革"政治斗争的最大特点便是批斗，要求人反复写交代材料。那些不管是真正有污点的还是没有污点的，都被要求自省自审，"我在日记里忏悔自己每日每时的过错，那既是真心实意的忏悔，也是不知不觉的自我表现。我努力认真地用领袖的格言要求自己，那努力里既有自己的热望，也有努力做出的努力。我常常生出一种诉说的渴望，诉说自己对人类大公无私的敬仰，诉说自己那'私'字一闪念的闪念。只是为了诉说，诉说就是证明"❷。这一段铁凝日记呈现出的是极左政治对铁凝思维的无形规训。实际上不只是铁凝受到了规训，那一时代的绝大部分人都受到了规训，因而铁凝的忏悔、铁凝作品中的韩桂心、尹小跳、方兢等人物所做的忏悔注定是无法抵达拉斯柯尔尼科夫等人所能感悟到的心灵花园。

　　由此可见，在陀思妥耶夫斯基的影响下，铁凝在作品中深入探讨了人们内心深处罪感意识的纠缠，对于自我的审判以及对上帝的追问等诸多问题，以自己的创作为中国当代文学注入了一股新鲜血液，这种探索是非常有价值的。而中国人缺乏信仰上帝的根基，缺乏对上帝的敬畏，尽管铁凝小说中也涉及基督教，但基督教的教义与中国人的心灵之间存在着厚厚的隔膜，中国人并没有深悟其内涵与宗旨，负罪之后的忏悔往往缺乏深度、绵软无力。

---

❶　鲁迅. 鲁迅全集（第1卷）［M］. 北京：人民文学出版社，1981：327.
❷　铁凝. 女人的白夜［M］//铁凝文集（第五卷）. 南京：江苏文艺出版社，1996：462.

四、复调叙事的魅力

从叙事模式来看，陀思妥耶夫斯基小说呈现出由叙述者和叙述角度的多种变化而构成的复调叙事的特征。复调结构是陀思妥耶夫斯基创造的一种全新的小说叙事类型，是指作家在小说中提供多种声音、多种音调，使小说具备了一种新的品格。陀思妥耶夫斯基一生中充满了贫穷、监禁、砍头、流放、负债、疾病等悲剧性的变故，他对人世罪恶和人性的黑暗有着深入的洞察和犀利的解剖，所以企图从宗教中寻求精神上的解脱但又无不清醒地意识到这种理想的虚妄性，体现在作品的叙事模式中，就是这种反映出浓厚的宗教思想和现实矛盾之间剧烈交锋的"复调结构"，其中《罪与罚》《白痴》及《卡拉玛佐夫兄弟》等小说都是这种复调结构的多声部叙事的典型呈现。

在陀思妥耶夫斯基小说的影响下，铁凝小说跟中国传统小说的叙事模式也大不相同，呈现出鲜明而独特的复调叙事的魅力。铁凝创作受到陀思妥耶夫斯基的影响，不仅仅因为她在作品中表现了陀思妥耶夫斯基式独特的主题，还因为其成功地运用了复调叙事的叙事技巧。铁凝小说创作对复调叙事的选择和把握，不仅表现了铁凝小说创作的叙事技巧，同时也为其小说表现丰富复杂的人性提供了无限可能。具体来说，多元化的叙事视角的对立与共存、由叙述者和叙述角度的多种变化而构成的"复调结构"，以及富有张力的意象与隐喻的使用构成了铁凝小说复调叙事的三个层面。

铁凝小说的复调叙事特征首先体现在由叙述者和叙述角度的多种变化而构成的"复调结构"上。

传统的小说创作基本上沿用单向直线的方法架构，即故事情节由若干个互相关联的事件组成，并按照时间的先后顺序展开在同一叙述层面上。而现代小说中出现了不少采用双层复调结构进行创作的作品，一般由两个叙述层面组合而成，每个层面都有一个围绕各自中心的主题，并处于两个事件或是两种境况之中，分别称之为叙事组合层面和外部结合层面。叙事组合层面是核心层面或内部层面，叙事者"既不是作为隐含作者的叙事主体，也不是某个被叙事主体虚构出来的，而是作为主要叙述人物而出现的"❶。外部结合层面则类似于音乐中的复调，是叙事者安排的一些无关的事件，一显一隐，音调虽不同，但却能互相应和，使叙述更为饱满。

跟传统小说相比，小说的复调叙事主要采用叙事组合层面和外部结合层面的双重叙述方式，为人物提供了平等对话和论争的平台，让作品的人物之间、人物的自我意识之间、人物与作者之间展开平等的对话和激烈的思想交锋。展开人物之间的多种意识和多种对话论辩，每个人、每种思想似乎都代表作家在发表不同的讲话，让读者感觉不到哪一个代表作家正确的评判，这就使小说呈现出多音部合奏的效果，跟一般作家至少要有一种明确的观点来叙述故事的"单调"样式不同。在小说《卡拉玛佐夫兄弟》中陀思妥耶夫斯基就运用了这种复调叙事的结构，小说中的一父四子，他们性格不同，信仰各异，代表人性善恶的不同侧面，阿辽沙是笃信宗教的信徒，是仁爱精神的化身，是人性善的代表，他幻想在互爱的基础上消除人类苦难，实现人类的团结和谐，获得人类的幸福，但是他的一切努力几乎是徒劳的；伊凡是现实人性的代表，是善与恶的交织体，他身上具有分裂的双重人格，他集高尚正直与无耻卑鄙于一身，正是基于对人类的爱和对人类苦难的同情，他从理性上怀疑上帝的存在，拒绝接受上帝及灵魂不死的观念，指出尘世痛苦之下天国的虚无缥缈。正是因为笔下人物的思想交锋如此尖锐，陀思妥耶夫斯基独树一帜地描绘了主人公的内心分裂和二重人格。他始终让人物处于无法解脱的思想矛盾之中，让每个人物都充满了各种紧张对立的矛盾冲突。他还运用多种心理表现手法，如内心独白、梦境、幻想、直觉等表现人物近于疯狂的复杂心理活动，揭示人物复杂的内心世界，表现出极强的性格张力，"作家想通过主人公的经历告诉我们，解决现实的社会问题不是依靠理性和反抗，一切理性都是一种谬误，一切反抗都只会带来更多的罪行，能够给人慰藉和出路的只有宗教，走向宗教就是走向人民，就是走向精神的复生"。

---

❶　[俄] 巴赫金. 陀思妥耶夫斯基创作问题 [M]. 白春仁，等，译. 北京：生活·读书·新知三联书店，1992：39.

巴赫金是在研究和分析陀思妥耶夫斯基的创作时引进"复调"这个音乐术语来描述陀思妥耶夫斯基的小说，"有着众多的各自独立而不相融合的声音和意识，由具有充分价值的不同声音组成真正的复调——这确实是陀思妥耶夫斯基长篇小说的基本特点。在他的作品里，不是众多性格和命运构成一个统一的客观世界，在作者统一的意识支配下层层展开，这里恰是众多的地位平等的意识连同它们各自的世界，结合在某个统一的事件之中，而互相不发生融合。陀思妥耶夫斯基笔下的主要人物，在艺术家的创作构思之中，便的确不仅仅是作者议论所表现的客体，而且也是直抒己见的主体"❶。巴赫金在"复调"理论中最强调的即是作者与主人公的平等对话的立场，艺术作品中才能保留或还原生活和世界的变易性和丰富性。作者与主人公的平等对话的前提便是确立主人公的主体性，让人物在作品中与作者一样有同等的机会申说和表现，特别是展示人物的自我意识。它不是"表现在布局结构上的作者视野之内的客体性的人物对话"，❷即一种所谓的人物之间的对白，它是一种对话关系，是小说各部分之间对位的辨证存在的关系，它包括主人公之间的对话关系，生活的对话性，自我意识的双重性，小说结构和人物关系的对峙和交替，等等。

在陀思妥耶夫斯基的影响下，铁凝在作品里显露了强烈的对话和复调气质。在铁凝的小说文本里经常有两个叙事的声音，两个艺术观察生活的原则，两种艺术的视角，冲击着作者意识一统天下的局面和作者视点的单一化。复调作为铁凝小说的架构和叙述模式，连同它的思想主题的双重性一起构成了铁凝小说的文体特征。

铁凝小说的复调结构首先表现为儿童与成人视角的交替转换。巴赫金在"复调小说"的理论中提到了对话理论，在他看来"作者对主人公所取的新的艺术立场，是认真实现的和彻底贯彻了的一种对话立场，这一立场确认主人公

---

❶ ［俄］巴赫金. 陀思妥耶夫斯基诗学问题［M］. 白春仁，等，译. 北京：生活·读书·新知三联书店，1988：29.

❷ ［俄］巴赫金. 陀思妥耶夫斯基诗学问题［M］. 白春仁，等，译. 北京：生活·读书·新知三联书店，1988：144.

的独立性，内在的自由，未完成性和未论定性"❶。铁凝很多小说都采用了儿童的眼光打量世界，比如《大浴女》中的尹小跳，《玫瑰门》中的眉眉。在这里，童年视角的话语不仅可以指个体生命在心理、生理的初始发育阶段的视角话语，也可以指把儿童经验象征化和隐喻化的视角话语，"天地间的健全的心眼，只是孩子们的所有物，世间事物的真相，只有孩子们能最明确、最完全地见到"❷。童年视角相对于成人视角是一种纯粹的视角，以少儿的眼光观察成人世界，可以发掘成人世界别样的空间。而且儿童时期的生活经历、情感体验和情绪记忆，不管是美好快乐的，还是忧伤悲哀的，对于一个作家的艺术创作来说都是弥足珍贵的财产，因此她的小说里除了作为成年人的作者视野，另外还呈现一个儿童的视野。

　　铁凝最成功的两部长篇小说《玫瑰门》和《大浴女》都并用了童年视角和成人视角。在作品实际的叙述中，童年视角是和成人视角杂糅在一起的。因为作品内容是成年人对童年时期的经验的回忆，是用童年经历，现时的回忆和心理总结架构起来的含有双层时空序列女性的心路历程。在《玫瑰门》中用童年眉眉的视角贯穿小说大部分，透过眉眉单纯无辜、完全不受意识形态干扰、全凭心灵感知的眼睛看待现实生活中发生的种种。而在眉眉的视角里，作为历经沧桑的成年人的苏眉的声音和视角不断穿插出现，一边和童年的眉眉对话，一边洞若观火地做出理性思考和分析评断。铁凝甚至在文本中每逢"五"的章节特意安排成年苏眉和童年眉眉的心灵对话。她们一问一答，童年眉眉的对所有行为背后的动机的无知都从成年苏眉那里得到了答案。她们有时候还会辩驳，童年眉眉对成年苏眉的定论不同意。这使《玫瑰门》的叙事方式的复调性质更加明显，"我相信那个梦完全是你为了惩罚你自己而造就的，你越恐怖，就越说明对你的惩罚越严厉"❸。《大浴女》中的成年尹小跳和童年尹小跳的对话形式没有《玫瑰门》这样规则，但是也是十分明显的。它通过童年尹

---

　　❶　［俄］巴赫金. 陀思妥耶夫斯基创作问题［M］. 白春仁，等，译. 北京：生活·读书·新知三联书店，1992：127.

　　❷　丰子恺. 缘缘堂随笔［M］. 杭州：浙江文艺出版社，1983：29.

　　❸　铁凝. 玫瑰门［M］. 北京：作家出版社，1989：184.

小跳的一段晦涩和罪恶的经历，使成年尹小跳穷尽一生对自己进行拷问和自审，她不断回顾童年尹小跳视角里的那段往事，观看童年尹小跳是如何在妹妹尹小帆手上那含混的用力。她和童年的自己喋喋不休地对话，毫不留情地谴责自己，逼迫自己虔诚地忏悔。

毋庸置疑，童年的苏眉和尹小跳的眼睛和灵魂都充满童真的空白和纯粹，所以她们看到的都是这世间最真切最细致的图景。而她们没有理性思考的能力，因此，成人苏眉和尹小跳的声音意图是复杂而深刻的。她们用她们成人的冷静客观的理性观照，向人们展示了更为逼真更令人注目更引人思考的原生态的社会面貌。这种视角的交迭和杂糅即是一个复调的叙述，人物身内身外、过去现在与未来多个生活时空相互对视，立体交叉的叙事叠映和立体多维的心理解析并置，体现了铁凝观察人世的独特视角。

除了儿童与成人视角的交替转换，铁凝小说的复调结构还表现为男性和女性视角的对立。中篇小说《对面》是铁凝小说人性主题和复调叙事完美结合的一个范本。在里面，铁凝尽情地展示了男主人公的潜意识世界，以及有意识的意愿和无意识的意愿之间的拉锯战。她把一个作为男人的全部性爱欲望，潜意识里邪恶的律动，包括人类窥视癖好与脆弱的隐私心理细密精确地挖掘和展现了出来。男主人公"我"在小说中是个具有完整自我意识的男性形象，但是这个形象并不来源自作者铁凝对他的现实的外部特征和性格特征的刻画，而是生发于他自由独立的自我意识，而且他能够对自我和自我意识进行最终总结。作为在欲望泛滥的现实世界里苦苦追寻爱情的求索者，"我"的角色意识和性别意识显然是异于女性的。《对面》除了成功表现了男主人公独立的自我意识以外，它具有强烈的复调叙事风格的原因在于"这篇出自女性作家之笔的小说，却采用了男性第一人称的视点，并且是一个不断窥视的视点。随着窥视者的所在之处由暗处转为明处，明与暗空间格局的逆转，实际上反衬出铁凝作为隐含作者的女性主义立场，从而也使得这个故事具有了双重意义：即一方面带着鲜明的性别自我暴露特征，另一方面又输导出作者潜在的女性批判意识。而借助那个伪装化的男性视点，人们可以看到'对面'世界真实的意义：这个真实的世界讲述的是当女性解除了社会的、历史的、文化的'公共'眼光的注视时，身心势必会处在极为自由和放松的自我本真的敞亮境界，而作为一种生存的必需，她又必须扮演，除了扮演她自己，更要扮演一个女性。"❶这里有作者和隐含作者的不同立场，作者需要借用男性的视角进行叙述，因此代表的是一个男性的立场。由此我们看到的是生动的男性话语和男性意识，窥见的是男性心理最隐秘的欲望。但另外我们要看到创造这个男性的是女性作家。铁凝注定有自己的女性立场，她女性的声音和意识在文本中隐含着积极的扩展。因此那种对男性心理的展露才会如此触目惊心。这种视角的变异和交迭使得《对面》的主题思想也形成了复调意义。铁凝复调性的艺术思维带来的复调性的叙事打破了传统独白小说中作者的万能君主意识，也打破了传统小说的叙事的单调和刻板，带来了艺术形式的革新和艺术创作主体思维的革新。

其次，铁凝小说的复调叙事特征还体现在富有张力的意象与隐喻的使用上。巴赫金把陀思妥耶夫斯基的小说定义为"复调小说"，象征与隐喻思维则是其构成不同意识对话的重要构成。陀思妥耶夫斯基小说大量而娴熟地运用象征与隐喻思维方式，展示了小说人物意识活动的多层次性和人物的多重人格，在人的世界复杂性、深邃性描写方面独树一帜，深刻地影响了20世纪的现代主义文学。陀思妥耶夫斯基作品大多具有深度象征与隐喻思维的特征，"艺术的目的是要使人感觉到事物而非仅知道，艺术的手法就是使对象陌生化，形式变得困难，增加感觉的难度和时间长度"❷。陀思妥耶夫斯基的叙事思维无疑实现和加强了小说的这一艺术功能。《罪与罚》中拉斯柯尔尼科夫最后一个梦也是陌生化的象征与隐喻的典型。他在梦中梦见全世界遭遇到一场瘟疫："过去，人们从来没有像他们那样自以为是和自命不凡。他们认为自己的论断，自己的科学结论，自己的道德观念和宗教信仰是不可动摇的，也是过去从来不曾有过的。"陀思妥耶夫斯基以陌生的梦境，深刻揭示了"暴力"改造社会思想的邪恶之处及其会给人类带来沉重灾难的危险。二者异曲同工，但后者的警示、震慑更为艺术化。

---

❶　杨经建. 世纪末的文学景观［M］. 长沙：湖南文艺出版社，2000：128 - 129.
❷　王文革. 文学梦的审美分析［M］. 武汉：华中师范大学出版社，2006：282.

象征与隐喻可以说是铁凝创作的独特个性的显著标志之一。根据陀思妥耶夫斯基的美学原则，象征与隐喻作为主客体的有机融合体，使小说的表现空间得到进一步的拓展，呈现出神话、传说和梦幻等寓言色彩，以及深邃的哲学本体意味。"艺术创造最杰出的本领就是想象，想象是创造性的。而属于这种创造活动的首先是掌握现实及形象的资禀和敏感，要熟悉心灵内在生活。"❶ 铁凝采用了象征的修辞方法，从而在她笔下呈现了一个个色彩鲜明的意象。铁凝对象征有一种异乎寻常的敏感和偏爱，"我思考的是这些物质注视下的人类景况"❷，因此铁凝的人物总是同那些象征紧密相连。在铁凝的诸多小说中，如《哦，香雪》《麦秸垛》《棉花垛》《青草垛》《孕妇和牛》《那不是眉豆花》《豁口》《对面》《造化的故事》《安德烈的晚上》《树下》等，都存在一系列丰富而意象深蕴的隐喻。《哦，香雪》里凤娇喜爱的发卡和香雪着迷的铅笔盒，分别代表那时期人们在物质和知识两方面的不同选择，隆隆的"火车声"则成为小说诗意扩张的焦点，喻示当代女性走出心理幽闭的努力。❸ 《没有纽扣的红衬衫》里安然喜爱的红衬衫则是她独特的性格特征的象征。铁凝小说的象征既是她创造性的心灵化产物，也包含了女性细腻的感触与激情的体验。

铁凝通过象征，将日常生活中看来平凡无奇的事物与人的生存景况紧密连接起来，象征物既是人物命运及其性格的伴随物，又是其隐秘心灵的镜象。《麦秸垛》《棉花垛》和《青草垛》里主人公们永远也躲不开的"垛"，象征她们与现实物质境遇永不分割的命运。❹ 《麦秸垛》中的"麦秸垛"是一个原始的符号，象征蒙昧蛮荒的北方农村生活，也启发着受城市文明压抑的女知青的自我认知，成为"渴望"的代名词。"当初麦秸垛从喧嚣的地面勃然而起，挺挺地戳在麦场上。垛顶被黄泥压匀，显出柔和的弧线，似一朵硕大的蘑菇，

---

❶ ［德］黑格尔. 美学（第一卷）［M］. 朱光潜，译. 北京：商务印书馆，1997：352.

❷ 铁凝. 写在卷首［M］//铁凝文集（第1卷）. 南京：江苏文艺出版社，1996：1.

❸ 梁刚. 文化启蒙冲动的审美置换——从修辞论美学重读《哦，香雪》［J］. 浙江学刊，1999（2）.

❹ 张俊苹. 物质注视下的人类景况——由"三垛"看铁凝的认同焦虑［D］. 北京师范大学中文系硕士学位论文，2000.

垛檐苫出来，碎麦秸在檐边耀眼地参差着，仿佛一轮拥戴着它的光环。"从这个意义上看，"麦秸垛"也可以被看作男子阳物的象征，《棉花垛》中的"棉花垛"象征着性解放的艰难，《青草垛》则喻示商品大潮中的女性处境，批判了金钱对人性的戕害。

铁凝通过象征使现象世界的种种界限被打通，万物间异质同构关系被揭示，有限的目前景物直通无限的人生体验。在《孕女和牛》中她充分利用"孕妇""牛""碑""铭文"的意象叠加，让人联想到"劳动""生产""文字""历史"等隐喻。《玫瑰门》里司漪纹和眉眉等居住的四合院、使用的铜制挖耳器和麻将桌等，是她们具体生存境遇的要素和象征物。《永远有多远》里那些"温暖而略显悲凉的物质"，如北京胡同和被子等，则与白大省的命运和性格难分彼此。

铁凝最具有陀思妥耶夫斯基意味的象征是《玫瑰门》中的"玫瑰门"。"我的深处有一扇门，它也在你的深处，它拒绝我又诱惑我，也许拒绝本身就是诱惑"，"玫瑰门"隐喻着"性"是女性的生命之欲，是探寻女人心灵的通道，透过它可以洞悉出女性灵魂深处的隐匿。"我对你的寻找其实只是对我们共同深处的寻找。"这"深处"就是人性深处、生命深处，就是掩藏在玫瑰门下面的"底细"，"你会被你的底细吓得出声，你永远不如你的底细强悍，不如你的底细能经得起岁月的颠沛流离"。司猗纹和"姑爸"生命的扭曲和人性变态，都是从她们各自不幸的性和婚姻开始的，不幸的婚姻使她们正当的生命需要在生理上受到阻滞和挫折，性本能的压抑使她们饱受煎熬，于是她们将生命能量转化为邪恶阴毒的发泄报复，形成了种种畸变和疯狂。因此铁凝通过"玫瑰门"的象征，既反映了女主人公心灵裂灭的痛苦，批判了社会对人的本能的压抑，也冷峻地透视了女性生存状态中的一切负面因素。

铁凝通过象征手法的运用，使很多意象具有新的象征符号意义，这些象征手法的巧妙运用，使小说更加具有深层内蕴，将作品的思想内容与作家的创作主旨全面地表现出来，使读者的阅读和审美能力都有所提高。在《大浴女》中，人物形象总与一些特殊的意象紧密相连，而这些意象就构成了人物内心隐秘心理的生动象征。个人的生活和欲望、想象和幻想等总与象征相关，因而透过象征形象可以窥见人物内心的隐秘心理状况。在《大浴女》里富有象征性意味的形象比比皆是，如三人沙发、羽绒枕头、《苏联妇女》、电影、《猫照镜》、戒指、波斯菊、花园等，其中最引人注目的是三人沙发。"三人沙发"的意象一直不停地在尹小跳心里重复闪现，因为它是尹小荃死前坐过的。在尹小跳眼里它就成了尹小荃的化身，也就是自己犯罪的象征。三人沙发不但与尹小跳的负罪心理紧密相连，成为她内心分裂与压抑的见证物，也迫使尹小跳不懈地进行自我反思和忏悔，并成为她最终走向"内心深入的花园"的原动力。当尹小跳释放出内心所有负罪重负后，"三人沙发"展示出了新面貌，"沙发还是那套没动地方的沙发，灰蓝色织贡缎面料，柔软而又干净。她没有听见唐菲，也没有听见尹小荃，那三人沙发一声不响，没有尖叫声。这使她有一种揪心的空洞感，也使她有一种不敢承认的轻松。当她想念唐菲的时候她也终于放心了她的离去，从此尹小荃仿佛才彻底从沙发上消失了，只有唐菲的死才能证实尹小荃的消失"。在《大浴女》中另一个具有象征意味的是尹小跳那顶印有波斯菊图案的草帽。"波斯菊"是尹小跳十分喜爱的花，"我喜欢我曾经有过的那顶草帽，你知道戴上它，我觉得我就像一个墓中人在地面上行走，无声无息的，人们看不见我，只看见我头顶上盛开的波斯菊。我们每个人不是都有头顶波斯菊的那一天吗？当我们头顶波斯菊的时候，我们当真还能够行走吗？"波斯菊的细长、单纯以及"在硬冷的山风里那种单薄而又独立的姿态"，无疑是尹小跳的象征。当"头顶波斯菊"这象征性形象出现时，也正是尹小跳"发现"自己"内心深处的花园"之时，因此波斯菊最终成了尹小跳实现自我反思后的崭新人格的象征物，同时也是整部小说追求人格理想的主题象征。对铁凝来说，真正理想的现代女性人格，就如这"内心深处的花园"一样，具有广阔的自我反思的心灵，敢于和善于容纳多元事物一同生长，又努力开拓和培植属于自身的独立个性。

陀思妥耶夫斯基通过梦幻折射现实，呈现内心世界，隐喻重大、深刻的人生哲理将梦幻与"陌生化"融合一体，把生活的荒诞和思想谬误，内心的矛盾、生命的感悟变化为多声部的"交响乐"，又"从不以自己的声音来完成它，而是以一种外来的意识来完成"❶。从而为小说叙事独辟蹊径，有力地扩展了小说隐喻思维的艺术形式。与陀思妥耶夫斯基小说一样，铁凝娴熟地运用梦幻隐喻思维方式，在人的世界复杂性、深邃性描写方面独树一帜，与陀思妥耶夫斯基小说不同的是，铁凝还从中国传统诗学中吸取精华，让现实生活在自己的意象世界里找到发光点。"祖宗留给我们的那些永恒的诗句和短篇小说无不充溢着悲欢交加的命运感。"❷ 对特定的生活情景和人物进行观照式的象征隐喻描写，是铁凝一向擅长的表现手法，在铁凝小说中几乎每个象征形象都各有其具体表现功能，同时更携带丰富的象征性意味，既含蓄地刻画了人物，又深刻地表达了题旨。铁凝通过意象和隐喻的使用，表达出对当下生活的热情关注及对普通人精神处境的一种真诚关怀。

在陀思妥耶夫斯基的精神烛照下，铁凝以其对同类的无比关爱、同情、怜悯和理解，把女人的故事叙说得有声有色，"铁凝的关于女人的长篇小说把那故事操纵得有声有色，为女性心理学和女性社会学提供了新的研究可能"❸。铁凝从女性自身的成长角度，勾勒出从女性的被动选择到自主选择，从被缚、自缚到自我解除，从女性认同男性原则而形成的自我压抑与自我扭曲，到女性与自身抗争，并找到自我突围的勇气和力量，从而显示了铁凝对女性和人性成长的饱满热情和充沛信心。

---

❶ ［法］托多罗夫. 巴赫金对话理论及其他［M］. 蒋子华，张萍，译. 天津：百花文艺出版社，2001：324.
　❷ 铁凝. 长篇需要特别大的力气来支撑——铁凝专访［N］. 中华读书报，1998.
　❸ 铁凝. 对面·跋［M］. 河北教育出版社，1995：374.

第六章

文明的质疑与批判：迟子建创作与艾特玛托夫

钦吉斯·艾特玛托夫（1928—2008）是俄苏文学史上重要的作家，也是苏联中亚吉尔吉斯坦享誉世界的文学大师，其作品以新颖的艺术特色和独特的艺术魅力倍受广大读者尊崇，多次获得文学奖项，1963年艾特玛托夫的小说集《群山和草原的故事》获得列宁文学奖，1968年中篇小说《永别了，古利萨雷》获得苏联国家文学奖，1977年根据中篇小说《白轮船》改编的同名电影剧本获得苏联国家文学奖，1983年长篇小说《一日长于百年》获得苏联国家文学奖。艾特玛托夫的创作受到了俄罗斯传统文化的影响，他以自己独特的视角展示吉尔吉斯民族的生存与发展，对人类社会的道德、宗教、人与自然的关系进行了大胆的剖析，其中的悲剧意识、艺术思维、神话模式等运用也对迟子建等中国当代作家的创作产生了重要影响。

迟子建一直注重学习、借鉴和运用异域资源，使自己的创作不断超越自我。从白山黑水间走出来的迟子建是新时期重要的女作家之一，她的短篇小说《雾月牛栏》《清水洗尘》和中篇小说《世界上所有的夜晚》曾经分别获得鲁迅文学奖，她是目前国内唯一一个获得三届鲁迅文学奖的作家，长篇小说《额尔古纳河右岸》也曾经获得茅盾文学奖。她的创作多以东北农村小镇乡土故人为追忆和书写的对象，用独特的体验构建出一个异彩纷呈的瑰丽世界，描绘一幅幅奇异的北国风情画卷。迟子建创作运用多种艺术元素，风格独特，个性鲜明，凸显出作家别具一格的思想意蕴和价值取向。迟子建在创作主题的选择以及对自然环境的描写等方面受到艾特玛托夫等俄苏文学的影响，表达了与艾特玛托夫创作主题契合的创作意识，表现出浓郁的俄罗斯异域文化特色。

艾特玛托夫与迟子建是中俄20世纪文学史上是不可忽视、成就突出的作家，两位作家在文学追求、创作主旨及艺术风格上极为接近，他们的小说创作不但以明净忧伤的笔触，展现乡土景观以及独特的历史和风土人情，展示对故乡的眷恋之情及对底层民众人生悲剧的体察，同时也表达了深厚、宽容、悲天悯人的人文情怀和人道主义精神。

一、异质文化的新鲜血液

艾特玛托夫是对我国当代作家，特别是对迟子建等东北当代作家影响最大的外国作家之一。艾特玛托夫是苏联的吉尔吉斯作家，用吉尔吉斯语和俄语进行创作。父亲是一位政治家，在艾特玛托夫 9 岁时成为“大清洗”的受害者。母亲是地方剧团的演员，也当过中学教师。艾特玛托夫童年时期住在祖母家中，游牧生活以及草原文化中的神话传说与图腾崇拜、寓言故事成为他创作中不可缺少的素材，良好的家庭环境为艾特玛托夫的成长奠定了基础，也让他过早地感受到现实生活的艰难。自 1952 年起，艾特玛托夫开始在刊物上发表文章，中篇小说《永别了，古利萨雷》和《白轮船》等两部小说的发表，标志着艾特玛托夫的创作进入到成熟阶段。在创作前期，艾特玛托夫植根于生他养他的吉尔吉斯坦民族文化，将历史与现实交织，展现民族的故土历史文化，其前期创作具有鲜明的民族特色和地域特征。1986 年问世的《断头台》是艾特玛托夫创作前后期的分水岭，随后艾特玛托夫创作了《一日长于百年》《成吉思汗的白云》《断头台》《卡桑德拉的印迹》及《群山崩塌时》五部小说，与现实交织的历史往往由具有象征意义的神话传说、民歌、寓言、梦幻构成，它们与现实的叙述融合在一起，加深了作品的传统历史文化底蕴，拓宽了小说的意境。他逐渐从浪漫的抒情走向严峻的忧患意识，从具有哲理意味的象征走向了带有警世性质的生态寓言描写。❶ 在创作中，艾特玛托夫十分注意从吉尔吉斯和俄罗斯两种民族文化中汲取营养，也非常注重吸收外来文化的养分。同时作为一个有强烈使命意识的作家，艾特玛托夫站在人类意识的高度，对当前有

---

❶ 史锦秀. 艾特玛托夫在中国 [M]. 石家庄：河北人民出版社，2007.

关人类的生存状况、人类价值和人类命运等重大问题给予了极大的关注，体现了他对人类和世界的终极关怀。这种开阔的文化视野使他的创作不仅在苏联，在全世界都产生了巨大影响，他的作品被译成多种文字在一百多家外国出版社出版发行，深受好评。

在长篇小说《额尔古纳河右岸》获得茅盾文学奖后，迟子建接受记者的采访时曾说，与美国相比，俄罗斯是她更为心仪的国家。"他们有真正伟大的作家，艾特玛托夫、屠格涅夫、阿斯塔菲耶夫、托尔斯泰、陀思妥耶夫斯基、契诃夫、索尔仁尼琴、帕斯捷尔纳克……能数出一大串。俄罗斯作家身上有一种大气，可能是因为国土辽阔，民族众多，山川河流的精气都注入俄罗斯作家的精神里。他们身上还有很宝贵的品质，在我们这个时代已经越来越缺乏的品质，就是他们的忧患意识，他们对强权和不义的反抗精神和独立意志。很多作家为了个人的信念，不惜被流放监禁，这些对他们来说都可以忍受，甚至都可以接受，我觉得作家的这种气魄、信念和勇气是了不起的。"❶ 在列举俄罗斯文学大家时，迟子建居然毫不犹豫地把艾特玛托夫列为第一个，由此可见她对艾特玛托夫的创作极为推崇。后来，迟子建又把那些俄罗斯作家称为不死的灵魂，艾特玛托夫毫无疑问地位列其中，"20 岁之后，我开始读普希金、蒲宁、艾特玛托夫和托尔斯泰的作品。也许是年龄的原因，我比较偏爱艾特玛托夫的作品，他描写的人间故事带着天堂的气象"❷。把艾特玛托夫的作品称为带有"天堂的气象"，表明迟子建曾经从艾特玛托夫的《查密莉雅》《我的包着红头巾的小白杨》《第一位老师》等小说中，领会了"天堂"的气息，并从这些具有"天堂"气息的创作中汲取了大量有益的文学养料，并使迟子建进一步拓展了创作的视野和境界。

无疑，艾特玛托夫是对我国新时期文学产生重要影响的一位作家。我国20 世纪60 年代开始翻译介绍艾特玛托夫的作品，其中虽然由于中苏两国关系的变化对艾特玛托夫的译介产生过一定的影响，但随着改革开放，艾特玛托

---

❶ 迟子建. 得奖没有太大的期待 [N]. 半岛晨报，2008 - 10 - 28.
❷ 迟子建. 那些不死的魂灵啊 [J]. 文学界，2010 (1).

夫的全部作品不仅被翻译成中文，有的还一版再版。一位学者在谈及我国新时期对世界文学的接受情况时，曾不无感慨地说："艾特玛托夫的作品被热烈传诵的程度不亚于海明威。"❶ 张承志、路遥等中国当代著名作家都不同程度地受到艾特玛托夫的影响。而艾特玛托夫对迟子建创作的影响更是显而易见。这种影响绝非偶然之事，而是有着很强的社会、文化背景的文化与文学现象。

和大多数作家一样，迟子建接受艾特玛托夫的影响可能是潜移默化的，这种潜移默化首先来自地域因素。"一种文化能否为其他文化所接受和利用，决非一厢情愿所能办到的。这首先要看该种文化是否能为对方所理解，是否能对对方做出有益的贡献，引起对方的兴趣，成为对方发展自身文化的资源而被其自觉地吸收。"❷ 迟子建的家乡是中国最北端的黑龙江漠河县的北极村，与俄罗斯接壤，家乡肥沃的黑土地，无边的原始森林，广袤的原野，寒冷多雪的冬日，这些相近的自然条件都成为艾特玛托夫和迟子建两位作家文本中重要的自然背景。"俄罗斯民族是最两极化的民族，它是对立面的融合。它可能使人神魂颠倒，也可能使人大失所望，从它那里永远可以期待意外事件的发生，它最能激起对其热烈的爱，也最能激起对其强烈的恨。处于东西方文明交汇处这一特殊的地理位置，使俄罗斯文化同时受到了东西方文化的交叉影响，形成了东西方性的特征。13 世纪以来俄罗斯的民间服饰文化、饮食文化、音乐文化、民俗文化和建筑文化都与东方文化，特别是东亚文化有千丝万缕的内在联系。"❸ 俄罗斯文化的东西方性有利于俄罗斯文化在东北地区的传播，作为东北女作家的迟子建具有接受俄罗斯文化的先天优势。

其次，迟子建接受艾特玛托夫的影响还来自两位作家对各自故乡的深情书写以及鲜明的地域色彩。对于艾特玛托夫而言，他的故乡吉尔吉斯塔拉斯草原舍克尔村是其创作的源泉。艾特玛托夫曾说："我认为，每个作家都应该有一

---

❶ 刘再复. 笔谈外国文学对我国新时期文学的影响 [J]. 世界文学，1987（6）.

❷ 乐黛云. 比较文学与比较文化十讲 [M]. 上海：复旦大学出版社，2004：5.

❸ ［俄］德·谢·利哈乔夫. 解读俄罗斯·译序 [M]. 吴晓都，译. 北京：北京大学出版社，2003：4.

个自己的点，有一个自己的、与土地相连的连结点。"❶ 艾特玛托夫与土地的连结点就是故乡舍克尔村，他在《查密莉雅》《我的包着红头巾的小白杨》《母亲—大地》《骆驼眼》等小说中，都流露出浓郁的地域风情及神韵。不过，艾特玛托夫还没有停留于对地域风情的简单展示上，在他看来，通过地域风情透视人类性、普遍的人性才会有真正的价值。"我一直确信，'舍克尔的问题'应该是通过艺术家的心灵，也只有这样才能为全人类所共有。在每个具体的情况下，总是有一些问题，可以被认为是具有全人类性质的。经典作家笔下的某个小村庄，常常能成为解决最复杂的、具有广泛意义的、全人类的共同问题的地方。所谓地方作家的苦处又在哪里？他们能很好地了解地方生活，但是总不能超越它，升腾到它的上面。"❷

迟子建的文学创作在对故乡地域风情的发掘上是受到艾特玛托夫影响的。迟子建的大部分小说都是以故乡大兴安岭为背景的，那片土地春夏季节短暂，生命蓬勃繁盛，冬天漫长，白雪茫茫，清纯而宁静。由于地处偏远，大兴安岭反而能够保有较为丰盈的原始野性，尤其是鄂伦春、鄂温克等游牧部族曾长期据守于此，即使汉族居民迁徙来此，大部分人接受的教育程度都较低，人性还较为纯朴，更兼人烟稀少，彼此之间的关系反而更能沉淀出一种真挚和温情。当迟子建不断地在《北极村童话》《原始风景》《日落碗窑》《雾月牛栏》《清水洗尘》《树下》《越过云层的晴朗》《额尔古纳河右岸》等小说中叙述大兴安岭那片土地的人情风物、生死悲欢时，她的小说就自然地展示了浓郁的大兴安岭的地域风情。由此可看出，迟子建和艾特玛托夫一样试图从故乡和全世界之间寻找一种隐秘的通道。

最后，迟子建接受艾特玛托夫的影响还来自宗教因素，共同的原始萨满教文化的熏陶使迟子建易于接受艾特玛托夫创作。原始萨满教文化是东北地域文化重要的生发原点，东北地区和俄罗斯西伯利亚地区是萨满教的最重要的发源

---

❶ ［俄］艾特玛托夫. 对文学与艺术的思考［M］. 陈学迅，译. 乌鲁木齐：新疆大学出版社，1987：123.

❷ ［俄］艾特玛托夫. 对文学与艺术的思考［M］. 陈学迅，译. 乌鲁木齐：新疆大学出版社，1987：124.

地之一。萨满教是一种以氏族为本位的原始自然宗教，发轫并繁荣于母系氏族社会，到原始社会后期，其观念和仪式日臻成熟和完备。进入阶级社会以后，由于不断地受到来自政治、经济以及宗教等外来文化的渗透和冲击，萨满教的观念和形态也随之发生了某些变异，但其精神实质和文化内核却基本保存完好。无论从自然条件还是从社会环境来讲，东北地区都天然地具备产生原始宗教的丰厚土壤。萨满教文化在东北民间的影响一直比较广泛和深刻，对人们的生活方式和文化心理取向发挥着深刻的影响，成为塑造东北民间文化精神的一个重要因素。时至今日，在东北民风民俗之中仍然可见萨满教文化影响的痕迹，这种浸润了萨满教精神的民间文化势必对迟子建等东北作家产生深远的影响。

在艾特玛托夫影响下的迟子建创作既呈现出原始萨满教文化质朴神秘的文化特色，又包含了俄罗斯文化资源带来的异域风格。作为受萨满教文化深远影响的作家，迟子建和艾特玛托夫以其承载的独特文化心理和民俗风情，显示出与主流文学不同的色彩，"萨满不仅是神的祭司、医生和占卜者，而且也是民间口头诗歌艺术的发明者，是民族希望和幻想的讴歌者，萨满保护和创造了故事和歌曲，是民族智慧和知识的典范"❶。随着历史的不断发展，萨满教文化已经演化为一种民族精神，以隐形的影响渗透并融入生活习俗和文化心理中，沉淀在迟子建和艾特玛托夫的文学深层世界，并发出熠熠生辉的创作光彩。迟子建对艾特玛托夫的接受，经历了一个由单一肤浅到复杂全面的过程，在这一过程中，俄罗斯文化资源为迟子建创作注入了强壮的异域资源的新鲜血液，为她提供了丰富的营养。从而使其作品承载独特的地域文化的特色和个性以及丰富而又独特的文化心理和民俗风情，丰富了当代女性文学创作。

二、寻求人类"内部自然"的"回归"

艾特玛托夫和迟子建有一种一而贯之的创作意识，那就是对大自然的关爱

---

❶　［苏］洛帕廷. 果尔特人的萨满教［M］//萨满教文化研究（2）. 孙运来，译. 天津：天津古籍出版社，1990：76.

和对生命的抒写，通过对自然的书写建构心中的信仰世界。2000 年迟子建访问挪威，在与挪威作家的座谈时曾说："当我很小在北极村生活的时候，我认定世界只有北极村那么大。当我成年以后见到更多的人和更绚丽的风景之后，我回过头来一想，世界其实还是那么大，它只是一个小小的北极村。"❶ 对北方边地自然环境和生活的描摹，是迟子建创作中最引人注目的特色，也是最具艺术水准的部分，"边地是她的肉身的近邻和精神的原乡，她不是边地的旅行者、造访者，也不是借宿者、暂居者，因为她将自己置身其中，仿佛与生俱在"❷。从《沉睡的大固其固》《北极村童话》《原始风景》到《逝川》《雾月牛栏》《逆行精灵》《微风入林》，再到《额尔古纳河右岸》，迟子建将深厚的爱投入到这块孕育了精灵般生命的土地，构造出生动感人的人与人、人与自然的丰饶景象。

迟子建小说中的这种自然生命意识与艾特玛托夫创作的自然生态观有诸多相通之处。人与自然的关系问题是艾特玛托夫创作面临的重大课题之一，是人道主义精神深化对文学的渗透，"文学必须反映世界状况和当代现实，可是，什么是世界状况和当代现实？我认为，二者都包含在两个范围内：其一是家庭、社会、国际关系中人与人之间的范围，其二则是人与自然的关系"❸。当人与自然剥离的时候，人的生命就会萎缩，当人不尊重自然的时候，人就会受到自然的惩罚，"我们是自然的一部分，当人们还没有彻底理解自己与自然关系的全部复杂性和多样性的时候，当人们还没有学会不仅只是索取，而且还应奉献的时候，人的生存就会受到危险的威胁"。艾特玛托夫创作在广阔的社会背景上展现出作家的道德探索和俄罗斯存在的尖锐的社会问题，体现了艾特玛托夫对人类生存环境和生态问题的关注，表现出对科技的发展给生态环境带来的负面作用的深刻认识。

艾特玛托夫创作中的这种自然生态观对迟子建的创作产生了深刻的影响。

---

❶ 迟子建. 迟子建散文 [M]. 北京：人民文学出版社，2008：152.

❷ 施战军. 独特而宽厚的人文伤怀——迟子建小说的文学史意义 [J]. 当代作家评论，2006 (4).

❸ 张玉娥，赵校民. 拉斯普京的生态伦理观 [N]. 齐齐哈尔师范学院学报，1996 (1).

迟子建曾说，"俄罗斯的国土太辽阔了，它有荒漠、苔原，也有无边的森林和草原。它有光明不眨眼的灿烂白夜，也有光明打盹的漫漫黑夜。穿行于这种地貌中的河流，性格也是多样的，有的沉郁忧伤，有的明朗奔放。俄罗斯的文学，因为有了这样的泥土和河流的滋养，就像落在雪地上的星光一样，在凛冽中焕发着温暖的光泽，最具经典的品质"。迟子建的创作在东北丰饶广袤的水土的滋养下，焕发出灵动、湿润的自然生命的光彩，她在小说集《逝川》的跋中写道："我觉得无论是生命还是创作都应该呈现那种生命的自然状态：裹挟着落叶，迎接着飞雪，融汇着鱼类的鸣咽之声，平静地向前，向前，向前。"❶ 人和自然的和谐相处无疑是迟子建创作中的核心主题，一旦远离自然，人就会蜕变成一个被迫流浪的无根者，失去了人性中本该有的全部丰富性，在人的精神家园的荒芜的同时，也预示着人自身能力的衰退。在中篇小说《原野上的羊群》中，"我"和丈夫于伟居住在城市里，而且有令人羡慕的职业和社会地位，但作为一个女人，"我"失去了生育的能力，"我"因此而烦躁，创作力萎缩，于是"我"和于伟一起在周末去乡下，并享受与继子的天伦之乐。生理能力的萎缩以及亲情、温情的缺失是人类疏离自然、追求理性和现代文明所付出的代价，由此而演化出的个体生命的消弭和家庭破碎的事件也就使迟子建的这个都市故事平添了几分悲剧色彩。

长篇小说《额尔古纳河右岸》则表现了自然生命的萎缩与衰亡。鄂温克人的百年历史在迟子建的笔下，浓缩成了鄂温克部落最后一个酋长夫人的传奇故事，展示了这个生活在北国大森林中的游牧民族由繁盛到枯萎衰落、濒于死亡的历史进程。鄂温克作为中国人数最少的少数民族之一，额尔古纳河右岸的大森林是他们赖以栖身并维持民族信仰和民族文化的根基，而"持续的开发和某些不负责任的挥霍行径，使那片原始森林出现了苍老、退化的迹象，沙尘暴像幽灵一样闪现在新世纪的曙光中，稀疏的林木和锐减的动物，终于使我们觉醒了，我们对大自然索取得太多了"❷。山林的严重破坏毁灭性地打击了鄂

---

❶ 迟子建. 雪中的炉火 [M] //逝川·跋. 武汉：长江文艺出版社，1996：344.

❷ 迟子建. 从山峦到海洋 [M] //额尔古纳河右岸·跋. 北京：十月文艺出版社，2005：252.

温克民族，从根部抽空了鄂温克民族的文化依傍，人们开始被迫离开自己祖祖辈辈生活过的地方，离开大自然，离开额尔古纳河右岸茂盛的森林、起伏的山峦、蔓延的小溪，去山下定居。森林植被的破坏使牧民无法再放养驯鹿，现代社会的道德文明更是从内部异化了这个民族的心灵，古老的文明真的就没有任何价值了吗？"有了知识的人，才会有眼界看到这世界的光明。可我觉得光明就在河流旁的岩石画上，在那一棵连着一棵的树木上，在花朵的露珠上，在希楞柱顶尖的星光上，在驯鹿的犄角上。如果这样的光明不是光明，什么才会是光明呢？"承认鄂温克文化也具有与汉民族文化同等的重要意义，因为"一种文化就像是一个人，是思想和行为的一个或多或少贯一的模式。每一种文化中都会形成一种并不必然是其他社会形态都有的独特的意图。在顺从这些意图时，每一个部族都越来越加深其经验。与这些驱动力的紧迫性相应，行为中各种不同方面也取一种越来越和谐一致的外形"❶。在《额尔古纳河右岸》中，迟子建借助鄂温克部落生活，写出了存活在山林中的原始文明与现代文明的矛盾与冲突，写出了人类文明进程中所遇到的尴尬、悲哀和无奈。这一百年的风雨沧桑，既发生了东北地区乃至整个中国由封建落后到开放革新的巨变，也上演了鄂温克民族由兴旺繁盛到土崩瓦解的悲凉史诗。

在自然环境、原始文化遭到破坏的同时，人们的道德观念也发生了变异，迟子建所关注的这一块民族栖息地也面临精神财富随同自然财富一起被攫取的危险。迟子建在中篇小说《白银那》中描写了鱼汛过后白银那人们的抗盐风波。百年不遇的特大鱼汛突然降临到黑龙江上游的无名小村白银那，于是家家户户的院里一夜之间都堆满了白花花的鱼，以至于整个白银那都变成了一条充满腥味的大鱼。捕获的丰收本来是一件喜事，然而不祥的阴影和灾难也随之降临，村里唯一的盐店老板马占军故意向鱼贩子隐瞒了捕获丰收的信息，以便使自己店内盐价暴涨强迫村民买盐腌鱼。然而作品中也描述了老板马占军如此黑心和冷酷无情的原因，数年前他得了一场怪病，向村民们借钱却无人愿意伸出

---

❶ ［美］露丝·本尼迪克特. 文化模式［M］. 王炜，译. 北京：生活·读书·新知三联书店，1988：48.

援助之手，尝尽了人情的淡薄，便从此盘剥乡民，此次更是借机报仇雪恨。但他的行为激怒了乡民，大家宁肯让大批的鲜鱼臭掉也不肯买盐，直到卡佳的悲剧发生，马占军方才如梦初醒痛悔不已。这不仅是利欲熏心的社会所产生的生命悲剧，同时也是村民们自己亲手种下的苦果。最后由于乡长出面制止了对马占军的报复，大家终归还是由愤怒而归于醒悟与和解。在这篇近乎寓言的小说中，既有对乡民丑陋品性的暴露，更有作家温柔的宽宥和悲悯，从而在市场经济物质化的潮流中高高举起了人道主义精神的旗帜。

20世纪以来，科学主义与进化论等理性思维遮蔽了对人文之根的探索，与历史同步的文学功利性压盖了对生命自然和谐的追求以及对神性的敬畏，而迟子建和艾特玛托夫的小说创作是对这种自然生命缺失的一种补偿。迟子建小说不仅有为自然生命衰亡所唱的挽歌，还有高扬生命意识的赞歌。中篇小说《逆行精灵》中鹅颈女人美丽丰满，充满性感的诱惑，她虽然对丈夫没有不满意，但仍然不停地四处寻找偷情的快乐与刺激，寻找情和欲的满足。但她又不是通常意义上的放浪或追求个性自由的女人，她并不想得到男人们的世俗性回报，更不想攫取和伤害任何人。她通身洋溢着浓郁的生命活力，即使与男人偷情的时候她也显得如此纯洁和具有抒情意味，其中还带有对男人的宽容、理解和嘲讽。迟子建通过鹅颈女人呈现的是边地人生命狂野的韵致，以及广漠雪原上人们对生之自由及活力的特殊理解。

《额尔古纳河右岸》中有一条情节发展的暗线，那就是部落中几代萨满的传承。在部落里，萨满是沟通人与自然神明的使者，是医师、祭司、预言家，具有非凡的神力。萨满跳神作为一种宗教信仰活动，在深层表达了人类敬畏自然、减轻生存的苦难与局限、使主体精神与神秘的魅性得以自由实现，表达在永恒和无限中随意地创造自身、解放自身的愿望。萨满用其神性的光辉普照着她周围的生命，无论是尼都萨满还是妮浩萨满，在危急时刻都是不顾自己的利益挺身而出。妮浩萨满每救一个不该救的人，自己就要失去一个孩子，可是她并未因此而放弃治病救人。对于母亲来说，孩子无疑是最重要的，但萨满的职责使她放弃了对孩子的小爱，而选择了对部族的大爱。迟子建通过萨满文化的书写，如一个翩翩飞舞的自然精灵逆行于当下的物化世界之中，表达了她对和谐的生命状态的回归以及对自然神性的敬畏。

面对现代化大潮的冲击，面临着在传统和现代之间的艰难抉择。迟子建和艾特玛托夫的立场是继承优良传统，以更为开放的姿态面对现代文明，在《一日长于百年》中，艾特玛托夫批判了现代人割断传统文化的武断和愚昧，曼库特传说反映了艾特玛托夫对那些遗忘了自己的父母、祖先的人最终沦落成白痴的悲剧的警示，艾特玛托夫真正赞成的是像叶吉盖、卡赞加普、阿布塔利普那样尊重文化传统，踏实勤勉地生活在大地上的人。与艾特玛托夫的文化立场相似，迟子建的小说创作表达了与艾特玛托夫中的大自然主题相互契合的自然生命意识，她以对自然生命的人文关怀，实现了对文学的历史功利性的反抗、对工具理性和消费主义的拒绝，在小说中不断地抗拒现代文明对传统文化的冲击，试图返回传统文化中寻找生生不息的力量。

三、苦难中的温情守望

无论是艾特玛托夫，还是迟子建，都是以对人性中温情的书写而独步文坛。艾特玛托夫善于抓住某一个独具特色的画面展现人性的温润之光，用温情浸润人们的心灵，虽然真实的生命残缺状态给予人类无法承受的苦难，但艾特玛托夫却努力在其作品中张扬人类残缺背后的温情，他将残缺当作温情化的表达。与艾特玛托夫一样，迟子建始终以景仰的心情坚持"对辛酸生活的温情表达"❶，在迟子建的作品中，温情表现为对残缺生命个体的深情描绘，表现为选取生活中独具"暖意"的一个个画面，表现人与自然的和谐相处以及对纯善的人性之美的发掘。

每一个优秀作家都是具有浪漫气息和哀愁气息的人，具有一种悲天悯人的情怀，艾特玛托夫创作中常展示那种弥漫的、挥之不去的温情与哀愁。"我发现哀愁特别喜欢在俄罗斯落脚，那里的森林和草原似乎散发着一股酵母的气息，能把庸碌的生活发酵了，呈现出动人的诗意光泽，从而洋溢着哀愁之气。

---

❶ 文能，迟子建. 畅饮"天河之水"——迟子建访谈录［J］. 花城，1998（1）.

比如列宾的《伏尔加河纤夫》、柴可夫斯基的交响曲《悲怆》、艾特玛托夫的《白轮船》、屠格涅夫的《白净草原》、阿斯塔菲耶夫的《鱼王》，等等，它们博大精深，苍凉辽阔，如远古的牧歌，质朴而温暖。所以当我听到苏联解体的消息，当全世界很多人为这个民族的前途而担忧的时候，我曾对人讲，俄罗斯是不死的，它会复苏的，理由就是这是一个拥有了伟大哀愁的民族啊。"❶ 在迟子建看来，艾特玛托夫的《白轮船》就是充满哀愁之气的文学精品，由她对《白轮船》的激赏，可以看出她与艾特玛托夫的心有灵犀。艾特玛托夫小说打动人心的，不是引人入胜的故事情节，也不是生动典型的人物形象，而是作品中散发出的那种浓郁的诗情和人性的温情之光，他总是以自己对生活和艺术的朴素而又独特的审美理解，以孩童般率真自然的笔调，从平凡的日常生活中挖掘情趣和诗意，创造一个蕴含诗性和温情的乡土世界。

艾特玛托夫善于发掘那些底层人民身上的淳朴之美，温情之美，而且这种美是带有吉尔吉斯人特有的体温的，是带有吉尔吉斯大地的地域风情的。艾特玛托夫曾说："应该培植人身上的善，这是所有人，一代又一代的共同责任。文学和艺术在这方面有着重大的责任。"❷ 艾特玛托夫相信善才是这个世界不可战胜的力量，文学艺术就应该服务于善。"文学的道义就在于描写人的尊严和荣誉，面前展现世界的广阔领域和美，使他能依靠自己丰富的精神生活而生存下去。只有这样文学才能站稳脚跟。不过，不只是站稳脚跟，而且还能战无不胜。"❸ 这就是艾特玛托夫对温情的本质性理解。在《查密莉雅》中，艾特玛托夫以战时艰难生活为背景，衬托出丹尼亚尔的丰富内心、查密莉雅的欢快活泼以及他们之间热烈纯真的爱情，让读者为之心醉神迷。在《我的包着红头巾的小白杨》中伊利亚斯对阿谢丽的缠绵爱情、阿谢丽的纯正人格、巴伊切米尔的宽厚和包容，《第一位老师》中的玖依申的无私奉献精神和阿尔狄娜依凄美的初恋，《母亲大地》中母亲的勤劳、善良和宽广心胸，等等，都是艾

---

❶ 迟子建. 是谁扼杀了哀愁 [J]. 青年文学，2006（11）.

❷ [俄] 艾特玛托夫. 对文学与艺术的思考 [M]. 陈学迅，译. 新疆大学出版社，1987：25.

❸ [俄] 艾特玛托夫. 对文学与艺术的思考 [M]. 陈学迅，译. 新疆大学出版社，1987：216.

特玛托夫所着力发掘的人性美、人情美。不过艾特玛托夫对温情书写的看法前后也有所改变，虽然艾特玛托夫在《断头台》等小说中，一直坚持从鲍斯顿等社会底层民众身上发掘淳朴的人性之美，但是《花狗崖》《一日长于百年》《断头台》《卡桑德拉印记》《崩塌的山岳》等小说中悲剧色彩越来越浓郁，"不过，如果实话实说，那么我确信，悲剧性是这样一种强大的力量，它能使人们精神升华，从而去思考生活的意义。悲剧在古代文学中即已奠定地位是很有道理的。"❶ 在后期创作中，他更关注复杂的人性内涵和精神困境，在悲剧的拷问下，艾特玛托夫创作中温情主义就显得日趋式微。

与艾特玛托夫的温情书写一样，迟子建在中国当代文坛中也是以温情的浪漫书写而著称的，"从《亲亲土豆》《清水洗晨》《雾月牛栏》到近年来的《一匹马两个人》，所有信手拈来的说法都不能概括迟子建的小说品质，她在创造中以一种超常的执着关注着人性温暖或者说湿润的那一部分，从各个不同方向和角度进入，多重声部，反复吟唱一个主题，这个主题因而显得强大，直至成为一种叙述的信仰"❷。这里所说的人性温暖或湿润的那一部分，就是迟子建萦绕于怀的温情。迟子建专注于发掘边地纯朴人生中那弥足珍贵的温情之美，《亲亲土豆》中得了绝症的秦山，在自己生命之火将熄灭的时候，不舍得徒劳花钱治病而给妻子买了一条旗袍，让她来年夏天穿上，秦山和李爱杰两人之间互相体谅的爱情、亲情，和礼镇的土豆花一道氤氲成了边地小镇最为雅致动人的景观。迟子建比较喜欢《花瓣饭》《清水洗尘》等小说中对家庭暖暖亲情的展示，《沉睡的大固其固》《逝川》《腊月宰猪》《日落碗窑》《白银那》等小说中都洋溢着儒家伦理的温馨乡情。她的笔下很少出现像艾特玛托夫的《查密莉雅》中的那种爱情，或者像《我的包着红头巾的小白杨》中伊利亚斯的爱情，或者像《一日长于百年》中叶吉盖对查莉芭的那种感情，那些感情是更富有炽热力度、富有个性色彩、富有精神内涵的感情，而迟子建更多是从亲情、温情角度出发理解爱情，就像饱经世故的中老年人一样。

---

❶ [俄] 艾特玛托夫. 艾特玛托夫答记者 [J]. 苏联文学, 1986 (5).
❷ 苏童. 关于迟子建 [M] //微风入林·跋. 沈阳: 春风文艺出版社, 2005: 210.

在迟子建的中短篇小说中，有不少作品都写了人生的忧伤、缺憾与无奈，如《雾月牛栏》中继父的失误、内疚与死亡，宝坠的弱智与母亲的不幸，《白银那》中卡佳丧命于熊掌之下的惨痛，《亲亲土豆》中秦山的中年病逝，《逆行精灵》中豁唇的残疾与被抛弃，老哑巴的孤独与自杀，都能使人真切地感受到人生的残缺与悲哀。迟子建几乎在每一篇小说中都写了人生的种种不幸，痛苦、忧伤与无奈，这体现了她对现实的清醒与洞察，迟子建的独特之处并不在这里，因为这些人生的不尽如人意，很多作家都写到了，迟子建最为独特也最有别于他人的地方是，她在描写人生不幸与悲哀的同时，更注重对人性内涵的挖掘与生命本质的探寻，尤其执着地表现人性的温馨与美丽。《疯人院的小磨盘》中的小磨盘从小生活在与正常世界格格不入的疯人院，他所处的环境、所接触的人物都是非常态的、残缺的。他不喜欢上学，不喜欢同龄人，不喜欢正常人的世界，反而对大自然有一种天然的亲近，他对自然世界的关注与迷恋处处彰显与众不同的生命旨趣。正常人眼中的小磨盘是残缺的、非正常态的，小磨盘自我放逐的深层原因，正是正常世界的人们伪善自私与急功近利，小磨盘拒绝正常人世界恰恰是对自我生命旨趣的坚守，世俗生存状态对小磨盘来说是单调的、灰色的、空洞的，而他对宁静的自然景象却充满感情，于是小磨盘在自我放逐中成为正常人眼中怪异的孩子。迟子建笔下这些精神缺失的人物形象无一不在展示自然的温情。他们亲近自然，热爱自然，放逐于自然，在自然温情中寻求精神世界的慰藉，这恰恰是迟子建独特的魅力所在。她一直醉心于自然，她曾这样来表述她对自然的钟情："我总觉得自然对人的影响是非常大的，我一直认为，大自然是这世界上真正不朽的东西，它有呼吸，有灵性，往往使你与它产生共鸣。"❶ 迟子建让她笔下的"精神缺失者"身上散发出浓郁的自然温情，在大自然的浸润之下，这里的生命个体自在而通透，温润而宁静。

迟子建笔下有很多女性残缺生命的人物形象，她们无疑是文学人物形象中的一道别样的风景，戴锦华在《迟子建：极地之女》中有这样的评述："迟子建最为动人的故事是对女性伤残生命的书写，尽管在她那里，极地无疑是一片

---

❶　方守金. 自然化育文学精灵——迟子建访谈录［J］. 文学评论，2001（3）.

神奇的土地，但并没有奇迹来拯救和修复那些伤残的人生。"❶ 尽管迟子建笔下的这些女性人物形象各具特色，但她们身上都具有同一种爱的残缺。这些女性人物形象有的是爱情的缺失者，有的是身体的残缺者，有的是身心被蹂躏者，如孤苦执着于爱情的芦花娘（《北国一片苍茫》），善良、完美而却被忽略的老古喜（《逝川》），被亲情侮辱与伤害的七斗（《树下》），身体人生残缺的女萝（《秋歌》）等，她笔下的女性人物性形象均有一份生存的困境，即生命的残缺状态，她们只有一个很小很实在的愿望，只想好好过属于自己的一生，只想拥有属于自己的一份爱。迟子建的《晚安玫瑰》讲述了一个弑父的悲剧故事。出生于农村的赵小娥，有一段不愿向外人提及的身世之谜，背负恶名的生母在家庭的折磨下过早离去，从此这个家不再温暖。阴暗、衰颓的家庭氛围令赵小娥清醒地意识到男性的冷酷无情。她在父亲与继母的羞辱中考上了大学。大学毕业后，生活曾给予赵小娥一丝光明，可是就在光明触手可得之时，又被莫名的身世之谜无情地拉回到阴暗之地。我们能够感受到一个鲜活的生命在茫然无措的世界中挣扎以及她对男性的深恶痛绝。与赵小娥有着同样身世之苦的吉莲娜，是一位俄罗斯后裔，她受过高等教育，少年时曾爱慕一位睿智帅气的俄国外交官，在知其早已有妻室后，便仅仅在心底保有一份爱恋。而继父为了换取自己的利益，在蒙蔽中，把她献给了日本人。赵小娥与吉莲娜在面对世间种种不如意之时，毅然决然奋起反抗。赵小娥痛恨自己是强奸犯的女儿，痛恨自己身上流淌着污浊的血液，童年的苦痛促使她选择逃离，但是生父对她造成的侵害如影随形。她在担惊受怕中产生复仇的念头，让自己获得解脱的唯一方式便是杀死生父，这个多年以来给她造成心理障碍的人早该远离这个世界。同赵小娥一样，吉莲娜痛恨自己的继父，在她装疯卖傻的呼喊中，我们深深地感受到来自男性的暴虐。若想真正得到解脱便也是谋杀继父，自此，吉莲娜开始偷偷在继父的烟枪里装入毒药。在男性强权社会中，女性只有通过自身的反抗才能逐渐获取独立自主的人格与生命。赵小娥与吉莲娜勇于反抗不公的行为，正是对于现代版的娜拉出走后的解答。"我所理解的活生生的人，不是

---

❶ 戴锦华. 迟子建: 极地之女 [J]. 当代作家评论, 1998 (2).

庸常所指的按现实生活规律生活的人，而是被神灵之光包围的人，那是一群有个性和光彩的人。"❶ 但即使是这么普通的要求，她们也为此付出了沉重的代价，面对这些生存状态缺失者的朴实诉求，迟子建用温情的笔触让这些人物形象身上的人性放大，她们身上有着对原始人性的追求，闪耀着温润的母性光辉，积聚着生命个体对自由美好生活的向往，闪耀着不可抵挡的人性光芒。

　　曾有批评家指出过迟子建的温情书写可能存在的潜在弊端，"太过温情的笔触遮蔽了人生某些残酷的世相，阻遏了你对人性中恶的一面的更深一层的探究和揭示"❷。但是迟子建始终认为温情就是一种力量，"我觉得整个人类情感普遍还是倾向于温情的。温情是人骨子里的一种情感，我之所以喜欢卓别林和甘地，就是因为他们身上都洋溢着温情。卓别林的作品中的主人公处境坎坷，但他们对生活充满了乐观积极的精神；甘地以他强大的人格力量赢得了人类历史中最圣洁的心灵的和平。这种善征服了恶，战胜了恶而永垂青史。我信奉温情的力量同时也就是批判的力量，法律永远战胜不了一个人内心道德的约束力，所以我特别喜欢让恶人有一天能良心发现、自思悔改，因为世界上没有彻头彻尾的恶人，他身上总会存留一些善良的东西"❸。迟子建小说中有不少人物都选择了弃恶从善：《树下》中七斗的姨父在死后曾对强奸七斗颇有悔意；《热鸟》中王丽红最后也被赵雷感动，决定负起母亲的责任；《越过云层的晴朗》中许达宽为年轻时犯下的罪行忏悔；《额尔古纳河右岸》中马粪包最后也改过迁善。迟子建所说的让恶人良心发现非常明显地表现于小说《越过云层的晴朗》中，梅红的父亲是资本家出生，年轻的她竟然纠集一批学生批斗自己的父亲，最后父亲被活活地打死。因为悔悟与愧疚，她来到金顶镇隐姓埋名地以替人生孩子而活着，当梅红从收音机里听到"文革"结束的消息时，号啕大哭，她最后死于替人生孩子的过程中。梅红虽然大着肚子时被人指指点点，甚至言语嘲讽，也有镇长的不时骚扰，可她还是能够安安静静地在金顶镇

---

❶　迟子建. 寒冷的高纬度［J］. 人民文学，2002（3）.
❷　文能，迟子建. 畅饮"天河之水"——迟子建访谈录［J］. 花城，1998（1）.
❸　张英. 温情的力量——迟子建访谈录［J］. 作家，1999（3）：50.

生活，并且有一块开满向日葵的乐土。梅红的人生经历带有鲜明的"文革"印记，其残酷性已经无法用语言来表述，但在这篇小说却充满着人与人之间的宽容、谅解、同情与关爱，没有强烈的山崩地裂般你死我活的冲突，也没有熊火燃烧般的炽热力度，只有温文尔雅又大度宽容的母性气质。目的只是引起人们的关注，这是一种善良的反思，正说明了迟子建温情的人生价值取向。迟子建的写作总是在挖掘人们身上的善良的一面，这也是迟子建对人性真善美的期望，"文革"的残酷与暴力只是人需要经历的多种多样的生命考验的一种，在这个考验中，人的善性总是存在的，特别是普通人，他们身上的淳朴善良与宽容的美德构成了他们的精神品质的重要内核，迟子建一方面以现实主义的笔法描写这些普通人生活劳作的平凡寻常，同时又以理想浪漫的情致揭示出隐藏在日常生活中的激情和美感，从而使作品散发出浓郁绚烂的诗性光芒，"这个世界，恶是强大的，但是比恶还要强大的，是爱与美"❶。这可以说把迟子建的温情书写立场表白得淋漓尽致。

四、叙事视角与人文情怀

艾特玛托夫用一种独特的视角切入生态批判，对现实的深切关注以及人性和道德等问题的思索，赋予创作以独特的人文价值。艾特玛托夫几乎每一部作品都渗透出俄苏文学特有的人文气质，而迟子建也将民族文化的心理积淀作为创作丰富的精神食粮，并以独特的叙事切入，使他的创作具有独特韵味和审视现实的人文视角。

叙述视角，简称视角或视点，指的是作品中对被叙述的事件进行观察和讲述的角度，叙述者与被叙述的事情之间的关系。视角原是绘画透视学中的术语，在画家观察和描绘人物时，需要选择一个较为恰当的视角，才能准确地揭示人物的精神面貌，"构成故事环境的各种事实从来不是'以它自身'出现，而总是根据某种眼光，某处观察点出现在我们面前"❷。在小说中，作者也需

---

❶ 杨帆. 迟子建：文学奖是对孤独作家的鼓励 [N]. 竞报，2008.
❷ 张寅德. 叙述学研究 [M]. 北京：中国社会科学出版社，1989：32.

要选定一个能体现其叙述智慧的视角展开叙事，视角选取的合适与否直接决定小说叙事的成败，同时也影响整部小说的叙述风格、技巧、节奏等，因此小说叙述视角与作者感受体验世界的方式之间存在对应关系，是作家内在精神的外在显现。"小说技巧中全部复杂的方法问题，我认为都从属于视点问题，即叙述者与故事的关系问题。"❶ 视角至少包括两个方面的含义，"一为结构上的，即叙事时所采用的视角（或感知）角度，它直接作用于被叙述的事件；另一为文体上的，即叙述者在叙事时通过文学表达或流露出来的立场观点、语言口吻，它间接地作用于事件"❷。艾特玛托夫和迟子建小说中都使用了儿童视角和动物视角这两种叙述视角来推动故事发展，深化小说的人文主题。

首先是儿童视角。儿童视角是作家化身为儿童，以儿童的眼睛和心灵去观察和体味人生百态，儿童视角的采用，一方面故事的呈现过程具有鲜明的儿童思维的特征，小说的叙述调子、姿态、结构及心理意识因素都受制于作者所选定的儿童的叙事角度这样一种叙事策略；另一方面通过从成人到儿童的角色置换，以儿童的别样眼光观察和打量成人生活空间，从而打造出一个非常别致的世界，展现不易为成人所体察的原生态的生命情境和生存世界的面貌。

作为对童年生活记忆深刻的作家，艾特玛托夫和迟子建都采用儿童视角的叙述方式。童年是一个人生命的初始阶段，童年经验可以对一个人的一生产生深刻的影响，作家童年经历对创作的影响甚至是决定性的。"童年经验作为先在意向结构对创作产生多方面的影响。一般地说，作家面对生活时的感知方式、情感态度、想象能力、审美倾向和艺术追求等，在很大程度上都受制于他的先在意向结构。对作家而言，所谓先在意向结构，就是他创作前的意向性准备，也可理解为他写作的心理定势。根据心理学的研究，人的先在意向结构从童年时期就开始建立，整个童年的经验是其先在意向结构的奠基物。就作家而言，他的童年的种种遭遇，他自己无法选择的出生环境，包括他的家庭，他的父母，以及其后他的必然和偶然的不幸、痛苦、幸福、欢乐，社会的、时代

❶ 周发祥. 西方文论与中国文学 [M]. 南京：江苏教育出版社，1997：336.
❷ 申丹. 叙述学与小说文体研究 [M]. 北京：北京大学出版社，1998：197.

的、民族的、地域的、自然的条件对他的幼小生命的折射，这一切以整合的方式，在作家的心灵里，形成了最初的却又是最深刻的先在意向结构的核心。"❶

迟子建和艾特玛托夫两位作家运用儿童视角去建构小说的叙事框架，表面上看是小说叙事的形式问题，但实质上与作家的情感、心理、个性以及世界观、认识论、价值观等都有密切关系，它一方面决定作品的叙事方式，另一方面也体现作者的情感判断、价值取向与人生态度。对儿童视角的偏爱，迟子建是这样解释的。"我喜欢采取童年视角叙述故事。童年视角使我觉得，清新、天真、朴素的文学气息能够像晨雾一样自如地弥漫，当太阳把它们照散的那一瞬间，它们已经自成气候。当然，这大约与我的童年经历有关。我生在北极村——中国最北的小村了，再多走几步就是俄罗斯了。童年时我远离父母，与外祖母生活在一起。我不明白那个时代的儿童何以如此少，所以说童年生活给我的人生和创作都注入了一种活力，我是不由自主地用这种视角来叙述故事的。因为从某种意义来讲，这种视角更接近天籁。"❷ 儿童视角及由此而带来的朴素明朗、真率灵动的叙述语言和行云流水般自然的散文化结构，赋予了迟子建和艾特玛托夫小说生趣盎然的迷人意境和诗意的抒情氛围，构成了迟子建和艾特玛托夫小说特有的价值追求和美学品格。

艾特玛托夫和迟子建正是由于浓厚的童年情结而采用了儿童视角。他们的作品从童年记忆出发，以童心去捕捉灵感、观照世界、表现自我。艾特玛托夫《断头台》《白轮船》都以儿童的视角叙写故事，迟子建的《北极村童话》《雾月牛栏》《沉睡的大固其固》《罗索河瘟疫》《原始风景》也是从儿童视角展开故事，另外迟子建的《岸上的美奴》《树下》《日落碗窑》《逆行精灵》在多重叙述中也插入儿童视角的描述。这些从儿童视角进行的小说营构，使艾特玛托夫、迟子建的小说阅读时特别清新和优美，给人以心灵的陶冶。

当迟子建以儿童视角叙述时，更显示出和艾特玛托夫的相似之处。两位作家都擅于采用儿童视角抒发对大自然的赞歌，自然景物在儿童世界里充满生机

❶ 童庆炳. 作家的童年经验及其对创作的影响 [J]. 文学评论, 1993 (4): 59.
❷ 文能, 迟子建. 畅饮"天河之水"[J]. 花城, 1998 (1).

也充满童趣，即使平淡简单的现实景物，用儿童的视角一看也变得丰富而奇妙。艾特玛托夫小说《白轮船》中对清晨牵牛花的描写是这样的。"阳光一照，就睁开眼笑了。先是一只眼睛，然后又是一只，然后所有的花卷儿一个接一个都张开来，白色的、淡蓝色的、淡色的、各种颜色的。如果坐到它们旁边，别吱声，就会觉得它们仿佛睡醒后在悄声细语。早晨蚂蚁总爱在牵牛花上跑，在阳光下眯着眼睛，听听花儿在说些什么，也许，说的是昨夜的梦？"❶ 迟子建在短篇小说《五丈寺庙会》写儿童仰善眼中的自然世界如下："天边那蛛丝般的白光幻化成了一带粉红色的早霞，大地又亮了一层。太阳一寸一寸地从地平线升起，大地也就一层一层地亮起来。在仰善看来，自然界的苏醒是一物叫醒一物的，星星在退出天幕时把鸡叫醒，鸡又叫醒了太阳，太阳叫醒了人，人又叫醒庄稼，这样一天的生活才有板有眼地开始了。星星叫醒了鸡，它们也并不是真的消失了，它们化成了露水，圆润晶莹地栖在花蕊和叶脉上，等待着太阳照亮它们。而鸡叫醒了太阳，鸡鸣声也并不是无影无踪了，它们化作了白云，在天际自由地飘荡着。"❷ 也许是两位作者对儿童心理都深有感触，所以才能写出如此相似的儿童眼中万物有灵的自然世界。

除了抒发对大自然的赞歌，艾特玛托夫和迟子建运用儿童视角还叙写了本真的生活状态。儿童视角不仅可以表达生活中的美，而且可以表达生活中的真，在儿童视角的折射下，小说表层反映的是对自然、生活、人物的描摹，但深层折射出的是作家的心理世界，它与从成人视角看到的现实世界形成强烈的对比效果。艾特玛托夫小说集《白轮船》以一个 7 岁男孩的目光，观察贪婪野蛮的成人残杀山中母鹿，破坏自然环境，探讨人与动物如何共同生存等自然生态问题，这就决定了这篇小说虽以儿童为中心却具有普通儿童文学作品所不具有的深刻性。故事中的小男孩每天在湖边遥望湖里停泊的白轮船，也是这个在孤寂中长大的孩子的唯一乐趣，他没有父母，外婆也不是他的亲外婆，世界上唯一的亲人就是外公莫蒙爷爷。外公教会了他善良、宽容，也教会了他爱，

---

❶ ［俄］艾特玛托夫. 查密莉雅［M］. 力冈，等，译. 北京：外国文学出版社，1998：243.

❷ 迟子建. 五丈寺庙会［M］//疯人院的小磨盘. 北京：新世界出版社，2002：128.

可是莫蒙外公的女婿奥罗兹库尔却是个心肠冷酷、虚荣而又刚愎自用的家伙。他因为没有孩子而郁郁寡欢，也不想让别人得到快乐。他总是以此为由折磨自己的妻子别盖伊。正是这种变态的报复心理使他命令莫蒙开枪打死了被尊为吉尔吉斯人祖先的长角鹿妈妈。而莫蒙之所以肯做这一切是为了自己可怜的女儿，也是为了这个外孙。善良和罪恶就这样鲜明地对立着，孩子纯真美好的心灵也一次一次遭受摧残。当他看到院子里被砍下的鹿头、餐桌上堆满的鹿肉时，心灵受到沉重打击，他再也无法忍受和面对这个残忍的成人世界，跑到湖边向远方眺望，湖上却再也不见了白轮船，船已经开往伊塞克，于是他痛苦地投河自尽。艾特玛托夫大胆地将悲剧性元素引入到儿童世界中，无疑更能引起对世人的警示。当孩子看到亲爱的外公被奥罗兹库尔欺负时，他不停地问自己，"为什么人世间会这样呢？为什么有的人歹毒，有的人善良？为什么有的人幸福，有的人不幸？"尽管这些问题出自儿童之口，远远超出了一个儿童所能思考的范围，但却真实地反映了当时社会给儿童造成的心理印象。艾特玛托夫用儿童未曾受到污染的心灵和善良的情感与成人世界的人性之恶做对比，以毁灭的形式将美升华成为一种痛苦的"精神价值"。

儿童视角的理想色彩与成人视角的现实荒谬形成强烈的对比，两种视角的对比、反差和衬托构成了作品的内涵多重性、丰富性及叙事结构的复调意味。迟子建的《北极村童话》和《原始风景》以"我"这个儿童视角展开，记述了"我"从父母身边来到姥姥所住的北极村生活时看到的一切。这里不仅有迷人的风景和浓浓的亲情，同样也有让小姑娘隐隐感觉到政治风云带来的阴影，大舅死了姥爷却不敢说，苏联老奶奶真诚待人却得不到周围人的理解和同情，只有"我"这个懵懂无知的小姑娘仍然无所顾忌地和苏联老奶奶嬉闹。《清水洗尘》写的是礼镇家一年一次的年前洗澡的故事。男孩天灶负责为一家人烧洗澡水，围绕天灶、妹妹天云、父亲、母亲、奶奶和蛇寡妇之间因洗澡而引发的"小摩擦"，抒写了温馨而浓郁的亲情。14 岁的天灶第一次没有将就着用别人洗过的水，而是给自己单独烧了满满一桶清水，躺在刷洗干净的澡盆中，"他感觉那星星已经穿过茫茫黑暗飞进他的窗口，落入澡盆中，就像课本中所学过的淡黄色的皂角花一样散发着清香气息，预备着为他除去一年的风尘。天灶觉得这盆清水真是好极了，他感到从未有过的舒展和畅快"。迟子建以极寒地带的风俗构成叙事的依托，透过小男孩天灶的眼睛和感觉，借助纯净的儿童视角，将普通一家每年洗一次澡这样一个平常凡俗的故事，演绎得趣味横生，诗意盎然，传达出平和达观的人文情怀。

其次是动物视角。迟子建和艾特玛托夫的小说创作另一个比较鲜明的相似点，是动物视角的运用。在人类社会生活中，动物处于话语的边缘位置，它们是无法掌握人类社会规则的个体存在，它们生活在这个世界当中，所以万事万物皆能映照在它们眼中，因为它们自身的先天条件，它们对社会的观察和理解与人类有相当大的隔膜和差距，用它们的眼睛看世界会带给读者一种新奇感，引起人们对自己所处的这个世界、对人类自我的重新审视。

以动物作为对人生的观照，改变审视世界的出发点，是艾特玛托夫叙事视角的独特性之一。艾特玛托夫小说中的动物形象举足轻重，如《永别了，古利萨雷》中的马、《白轮船》中的长角鹿、《一日长于百年》中的骆驼、《断头台》中的狼、《崩塌的山岳》中的天山箭雪豹等。艾特玛托夫在《断头台》中借助母狼阿克巴拉的视角讲述狼与人的故事时，母狼阿克巴拉在冬天来临时对即将到来的第一次出猎的热切盼望、在遇到可怕的袭击时的茫然无措、在失去幼崽时的悲痛欲绝、在狼崽被偷走、公狼也被打死后对往事的痛苦回忆，展现了一只充满了灵性和母性的狼的内心世界。艾特玛托夫以狼的视角写这个故事，通过母狼一家的命运，展示人类随意掠夺自然的强权主义以及人类对自然万物的霸权欺凌。

艾特玛托夫在《断头台》中还使用动物视角以达到将情节"陌生化"的效果。阿夫季被抓住后，惨遭毒打被绑在木桩上奄奄一息，艾特玛托夫先后使用三种叙述视角描述这一惨烈场面，先是叙事者的第三人称视角："他被捆在弯曲多节的盐木上，手脚被绳子缠得死死的，他被吊在那里，像一张挂起晾晒的新鲜兽皮。"接着又以施暴者的视角进行描写："对他们来说，阿夫季像菜园子里的稻草人那样挂在那里，已经够他们乐的了，他那副模样，说不上像被吊起来呢，还是像被捆在十字形上，逗得大家很兴奋，很激动。这一夜，在沉寂的莫云库梅大漠上空，一轮满月高照，泻下一片明亮得令人目眩的光辉，映出了老盐木上一具十字形的僵直人体。不知为什么他的身体形状有点像展翅欲飞的大鹏，但不幸被击落了，现在吊在树枝上。"叙述者和施暴者的这两种视角本来已经将阿夫季死亡的情形描述得很详细具体了，然而艾特玛托夫仍意犹未尽，又从母狼的视角再次做了描写："在离它两步远的老盐木上，吊着一个伸开双手、歪着头的人，一动不动，疾风吹得树枝呼呼作响，也吹动他前额上的白头发，现在这个人奇怪地挂在不算高的盐木上，像只卡在树枝间的大鸟。"艾特玛托夫从三个不同的叙述视角，用了三个比喻描写同一个场景，尤其是母狼视角的运用，暗示出这个被母狼两次宽容地放生的人，最后却死在了自己的同类手里，其惨烈场面连母狼看了都为之哀号不止。艾特玛托夫运用动物视角旨在说明，凶猛无情的动物都无法接受的事情，人却觉得很"有趣"，从而使作品形成了强烈的冲击力和心灵震撼。

与艾特玛托夫一样，迟子建也非常擅长动物视角的运用。迟子建说："在我的作品中，出现最多的除了故乡的亲人，就是那些在脑海中挥之不去的动物，它们如故乡的亲人一样，是生活中的朋友和情感之源。"❶《北极村童话》那条名叫"傻子"的狗、《树下》鄂伦春少年的白马、《逝川》中会流泪的鱼、《雾月牛栏》中因为初次见到阳光、怕自己的蹄子把阳光踩碎而缩着身子走路的牛、《五丈寺庙会》中在水面上掠下一道惊世骇俗剪影的乌鸦、《行乞的琴声》中驻足留恋琴声的猴子、《鸭如花》中那些如花似玉的鸭子等，都是因为寄寓了主人公的情感，寄寓了作家的人性理想和自然的生命态度，从而有了一种神性的光辉。迟子建说过："我喜欢朴素的生活。因为生活中的真正诗意是浸润在朴素的生活中的，所以我信奉用朴素的文字来传达神的生活这一原则——朴素而意境幽怨是我最羡慕和渴望达到的一种文学境界。"❷ 迟子建在创作中采用动物视角，也是基于这种朴素单纯的审美价值指向和精神诉求。

在迟子建动物视角的小说中，可以清晰地感受到艾特玛托夫小说中动物视角的潜在影响。迟子建小说《一匹马两个人》中，开篇就是老头和老太婆赶

---

❶ 迟子建. 迟子建文集［M］. 南京：江苏文艺出版社，1997：249.
❷ 迟子建. 越过云层的晴朗［M］. 北京：作家出版社，2009：102.

着一匹年老力竭的老马，前往二道河子自家的麦田途中，这似乎与艾特玛托夫的《永别了，古利萨雷》的开篇塔纳巴伊赶着年迈的溜蹄马古利萨雷走在回家的途中遥相呼应。当然，迟子建主要想展示的是人与人、人和马之间的那种浓得化不开的温情，最后夫妇两人都去世了，老马想保护他们家的麦子，却被薛敏母女打伤了腿，也痛苦地死去了。而艾特玛托夫的《永别了，古利萨雷》主要展示的是人和马反抗命运的激情以及最终不得不屈服于命运的悲剧。在艾特玛托夫的《早来的鹤》中那翩然降临的白鹤和迟子建的短篇小说《五丈寺庙会》中金彩珠放生的乌鸦也似乎有着血脉的相通。在《早来的鹤》中，苏尔坦穆拉特在垦荒时，看到"在那一碧如洗、深邃无垠的苍穹里，一群鹤正在翱翔，它们慢悠悠地盘旋着，边飞边重整队列，互相呼应。这是相当大的一群，鹤飞得很高，而青天更高，蓝天宛如浩瀚无际的碧海，鹤群状似漂浮在碧海中的一个活动的小岛"❶。而在《五丈寺庙会》中，金彩珠放生的乌鸦大叫着飞了起来，"放河灯的人听见乌鸦叫，都抬头张望着。只见那乌鸦向着栖龙河的下游飞去，它的头顶是一轮满月，而脚下是河灯，这天地间焕发着的光明将它温柔地笼罩着，使它飘飞的剪影在暗夜中有一种惊世骇俗的美"❷。翩然飞舞的鹤和乌鸦都是小说中给人留下深刻印象的动物意象，给小说带来了丰沛的艺术魅力。此外，艾特玛托夫《白轮船》中的小男孩因为看到心中神圣的长角鹿妈妈被杀死，所有的生活信念被击垮，再也不愿生活在这尘浊的人世中，于是投河自尽。而迟子建《酒鬼的鱼鹰》中的小男孩王小牛也非常类似，酒鬼刘年抓住了一只鱼鹰，"这鱼鹰的颈和腹部是白色的，其余部位则是灰色的。它头部的羽毛是湖绿夹杂着幽蓝色的，使其看上去就像浓荫遮蔽的一处湖水，神秘、寂静而又美丽"❸。王小牛很喜欢鱼鹰，就想得到它，但这只鱼鹰被贪婪的税务局长杀死后冷冻在冰柜里等待被吃掉。目睹了鱼鹰惨状的王小牛回家后一病不起，躺在床上，身上盖着厚厚的被子还要连着打十几回寒战，可

❶　[俄] 艾特玛托夫. 艾特玛托夫小说集 [M]. 力冈，等，译. 北京：外国文学出版社，1981：392.

❷　迟子建. 五丈寺庙会 [M] //疯人院的小磨盘. 北京：新世界出版社，2002：172.

❸　迟子建. 酒鬼的鱼鹰 [M] //格里格海的细雨黄昏. 南京：江苏文艺出版社，2003：176.

见其心灵受到了严重的创伤。迟子建和艾特玛托夫一样，为成人世界对待动物的野蛮和残忍的态度而羞愧，并对具有赤子之心的孩子报着高度的同情心。

其实，艾特玛托夫的长篇小说《一日长于百年》中叶吉盖捕捉金麦莱克鱼和迟子建的短篇小说《逝川》中阿甲渔村人捕捉泪鱼的情节也非常相似。《一日长于百年》中叶吉盖和乌库芭拉结婚后，感情甚笃，乌库芭拉怀孕后，一次梦见了黑海里的金麦莱克鱼。这种鱼是鲟鱼科很少见的一种深水鱼，个头相当大，特别漂亮，身上有蓝色斑点，头顶、鱼翅和软脊背都绮丽地闪着金光。乌库芭拉希望捉住它，抚摸一下它金色的皮，再把它放掉。于是，叶吉盖真的顶着秋冬之际的寒冷，到咸海里去捕金麦莱克，想满足一下妻子的美好愿望，结果真的捕到一条金麦莱克，乌库芭拉抚摸了一下后把它重新放回到海里。而《逝川》里的泪鱼，身体呈扁圆形，红色的鳍，蓝色的鳞片，冬天初雪时出现于逝川。每当泪鱼到来时，整条逝川便发出呜呜呜的声音，"这种鱼被捕上来时双眼总是流出一串串珠玉般的泪珠，暗红色的尾轻轻地摆动，蓝幽幽的鳞片泛出马兰花色的光泽，柔软的腮像拉风箱一样呼哒呼哒地扇动，渔妇们这时候就赶紧把丈夫捕到的泪鱼放到硕大的木盆中，一遍遍地安慰：'好了，别哭了。好了，别哭了。好了，别哭了。'泪鱼果然就不哭了，它们在木盆中游来游去，仿佛得到了温暖和安慰"❶。当然更让人惊奇的是逝川旁阿甲渔村传统的捕捉泪鱼的习俗：渔民们从傍晚开始捕泪鱼，捕捞之后在清水盆中放养几个小时，次日凌晨时再把它们悉数放入江中。艾特玛托夫和迟子建笔下相似的捕鱼情节，展示了两位作家比较相通的生态情怀，他们不但承认自然万物的内在价值，欣赏众生平等的生命之美，歌咏那些对待自然生命的高贵情怀，而且拒绝以功利的态度蛮横地宰制自然万物。

在迟子建的小说世界里，人并不是自然的主宰，生物之间没有高低贵贱之分，无论多么微薄的生命也是有尊严的。人与自然万物平等相处、互相尊重，整个自然界的生命与人物的生命是融为一体的，共同承受着人世间的欢乐与悲苦，共同弹奏出生命的美好乐章。在《鸭如花》中，徐五婆过着寂寞而又凄

---

❶ 迟子建. 逝川 [M] //微风入林. 春风文艺出版社，2005：137.

凉的生活，终日与鸭子为伴。年轻时，她嫁给一个比自己小3岁的丈夫，却得不到丈夫的爱，家庭生活冷淡乏味，"文革"中丈夫又莫名其妙地自杀，成了她30年来一直解不开的心结。徐五婆含辛茹苦地把儿子抚养成人后，仅仅因为几句话说得不中意，儿子就再也不回家来看她。从此鸭子就成了她相依为命的亲人，她像对待儿女一般地呵护疼爱着鸭子，鸭子懂得她的喜怒哀乐，看见了她的身影便欢欣鼓舞，当她有事回来晚时，它们就聚集在草坡上等她来接，簇拥着她一起回家。当她心情不好时，只要看见如浪花般在水面上跳跃的鸭子，她的心顿时就明朗了。动物远没有人冷酷，只要你对它好，它就会对你好，所以她爱鸭子，鸭子是她凄苦的家庭生活中的精神慰藉。鸭子在她的眼里比她整天小心伺候的丈夫和辛苦养大的儿子更加可亲可爱，使她从内心感受到了亲人般的温暖。《一匹马两个人》诉说了一对老夫妻与老马之间的深情，老夫妻的儿子因为强奸罪入狱使他们对儿子彻底失望，他们就把对儿子的情感寄托在了老马身上，须臾不能与它分离。老马也曾羡慕过山中动物的自由，但它知道老夫妻更需要它，老太婆去世后，老马和他的老主人一样思念她，看到她的画像，泪水就流了下来。孤独的老头与马一起吃、一起睡，使他不再觉得凄凉，他甚至希望自己死在马之前，如果马走在他的前面，他活着还有什么意义。后来，连老头也去世了，老马照应着他们生前的麦地，保护麦子不受侵犯。在麦子丰收时，看着老夫妻的麦田被人霸占，老马的泪水滚滚地流下来，最终负疚而死。

　　艾特玛托夫和迟子建的动物视角除了都具备人性寓言的主题意义以外，另一个很重要的共性特征就是以动物作为贯穿叙事的"行动者"，这一点在迟子建长篇小说《穿过云层的晴朗》中表现得尤为明显。这部小说以一条狗"阿黄"的生命历程作为小说叙事的时间基线，让其充当小说中唯一的叙述者，通过它将本不相关的男女主人公串联起来，展现广阔的社会生活画面。在谈到为什么用一条狗充当叙述者时，迟子建说："佛家认为万事万物皆有灵性，我相信这一点，所以用一条狗来做叙述者。"❶ 在《穿过云层的晴朗》中，迟子建让一只老狗在炉火旁叙说着自己近20年的生命历程中的所见、所闻、所感，

---

❶ 迟子建. 一条狗的涅槃 [N]. 中华读书报, 2003.

由于对东北边陲小镇固有的依恋，迟子建的故事仍发生在那白雪覆盖的黑土地上，运用这只经历了"文革"和改革开放的老狗的视角，展现金顶镇这个东北边陲小镇的世俗风情画卷和前后六位主人的命运悲剧。迟子建给狗眼的世界定了一个基调：狗眼的世界是黑白的，黑白是最简单最好区别的两种颜色，也就意味着在狗的世界里没有复杂性，所以常常让这只一开始叫"阿黄"的狗对人的很多行为疑惑不解。其实真正疑惑不解的应该是作者用单纯的眼光看待世界，而世界的复杂性、残酷性常常令作者疑惑、迷茫。迟子建通过老狗的视角，先后介绍了梅红、小唱片、赵李红和文医生等人物背负的残缺人生，或在无知的冲动下使亲人蒙难，或惨遭强暴而被迫嫁给残疾人，或面对娘走爹亡的悲苦命运，或面对妻离子散的凄苦境况。面对这种沉重乃至残酷的悲剧，迟子建将叙事视角落在一只狗的身上，借用狗的眼睛演绎了从"文革"即将结束到商品经济时代到来这一段特殊历史的世俗风情画的，"动物眼里的万事万物单纯而美丽，'文革'留下的伤痕则是残酷的，美丽和残酷相碰撞迸发出一种诗意，这种诗意跟人们心灵深处的情感相吻合，很适合做文学联想和创作"❶。迟子建的这种叙述调子、姿态、结构及心理意识等都借助于狗的思维，再通过从人到狗的角色置换的创作视点，不仅体现了迟子建的真善、朴素的人生价值取向，而且其书写日常生活时的那种轻灵、诗性、神性的风格也得到了淋漓尽致的展现，那种毁灭的诗意、凄楚的美感以及对"残酷美学"的深度揭示都有令人战栗的艺术力量。

迟子建和艾特玛托夫在创作中通过儿童视角和动物视角的使用，阐释了两位作家对故乡家园的钟情挚爱，对人生困境的温婉表达及对生命价值的终极关怀。"依据文本及其叙事视角，进行逆向思维，揣摩作者心灵深处的光斑、情结和疤痕，乃是进入作品生命本体的重要途径。"❷ 从天真单纯和不谙世事这个角度来说，动物视角和儿童视角非常相似，这两种视角在给作品带来诗意的同时，也带来叙事的含蓄和其他视角无法抵达的真实，在平淡简约之中抒写出

❶ 汪曾祺. 废名短篇小说集·代序 [M] //废名短篇小说集. 长沙：湖南文艺出版社，1997.
❷ 杨义. 中国叙事学 [M]. 北京：人民出版社，1997.

时代的风云变幻和人间的悲欢离合，让人在不动声色之中感到一种丰厚而沉重的历史意蕴。在叙事作品中，"叙事视点不是作为一种传送情节给读者的附属物后加上去的，相反，在绝大多数现代叙事作品中，正是叙事视点创造了兴趣、冲动、悬念，乃至情节本身"❶。儿童视角和动物视角等叙事视角不仅展示了人生不同的生存层面，蕴含某种人生哲学以及审美趣味，同时也展示了作者对人生独特的感受。从这个意义上说，叙事视角不仅潜隐着文化密码，而且蕴涵着作家个人心灵的密码。

由此可见，艾特玛托夫作为一种异域影响，给迟子建创作提供了学习和借鉴的榜样，为迟子建创作增添了异族文化的新鲜血液。迟子建吸收了艾特玛托夫创作中自然生态意识、温情的书写以及独特的叙事视角，从而以形而上的光辉穿透和照亮世俗世界的阴霾，"小说创作的最终目的应是诗性，唯有通向了诗性，一个作者才算是完成了它对生活的审美判断。在我看来，富于诗性的小说，总是那种既让我们看清了脚下的泥泞，又引领我们张望闪烁不定的星斗，且能唤起无尽的遐想的追问者"❷。无疑，这也正是艾特玛托夫和迟子建对文学的理解和实践方式，迟子建以独特的人文情怀与创作意蕴，为当代文坛女性写作增添了一道靓丽的风景。

---

❶ ［英］华莱士·马丁. 当代叙事学 ［M］. 伍晓明，译. 北京：北京大学出版社，1990：156.
❷ 张江萍. 论迟子建的小说创作 ［J］. 小说选刊，2000（9）.

第七章

缺失性体验下的女性书写：陈染小说与杜拉斯

法国女作家玛格丽特·杜拉斯（1914—1996）是一位具有世界影响力的小说家和剧作家。杜拉斯作品内容丰富，题材多样，早年在印度支那的生活经历，又使其作品充满了东方风韵。她以抒情的笔调、前卫的文字、另类的故事，在梦幻中书写出一种多彩而卓尔不群的人生。杜拉斯是一个敢于反叛传统伦理，敢于为个人意志言说、呐喊、抗争的作家，她敏锐地感触孤独和欲望，并在其中深刻地体验着生命的意义；她敢于以女性主义的视角否定传统伦理之下牢不可破的父权统治的秩序，不仅是对女性地位、本质的追问与对女性的关怀，同时亦显露了作家对整个人类的浓重的人文关怀，从而展现出独特的女性魅力。作为20世纪极富创作个性与独特魅力的女作家，杜拉斯在中国的影响是广泛而深远的，尤其是1992年她的作品《情人》被拍成电影在中国公映后，形成了一股杜拉斯热潮。

　　杜拉斯的小说以独特的言说方式书写女性话语，在女性文学中开拓出一片新天地，吸引了一批中国女作家的注意，这一时期中国涌现出如陈染、林白、徐晓斌和海男等一批受杜拉斯影响的女作家。她们奉杜拉斯为心中的偶像，接受她独特的创作主题与审美方式，在创作中加以实践，取得了相当的成就。20世纪80年代陈染以小说《世纪病》在文坛脱颖而出，她的重要作品集中在90年代，《与往事干杯》《无处告别》等作品刊出后，她的小说越发趋于心理与哲学，特别是《空的窗》《时光与牢笼》《巫女与她的梦中之门》等小说，那些独特离奇的叙述方式、大胆怪异的想象，使她的小说独树一帜。90年代中后期，她的小说和一系列散文随笔，呈现出浓厚的"边缘心理"和女性意识，如《另一只耳朵的敲击声》《破开》，多以现代女性的生活为背景，表达人与世界的对抗关系。特别是长篇小说《私人生活》后，在文学界引起很大震动，这部小说探索了中国现代女性意识深层的那些潜在而微妙的演变，并折射出复杂的社会生活。作为个人化写作以及女性主义作家代表作家，陈染是中国现当代女性文学史上的一位独特而重要的女性作家。

在众多的杜拉斯的中国追随者中，陈染恐怕是一位受杜拉斯影响深而又创作成绩斐然的女作家，她的创作表现出了鲜明的杜拉斯式的创作倾向。陈染小说是非常独特的，这种独特性很大程度来自她创作中杜拉斯的使用。"在陈染的小说中，像空气一样存在着一个人的影像，她像一道阳光照亮陈染心灵的角落，又像阴影一样深重地包围着陈染的语言。陈染顽强地抵抗着这种笼罩，又渴望地需要这种照耀，玛格丽特·杜拉斯以她宽阔的胸怀拥抱着东方的陈染，而中国的陈染以她独特的光芒反射出杜拉斯那些被遮蔽的空间，重新发现了玛格丽特·杜拉斯。"❶ 从杜拉斯影响的角度来看，陈染剖析探测人物内心深处隐秘的情欲世界，从深层次研究和刻画人的灵魂，用理性的人格力量和爱战胜或升华人的本能欲望，从而寄托她诗意的人生理想和精神追求；其次她运用杜拉斯的方法抒写同性和自恋情结，从艺术手法上运用杜拉斯的自由联想和幻觉进行人物心理流动和潜意识的表现。因此陈染的大部分小说都可看成杜拉斯学的形象化阐释。

一、边缘化写作

陈染与杜拉斯虽然生活在不同的国度，但是两人的个体生命体验及所处环境具有一些相似之处，两人的创作便呈现出相似的创作特色，从两位作家所处的时代背景、个体生命体验及社会环境影响三个方面入手，可以更清晰地了解陈染接受杜拉斯影响的深层原因。

首先，在中国大陆兴起的女性主义思潮为陈染接受杜拉斯提供了契机。中国女性文学在进入 20 世纪 90 年代以后，呈现出比以往任何时候都色彩纷呈的局面，女作家们以巨大的书写热情投入到对个体经验或女性命运的关注之上，

---

❶　王干. 寻找叙事的缝隙 [J]. 文艺争鸣, 1993 (3).

她们的作品在某种程度上具有自我抒发或精神自传的性质。而女性个人经验的暗流涌动正是杜拉斯的标签，陈染、林白等女性主义作家的笔下都存在一股杜拉斯情结，在创作中同样体现了对杜拉斯的接受。安妮宝贝在谈到杜拉斯对自己的影响时说："杜拉斯沧桑的黑白照片在封面上仿佛时光的印记，带着伤痛的平静。我一本一本的买，从未厌倦。即使在现在这样一个有人把谈论杜拉斯当作俗套的时候，我依然想独自谈论她，或者和别人讨论她。"❶ 洁尘曾经说道："杜拉斯对我的影响不仅仅是文学上的，这种影响还包括生活方式和价值观的影响，使得我在一段时间内深中其'毒'。"❷ 赵凝的小说《一个分成两瓣的女孩》"是中了杜拉斯的毒之后写出的作品，杜拉斯使我理解到写作那种自由自在的状态的可贵"❸。赵玫在《写作之于激情》中也写出这种感受："杜拉斯就是那枝罂粟，开在遥远的法兰西，远远近近地诱惑着你。"❹ 虹影甚至认为"中国的女作家都受杜拉斯的影响"❺。一些研究者也开始以陈染为突破口探讨杜拉斯与新时期女作家之间的影响和接受关系，认为"陈染为自己确立的纯粹女性写作的姿态和写作实践，让我们自然地感觉到杜拉斯对她产生的某些影响。而陈染的文本实验与杜拉斯的实验小说都表现出对文学艺术的大胆探索与尝试，杜拉斯对陈染的影响是可以寻踪觅影的"❻。"杜拉斯对中国文学创作的影响或许是从 20 世纪 90 年代的女性主义写作开始的。林白、陈染等对女性的性经验、性欲望和性幻想，以及同性间微妙的感情关系的书写多少可以窥见杜拉斯的影子。"❼

陈染直接从杜拉斯创作中获取精神源泉，把性别作为自己创作的标志。20世纪 90 年代正值陈染踏入文坛之初，喜爱读书的陈染，无疑也从杜拉斯创作中汲取了精神养料并为自己未来的创作涂上了主色调。作为一位女性主义作

---

❶ 安妮宝贝. 蔷薇岛屿［M］. 北京：作家出版社，2005：127.

❷ 洁尘. 小道可观——洁尘的女人书［M］. 北京：中国社会科学出版社，2008：94.

❸ 赵凝. 我是一名杜拉斯"中毒者"［J］. 国外文学，2002（4）.

❹ 赵玫. 写作之于激情［J］. 文学自由谈，2005（5）.

❺ 王朔. 文学阳台：虹影访谈［M］. 上海：上海文艺出版社，2001：38.

❻ 宋学智，许钧.《情人》的中国情结：杜拉斯与中国当代女作家［J］. 外语研究，2005（5）.

❼ 王先霈. 新世纪以来文学创作若干情况的调查报告［M］. 沈阳：春风文艺出版社，2006：138.

家，陈染曾明确表示："我的立场，我的出发点，我对男性的看法，肯定都是女性的，这本身就构成了女性主义的东西"。陈染敏感地意识到，即使是在这个强调男女平等的时代里，女性也依然有着独特的生理体验、想象力与感受力，于是她站在女人的角度，开始了对建立在女性特征基础之上的审美主体意识的强调。陈染在小说《角色累赘》中写道："所有的问题，最终只是一个关键性的问题，用卡尔·罗杰斯的话说，他们都在问我究竟是谁？我怎样才能成为我自己？当一个人长大的时候，他自然而然地就要摆脱别人造就出来的他，离开他扮演的各种各样的角色，但当这种愿望与现实抵触时，就会出现一系列问题，这是一个无法回避的人类永恒面对的困境。"[1] 在陈染对女性和性别的思考中，杜拉斯必然会引起她的高度注意和兴趣。杜拉斯的《情人》等小说中对女性灵魂深处的隐秘生活的挖掘，那丰富的内心世界的展示，那一种向自身内部无限发掘的表达方式等方面极大地触动陈染等女性主义作家敏感的心。陈染在接受杜拉斯影响的过程中，认识到存在的意义是可以也是应该通过自己、通过女性自身体验到的，杜拉斯帮助她打开了一扇向内开放的门，只有向内真实的开放，才能展现女性文学真正的魅力。

其次，相似的生命体验也为陈染接受杜拉斯提供了契机。童年和少年时期是人的个性形成的重要阶段，对作家风格的形成有重大意义，而家庭又是个人社会化的最初场所。作家创作的题材往往来自那些深深打动过自己的人生经验，或甜或苦，百味杂陈，以表达自己对生命的领悟。一个人的童年经验至关重要，会对其产生永久性的影响，随时都可能以各种形式在头脑中显现，"童年经验是一个人在童年时期（包括从幼年到少年）的生活经历中，获得的心理体验的总和，包括童年时期的各种带有情绪色彩的感觉、印象、记忆、知识、意志等多种因素"[2]。从创作的角度来说，童年经验作为作家在童年生活经历中所获得的心理体验的总和，势必成为他们一生创作的心理定势和精神资源，特别是童年的那些创伤记忆，将困扰人一生，这也是许多有着不幸童年的

---

[1]　陈染. 角色累赘［M］//陈染文集（第2卷）. 南京：江苏文艺出版社，1996：3.
[2]　童庆炳. 文艺心理学教程［M］. 北京：高等教育出版社，2001：105.

作家靠文字宣泄心中抑郁的原因。陈染和杜拉斯在这一点上十分相似。

童年经验对杜拉斯和陈染都有着深刻的影响，童年的环境因素、个人经历、情感体验以及所形成的心理机制，都在她们的创作中打下了不可磨灭的印记。杜拉斯童年丧父，母爱的缺失以及长期贫困的生活和令人窒息的绝望深深影响了杜拉斯创作。杜拉斯曾说："我忘记了我所经历的许多事，除了我的童年。童年太痛苦了，我完全处于黑暗之中。"❶ 她整个童年时代和大部分青少年时期都是在印度支那度过的，18 岁时才回法国定居巴黎。作为一个出生、成长在异国他乡的外国人，东西两种文化的碰撞在杜拉斯身上留下深深的烙印。杜拉斯的父亲身体屡弱，长期在法国治病休养，平时就对杜拉斯关心甚少，在杜拉斯 7 岁时父亲就去世了。母亲担负起养家糊口的重担，也无暇照管年幼的杜拉斯。家庭的贫困与生活的艰难使母亲脾气暴躁，经常辱骂、殴打杜拉斯，她只能逆来顺受。童年的缺失性体验给杜拉斯留下了巨大的心理阴影，杜拉斯的作品带有她母亲的倔强和卑微，也有年轻的杜拉斯的伤痛，她渴望得到关注，现实中得不到的，她便在写作中寻求。她在童年生活中所亲历的饥饿、贫困、被忽略和隔膜，都成为她刻骨铭心的记忆，正是这些记忆打下了她写作的基石，她试图用写作逃离和超越童年的痛苦。

和杜拉斯一样，陈染的童年和少女时代，也是在父爱和母爱稀薄的时空里度过的。陈染出生于北京一个知识分子家庭，"文革"风暴冲击下的父母忙于政治批斗，无暇照顾需要陪伴的她，感受不到父爱母爱的陈染自幼孤独。父亲性格日渐暴躁，导致父母关系紧张而离异。陈染在父母离异后同母亲居住在一座废弃的尼姑庵中，"在一个废弃的尼姑庵的遗址借了一间十平方米的小屋。这静静的荒荒的院落是当时母亲单位的仓库，与塔灰、蜘蛛网、各种多脚虫、土鳖以及庵堂里所弥漫的很久以前尼姑们的阴魂相依相伴"❷。"尼姑庵"这个典型场景的气息已经"深埋于陈染的意识中，它弥散开来成为一个不灭的象征或记忆，她的许多意绪或气氛都来自尼姑庵，这个掩藏着许多悲戚故事的不

---

❶ ［法］玛格丽特·杜拉斯. 外面的世界［M］. 袁筱一，译. 北京：作家出版社，2007：102.

❷ 陈染. 与往事干杯［M］. 南京：江苏文艺出版社，1996：24.

祥之地，成了陈染小说场景谱系的发祥地或源头"❶。在她 16 岁的那一年，父亲一个"无与伦比"的耳光打在她嫩豆芽似的脸上，"她被父亲连根拔起，跌落到两三米之外的高台级下边去"，使她始终走不出仇父的阴影。父母离异会导致孩子心理上的神经性障碍，致使他们退缩到小小的自我世界里，沉溺于白日梦，逐渐变得孤僻和冷漠，这其实是肖蒙蒙、黛二及其他女性人物神经敏感、感情脆弱、易于焦虑等性格的最好阐释。不健全的家庭给女主人公们的生活笼上了一层厚重的阴影，而这阴影几乎可以说是由父亲一手造成的，也必然会在这些女孩子们的心头埋下对父亲乃至对以父亲为代表的男性世界的排斥和反抗。

在这样一个特定背景下，陈染完成了青春期的生命体验。在陈染的作品中，童年往事总是闪烁着神秘的光芒在其作品中隐约呈现，她一直在写她的成长历史，投射到小说中，则是由黛二、肖蒙等共同组合而完成的一段生命历程，展示出一个女性的生活体验和自我感悟。这些成长中积淀的痛苦、怨恨以及创伤等真实的经历，被陈染一次次带入作品中，以私人化写作的方式对自身做深层剖析，表达对自我世界的坚守，对男权的反抗以及对女性柔弱身心的同情与批判。

最后，相似的社会环境影响也为陈染接受杜拉斯提供了契机。20 世纪四五十年代，世界大战颠覆了原来的人类神话，西方文学开始关注人类的普遍性处境，存在主义强调自为和行动，但因为世界是荒诞的，所以行动的结果往往是悲剧性的，人生就是存在的绝望。杜拉斯走上文坛之时，正是存在主义在法国盛行的时代，"我曾沐浴在存在主义之中，我呼吸过这种哲学的空气"❷。她很早就与同时代的存在主义作家频繁往来，她受存在主义思潮的影响，自然也会接受存在主义思想的影响，杜拉斯的创作与存在主义文学作品的相似之处，体现在对世界的荒谬性，人与环境的隔膜上。

与杜拉斯相同，在 20 世纪 90 年代女性主义潮流中，陈染同样也苦苦挣扎

---

❶ 孟繁华. 忧郁的荒原：女性漂泊的心路秘史 [J]. 当代作家评论, 1996 (3).
❷ [法] 布洛·拉巴雷尔. 杜拉斯传 [M]. 徐和瑾, 译. 南宁：漓江出版社, 1999：154.

在个体自由与社会规约的矛盾之中，陈染生活的地域虽是处于政治文化中心的大都市，但她在这个城市弥漫的政治强势中却孤立无援、无处容身。在《无处告别》中"黛二"小姐的遭遇就是陈染边缘状态的真实写照，"黛二"思想独立，自我意识强，在现实庞大的官僚机构的制约下，她时时感到压抑、窒息，不断地为周围的环境所排斥。她与朋友、与母亲、与世界，无一不处于疏离对立的关系之中。"黛二"为摆脱灵魂的孤寂来到美国，但出国之后，美国的现代文明并没有减轻灵魂的创痛，高大的约翰·琼斯旺盛的情爱也不能麻痹她敏感的神经，她始终都无法融入美国的文化与生活当中，依然身处边缘状态。她匆匆出国又匆匆逃回，结果没有了工作又面临生存危机，万般无奈的"黛二"不得不裹藏起高傲的心，向世俗妥协，开始为工作奔波。在一切都被质疑、进而被颠覆的年代，许多年轻人都在尝试新的创作方式，尝试把传统的现实主义拉下马来，在这种意义上来说，陈染并不是"另类"。只是在唯美主义、印象主义、自然主义、结构主义像彩色图片般布满整个文坛时，她却以女性的机智与直觉，把杜拉斯的精神实质与创作技巧融入了自己的作品中。

从以上三个方面可以看出，杜拉斯对陈染的创作有着深远的影响，作为敏感的女性作家，陈染和杜拉斯都深深地感受到了作为女人的悲苦，她们的悲剧意识皆源于人类困厄的感受与省思，两人创作思想的具体表现虽然有一定的差别，但其产生原因却有着共同之处。由此可见，无论一个作家创作的外在表现如何，其创作必然会受到他所处的社会环境的影响，天性敏感的女作家们更会如此。她将西方女性主义的思潮带入中国，影响了陈染的创作倾向，将陈染引入了女性主义的创作道路上，在这条道路上，陈染一路紧随杜拉斯，取得了不小的成就。

二、欲望的言说

既然欲望充斥着整个生命的过程，那么对欲望的叙述也是女作家创作的一大题材和创作源泉。欲望的描写一直是传统伦理的禁区，女性欲望的描写更是禁区中的禁区，但是杜拉斯却聚焦于女性的欲望化书写，力图反映真实的女性体验，"杜拉斯女性化、私人化、情绪化的叙事话语，使我国当代女作家的性别意识充分觉醒，让她们找到了被历史长期湮没的女性私人话语"❶。受杜拉斯影响而开启的 20 世纪 90 年代的女性欲望化写作在中国女性文学发展史上具有"革命"意义，标志着女性作家对自己的性别真正有了深刻认识和理论自觉，"她们撩开覆盖在女性写作上的种种意识形态偏见和伪装色彩，以独特的女性视角直面女性生命意识及性别存在，倾诉来自女性生命深处的情感、心理和生理等隐秘体验"❷。而在陈染女性欲望化叙事的形成过程中，杜拉斯起到了重要的催化作用。

杜拉斯认为，爱是一种灵肉结合的和谐，"爱把人类引向极快乐之境，使人沉浸在快乐之中"。《情人》讲述了一段异国恋故事，"我"在湄公河畔遇上了自己第一个"情人"，这位"情人"是一位出身富庶家庭的中国人，而"我"却是一位贫穷的法国少女。他们面对的伦理困境不仅是肉体上的，还有种族、出身、家境等各种制约。虽然如此，年仅 18 岁半的女孩却抛开这一切伦理的限制，充分享受着肉体的快感，"强烈的快感使我闭上了眼睛，就让肉体按照它的意愿那样去做，去追求，去找，去拿，去取，很好，都好，没有多余的渣滓，一切渣滓都经过重新包装，一切都随着急水湍流裹挟而去，一切都在欲望的威力下被冲决"❸。女主人公享受这欲望引发的肉体之爱并把它细腻生动地表达出来，这种大胆的、有悖于传统的欲望表达令世人惊奇。杜拉斯在书中毫无顾忌地颠覆了传统意义上男性独有的主动和放肆，使女性的欲望成为故事的"主体"。

在杜拉斯的小说中欲望已经融入了文本的角角落落，与故事的发展脉络丝丝相扣，情与欲、爱与恨成为女主人公生命律动的呈现。杜拉斯认为，爱是无辜的，爱情不应该被国家利益、战争或者金钱所制约，应当从真实的人性出发，直面人性的困境。杜拉斯在《广岛之恋》中讲述了一位法国女演员在广

---

❶ 宋学智，许钧.《情人》的中国情结：杜拉斯与中国当代女作家 [J]. 外语研究，2000 (5).

❷ 陈娇华. 被疏离与模糊的女性主义意识 [J]. 当代文坛，2005 (4).

❸ 刘小枫. 沉重的肉身——现代伦理的叙事纬语 [M]. 牛津大学出版社，1997：73.

岛邂逅一名日本建筑师，并陷入热恋的故事。男女主人公，一位是有夫之妇，一位是有妇之夫，在迷离暧昧的气氛之下发生了一夜情，这样的恋情显然是不符合传统道德伦理的。杜拉斯认为爱情的本质在于激情，平淡的婚姻必定会冲淡激情，但是鲜有人敢打破传统伦理的禁忌，直接说出自己要的是欲望而不是婚姻，直面内心的感受需要强大的勇气。在《广岛之恋》中，女主人公回忆起第二次世界大战时自己爱上德国人的那一段情感经历，这样的爱情同样有悖于国家的伦理，"你生来就适合于我的肉体，你是谁？你让我欲仙欲死，我渴望，渴望不忠，渴望通奸，渴望说谎和死亡。亲爱的，我们将单独在一起，长夜漫漫无尽头"❶。在激情之后两人平静地分手。本真的人性是如此纯洁珍贵，然而却不得不在传统伦理之下遭到批判，留下让人唏嘘的一场场悲剧。"在拒绝了男性中心主义以后，她放弃了在男权的阴影下书写自己历史的方式，开始充满自信地将女性的生活、经历、她们的身体、她们以往被压抑在茫茫黑暗中的性别体验呈现在文本中，男人和以男权为中心建立起来的社会则被放置在背景上，成了女性生活的衬托。"❷ 杜拉斯借此抵抗男权社会对女人自然天性的压抑、扭曲，乃至变形。

杜拉斯对女性畸形的情爱和性爱的大胆张扬，直接影响了新时期女作家的创作，她们继承了杜拉斯的大胆犀利，对女性的经验世界和精神世界进行了书写，与同时代的其他女作家一样，陈染在欲望书写这点上与杜拉斯产生了强烈的共鸣。《私人生活》就是以她自身的生活成长经验为基础，经过虚构加工的"半自传体"小说，描写了少女时代的情爱体验和极为个人的欲望化记忆，小说主人公倪拗拗与现实生活中的陈染有很多相似之处。在陈染的眼中，性不仅是一种生理上的需求，更是一种精神的回归、感情的释放，性的书写，只是为了让人们更加接近和了解女性的心理，她用诗化语言将这种感受描写得淋漓尽致，"黑夜里天国的阳光照射在她树叶一般轻柔的身体上，她在海洋上飘荡，

---

❶ 彼得·布鲁克斯. 身体活——现代叙述中的欲望对象［M］. 朱生坚，译. 新星出版社，2005：17.
❷ 张卫中. 女权主义·另类生活·青春赞歌——杜拉斯《情人》主题内涵阐释［J］. 名作欣赏，2004（8）.

她变成了一条美丽的白鱼，潮涌而来的海水抚弄她的面颊，撞击她的肌肤，她浸泡在黑暗的阳光里，黑暗中她把一种不曾命名过的感受吸进体内，从此便有了一种东西不再朦胧"❶。少女的初次性体验，被陈染渲染得细腻而又诗意含蓄，令人惊叹不已，"力图通过女人的眼光，自己认识自己的躯体，正视并以新奇的目光重新发现和欣赏自己的身体，重新发现和找回女性丢失和被湮灭的自我"❷。

在杜拉斯的引导下，陈染用自己的身躯体验世界，描写成长的女性欲望，把中国女性文学从男性话语场中凸现出来。陈染的长篇小说《嘴唇里的阳光》讲述的是女主人公黛二小姐与牙医孔森的爱情故事，典型地体现了杜拉斯式的欲望叙事。黛二小姐带着智齿阻生的痛苦，与孔森初次相逢在牙科诊室，当她面对针头而恐惧以至失态时，孔森的冷静与关心表现出了一个成熟男人对女性的理解，使她在诊室便对牙医孔森有了"延长与他接触"的想象。当她与孔森在剧场邂逅分手时，"他的手轻轻抚了一下我的头发，说：'你说起话来像个大人。'他的重音落在'像'上边，那意思是说我其实不过是个小姑娘"❸，使她明白了这个男人是能够读懂她的男人，于是她对他敞开了心扉，诉说了童年的不幸。最后在与孔森结婚后终于摒弃了智齿阻生的痛苦。《嘴唇里的阳光》中智齿阻生具有浓郁的象征意义，智齿是恒齿中最后长出的牙齿，在中国民间有成人的说法，智齿阻生是黛二小姐心理成熟滞后的象征，黛二小姐的智齿阻生暗示出，她在心理成长历程中曾遭受过挫折，她的心理年龄并未伴随她的生理年龄走向成熟。而这种滞后的心理成熟源于父母的离异使童年的她缺乏保护所造成的心理创伤，"阳光比我设想出来的所有的情人都更使我感到信赖"，这种创伤蛰伏于她的潜意识深处，使她生活在爱欲困扰的阴影下，在表面刻板生活的掩盖下，内心却有着激烈的矛盾与冲突。最终黛二爱上了牙医，并被治愈了心理恐惧症，她潜在的欲望能力被唤醒，由被动转为主动，实现了

---

❶ 陈染. 陈染作品自选集（下）［M］. 北京：光明日报出版社，1996：196.

❷ 陈顺馨. 中国当代叙事与性别［M］. 北京：北京大学出版社，1995：49.

❸ 陈染. 嘴唇里的阳光［M］//陈染文集（第1卷）. 南京：江苏文艺出版社，1996：388.

双性和谐的梦想。由此，黛二从智齿阻生的痛苦到最后实现了双性意识的超越。

将个人欲望作为创作之源，以回忆的方式叙事，是陈染从杜拉斯小说中借鉴的独特的欲望表达方式。个人欲望是真实所在，但虚构才为写作增加更大的弹性空间，自传的隐私性给读者带来极大的好奇感，小说的虚构性又给作者特供特定的保护空间，使作者处于绝对的主宰地位。陈染在杜拉斯自传体欲望书写的影响下，不断地进行女性隐秘感情的自我书写，完成了"自我镜像的建构"。陈染在长篇小说《与往事干杯》中讲述女孩肖蒙蒙扭曲的恋爱故事。父母离异，环境的压抑和封闭，形成了肖蒙蒙忧郁孤独的性格，而青春冲动和升学压力又带给她新的苦闷，于是她和比自己年长二十多岁的已婚邻居产生了性恋。当肖蒙蒙踏入社会后，她同老巴这个年龄小于自己的青年相爱，正当他们准备结婚的时候，她突然发现老巴是初恋情人的儿子，而自己对老巴的爱似乎是那场忘年爱的继续和替代。当真相大白，她感到眼前一片昏暗，"这昏暗使我消融在自我灵魂的窥视里，这窥视使我愧疚交加，怅然若失，使我被一种莫名的罪恶感死死缠住。那混合着肉体享乐的羞耻与惭愧，使我无地自容"❶。最终她决定离开老巴。肖蒙蒙从自我确认到自我独立的历程，是通过两次不"正常"的恋爱完成的。肖蒙蒙同父子两代人在不知情的情况下相继发生情与性的纠葛，在不可知的命运的支配下享受青春前后期的肉体快乐。这个浪漫传奇式的情爱故事，既展示了人性中纯洁善良与崇高的一面，也剖析了其自私、卑怯与阴暗的一面，并且这两个方面是相互联系转化升华的，"我是一个唯独没有现在的人，这是我与生俱来的残缺，而一个没有现在的人，无论岁月怎么流逝，她将永远与时事隔膜。她视这种隔膜为快乐，同时她又惧怕这种隔膜。所以，她永远只能在渴望孤独与逃避孤独的状态中煎熬"❷。陈染小说的欲望书写一方面显示了内心深处对现实的疏离与恐惧之感，另一方面又在回顾过去中试图确立现时自我的位置。在肖蒙蒙长大成人的过程中，在成为女人的仪式

---

❶ 陈染. 与往事干杯［M］//陈染文集（第1卷）. 南京：江苏文艺出版社，1996：5.
❷ 陈染. 与往事干杯［M］//陈染文集（第1卷）. 南京：江苏文艺出版社，1996：6.

性的命名式中，都不断重温着那段经历，与往事无法告别，与现时无法相融，"当常规生活变得穷困潦倒的时候，或者某个人专门获得了对她或他的自我认同高度的反思性控制时，存在的危机就可能出现"❶。显示了自我认同以一种与自我社会对立的方式出现的现代社会的普遍特征。

杜拉斯在创作中致力于坦露女性原欲，倾诉女性的内心活动，"杜拉斯一生听凭欲望的支配，直至死亡。欲望是她行动的纲领。她从未曾逃离，不管是以背弃的名义，还是在巨大的痛苦之中"❷。在杜拉斯欲望书写的牵引下，陈染从女性主义的欲望书写出发，沉浮于往昔与现实的时空，或展露女性的本能欲望，或探索女性的精神世界，多角度、全方位地抒发女性隐秘的生理和心理感受，透视女性私人生活的本质，表现出不可替代的女性个人化色彩。从而寄托作者诗意的人生理想和精神追求，这是陈染作品所呈现的突出的杜拉斯特色。

三、"男性神话"的消解

杜拉斯立足于女性的欲望与情感，在创作中建构女性的主体身份，让长期处于失语状态下的女性得以发出自己的声音，让长期在"菲勒斯"中心话语的历史中被湮没的女性声音得以被听见、被重视乃至被认可。波伏瓦认为，在男权社会中，女人的命运掌握在男人手中，是被男人造就、主宰与谋划的，女性的意识是被压抑的，她们不是欲望的主题，而是欲望的对象。在一个自由公正的社会中，女人应该与男人一样，能自己主宰自己的命运，自由谋划自己的未来，用自己的行动证成自身的存在。❸

对具有强烈女性意识的杜拉斯和陈染来说，两位女作家小说文本中的男性形象，更多的是起到了烘托爱情与女性命运的作用。在女性主义理论的观照

---

❶　[英]安东尼·吉登斯. 现代性自我认同 [M]. 北京：生活·读书·新知三联书店，1999：267.

❷　[法]劳拉·阿德莱尔. 杜拉斯传 [M]. 袁筱一，译. 沈阳：春风文艺出版社，2000：56.

❸　阎伟. 萨特模棱两可伦理学的特征与价值指向 [N]. 武汉理工大学学报，2009（3）.

下，杜拉斯小说中的叙事视角大多以女主人公的视角展开，在情感关系上，女性也始终是主动者，杜拉斯小说中的女性是坚强而又充满勇气和控制力的，在许多方面强过男性。《情人》中掌握男女感情主动权的是年仅15岁半的白人小姑娘，尽管她贫穷，却特立独行、敢作敢为，从容地控制两人的感情。《广岛之恋》中，法国女演员在日本男人抚慰她受伤的心灵之后，便企图摆脱他并最终将其遗忘。这种类似于"始乱终弃"的情节，在传统小说叙事中，长久以来只能任男性实施在女性身上，仿佛在情感关系中，女性永远处于"被害者"的地位，永远抱怨男人给的灾难。这样的叙事倾向的转变是父权中心伦理观之下的必然结果。而杜拉斯却试图打破这种父权中心的秩序，以女性作为叙事中的主导者。杜拉斯的女性主义视角，使她的作品体现了对女性地位、本质的追问和关怀，对菲勒斯中心经典男性形象的解构，同时亦显露了对性别伦理的深刻思考。

对杜拉斯与陈染来说，"父亲"形象充满复杂的因素，是内心深处的情感表达，也是一生不变的追寻。"父亲"是个不同寻常的概念，"父亲"不仅表现了一个男人在家庭里的血缘地位，还象征在社会文化里所拥有的一切特权，是男权社会的代理人和执行者。杜拉斯在小说《厚颜无耻的人》中表达了对"父权"及"男权"等传统伦理秩序的反抗。故事中"我"的父亲很早就去世了，母亲对长子极其偏爱，以至于"我"在家中倍感冷落。在欧洲的社会关系和伦理传统下，男性是备受尊重的，家族中的长子可以继承父亲的财富和地位，是父权的代表，母亲对哥哥的宠爱和顺从是一种变相的对父权的推崇。然而哥哥不但喝酒赌博，而且为了金钱和利益甘愿将妹妹当作一个交易品，"我"想杀死大哥的行为暗示杜拉斯试图打破父权的统治，建立一种新的家庭伦理秩序的理想。杜拉斯这些作品中所表现出来的对父亲的失望来自精神和人格方面，对父权统治秩序的否定使杜拉斯笔下的男性通常有着柔弱的性格，处于被动的地位。《厚颜无耻的人》中继父塔纳朗几乎就是一个无用人物，《广岛之恋》中的日本男人不过是法国女人怀念旧情人的一个代替品，而《情人》中的中国情人"身子很瘦"，性格懦弱，经济无法独立，面对父亲的包办婚姻也只能痛哭流泪，独自哀叹，最后认命。因此，"审父往往只是一种形式，真正属于内容的东西，乃是一种清醒的社会历史和文化批判"。父亲形象的扭曲与缺失显示陈染对男性形象的强烈的批判意识，也是杜拉斯对"父权"及"男权"进行的批判和审视。

杜拉斯认为，在父权文化长期压抑下，女性对父亲形象的指认，显然隐含更深层的含义，可以说缺失的父爱容易造成女性的心理孤独。一方面，它会使女性幼小的心灵产生对代表父权的男人的恐惧；另一方面发于自然天性中对父爱的渴望又会超越现实的缺失而去寻找另一种形式的精神之父，在对爱情的追求中选择父亲的替代品。在陈染的《私人生活》中就兼有以上两种倾向。在《私人生活》倪拗拗的眼睛里，父亲是一个自私、专横、冷酷的形象，"父亲是指望不上的，这一点我非常清楚。他是一个傲慢专横而又不很得志的官员，这更加剧了他的狂妄、烦躁与神经质"。"关键是父亲并不关心我的事，他其实也不关心母亲的事，父亲只关心他自己。我长大了一定不要嫁给父亲那样的男人，他让我和妈妈没有依靠"。这样一个专横、自私、狂妄、烦躁与神经质的父亲对幼小的倪拗拗的伤害是可想而知的，他赶走拗拗喜欢的小狗，赶走拗拗离不开的奶奶（保姆），经常与妈妈吵架制造家里压抑紧张的气氛，把他在外面受到的压抑悉数转嫁到自己妻子、女儿身上，转嫁到弱者的身上。这种扭曲的父性，压垮了一个幼小者的心灵，使拗拗在最需要保护的时候过早地被遗弃在人性的荒漠里。这种遗弃使拗拗的仇父心理日益增长，她在无意识中实验着"杀父"这种最激烈的审父形式。在拗拗的梦幻中父亲成了一个身穿褐色囚衣的囚犯，"他的手脚都被镣铐紧紧束缚着，他正在用他的犟脾气拼命挣脱，可是他依然被那辆警车拉走了，拉到一个永远也不能回家的地方去了"。后来拗拗又亲手用剪刀剪坏了父亲乳白色的新毛料裤子，在这里，裤子实际上是父亲的替代物，而"杀父"却是蓄谋已久的，"那只剪刀是一只鸟，蓄谋已久地盘踞在梳妆台上，仿佛栖息在木兰树顶。它设计了自己的动作和姿势，然后飞入我的脑中，借我的手完成了它的预想"。拗拗在审父的同时也在自审，"父亲的粗暴、专制与绝对的权势，正是母亲、奶奶和幼年的我，自动赋予他的，我们用软弱与服从恭手给予了他压制我们的力量，我们越是对他容忍顺服，他对我们就越是粗暴专横"。这种女性主义的审父与自审实际上将审父的主题提升到了一个新的高度。

在审父主题上达到如此高度的陈染，却总是走不出恋父的阴影。陈染的审父与新时期男性作家的审父是有很大差别的。男作家的审父最终是要告别丑恶的父亲，而陈染的审父则是憎恶与固恋并存，审父与恋父紧紧地缠绕在一起，构成了一种复杂的关系。恋父与弑父的欲望交织在一起藏匿于潜意识深处，不论弑父的愿望多么强烈，倪拗拗却仍然固执地宣称："我就是想拥有一个我爱恋的父亲般的男人！"父亲形象作为一种包含文化秩序的巨大象征早已内化为倪拗拗人格中的真实自我，而明确的女性主义立场又使拒绝与渴望相互纠缠。父亲情结困扰着陈染小说中所有的女性，阻挠了她们对异性正常健康的爱情。陈染小说中的异性恋情都弥漫着伤害和宿命的悲剧味道，演绎了一个个灵魂痛苦的挣扎与无奈的堕落。她们对强大的父亲权威感到无能为力，更对自己无法抑制内心向往父亲权威的本能冲动感到焦虑。在拗拗完成了审父杀父的计划、丑恶的父亲离去之后，另一个"父亲"T先生又出现了。比拗拗年长许多的T先生是以老师的身份出现的，这种师长身份实际上就是父亲身份的变体。拗拗和T先生之间最初是一种摩擦、对立甚至敌视的关系，但是凭女性的直觉，拗拗模糊地意识到："多年来这种对立或敌视，也许正是缘于某种潜在的说不清的危险，它在我们之间始终秘密地存在着，尽管我无法看清它。"在拗拗看来，这种敌意和危险其实就是两人之间互相克制的爱慕，"一个傲慢的大男人的敌意，往往是出于一种他自己也不能明确的狂妄的热情。那一种诋毁和愤怒的力量，实际上与他对于对方的向往倾心是成正比的"。最终在投进T先生的怀抱时，拗拗之所以会在一瞬间"原来所有的敌意彻底地瓦解、崩溃了"，取而代之的是"温柔而信任地倾听"，正是源于内心长久以来渴望一个理想的、像父亲一样的男人拯救自己的梦想。少女时代父亲的缺席，寻求一个替代角色成为陈染小说中不同女性共同的行为模式。但她们所追求的父亲形象已不是生活中真实的父亲，而被还原为女性精神主体深层心理中的男性权威象征。他无法打败与超越，因为他的形象已深溶于血液中，成为女性人格中无法剔除的成分，决定她们的行为模式。难怪陈染宣称，"我热爱父亲般的拥有足够的思想和能力'覆盖'我的男人，这几乎是到目前为止我生命中的一个最致命的残缺。我就是想要一个我爱恋的父亲！他拥有与我共通的关于人类普遍事物的思考，我只是他主体上的不同性别的延伸，我在他的性别停止的地方，开始继续思考"。

无论是杜拉斯还是陈染，都认为审父是一种清醒的社会历史和文化批判，而恋父则是一种成长的缺陷，如陈染所言这是"到目前为止我生命中的一个最为致命的残缺"。因此审父总是堂而皇之地进行，而恋父却蒙上了层层伪装。陈染并非没有意识到自己的"残缺"，而这种"残缺"的恋父情结和作为文化批判的审父紧紧地缠绕在一起，在陈染的作品中反复出现。这并不仅仅是一个情节重复的问题，而恰恰是一种创作心态问题。与杜拉斯不同的是，尽管陈染苏醒的女性主体意识，使之对"父亲"做出了深刻的否定，但在中国文化语境下一个有趣的悖论就是"越是激烈的反叛者，越是那些将既存秩序深刻内在化的人们"。被内化的性别秩序使她们在以男性权威为参照物而产生的自我缺失感中一面摧毁瓦解父亲形象，一面却不停地寻找代偿。由此可见，"父亲"永远是陈染小说中女性寻找与确认自我路途上不可逾越的障碍。

四、女性关怀与母性异化

杜拉斯和陈染在创作中，用"女性话语"对以"父权制"为中心的男性文化进行挑战，对父权符号系统进行解构，力图在作品中揭示、批判和颠覆"父权"话语。"在女性主义批评中，母亲有着彼此悖逆的双重含义：一是把母亲视为女性之源，另一层含义则与之相反，母亲是父权制的同谋，是被父权文化所熏染、所驯服的在女性中的代理人。"❶ 女性主义这种悖逆的双重含义体现在杜拉斯和陈染的创作，就是与"恋父"和"弑父"相对应的"恋母"和同性情结，两位女作家特有的敏感和其潜意识中对男权社会的反叛，形成了两位女作家作品中女性人物的同性情谊，从而构成了对传统父权秩序的大胆颠覆和解构。

---

❶ 王又平. 新时期文学转型中的小说创作 [M]. 上海：华中师范大学出版社，2000：502.

杜拉斯和陈染笔下的女性面对的爱的困境是全方位的，她们经受着潜意识的各种创伤，比如，父爱的缺失、男性的偏狭、对爱情的失望，还有爱情的背叛。这些女性在种种创伤的折磨下，在无奈、绝望和痛苦中，开始寻找来自同性的慰藉。杜拉斯在《情人》中塑造了一个特立独行的白人小女孩，她听从欲望的召唤与中国情人探索肉体之爱的欢娱，但在学校的宿舍中，她却以男性的欣赏目光观看密友海伦美丽的乳房，"我"因为对海伦·拉戈奈尔的欲望无力抗拒，想要让海伦委身于"我"的中国情人，想让她感受那"极乐境界"，让"我"在她的体验中体验高潮。"由于心理构造和志趣的不一样，男女之间真正彻底的沟通，我觉得是世界上一件很难的事，所以有些现代女性（或男性）不得不在同性那里寻找精神与情感的呼应和安慰，这是人类的悲哀，这是迄今为止人类社会尚未发展成熟的标志。"● 于是杜拉斯笔下的女性便习惯于将在异性那儿受到伤害的感情投向同性，"我对于男人所产生的病态的恐惧心理一直使我天性中的亲密之感倾投于女人"❷。同性之间的这种亲密往来却并非绝对意义上的同性恋行为，它是由女性历史、生存境遇与女性心理整合而成的复杂行为，是个体生命在现实世界中遭受来自异性的失落之后对理想的生活以及生命形式的一种大胆而又无奈的设计。

杜拉斯和陈染作品中的同性情结首先表现为以精神之爱为主的倾向。在当代中国女作家中，陈染是少数几个直接表现女性同性情谊的作家。评论家钱荫愉在《女性文学新空间》一文中指出"离异、独身、同性恋等是新世纪反传统的女性文学的新空间意识"❸，这使她的写作不仅具有女性文学的意识，而且具有道德方面的叛逆性。在陈染小说中，同性情谊是建立在感情上互相关怀、互相支持与同舟共济基础上的一种关系，肖蒙与乔琳，李眉与雨若，黛二与殒楠，紫衣女与黑衣女等无不如此。父爱的缺席、母爱的对峙，使孤立无援的女人只得在同性的世界中寻找温情和依靠，形成了女性主义作家笔下经常提

● 陈染. 女人没有岸［M］//陈染文集（第4卷）. 南京：江苏文艺出版社，1996：1.
❷ 陈染. 与往事干杯［M］//陈染文集（第1卷）. 南京：江苏文艺出版社，1996：6.
❸ 钱荫愉. 女性文学新空间［J］. 上海文论，1989（2）.

及的主题——"同性恋"。对异性爱的绝望，使她们开始把精神寄托在同性之恋上，女人们在女性的世界里互为镜像、互相欣赏，在强悍的男性话语面前，她们退回到自己的性别空间，在女性"自己的房间"里获得最大的心理安慰和自我肯定。陈染《私人生活》中的倪拗拗与禾寡妇、《另一支耳朵的敲击声》中伊堕人与黛二、《潜性逸事》中的李眉与雨子，她们之间也都是冲破同性禁忌的爱情。陈染对女性之美是极度欣赏的，但事实上，它们都只是一些准同性恋故事：或者只有一方是具有同性恋倾向的女主人公；或者两个恋人只能在同性爱情中挣扎着逃离。与其说杜拉斯、陈染等重视书写"同性恋"是她们性心理上的畸变，毋宁说是她们在强大的男性中心话语体系中，为建立自己的性爱书写话语而采取的一种文化策略。"同性恋是一种颠覆男权社会文化秩序的方式，女性以同性恋方式拒绝成为男人的贸易商品，正如商品拒绝进入市场。"❶

　　杜拉斯和陈染在小说中突出表现了同性间因心理倾向的类似而表现的默契和融洽，"弗洛伊德有一个基本发现，认为两性可以在每个人，男人和女人身上发现"❷。《凡墙都是门》中我、母亲与雨若温馨和谐的三人世界，《另一只耳朵的敲击声》中伊堕人和黛二的彼此欣赏，《破开》中殒南和我的心灵沟通，无不体现同性之情的柔美、和谐乃至出神入化的境界。在《空心人诞生》中写黑衣女人和紫衣女人纯美的精神之恋，"她们挽着手，在镇子的老街上走，黑暗使她们亲密起来，小雨过后的宁静使她们听到彼此的心跳，听得到路边大石头把水珠吸收进去的噬噬声。很多时候她们并不说什么，但都强烈地感到身边的人的存在"。《私人生活》中拗拗的同性恋对象是一个比她年长十几岁的年轻的禾寡妇，"我从很小的时候就已经迷恋这肩膀的芬芳了。这一双柔软又坚定的肩，仿佛一直就是我自己身体的主人，支撑着我长大成人"。孤傲的拗拗在家里受到父亲的压迫，在学校受到T先生的敌视，渴望逃到女性纯粹的世界，"她身上所有的空白都是我的沉默，她的喜悦在我的脸上总是映出笑

---

❶　陈顺馨. 中国当代叙事与性别［M］. 北京：北京大学出版社，1995：221.
❷　［美］弗洛姆. 弗洛伊德的使命［M］. 北京：生活·读书·新知三联书店，1986：76.

容。当她目不转睛地望着我一天天长大成人，用她那双纤瘦的手指攥紧生活这一根带刺的铁栅，我的手上立刻就感到疼痛，指缝里便会渗出鲜红的血珠"。❶这是一份充满张力与隐私愿望的女性情谊，但是这样一个能够给拗拗关怀、柔情、救助与庇护的美妙女人，却在一场大火中丧生，使拗拗的身心几乎陷入空洞寂寞之中。"女同性恋的存在，不是作为一种'性选择'或'另一种生活方式'，甚至不是作为少数人的选择，而是一种对统治秩序的最根本的批评，是妇女的一种组织原则"。❷《无处告别》中的黛二、缪一和麦三曾经"好得一星期不见面就想念，都曾发誓不嫁男人"；《潜性逸事》中"我"视李眉为知己，把两人的情意视做"救命的稻草"；还有《空心人诞生》中紫衣女人和黑衣女人相濡以沫的深情，《麦穗女与守寡人》中的英子和我，《破开》中"我"和殒楠，《私人生活》中"我"和禾寡妇，等等。在陈染小说中很难想见没有女友与母亲的参与还能否结构出小说的主角的故事，女主人公总是以女友、母亲为互补，小说大部分展现的是一个女性的世界。"我的一生都在竭力倾听和期待远处的某种致命的声音"，这些女性渴望的温馨与信赖的情感很难在现实中的男人那里找到归宿，就像弗洛伊德所说的恋父固置由于找不到合适的契口压抑在潜意识中，于是她们把那份情感转移到同性情谊上，因此这种同性情谊无论是在幻想中或在现实中都带有缥缈与虚幻的感觉。

虽然陈染对女性之间姐妹情意的书写是透彻深入的，然而陈染并不认为这种同性之间的友情就是精神的永恒归依之处，在同性情谊的背后同样潜藏着危机。因此，在陈染笔下，同性间的感情既深刻忘我又脆弱得不堪一击。《空心人诞生》中紫衣女人和黑衣女人在酒后理智崩溃时，便"不约而同想到崩溃即毁灭这句话"，陈染最后用黑衣女人在遭到男人的暴虐之后走向死亡这一结局，结束了这段同性恋情，显示她们对男权意识下性别秩序的世俗伦理的屈服。陈染表现了因同性之间灵肉分离而带来的爱的困惑，这一困惑流露了她对同性之爱的自觉不自觉的否定，也是她面对同性情结时难以逾越的性别临界

❶ 陈染. 私人生活［M］. 北京：作家出版社，1997：89.
❷ ［美］玛丽·伊格尔顿. 女权主义文学理论［M］. 胡敏，译. 长沙：湖南文艺出版社，1989：4.

点。而同性间的背叛带给心灵的更是绝望的伤害。《饥饿的口袋》中薏馨嫁给麦戈的前夫，《潜性逸事》中李眉和雨子的丈夫暗地里的恋情，不管其中有无恶意，两个女人之间的情谊永不存在了。雨子和麦戈都是因女友的背叛而失去男人的。黛二认为："与同性朋友的情感是一种极端危险的力量"，"她们之间最不稳定和牢靠的东西就是信赖"。这种情感可以发展得相当深刻、忘我、富于自我牺牲，甚至谁也离不开谁，但同时又脆弱得不堪一击，一触即溃。同性情谊似乎更使人感到人性的复杂与爱的不可把握，"在这个后现代时代，人群早已像豪猪那样浑身长满硬刺，有的人为了摆脱无法承受的孤独而冒险彼此亲近硬刺，遭到触扎后，便及时地长久地逃开了"。在她们的潜意识中，同性之爱并不是最终的选择，而只是一个暂时的避难所。

其次，杜拉斯和陈染作品中同性情结还表现为复杂的母女关系。在弗洛伊德和拉康的心理分析理论中，恋母情结是个关键概念，这不仅仅是对男孩的长大成人而言，对于女孩，母亲也是帮助她顺利完成自己性别确立的重要参照。以母亲为原型、以母亲为镜像，对母亲的羡慕、剖析及理想化全然可以视为对自己未来的期待与选择，这对于自我在集体和文化意义上的成长至关重要。

杜拉斯学认为人最初和最严重的焦虑来自出生时与母体分离所带来的创伤，由此而生的"子宫情结"实质就是恋母情结，是一种心理倒退机制，当一个人遇到危机时，她便通过返回母亲的怀抱，回避现实的危机和困难。母亲一直是杜拉斯挥之不去的主题，杜拉斯和母亲之间的关系是由反叛、欲望、仇恨、欣赏和同情等多种情感交织在一起而构成的。《抵挡太平洋的堤坝》是杜拉斯为母亲写的书，要替母亲遇到的不公正讨一个说法，母亲受到"到殖民地去发财"的宣传影响后，与丈夫一道移居印度支那殖民地，丈夫病死后，她独自挑起家庭重担，含辛茹苦、节俭度日，然后用十多年赚来的血汗钱向殖民地当局购买了一块土地却遭遇了失败的结局。因为她没有贿赂土地管理局的官员，所以他们给她一块太平洋岸边的盐碱地，那地里长不出庄稼，且备受海潮的侵蚀。她没有丧失信心，再次向命运抗争。她抵押房屋，购买木料，雇当地农民修筑抵挡太平洋的堤坝，但是堤坝在海潮来临的一夕之间被海水冲毁，剩下一片狼藉。杜拉斯深切同情母亲的不幸，母亲的失败、悲愤和绝望同样感染着她。但她对母亲的感情中更多夹杂着不满和愤恨，杜拉斯一直在等待母亲的关注，但母亲的目光越过她的头顶，只有大哥，永远的大哥。杜拉斯一生渴望母爱，却一生没有得到，母亲的不公将她永远推离了母亲，"他们两人早已长眠墓中。他们两人，只有他们两个人。不错，是这样"❶。甚至在墓中，母亲也是和她钟爱的大儿子长眠一起。在母子三人的关系中，杜拉斯永远是多余的那个。她试图赢得母亲的注意，可是结果仍然是讽刺的，在家庭她没有任何立足之地，即使她的哥哥死了，她也永远无法取代。正是母爱的偏执让她萌生了写作的欲望，而且这种欲望在母亲的反对中变得强烈和明晰。同时，母亲在穷困潦倒的生活底层，把女儿的贞洁当成出卖的物品，"母亲紧紧抓住中国人送给她女儿的钻戒时双眼迸射出希望的凶光，只要有钱，生活就可以重新开始"❷。在这点上母亲的贪婪令女儿恐惧。

　　尽管弗洛伊德指出恋母是一种固置的乱伦性欲，但社会文化学派却主张恋母是为了寻求安全感和肯定性，以此缓解自己的焦虑。陈染笔下这种母女之爱表现得错综复杂，爱恨交织。陈染一方面表现母女情深，另一方面也表现母女之间的互相伤害和嫉恨。在陈染早期的作品里，女儿在脱离男性的感情纠缠后与母亲互相依恋，女儿与母亲是一对极为默契的同性朋友，从对方身上体验到自我存在的价值，在既排斥又吸引的生存状态中获得平衡，"我睡在母亲的怀抱里，像睡在天堂一样安全美好"（《与往事干杯》）；《无处告别》中母亲为黛二的工作安置问题跑前跑后，忧心焦虑；《世纪病》中母亲和我之间融洽和谐的朋友式关系，充分体现了母爱的温暖和伟大。由此可见，陈染作品中脆弱的女主人公不能独自承担苦难孤独，于是要躲进母亲的子宫寻求安全和庇护，以此支撑自己脆弱的生命。逃避这个世界，退回到早年，这是陈染建构的女主人公人格里惯有的状态。在弗洛伊德看来，分解自我别无他途，只有回到婴儿时期的状态，那也许的确很幸福，但无论如何只是一个失去的乐园，任何成年

---

　　❶［法］玛格丽特·杜拉斯. 抵挡太平洋的堤坝［M］. 谭立德，译. 上海：上海译文出版社，2010：21.

　　❷［法］玛格丽特·杜拉斯. 抵挡太平洋的堤坝［M］. 谭立德，译. 上海：上海译文出版社，2010：78.

人都不能、也不该希望再回去。❶ 随着母亲病逝，女友消失，倪拗拗的生命顿时枯萎了。

　　陈染小说也表现了母女之间互相伤害、互相忌恨的一面。母爱不再表现为无私和伟大，而是表现出一种多疑和偏狭。女儿对母亲充满怀疑、嫉妒、反抗甚至仇恨，女儿在依赖母亲的同时又对这种生活感到恐惧，她从母亲身上看到了自己的命运。在《另一只耳朵的敲击声中》，黛二一直都觉得母亲在门外窥视自己，甚至梦见母亲用黑布蒙住头对她进行"感情试探"。黛二预言自己和母亲这样生活的前景，那就是"早晚有一天，母亲将把黛二小姐视为世界上第一号敌人"。可见，在女性身份的认同下充斥着对共同命运的拒绝认同。母亲把女儿视做自己的"私有财产"，她每每"会从黛二身边选中一位黛二小姐最为珍视的朋友作为她内心最搁不下的人"，"黛二母亲一感到被冷落或不被注意，就会抛出这位'假想敌'与黛二小姐论战一番"。如果说父爱的缺失是这些女性们爱的一重困境，母爱的偏狭便成为她们无法逃避的第二重困境。陈染笔下的母亲形象是从内倾的角度逐步介入女儿的内心，用温和的态度影响女儿的世界观和处世态度。母亲的关怀和力量成为侵略的武器，致使女儿始终处于一种逃离的状态。女儿总在潜意识里要摆脱母亲带来的传统角色的束缚，尽管母爱的营养成分滋养了女儿的成长，但母爱并不能最终带给女儿归属感，母爱无力帮助女性摆脱孤独处境，有时还会让女性处于更深的孤独之中。在《无处告别》中作者展示了一种爱恨交织的母女关系，母亲总是试图将自认为正确的世俗理念强加到黛二身上，引起黛二的极度反感。然而黛二仍然是爱母亲的，相依为命的处境使她会为失去母亲的想象而恐惧、痛苦。在《另一只耳朵的敲击声》中母女关系更为严峻，爱被隐藏在彼此伤害的背后，母亲强大的占有欲与保护欲在晚年的孤独中极度膨胀。母爱的森严让黛二无力负担而成为一种伤害，她因此陷入爱的困境无法突围，心中的孤独日益疯长。很多时候母亲过度的爱导致侵略，而控制与反控制间，女儿与母亲形象呈对立拉锯状态，母亲演变成无处不在的"权力的眼睛"，在爱的名义下监视着她、窥探着

---

❶　[美] B. R. 赫根法. 现代人格心理学导引 [M]. 石家庄：河北人民出版社，1988：113-120.

她，倾其一生精力规范她、制约她，使她只想逃离。

杜拉斯和陈染作品中的同性情结打破了两性的界限，超越了以往女性作家关于姐妹情谊的表层书写，将女性情谊的表达深入到更深的层面，显示了作者在探索生命本源和超性别意义上的新开拓。在杜拉斯看来，同性之爱是文化的产物，也是权宜之计，同性之间的情感是一种极端危险的力量，同性之间的情谊与依赖是功利的。只有将同性情结建筑在更广阔的人类爱的背景下才能实现真正意义上的超性别，使人类关系进入新的境地。尽管陈染的作品由于受女性主义文学理论的影响，在写作手法上与杜拉斯有接近和相似之处，但两位作家个人经历、生活界域、文学思想及观念等方面均存在差异，所以在某些相似的表象下现出内在意向的明显不同。杜拉斯在张扬、肆意地书写自我的同时透着一种绝望的情绪，陈染的写作则是孤静而无奈的，经由对女性孤独境遇的挖掘，表现出她对人类生存的形而上的哲学思考和对人类命运的真诚关怀。这是对中国"五四"女性写作的内在继承和创新。从陈染的创作中，我们既看到了女性意识的新的成长与成熟迹象，也感受到其背后隐藏着作者面对现实世界时的犹疑不决与无可奈何。

五、碎片化的叙事风格

从叙事手法上看，杜拉斯小说擅长使用人物的心理或者说是用心理的流动过程结构她大部分的作品。女性文学创作常常涉及对女性心理细腻而丰富的刻画和揭示，但杜拉斯完全把自己创作的重心和表现视点放在人类心理世界上，杜拉斯的小说充斥着记忆与生活的碎片，故事情节和景物描写被有意淡化。昆德拉认为，现在的西方文学，是躲在头脑里关于自我的询问和回答，而个性化写作则是把原本从个人头脑中折射出来的广阔空间肢解成了碎片。对杜拉斯而言，不存在写作的规则与禁忌，她的叙述从来不遵循"情节"和"故事"的模式，她是把自己的思维奉为至高的写作准则，而她的思维又是离奇而跳脱的。她把文本搅得支离破碎，她在意的不是传统小说所强调的连贯与完整，而是对游离于社会政治之外的人物即刻心理活动的捕捉与描述。批评家克洛德·

鲁瓦认为杜拉斯的创作，是一位头脑冷静的作家在理性控制下写出的理性多不能理解的种种事理。因此，自由联想、内心独白及幻觉等叙述方法不但能使杜拉斯更深入地关注人的心理流动，也成为她碎片化创作风格的鲜明标志。

杜拉斯特有的简洁含混的对白，人物内心的高度张力以及令人回味的弦外之音，这些形成了杜拉斯优美但艰涩的叙述风格，同样令陈染痴迷不已。在杜拉斯的影响下，陈染不断尝试使用各种杜拉斯叙事手法。陈染着力表现女性所遭受的种种爱欲困扰和女性幽密的内心世界，为了使这些心理故事更接近人物真实的内心活动，她尝试将人物心理活动中的种种潜意识以生活记忆碎片的形式，呈现并传递给读者，让读者如同心理医生般地依据这些信息，进行理顺整合，把握作者创作的本初目的及主题。因此，陈染离不开杜拉斯所惯常使用的自由联想、内心独白及幻觉等表现手法，无论就陈染创作叙述文体的设置、人物的自我独白，还是人称叙述的技巧，杜拉斯的叙事手法始终若隐若现于中，可以感受到杜拉斯碎片化叙事风格对其潜移默化的影响。

首先，陈染最经常借用的杜拉斯的碎片化叙事手法是自由联想。自由联想是表现人物心理活动的主要艺术手法之一，它在人物特定的环境和势态下产生，由相应的"触发点"促动，并受人物内在情绪的影响和控制，具有心理转换和跳跃的特性，用来表现人物复杂丰富的内心世界，尤其是潜意识的活动。

杜拉斯从自己的感觉、经验、意识和想象出发，打破了传统的叙述方式，形成了一种琐碎零乱、变化不定的独特叙事风格。杜拉斯的小说不是由情节贯穿的，而是由无数的意念拼贴而成，逻辑性的叙事被反逻辑的心理意象所取代，事件和人物都在她的意识流中奔涌沉浮、时隐时现，这条意识之流冲决了传统"故事"的框架，在看似无序零乱中重建女性独特的认知空间。杜拉斯对自由联想和意识跳动的运用必然带来零乱、琐碎的叙述风格，"它是以私人隐秘经验的跳跃式流动为叙述展开的依据，叙述自由、散漫、零乱，视点游移不定"❶。杜拉斯的小说《巨蟒》没有明晰的线索和情节，只有一些零乱的、琐碎的女性生活经验和想象片断，虽然杜拉斯在小说中强调"让我们把线索

---

❶ 陶东风. 私人化写作，意义和误区［J］. 花城，1997（1）.

理清楚"，但小说的总体叙述还是比较琐碎、混乱，在叙述女主人公"我"的情爱关系的主线中，不时跳跃出对其他男性的暧昧想象及她与男人的权色交易等零碎事件。尽管"我"不时穿插其中，起到提线贯穿的作用，但却任由叙述者在感觉、经验、记忆和想象中自由穿行，现时叙述与过去回忆相互交织。读者在看似七零八落的片段中穿行，阅读自然是零散而费解的。女主人公频繁地在现实与假想中的回忆、内心世界与生活实情之间的时空交叉，在创作上杜拉斯以自由联想的手法，以人物内在情绪为线索，实现这种内心频繁的转换。

陈染认为，"人容易以两种极端的方式体验世界，而这两种极端都具有残缺性。一是按外部世界所呈现出来的表象去认识它们，即照相式的，她身陷或吞没在无边无际的具体、琐碎和表层的汪洋上边，无法透过它们贴近事物的本质，缺乏洞穿及想象力，她对现实的理解是算术或几何解答式的；二是完全生活在她内心世界里，她活在一种内在的现实中。她丰富的想象力和触角的敏感，使她能够看见广袤的'森林'，但却唯独看不见'树木'。她的思路旁若无人地在她自己的内部延伸，却丝毫无视能否在现实里进展。我以为此两种都不完美。如果说作为我个人的'残缺'，那可能就是经常处于第二种体验世界的方式里"❶。《与假想心爱者在禁中守望》的寂旖小姐带有典型的自恋心理特征。她渴望"活人的温暖之声"，但在现实生活中却无法与人正常沟通，就以不断与自己对话的形式，与一个根本不存在的假想者进行情感的交流。陈染的小说语言更是形同梦呓，作品中的人物常会游离于故事情节之外，更深入地传递了陈染自我的心声，而这种心声的表述也显得更为纷繁杂乱，"我的心从没有家乡，像我纷乱空洞的胸口内部某一处脱离我肢体的地方，无所归属"。"抽象很美，就像在梦中凉滑的舌尖上垂挂一只摇坠的乳房，散发着梨子般幽幽芳香，触摸无底的心，如目光触及深邃而光辉的文字语码，就会散射一阵高潮般的怦然心动，井田样的稿纸是舞台，文字是脸孔，世界就会大得无边。"❷这些书写，显然是陈染自己思维的显影，作者写出这样的文字，完全没有顾及

---

❶ 萧钢，陈染. 另一扇开启的门 [J]. 花城，1996（2）.
❷ 陈染. 另一只耳朵的敲击 [M]. 北京：作家出版社，2001：78.

读者的阅读惯性，甚至可以说她没想到写给谁看，而只是真实描绘出自己的思绪，把自己抽象的感觉通过文字具象地表达出来。这种表述，明显带有自由联想和意识跳动的特征。

自由联想能更好地表现曾经遭受心理挫折与伤害的女性心理障碍，这不但是人物心理自由联想和转换的基础，也是与对女主人公的心理分析相吻合的。从传统的叙事角度看，《凡墙都是门》中时空是颠倒无序的，很难找出故事的真正开端。然而这些都是在女主人公"我"的思绪和心理流动中的现实，在她心灵的映像中有着心理逻辑和思维发展变化的清晰脉络。正是在这种"无序"的心灵叙述中，陈染写出女主人公和她的母亲、父亲以及外乡女友雨若对自身活法的不同体认。悟出各自生存的真谛，说明人们只能从自身的生活之墙以内寻找生命出口，使心灵表现升华到哲学的高度。在《嘴唇里的阳光》中，对针头的恐惧是黛二小姐潜意识心理活动的外在表现，作者巧妙地运用了自由联想的手法，在黛二小姐由现实进入潜意识活动的自由联想中，向读者交代了黛二小姐对针头恐惧的由来：童年住院的可怕经历，以及有裸露癖的建筑师对黛二小姐所造成的精神伤害。自由联想和转换有助于映射出人物丰富乖戾的内心情感，以及对待现实极端敏感的主观感受。

其次，内心独白也是陈染经常借用的杜拉斯碎片化叙事手法之一。内心独白是第一次世界大战以后小说家们革新小说创作的最有意义的尝试之一，是法国现代小说普遍采用的表现形式，主要特点表现为单数第一人称的使用和内心情感的自发表达，杜拉斯在《情人》中运用内心独白对灵魂深处的隐秘生活进行挖掘，是最深层心理活动的新的表达。

陈染可以说是新时期女作家运用女性内心独白体的先驱，虽然她的独白体并非那么纯粹，还夹杂着传统叙事中不可避免的全知全能的叙述视角，但还是做出了可喜的尝试。陈染可能由杜拉斯的叙述文体，找到了自我表达的新的入口。与杜拉斯一样，为了从自身成长体验中，发现自己、发现意义，陈染在叙述时间上求助于"回忆"的视角，求助于成长的记忆，从记忆的封闭时空入手，切入自我内心世界。陈染使用那些简捷和纯朴但具有诗一样蕴义和灵性的内心独白，极大地调动读者的感觉和知觉，引起读者共鸣后的停留、回味与感想。

　　最后，自由联想也是陈染借用杜拉斯的碎片化叙事手法之一。用幻觉表现意识的波动。幻觉是一种特殊的心理状态，一般用来描写人物纯主观、纯内向的心理活动，表现人物的意识波动以及情感的潜流，再现人物的主观情绪。在人的意识功能正常的情况下，这种状态不会出现，只有在人的意识功能出现障碍或趋向病变的时候，才可能出现幻觉。在陈染的作品中，由于人物基本具有心理"残缺"的特性，因此表现人物幻觉可以说是随处可见。陈染在许多作品中经常运用幻觉，可以说幻觉是陈染使用频率较高的一种现代表现手法，它贯穿一些作品的始终，对表现人物内心世界、深化作品主题，起到了至关重要的作用。因此，幻觉对于人物形象内心世界的刻画，尤其是理解人物所必需的杜拉斯是至关重要的。

　　《残痕》中，"我被锯掉的左腿时时在疼痛"这一幻觉贯穿作品全篇。那失去的"左腿"，在作品中似乎是男女情感的某种象征，陈染紧紧抓住这个象征，通过作品中人物之间的相互关系，以及对作品幻觉的心理意识分析，表达了男女之间生命体验无法沟通的意念。"我"的左腿上的肿瘤处于活体状态，难以断定其良恶，也无法抛却或割舍，"残缺"的隐痛时时存在，从精神到肉体使人物遭受侵袭，令她无所适从，为其所困扰。《与假想心爱者在禁中守望》中寂旖小姐典型的自恋心理特征，也是通过她与一个根本不存在的假想者进行情感交流的幻觉所形成的独特的日常生活方式加以表现的。《无处告别》中的黛二小姐在作品结尾处的幻觉，将她内心的孤独、对现实世界的无奈和彻底绝望的内心世界表现得极其充分和深刻。作为不向世俗观念妥协的女性，在这样的一个男性为中心的现实世界里，除了"细数和品味"那"永远无处告别"的苦痛外，"最后的充满尊严的逃亡地"或许也只能是唯一的结局了。陈染用幻觉表现精神的"残缺"，表现人物封闭的内心世界，使幻觉的艺术表现力在作品中得到充分的发挥，也使作品主题的心理意义得以深化。

　　陈染擅长表现人物难以言说的精神痛苦，就这种心理表现的真切和深刻而言，幻觉是陈染小说最恰当的表现手法。幻觉产生于人物的心理潜意识，又是分析人物精神世界的桥梁，作家表现人物的心理潜意识的最好手段是幻觉手法的运用，读者分析理解人物自然要以人物的幻觉为线索去追本溯源。在杜拉斯和陈染的作品中，幻觉的使用使她们的小说文本不再是封闭自足的空间，它延伸了，使小说的表现空间更加开阔、作品更加生动、更加立体化，并给小说带来饱满的张力。

总之，杜拉斯与陈染的创作存在着渊源关系，是影响与被影响的关系，陈染的创作直接受到杜拉斯创作的影响，她的很多小说都表现出鲜明的杜拉斯式创作风格。由于文化以及时代背景的不同，陈染对杜拉斯的主题与艺术风格也进行了重新阐释，她的创作主要表现在当代中国社会中独特的个体感受，也表达对人类重大问题的思考和对整个人类命运的忧虑。杜拉斯创作中不同于传统的异域影响增强了女性文学的表现力，丰富了现当代女作家的审美内涵，给现当代女性作家的创作观念带来新启示，引导她们勇于突破传统的小说形式，大胆尝试现代小说的各种可能。从这个意义上说，以陈染为代表的新时期女作家在异域资源的影响下，现代小说领域里的艺术探索与写作实践，都具有一种崭新的生命指向，揭示出女性生存和女性价值的深刻主题，在人类双性文化的构建中，表现出一种坚定执着的拓荒精神。

结　语

对异域资源在 20 世纪中国女性文学的传播之旅做了整体梳理之后，我们又对女作家接受异域资源的影响做了细致而深入的个案研究。整体梳理，使我们能够从中国女性文学发展浪潮中把握异域资源的中国之旅的起起落落，既有一种客观历史的鸟瞰效果，又有一份触摸鲜活历史的生动感和真实感。个案研究，则使异域资源对女作家的影响研究能够落到实处，而不再是凌空蹈虚，蜻蜓点水。由此，我们才可说基本厘清了异域资源与中国现当代女作家创作的复杂关系。但若仅停留于此，依然是不足的，我们还要追问，异域资源的影响给女作家创作增添了何种实质性的东西？女作家在接受异域资源时是如何做到独创性的转化的，如果这种独创性转化做得不够或不好又是为何？从世界文学高度上看，受异域影响的女作家是否已经超越异域资源，如若不能又是为何？女作家为何很难接受异域资源的宗教探索和全球思维，这是否意味着女作家的创造力最终必然会受到中国传统文化的制约而无法充分地发挥？通过对这些问题的深入探讨，我们才能使本书在实证性的传播和影响研究基础上叩问真正的文学史核心问题，才能拓展研究的新境界，才算得上基本完成研究的主要使命。

一、异域影响下女性文学的成就

要追问异域资源的影响到底给女作家创作增添了何种实质性的东西，就必须把异域资源的影响放回到中国女性文学接受外来文学影响的大背景中去。新时期文学之所以能够从"文革"文学的荒芜和死寂中复活过来，呈现出万紫千红、生机勃勃的一片繁荣景象，异域资源的影响尤其是欧美文学资源的催化居功至伟。像卡夫卡、毛姆、弗洛伊德、劳伦斯、杜拉斯等欧美作家都曾经在华夏大地大红大紫，大放异彩。劳伦斯对性的大胆探索和书写则无疑激发了王安忆的"三恋"以及《岗上的世纪》、铁凝的《大浴女》《玫瑰门》等小说对性的探索和书写；卡夫卡曾经使女作家获得审视历史和现代文明的荒诞性的文学眼光，宗璞在《我是谁》等小说中发出了对极左政治历史的荒诞性的凄厉控诉，残雪则在《黄泥街》《山上的小屋》等小说中像女巫一样叙说着现代人内心的恐惧和孤独；马尔克斯获得诺贝尔文学奖后在中国文坛上刮起猛烈的旋风，使女作家终于意识到经济落后并不意味着文学也会落后，意识到需要向本民族文化传统中去寻找真正有生命力的东西，那样才能给现代世界带来更为炫目的文学光彩。王安忆的《小鲍庄》《叔叔的故事》等小说探寻奇幻的民族传奇，使女作家创作获得了在特定文学地域中持续发掘人性深度景观的可贵自觉，给中国女性文学抹上了绚丽的魔幻油彩，让现当代女性文学接通了民族文化之根源。这些域外文学资源的煌煌巨星，都曾经给中国女作家的创作带来了独特的贡献。那么异域资源提供给女作家的独特东西到底是什么呢？

在对异域资源与女作家的影响关系做个案研究时，我们就曾经反复提到受异域资源影响的女作家，大多喜欢发掘底层人民的人性美和人情美，富有浓郁的人道主义激情。的确，鲜明的人道主义立场，对底层人民的人性美和人情美的发掘，是异域资源的最根本特质，也是给女作家创作提供的最为独特的东西。无论是卡夫卡、毛姆、弗洛伊德、劳伦斯、杜拉斯，还是陀思妥耶夫斯基、艾特玛托夫，在他们的小说世界中，那种单纯浪漫的爱情，那种人与人之间的温情，那种赤子的纯真和哀伤，那种为人类的献身精神，那种对人生和历史传统的使命担当意识，那种崇高的殉道精神，等等，几乎处处可见。无论现实历史到底如何荒诞，人心中对爱情、劳动、温情、单纯、崇高等的正面素质的渴望还是依然存在的，并且日趋激越。因此，上述这些异域资源给人带来更大的精神震撼乃至启迪，给人更多心灵的温暖、感动和愉悦。这就是异域资源小说的独特之处，不可或缺之处。

对于女作家而言，那种献身给党、民族、国家的英雄主义和集体主义的意识形态叙事，是以所谓的革命人道主义取代资产阶级人道主义的暴力崇拜叙事，是那种甚至把爱情、亲情都视为资产阶级人性论而气若臂展的冷酷叙事，是那种放逐心灵、放逐灵魂的唯物论叙事。"中国当代文学的一个严重的问题，就是对道德上的淳朴和善良这些美好的东西漠然视之。半个多世纪的恶劣的道德环境破坏了人们对于善的感受力，破坏了人们对怜悯、同情的感受力。我们的作家乐于叙写丑的和恶的东西，乐于展示人的阴暗的心理、卑下的欲望、粗俗的举止、低级的趣味和残忍的想象。我们的作家不是培养人们对生活的眷恋的热情，而是鼓励人们以一种游戏的、放纵的态度敌视生活。我们时代的消极写作者通过亵渎文学亵渎生活，通过摧毁道德摧毁生活。"❶ 这种说法无疑是有道理的，女作家创作中像虹影那些展示饥饿和暴力的小说，像残雪那些灰色阴暗的小说等，其实也无不以某种方式在继续加强中国文学的负面因素。

正是在这种背景中，那些受到异域影响比较深刻的女作家，均毅然抗拒这种文学倾向，坚定而执着地去展示人道主义的立场，发掘底层人民的人性美和人情美，给中国女性文学精神注入了一股情感和精神的纯净暖流。王安忆的《上种红菱下种藕》、铁凝的《哦，香雪》《永远有多远》、迟子建的《亲亲土豆》《一匹马两个人》等小说，都洋溢着人性和人道的特殊光彩。如果中国文学缺少了这些女作家的此类努力，必然会大为失色。就此而言，异域资源对于这些女作家，真的就像一潭清水一样，具有涤尘去俗、净化心灵的意义，而她们受异域影响而创作的那些小说，对于中国读者而言也像那潭清水一样，使我们在凡尘俗世中暂获心灵的慰藉。也许，随着时间的流逝，像毛姆、卡夫卡、劳伦斯、杜拉斯等人的那些小说最终会被淹没于历史的尘埃，但是，他们那些朴素而感人的小说还依然会光辉熠熠，还会以其人性美和人情美的异彩吸引后来者。

由此可见，域外文学资源都曾经给中国女作家的创作带来了独特的贡献，这些贡献主要体现在促使女作家在人道主义立场的坚守、地域性书写的理性自觉，以及女作家的性别身份和文化身份的构建等方面。

其次，我们需要追问的是，女作家在接受异域资源时的创造性转化问题。

---

❶ 李建军. 时代及其文学的敌人 [M]. 北京：中国工人出版社，2004：13.

正如学者所言,"在大多数情况下,影响都不是直接的借出与借入,逐字逐句模仿的例子可以说是少之又少,绝大多数影响在某种程度上都表现为创造性的转变。"❶ 女作家接受异域资源,存在表层和深层不同的情况。就表层而言,有些女作家借鉴异域资源小说的结构方式或叙事方式,像传统小说以自然的时空顺序为依据。现在,作家们以淡化情节或反情节的面目出现,受到西方结构现实主义等文学流派影响,小说结构和形式受到空前重视。例如,谌容的《人到中年》,以作家的情绪编织她们的生活见闻和人生感受,以意识流联结篇章,表现出浓厚的抒情色彩。王安忆的《小鲍庄》把若干生活片断连缀起来,追求一种富有生活立体感的"块状结构",这些结构形式,都力求缩短作品的时空跨度,增强其主体感;有些作家则借鉴异域资源的某些细节描写,在表现手法上,大量动用各种与新的审美观念、审美对象、结构形式相吻合的手法。刘索拉的《你别无选择》在文坛的出现引起轰动,它用变形手法,从各个侧面突出当代青年追求者的面貌。宗璞的《我是谁》则借鉴卡夫卡的《变形记》,写出了"左"倾错误对人心灵的强烈扭曲。就深层的借鉴而言,主要是指价值立场、创作取向和选材特征等,例如,人道主义立场、对地域风情的描绘、对民族身份的文化自觉等,女作家就表现出明显的创造性转化倾向。

女作家的创造性转化方式之一就是把来自异域资源的外来文学经验加以本土文化的转化。这些女作家对本土文化都具有一定的自觉性,她们对外来文化都没有表现出过度的痴迷和模仿。外来的文学经验必须经过她们的本土文化转化,才能够释放出新的文学创造力。受到异域资源影响的女作家,在展示底层人民的人性美和人情美时,很自然地就加以本土文化的转化,她们更喜欢展示的是中国人家庭内亲人间的温情,如迟子建的《清水洗尘》对家庭伦理亲情的温暖书写等。还有就是符合伦理规范的爱情婚姻,如王安忆的《长恨歌》等。这无疑和本土文化注重家庭伦理亲情,注重中庸和谐、温柔敦厚的特质有关。正是这种本土文化的转化,使外来文学经验最终获得了明晰的民族性,这和本土文化的自然性传统根深蒂固、息息相关。

---

❶ [美] 韦斯坦因. 比较文学与文学理论 [M]. 刘象愚,译. 沈阳:辽宁人民出版社,1987:29.

女作家另一个创造性转化方式就是把来自异域资源的外来文学经验和个人经验、时代经验、地域经验加以融合。例如，对于迟子建而言，她长期生活在底层社会，和底层人民朝夕相处，从中体悟到底层人民的人性美和人情美，于是他们就把异域资源的文学经验转化为属于个人的独特经验书写。池莉的《烦恼人生》反映一个普通工人印家厚人到中年后种种生活的困窘。印家厚对待生存的各种艰涩尽管充满了缺憾，但对窘迫的境遇他不是用信念和理想去改变和完善它，而是等待，表现了池莉对艰难的生存环境及人们无奈的人生态度的认同。方方的小说《风景》反映了居住在武汉一角的阴暗潮湿环境中的河南棚子户的生存境况，为了改变这种状况，他们进行了与命运的抗争。七哥为改变自身卑微的命运，实现跻身上层社会的梦想，居然跟一个比他大 8 岁、永无生殖力的高干女儿"联姻"，还说是满足了双方的需要，后来他终于如愿以偿，但同时也付出了人格的尊严。这些形象无不深深打上了时代的烙印，池莉对人物生存状况、生存环境的思考，无不受到域外资源中存在主义思潮的影响。

张辛欣、刘索拉、谌容等当代女作家在异域资源的影响下，从不同的角度，以各自不同的方式，展示了中国现代社会的一幅幅人生图景。张辛欣的作品呈现了"文革"以后主流政治文化分化瓦解和物质主义泛滥、人的自我迷失与彷徨焦虑的状态；刘索拉表达了改革开放和文化多元时代青年大学生反叛经典和张扬个性的激进姿态；谌容从超越历史理性的高度致力于反抗传统意识和封建世俗观念对个性的压抑，提倡人的精神解放和主体意志的彰显。这些女作家的创作主题，无论是追寻自我、张扬个性，还是表达真情、召唤尊严，都是以新时期个人主体意识的建构作为基石的。因此，她们的创作实践和努力，代表了新时期女作家对建构女性现代主体意识的追索和探询，标志着新时期女性文学中一种新的人文精神的创立。正是经过女作家们的这种个人经验、时代经验和地域经验的转化，异域资源的文学影响最终创造出了更为丰富多彩的文学世界。

二、异域影响下女性文学的缺失

美国比较文学学者约瑟夫·肖曾说，"独创性不应该仅仅理解为创新。许多伟大作家并不以承认别人对他们的影响为耻辱，许多人甚至把自己借鉴他人之处和盘托出。他们觉得所谓独创性不仅仅包括，甚至主要并不在于内容、风格和方法上创新，而在于创作的艺术感染力和真诚有效"❶。卢卡奇曾说，"真正的影响永远是一种潜力的解放"❷。对于大部分女作家而言，异域资源对她们的影响的确是解放了她们创作的潜力，使她们创作出许多无愧于心的小说佳作。不过，我们不得不承认一个事实，在所有受到异域资源或大或小、或深或浅的影响的女作家中，没有哪一个女作家在世界文学之林中的文学成就和文学影响力已经超越了异域作家。作为中国读者和研究者，笔者平心静气地、理智地回顾一番，也认为还没有哪个女作家的小说能够像异域小说那样给人如此巨大的心灵感动和精神激励，创造出一片如此纯净优美的精神天空。现当代中国女性文学在情感叙述方式、表达对象及在传承中国传统文学方面还有许多不足，这恰恰就是现当代中国女性文学和异域创作的差距之所在。那么女作家和异域创作的差距到底在哪里呢？

首先，是情感叙述方式的缺失。我们知道"意不称物，文不逮意"无疑是文学创作的常见症结，导致这一现象的原因无疑是情感叙述方式缺失，表意不清晰。正如1500多年前我国文论家刘勰所说："意翻空而易奇，言征实而难巧也。"也就是主观的艺术与客观的事物不对等，由此就产生了所谓的言意矛盾的状况。拿俄罗斯文学来说，19世纪俄罗斯出现了一批又一批影响世界文学的著名作家，其中包括普希金、列夫·托尔斯泰、屠格涅夫、陀思妥耶夫斯基、高尔基等，这些名人在创作之余其思绪无一不在抒写对祖国母亲的挚爱，所表现出来的爱国情感可谓极其深沉。同上述这种爱国情感相比，现当代的中国文学中所表现出来的爱国情感则更加直接。作为中国现代文学的大师，鲁迅是用他犀利的文笔猛烈抨击了旧时代封建制度，而巴金的"激流三部曲"《家》《春》《秋》对旧时代下家族体制的腐朽与罪恶更是进行了不留余地的抨

---

❶　[美]约瑟夫·肖. 文学借鉴与比较文学研究 [M] //比较文学译文集. 张伯霖，编译. 北京：北京大学出版社，1982：34.
❷　[匈牙利]卢卡奇. 卢卡奇文学论文集 [M]. 北京：中国社会科学出版社，1981：452.

击。解放之后直到"文革"时期，中国文学作品中革命气息越来越重，虽然这种革命岁月中所遗留的激情在一定程度上感染了当时的知识分子，但站在文学层面上来看，这份激情无疑太过单薄，同俄罗斯文学的深沉气息相比较显得不够厚重，其中的关联当然与两个国家不同的时代背景有很大的联系。首先，中国现代文学兴起时已处于半封建社会，言论相对较为自由，因而更为直接地传达对旧制度的批判。其次，俄罗斯作家大多信仰东正教，而中国作家经过时代的洗礼，基本上不存在一致的本土宗教信仰。因此，在对旧时代、旧体制进行文学批判的基础上，对新思想、新生活的渴望也就表现得更加露骨。

对于大部分女作家而言，她们都能够接受异域资源小说的人道主义思想，而无法接受宗教热情，到底意味着什么？卢卡契曾说，"内在需要与外来刺激之间的接触，在不同的情况下深度与广度亦有不同，这样的接触有时候只是短短的插曲，有时候是一种持续的结合。但最初的接触总是仅限于最急需的几方面，这与这位作家的全部丰富成熟的个性相比必然很抽象"❶。也许我们不得不指出，女作家对异域资源的接受还是仅限于最初的、最急需的几个方面，而对于异域资源全部丰富成熟的个性还存在极大的误解和拒斥。也曾有学者指出，"中国当代作家对于外来文化的吸收与借鉴，是实用性大于精神性的，这一过程的实用性和选择性都极强，对当代作家产生了点化功能的，常常是来自于写作上的启示，而不是灵魂对灵魂的撞击。在面对大师和前辈的时候，他们极为本能地将之视为文学的世界，而不是精神的世界，他们渴望探求的是其中的路径和钥匙，是奥秘，而不是体会其中令人敬畏的精神世界"❷。在某种程度上说，女作家对异域资源的接受也是如此，对异域资源丰富深邃的精神世界往往表现出漠然视之甚至带有敌意的拒绝。

其实，我们需要加以深入了解的是，异域资源特别是欧美资源深受西方基督教文化传统滋润，基督教非常强调人的精神超越性，它试图把人从尘世的束缚中解放出来，尤其是从人对金钱、权力、政治、民族、国家等有限的尘世目

---

❶ ［匈牙利］卢卡奇. 卢卡奇文学论文集［M］. 北京：中国社会科学出版社，1981：453.

❷ 张晓峰. 80 年代以来西方文学影响下的中国当代文学进程［J］. 文艺争鸣，2009（4）.

标物的束缚中解放出来，培育出能够与神对话的独立不羁的精神核心。因此，受其影响的异域作家，普遍具有一种超越精神，一种宇宙品格，一种浓郁的人类性，一种形而上学品质。像毛姆、陀思妥耶夫斯基、艾特玛托夫、卡夫卡等作家无不如此，异域资源秉承的就是这种超越性的精神传统。艾特玛托夫《断头台》中所谓的宗教热情其实只是这种宗教传统的一种外在表现，在《白轮船》中小男孩为了维护心中的纯真世界毅然跳入水中，幻想着化身为鱼，游到伊塞克湖去看白轮船，那种蹈海赴死的人性悲剧，也无不洋溢着一种地老天荒般的超越性、宇宙感。可以想见，若没有基督教文化的熏陶，异域资源小说如何能够出现这么浓郁的超越性、宇宙品格、形而上学品格呢？异域资源由表层的人道主义深入到超越性精神传统的根源处，由较低的眼界上升到更为宏阔的境界，由较现实的层面上升到更超越的高度。这实在是一种可贵的返本归根，是一种提升，一种扩大。异域资源乘着超越性的翅膀翱翔于人类精神领空时，它显然就超出女作家的期待视野，超出了她们的文化制约范围。"因为中国文化说到底是消灭个性的。现在开放，吸收西方文化，西方文化就是强化过程。强化过程是慢慢来的，不是很明了的，但它又是很自觉的，在大潮中每个人都要受到种种冲击，然后就产生种种情况，就要产生笼而统之的一种浮躁情绪。"❶女作家依然深深地受制于中国文化的实用理性传统，她们更能接受脚踏实地的尘俗生活，所谓的人道主义也就是在世俗世界范围内的人道主义，像《白轮船》那样的小说就已经是大部分中国当代作家的接受极限。再进一步，就意味着要破坏世俗世界的自足性，甚至要挑战世俗世界的合法性，就不得不追问超越世界的可能性，追问人性的内在局限了。因此，女作家无法接受异域资源的超越性精神传统，这实在是女作家受固有的文化传统制约的结果。

异域资源对人类性、全球性的强调也和异域资源所传承的超越性精神传统息息相关。在受到异域资源的启发后，女作家获得对地域风情及文化寻根的自觉，但是在对传统文化和地域风情的书写中，却很难在民族性中透视出人类性，在地域性中透视出全球性，也很难像欧美作家一样把民族性和人类性、地

❶　孙见喜. 贾平凹前传 [M]. 广州：花城出版社，2001：462.

域性和全球性处理得那么富有张力，那么富有平衡感的。刘再复曾说，"诗的立场天然地就是非实践的，是反思的，是审视的。它站在现世的功利活动的另一面，它关注着这个世界，但并不参与这个世界；它要反思我们在这个世界的种种事业到底让我们失去了什么？它要看看人类的种种奋斗、争夺、忙碌到头来离当初的希望到底有多远？它要审视人间的种种苦难、不幸和悲剧是不是源于我们本性深处的贪婪和邪恶？很显然，文学不是站在一个现世的立场看世界的。所谓现世的立场就是理性和计算的立场，理性地设立一个功利性的目标，周密安排必要的计划，并诉诸行动把它实现。文学站在现世立场的另一而，以良知观照人类的现世功利性活动，提示被现实围困住的生活的另一种可能性。文学的立场是超越的，所谓超越就是对现世功利性的超越"❶。的确，文学就是超越性的，而超越性精神真正的根源必然是宗教精神所指向的那个终极之地。"造物主赋予我们世间最高的理性，给我们按理性生活的自由，我们如何享用上帝的恩赐，这将是人类历史的历史。人存在的意义，在于使自己的精神得到自我完善，人世间没有比这更高的目的，这就是理性生活的魅力——天天顺着没有尽头的阶梯，攀登着精神完美的光辉顶峰。"❷

总而言之，如果站在文学自身的自然审美观点来分析，通过文字间接性地传达感情可以更好地吸引读者，也就是文章要写得明辨简洁，而不是深幽隐晦。在选用文辞时，表意清晰是一个极其重要的考虑，运用辞藻的目的是讲明事理，太过浮泛反而会造成表意模糊。现当代中国文学应该明白，人受外在的客观事物的影响很容易激发情感活动，而情感活动又会触发语言表达动机，进而提高语言文字运用的技巧，挥毫泼墨、形之以文也就是水到渠成的事了。因此，正确借鉴外国文学的"情采"思想，"为情而造文"无疑是文学创作的动人手笔，文辞修饰就应为此提供依据，这也就是中国传统文论中所说的"情理设位，文采行乎其中"的意义。

其次，是关注对象的缺失。通过对欧美文学的接触，我们可以知道欧美文

---

❶ 刘再复. 论文学的超越性视角［J］. 华文文学，2010（4）.
❷ ［俄］艾特玛托夫. 断头台［M］. 冯加，译. 北京：外国文学出版社，1987：198.

学本身更侧重的是对人的思考，也就是说他们更多关注的是个体，之所以导致这种现象可以归结为古希腊人本主义影响的结果。伟大的思想家马克思在他的著作《政治经济学批判》有过这么一句话："古希腊神话不仅是希腊文学与艺术的宝库，还是他们根植的土地。"由此可见，古希腊文学无非是古希腊神话的枝叶，古希腊神话则是古希腊文学的土壤，根本上代表着古希腊文学，它沿袭了克里特—迈锡尼文明的精髓，开创了欧洲文学之先河，也给欧洲文学创作带来了不可估量的财富与创作素材，在欧洲文化的各个领域占有至关重要的地位。随着罗马文学的兴起，古希腊神话传入欧洲，这在世界文学史上，尤其是近现代文学史上，其作用和意义无疑是巨大的。通过语言传译者的精心处理，原来古希腊神话著作中语言文字的浓墨重彩，句子结构的对仗工稳，思想内容的沉挚隽永都得到充分体现，这给现代文学带来的指导意义可见一斑。古希腊神话著作中大量使用的古语词展现了其得天独厚的文化修养与底蕴，也表达出历史特定的文化元素，从而将文章所体现的内容更庄重、更文雅地表现出来。另外，在词汇方面，古希腊文学通过利用一些典雅、庄重的长词汇、大词汇，包括那些相较其他文字而言更加规范的拉丁词汇，对现代欧洲文学巨匠的选材倾向颇有影响，如英国戏剧大师莎士比亚的长诗《维纳斯与阿道尼斯》中的爱神维纳斯与阿道尼斯的感人故事，以及济慈的《恩底弥翁》中所交代的恩底弥翁与阿尔特密斯的爱情故事等，无一不是取材于古希腊神话。

　　中国文学与欧美文学相比，更多侧重的是家族式的群居生活，对人物的个体形象往往塑造的甚少。在巴金的《家》《春》《秋》中，体现了高家大院中新生青春力量同堕落腐朽力量的斗争与矛盾，而《红旗谱》表现得更加明显，深刻描绘了一场阶级复仇风暴以及家族斗争。20世纪90年代以来，以"家族"为题材的小说依然没有颓势。在人类文明世界中，家族无疑是一个重要的文化现象，虽然在外国文学中也出现过类似的家族作品，如高尔斯华绥的《福尔赛世家》、列夫·托尔斯泰的《战争与和平》、马尔克斯的《百年孤独》、福克纳的《喧哗与骚动》、托马斯·曼的《布登勃洛克一家》等。但综观文学全貌，其所占比例很小。同外国文学相比，中国文学作品中关注个体生存的作品少之又少，而这并没有引起中国作家的注意。文学的发展有其自身的承继性，这种承继性也使西方文学注重个体性，而中国叙事文学则注重家族关系。

最后，是中国文学的传统情感与现当代的忽视。中国古代文化讲究家国同构，在儒家思想里"家"是"国"的微型形态，"国"是"家"的扩大形态。修身齐家是自我的初步实现，而治国平天下则代表自我的完全实现。同时，儒家思想强调"入世"，这显然又在激励人们去追求自己的理想。所以，在古代中国文坛产生了许多类似"伤别""怀乡""相思"等相对悲凉的文学作品。进入现当代文学，文学与政治有了紧密的关系，似乎与中国古代文学的这种追求精神断了线，而学习西方、模仿西方成为一种潮流。这种学习没有不对之处，但对于中国传统文化的继承和发掘方面肯定是做得不够，没有把中国古代文学的传统文化精神提升到一个新的高度，这也许是现当代女作家的忽视。

异域资源本身就具有多样性、差异性和具体性，以此为参照，女作家创作中的现代性也并非铁板一块。作为创作主体的女作家是具体的，她们在文化转型时期所面临的思想困惑、矛盾以及个人的生命感受也不尽相同，因而在与异域资源互识、互证、互补的过程中探索民族新文化的建构和发展也呈现出不同的倾向。满族女作家叶广岑曾在日本生活学习，在中日文化的对照中写下了一些小说。她看到随着社会经济的转型，传统文化的转型已成为必然。她感慨"在改革开放多方位、多元化全面变更的时代，中国的文化传统也不是静止的，它也处在动态的发展之中，人们的观念在变，人们的行为也在变，因文化所圈起的一切，终会因文化的发展、变化而导致的文化态度的变化而分裂，而各奔东西"。她写《采桑子》，"力图将对文化、对历史、对社会、对现实的关怀纳入这种初衷纳入一种文化和传统家族文化的背景，使他们形成一种反差而又共生互补"。小说从贵族家族文化的背景中优化出中国传统文化的精华，批判和否定社会转型时期出现的消极的一面，"走了的，已经走了，走出了金家，走出了古城，走出了活着的生命。没走的，正轻轻的抛掉淡泊的天性，怀着背叛和内疚，悄无声息的存在着"❶。这是因为"中国几千年建立起来的道德观、价值观，深入到我们每一个人的骨髓中"。至于传统文化如何转型，民

---

❶ 叶广岑. 采桑子［M］. 北京：十月文艺出版社，1999：128.

族新文化如何建构，作家尚未进一步探讨，只提出一个原则："背叛也好，维护也好，修正也好，变革也好，惟不能堕落。"❶ 王安忆对异域资源的接受具有过程性和实用性特征，经历了从封闭走向开放，从师法走向"自我"的过程。作为"理智型艺术家"，王安忆所喜爱的异域文学家大多也是"理智型"的创作者，尤其是俄苏作家，在托尔斯泰、肖洛霍夫、艾特玛托夫等作家的启发之下，理性力量渗透到王安忆创作中的各个角落。西方现代意识对中国文学的影响是不可忽视的存在，对本土文学的现代化进程有重要的、不可或缺的作用，但它绝不是我们民族现当代文学的成因的全部。陈思和谈《当代文学创作中的外来影响》，"外国文学对新时期文学的影响明显出现了两个系统。一是来自欧洲现代主义文学艺术的影响，这个系统打动了一批有志于艺术形式革新的作家们。意识流、时空颠倒、象征手法、深层心理描写、异化、荒诞、存在主义……几乎在稚嫩的新时期文学中都得到了尝试。但是只要略加考察，就不难发现这个系统对新文学的影响，从来也没有强大到能够动摇我们文学中被称为'民族化'的核心，它始终是以外在的、形式的因素出现在文学作品里"❷。中国文学的"世界性因素"不是中国文学中的"西方现代意识"，而是中国文学中的"中国现代意识"。中国现代意识生成于传统文化的转型和民族新文化的建构之中，既含有本土文化的精华，也有经过本土文化过滤、整合后的外来异质文化的因子。

总之，异域资源作为一种外来影响，给女作家创作提供了学习和借鉴的榜样，增添了异域文化的新鲜血液，在女作家的创作发展和走向创作高峰的过程中起到了重要的推动作用。20 世纪中国女性文学历经百年沧桑，反映了百年来中国尤其女性变动不居的社会现实和多姿多彩的文化精神，是现代中国文化的一个重要组成部分，丰富了整个现代中国文学史。中国现当代女作家们吸收了异域资源中有益于自身文学发展的因素，创作出具有民族性和独立性的女性文学作品。中国现当代女作家的创作与异域资源、异质文化及外国文学的关系

---

❶ 叶广岑. 采桑子 [M]. 北京：十月文艺出版社，1999：435.
❷ 陈思和. 当代文学创作中的外来影响 [J]. 文艺理论研究，1985（1）.

以及她们作品中表现出的现代意识说明，女性文学接受了异域资源及西方现代意识的启迪和激发，在本土文化和自身处境中生成。女作家的作品对中国现代化进程、对于现代性的追求形成了反省、批判的现代意识，表现出与异域资源整合后的艺术表现形式，由此才具备了中国语境下的现代性和世界性。这种现代性在某种程度上也是中国乃至现代化后发达国家和民族的现代性的缩影，她们的创作是一种文化创造，对本土文化的转型，对民族新文化的建构都具有现实意义和参考价值。

尽管如此，女作家要尽可能地超越本土文化的实用理性传统的制约，表现出叩问神圣的兴趣，否则，她们不但理解不了异域资源的精神内涵，也不可能让女性文学超越世俗世界的束缚，表现出高迈的精神旨趣。"过去，我们的文学汲汲于同世俗的社会对话，同当下的政治对话，在近代人本主义精神的鼓捣下，狂妄得好像自己就是最高真理，就是终极价值，结果是把自己弄的灰头灰脑的。在未来，我们的文学是否可能谦卑一点，以敬畏的心态同神对话，把自己与最高的价值、超验的意义联系起来呢？我相信是可以的，而且只有这样，中国文学才能真正走出 20 世纪的粗疏、浮躁与肤浅。"[1] 这也是一语中的之论。"文学毕竟是文学，文学的使命就是歌颂美，创造美。我们活在这个世界上，我们生活在这片土地上，一旦连心灵上那片美好的圣地都失去了，那么我们又以什么为支柱去撑起生存的意义呢？"[2] 鉴于同西方文学相比现当代中国文学尚有许多缺失之处，这就需要现当代文学要发扬不断创新的精神，并适当地借鉴现当代西方文学流派，如以拉丁美洲为文学土壤的魔幻现实主义。需要强调的是，我们在构思创作方面可以允许自己跟在他们的后面前进，但是必须拥有属于自己的创新文学形式。

中国现当代女作家在创作中发挥了主体的积极的创造性活力，在异域资源的启迪和激发下，从本土文化和自身的处境中生成对主体自身的历史和现实构

[1] 谭桂林. 百年文学与宗教 [M]. 长沙：湖南教育出版社，2002：327.
[2] ［俄］艾特玛托夫. 我的包着红头巾的小白杨——艾特玛托夫小说集 [M]. 力冈，等，译. 北京：人民文学出版社，1997：9.

成意义的文化产品。她们的作品表现出在异域资源冲击、影响和对照中的中国文学的中国现代意识，因而具有世界性因素。"世界文学也并不是全世界的民族文学的总汇。凡是能够成为世界文学的民族文学作品，首先必须能够被其他民族所理解。而正是这些能够表达人类普遍关切、普遍价值追求的民族文学作品才更容易被其他民族所接受，也才更容易进入世界文学的行列。而在这样的一个过程中，对于第三世界的中国文学而言，跨文化阐释显然是一条使中国文学融入世界文学的有效途径。"❶ 因此，只要女作家继续接受异域资源的影响，异域资源与女作家创作这个研究课题就永无完结之时。我们暂时做的这点研究工作，也只不过锻造出绵绵不绝的学术精神传承中的一个小环节而已。

---

❶ 李庆本. 跨文化阐释与世界文学的重构［J］. 山东社会科学，2012（3）.

参考文献

一、专著类

[1] 宾恩海. 中国现代文学的文化阐释 ［M］. 北京：人民文学出版社，2007.

[2] 曹书文. 家族文化与中国现代文学 ［M］. 北京：中国社会科学出版社，2002.

[3] 曹文轩. 中国八十年代文学现象研究 ［M］. 北京：北京大学出版社，1988.

[4] 曹文轩. 二十世纪末中国文学现象研究 ［M］. 北京：北京大学出版社，2002.

[5] 陈思和. 新文学传统与当代立场 ［M］. 济南：山东教育出版社，1999.

[6] 陈思和. 中国当代文学关键词十讲 ［M］. 上海：复旦大学出版社，2002.

[7] 陈晓明. 现代性与中国当代文学转型 ［M］. 昆明：云南人民出版社，2000.

[8] 陈平原. 小说：理论与实践 ［M］. 北京：北京大学出版社，1993.

[9] 陈平原. 中国小说叙事模式的转变 ［M］. 北京：北京大学出版社，2003.

[10] 陈娟. 记忆和幻想——中国新时期小说主潮 ［M］. 上海：上海文艺出版社，2000.

[11] 陈顺馨. 1962 夹缝中的生存 ［M］. 济南：山东教育出版社，2002.

[12] 陈顺馨. 中国当代文学的叙事与性别 ［M］. 北京：北京大学出版社，1995.

[13] 陈晓兰. 女性主义批评与文学诠释 ［M］. 兰州：敦煌文艺出版社，1999.

[14] 戴锦华. 涉渡之舟：新时期中国女性写作与女性文化 ［M］. 西安：陕西人民教育出版社，2002.

[15] 邓晓芒. 新批判主义 ［M］. 北京：北京大学出版社，2008.

[16] 邓晓芒. 灵魂之旅 ［M］. 上海：上海文艺出版社，2009.

[17] 邓晓芒. 人论三题 ［M］. 重庆：重庆大学出版社，2008.

[18] 高盖. 话语符号学 ［M］. 王东亮编，译. 北京：北京大学出版社，1997.

[19] 格非. 小说艺术面面观 ［M］. 南京：江苏文艺出版社，1995.

[20] 胡志明. 卡夫卡现象学 [M]. 北京：文化艺术出版社，2007.

[21] 侯维瑞. 现代英国小说史 [M]. 上海：上海外语教育出版社，1985.

[22] 姜智芹. 文学想象与文化利用 [M]. 北京：中国社会科学出版社，2005.

[23] 陆一帆. 文艺心理学 [M]. 南京：江苏文艺出版社，1985.

[24] 陆杨. 精神分析文论 [M]. 济南：山东教育出版社，1998.

[25] 柳鸣九，等编选. 尤瑟纳尔研究 [M]. 桂林：漓江出版社，1987.

[26] 柳鸣九. 从选择到反抗——法国二十世纪文学史观 [M]. 上海：文汇出版社，2005.

[27] 刘晓枫. 沉重的肉身——现代性伦理的叙事话语 [M]. 北京：华夏出版社，2004.

[28] 刘晓枫. 拯救与逍遥 [M]. 上海：生活·读书·新知三联书店，2001.

[29] 刘勇. 中国现代作家的宗教文化情结 [M]. 北京：北京师范大学出版社，2011.

[30] 刘慧英. 走出男权传统的樊篱——文学中男权意识的批判 [M]. 北京：生活·读书·新知三联书店，1995.

[31] 刘思谦，等. 性别研究：理论背景与文学文化阐释 [M]. 天津：南开大学出版社，2010.

[32] 刘建军. 欧洲中世纪文学论稿 [M]. 北京：中华书局，2010.

[33] 孟悦，戴锦华. 浮出历史地表——现代妇女文学研究 [M]. 郑州：河南人民出版社，1989.

[34] 胡全生. 英美后现代主义小说——叙述结构研究 [M]. 上海：复旦大学出版社，2002.

[35] 洪子诚. 问题与方法 [M]. 北京：生活·读书·新知三联书店，2002.

[36] 荒林，王光明. 两性对话——20 世纪中国女性与文学 [M]. 北京：中国文联出版社，2001.

[37] 李小江. 身临其境——胜别·学问·人生 [M]. 南京：江苏人民出版社，2002.

[38] 李小江，等. 文学、艺术与性别 [M]. 南京：江苏人民出版社，2002.

[39] 李今. 海派小说与现代都市文化 [M]. 合肥：安徽教育出版社，2006.

[40] 李赋宁主编. 欧洲文学史 [M]. 北京：商务印书馆，2001.

[41] 梁漱溟. 东西文化及其哲学 [M]. 北京：商务印书馆，1999.

[42] 罗岗. 危机时刻的文化想象：文学·文学史·文学教育 [M]. 南昌：江西教育出版社，2005.

[43] 罗岗. 想象城市的方式 [M]. 南京：江苏人民出版社，2006.

[44] 罗钢. 叙事学导论 [M]. 昆明：云南人民出版社，1994.

[45] 马春花. 被缚与反抗——中国当代女性文学思潮论 [M]. 济南：齐鲁书社，2008.

[46] 孟悦，戴锦华. 浮出历史地表——现代妇女文学研究 [M]. 北京：中国人民大学出版社，2004.

[47] 孟华主编. 比较文学形象学 [M]. 北京：北京大学出版社，2001.

[48] 梅绍武. 西园拾锦——英美作家论 [M]. 石家庄：河北教育出版社，1999.

[49] 孔范今. 二十世纪中国文学史 [M]. 济南：山东文艺出版社，1996.

[50] 钱林森，等编. 文化：中西对话中的差异与共存 [M]. 南京：南京大学出版社，1999.

[51] 钱林森. 法国作家与中国 [M]. 福州：福建教育出版社，1995.

[52] 钱理群，等. 二十世纪中国小说理论资料 [M]. 北京：北京大学出版社，1997.

[53] 饶芃子，等. 中西比较文艺学 [M]. 北京：中国社会科学出版社，1999.

[54] 饶芃子. 比较诗学 [M]. 西安：陕西师范大学出版社，2000.

[55] 饶芃子. 比较文艺学论文集 [M]. 北京：学林出版社，2003.

[56] 南帆. 二十世纪中国文学批评99个关键词 [M]. 杭州：浙江文艺出版社，2003.

[57] 任一鸣. 解构与建构：中国女性文学与美学衍论 [M]. 北京：九州出版社，2004.

[58] 任一鸣. 中国当代女性文学简史 [M]. 桂林：广西师范大学出版社，2009.

[59] 盛英. 中国女性文学新探 [M]. 北京：中国文联出版社，1999.

[60] 盛英. 二十世纪中国女性文学史 [M]. 天津人民出版社，1995.

[61] 孙隆基. 中国文化的深层结构 [M]. 南宁：广西师范大学出版社，2004.

[62] 申丹. 叙述学与小说文体学研究 [M]. 北京：北京大学出版社，2001.

[63] 陶东风. 当代中国文艺思潮与文化热点 [M]. 北京：北京大学出版社，2008.

[64] 王又平. 新时期文学转型中的小说创作潮流 [M]. 武汉：华中师范大学出版社，2001.

[65] 王岳川. 现象学与解释学文论 [M]. 济南：山东教育出版社，1999.

[66] 王岳川. 后殖民主义与新历史主义文论 [M]. 济南：山东教育出版社，1999.

[67] 王政，杜芳琴. 社会性别研究选择 [M]. 北京：生活·读书·新知三联书店，1998.

[68] 王德威. 想象中国的方法：历史·小说·叙事 [M]. 北京：生活·读书·新知三联书店，1996.

[69] 王晓明. 在新意识形态的笼罩下：90年代的文化和文学分析 [M]. 南京：江苏人民出版社，2000.

［70］王晓明．二十世纪中国文学史论［M］．上海：东方出版中心，1997.

［71］王光东．20 世纪中国文学与民间文化［M］．上海：复旦大学出版社，2007.

［72］王侃．历史·语言·欲望：1990 年代中国女性小说主题与叙事［M］．桂林：广西师范大学出版社，2008.

［73］王红旗．中国女性文化［M］．北京：首都师范大学出版社，2008.

［74］王琳．真理缝隙中的生存：当代文学中的女性形象［M］．北京：中国社会科学出版社，2010.

［75］汪晖．死火重温［M］．人民文学出版社，2000.

［76］汪介之．选择与失落：中俄文学关系的文化观照［M］．北京：人民文学出版社，2012.

［77］温儒敏，陈晓明，等．现代文学传统及其当代阐释［M］．北京：北京大学出版社，2010.

［78］文池．俄罗斯文化之旅：在北大听讲座［M］．北京：新世界出版社，2003.

［79］伍鑫甫．西方文论选［M］．上海：上海译文出版社，1979.

［80］吴士余．中国文化与小说思维［M］．上海：生活·读书·新知三联书店，2000.

［81］吴晓东．从卡夫卡到昆德拉［M］．北京：生活·读书·新知三联书店，2003.

［82］徐岱．边缘叙事——20 世纪中国女性小说个案批评［M］．上海：学林出版社，2002.

［83］徐坤．双调夜行船：九十年代的女性写作［M］．太原：山西教育出版社，1999.

［84］徐行言．中西文化比较［M］．北京：北京大学出版社，2004.

［85］谢有顺．我们内心的冲突［M］．广州：广州出版社，2000.

［86］杨义．杨义文存［M］．北京：人民出版社，1998.

［87］杨义．二十世纪中国小说与文化［M］．上海：生活·读书·新知三联书店，2007.

［88］杨剑龙．文化批判与文化认同［M］．上海：上海文化出版社，2008.

［89］杨莉馨．异域性与本土化：女性主义诗学在中国的流变与影响［M］．北京：北京大学出版社，2005.

［90］乐黛云，等．比较文学原理新编［M］．北京：北京大学出版社，1998.

［91］乐黛云．比较文学与比较文化十讲［M］．上海：复旦大学出版社，2004.

［92］易晓明．优美与疯癫：弗吉尼亚·伍尔夫传［M］．北京：中国文联出版社，2002.

［93］叶君．乡土·农村·家园·荒野——论中国当代作家的乡村想象［M］．北京：中国社会科学出版社，2007.

［94］张京媛. 当代女性主义文学批评［M］. 北京：北京大学出版社，1992.

［95］张法. 中西美学与文化精神［M］. 北京：北京大学出版社，1994.

［96］张志忠. 1993 年世纪末的喧哗［M］. 济南：山东教育出版社，1998.

［97］张岩冰. 审视第二性［M］. 济南：山东文艺出版社，2000.

［98］张英. 文学的力量——当代著名作家访谈录［M］. 北京：民族出版社，2001.

［99］张京媛主编. 当代女性主义文学批评［M］. 北京：北京大学出版社，1995.

［100］张清华. 中国当代先锋文学思潮论［M］. 南京：江苏文艺出版社，1997.

［101］张玉娟. 卡夫卡艺术世界的图式［M］. 杭州：浙江大学出版社，2009.

［102］张莉. 卡夫卡与 20 世纪后期中国小说［M］. 北京：中国社会科学出版社，2012.

［103］朱立元主编. 二十世纪西方文论选［M］. 北京：高等教育出版社，2002.

［104］朱光潜. 悲剧心理学［M］. 合肥：安徽教育出版社，1996.

［105］朱水涌. 叙事与对话——比较视野下的中国现当代文学［M］. 南京：南京大学出版社，2007.

［106］朱德发，魏建主编. 现代中国文学通鉴［M］. 北京：人民出版社，2012.

［107］赵园. 地之子——乡村小说与农民文化［M］. 北京：北京十月文艺出版社，1993.

［108］赵园. 北京：城与人［M］. 北京：北京大学出版社，2002.

［109］赵林. 中西文化分野的历史反思［M］. 武汉：武汉大学出版社，2004.

［110］赵毅衡. 当说者被说的时候：叙述学导论［M］. 北京：中国人民大学，1998.

［111］周宁. 永远的乌托邦——西方的中国形象［M］. 武汉：湖北教育出版社，2000.

［112］郑克鲁. 法国文学史教程［M］. 北京：北京大学出版社，2008.

［113］黎皓智. 20 世纪俄罗斯文学思潮［M］. 北京：北京大学出版社，2006.

［114］史锦秀. 艾特玛托夫在中国［M］. 石家庄：河北人民出版社，2007.

［115］［荷兰］佛克马. 走向后现代主义［M］. 王宁，等，译. 北京：北京大学出版社，1991.

［116］［丹麦］勃兰兑斯. 19 世纪文学主流［M］. 刘半九，译. 北京：人民文学出版社，1997.

［117］［德］瓦尔特·本雅明. 发达资本主义时代的抒情诗人［M］. 江苏人民出版社，2005.

［118］［德］恩斯特·卡西尔. 人论［M］. 甘阳，译. 上海：上海译文出版社，2004.

［119］［德］马克斯·韦伯. 新教伦理与资本主义精神［M］. 彭强，等，译. 西安：陕西

师范大学出版社，2002.

[120] ［俄］洛斯基. 意志自由［M］. 董友，译. 北京：生活·读书·新知三联书店，1992.

[121] ［俄］巴赫金. 小说理论［M］. 白春仁，晓河，译. 石家庄：河北教育出版社，1998.

[122] ［法］萨特. 萨特文集［M］. 施康强，译. 北京：人民文学出版社，2000.

[123] ［法］克里斯蒂安娜·布洛－拉巴雷尔. 杜拉斯传［M］. 徐和瑾，译. 桂林：漓江出版社，1999.

[124] ［法］阿格妮丝·赫勒. 日常生活［M］. 衣俊卿，译. 重庆：重庆出版社，1990.

[125] ［法］巴赫金. 陀思妥耶夫斯基创作问题［M］. 白春仁，等，译. 北京：生活·读书·新知三联书店，1992.

[126] ［法］伍尔夫. 伍尔夫文集［M］. 林燕，译. 北京：人民文学出版社，2003.

[127] ［美］夏志清. 中国现代小说史［M］. 刘绍铭，等，译. 香港：中文大学出版社，2001.

[128] 王德威. 想象中国的方法［M］. 北京：生活·读书·新知三联书店，1998.

[129] 王德威. 现代中国小说十讲［M］. 上海：复旦大学出版社，2003.

[130] ［美］雷·韦勒克，奥·沃伦. 文学理论［M］. 刘象愚，等，译. 北京：生活·读书·新知三联书店，1984.

[131] ［美］华莱士·马丁. 当代叙事学［M］. 伍晓明，译. 北京：北京大学出版社，1990.

[132] ［美］苏珊·S. 兰瑟. 虚构的权威——女性作家与叙述声音［M］. 黄必康，译. 北京：北京大学出版社，2002.

[133] ［美］埃默里·埃利奥托. 哥伦比亚美国文学史［M］. 朱通伯，等，译. 成都：四川辞书出版社，1994.

[134] ［美］瓦尔特·本雅明. 发达资本主义时代的抒情诗人［M］. 王才勇，译. 南京：江苏人民出版社，2005.

[135] ［美］塞缪尔·亨廷顿，劳伦斯·哈里森. 文化的重要作用——价值观如何影响人类进步［M］. 程克雄，译. 北京：新华出版社，2002.

[136] ［美］贝尔·胡克斯. 女权主义理论：从边缘到中心［M］. 晓征，平林，译. 南京：江苏人民出版社，2001.

[137] ［美］明恩溥. 中国人的气质［M］. 刘文飞，等，译. 上海：生活·读书·新知三联书店，2007.

[138] ［美］弗雷德里克·杰姆逊. 后现代主义与文化理论［M］. 唐小兵，译. 北京：北京大学出版社，1997.

[139] ［美］苏珊·兰瑟. 虚构的权威［M］. 黄必康，译. 北京：北京大学出版社，2003.

[140] ［美］苏珊·朗格. 情感与形式［M］. 刘大基，译. 北京：中国社会科学出版社，1986.

[141] ［美］李欧梵. 上海摩登——一种新都市文化在中国［M］. 毛尖，译. 北京：北京大学出版社，2001.

[142] 李欧梵. 中国现代文学与现代性十讲［M］. 上海：复旦大学出版社，2002.

[143] ［英］戴维·洛奇. 小说的艺术［M］. 王峻岩，等，译. 北京：作家出版社，1997.

[144] ［美］安妮特·鲁宾斯坦. 英国文学的伟大传统［M］. 陈安全，等，译. 上海：上海译文出版社，1998.

[145] ［美］伊恩·瓦特. 小说的兴起——笛福、理查逊、菲尔丁研究［M］. 高原，等，译. 北京：生活·读书·新知三联书店，1992.

[146] ［美］马林内斯库. 现代性的五副面孔［M］. 顾爱彬，李瑞华，译. 北京：商务印书馆，2002.

[147] ［美］丹尼尔·贝尔. 资本主义文化矛盾［M］. 赵一凡，等，译. 北京：生活·读书·新知三联书店出版社，1989.

[148] ［美］华莱士·马丁. 当代叙事学［M］. 任晓明，译. 北京大学出版社，2005.

[149] ［美］厄尔·迈纳. 比较诗学［M］. 王宇根，等译，中央编译出版社，1998.

[150] ［美］希里斯·米勒. 解读叙事［M］. 申丹，译. 北京大学出版社，2002.

[151] ［美］詹明信. 晚期资本主义的文化逻辑［M］. 张旭东编，陈清侨，等，译. 北京：生活·读书·新知三联书店，2003.

[153] ［美］雷纳·韦勒克. 近代文学批评史［M］. 杨自伍，译. 上海：上海译文出版社，2005.

[154] ［加拿大］诺斯洛普·弗莱. 批评的剖析［M］. 陈慧，等，译. 天津：百花文艺出版社，1998.

［155］［捷克］米兰·昆德拉. 小说的艺术［M］. 董强，译. 上海：上海译文出版社，2004.

［156］［英］弗吉尼亚·伍尔芙. 伍尔芙随笔全集［M］. 王斌，等，译. 北京：中国社会科学出版社，2001.

［157］［英］特里·伊格尔顿. 马克思主义与文学批评［M］. 文宝，译. 北京：人民文学出版社，1980.

［158］［英］特里·伊格尔顿. 二十世纪西方文学理论［M］. 伍晓明，译. 西安：陕西师范大学出版社，1987.

［159］［英］福斯特. 小说面面观［M］. 苏炳文，译. 广州：花城出版社，1984.

［160］［英］玛丽·伊格尔顿. 女权主义文学理论［M］. 胡敏，等，译. 长沙：湖南文艺出版社，1989.

［161］［英］安东尼·吉登斯. 现代性与自我认同［M］. 赵旭东，等，译. 北京：生活·读书·新知三联书店，1998.

［162］［英］陶丽·莫伊. 性与文本政治——女权主义文学理论［M］. 林建法，等，译. 长春：时代文艺出版社，1992.

［163］［法］克里斯蒂安娜·布洛. 杜拉斯传［M］. 徐和瑾，译. 桂林：漓江出版社，1999.

二、英文类

［1］Alexander Michael. A History of English Literature. Basingstoke Hampshire The Macmilian-Press Limited，2000.

［2］Gilbert Andra Mand Susan Gubar. The Madwoman in the Attic：The Woman Writer and the Nineteenth – Century Literary Imagination. New Haven and London：Yale University Press，1984.

［3］Horsman Alan. The Oxford History of English Literature：The Hctorian Novel. Oxford：Clarendon Press，1990.

［4］Jacobus Mary. Reading Woman：Essays in Feminist Criticism. London Methuen Co Ltd，1986.

［5］Levy Anita. Other Women：The Writing of Class、Race and Gender（1832 – 1898）. Princeton：Princeton University Press，1991.

［6］ Yue Ma. Transmuting Trauma：Representations of Twentieth – Century History in Chinese Lit-
erature. The University of Texas at Austin Press，2001.

［7］ Lengthen Wang. Personal Matters – Women's Autobiographical Practice in Twentieth – Century
China. Stanford University Press，2004.

［8］ Ban Wang. Illuminations from the Past – Trauma，Memory，and History in Modern Chi-
na. Sanford University Press，2004.

［9］ Alan Udoff. Kafka's Contextuality，Gordian Press and Baltimore Hebrew College，1986.

［10］ Peter Brooks. Troubling Confessions：Speaking Guilt in Law and Literature. University of Chi-
cago Press，2000.

［11］ Mary Chester. Dominance，Marginality and Subversion in French colonial Discourse. Loui-
sianna State University Press，2010.

［12］ Winston Jane Bradle. Postcolonial Duras. New York Palgrave Macmillian Press，2001.

三、作品类

［1］ 残雪. 天堂里的对话 ［M］. 北京：作家出版社，1988.

［2］ 残雪. 残雪 ［M］. 北京：人民文学出版社，2000.

［3］ 残雪. 五香街 ［M］. 福州：海峡文艺出版社，2002.

［4］ 残雪. 最后的情人 ［M］. 广州：花城出版社，2005.

［5］ 残雪. 暗夜 ［M］. 北京：华文出版社，2006.

［6］ 残雪. 传说中的宝藏 ［M］. 辽宁：春风文艺出版社，2006.

［7］ 残雪. 末世爱情 ［M］. 上海：文汇出版社，2006.

［8］ 残雪. 残雪文学观 ［M］. 桂林：广西师范大学出版社，2007.

［9］ 残雪. 解读博尔赫斯 ［M］. 北京：人民文学出版社，2000.

［10］ 残雪. 灵魂的城堡——理解卡夫卡 ［M］. 上海：上海文艺出版社，1999.

［11］ 残雪. 趋光运动 ［M］. 上海：上海文艺出版社，2008.

［12］ 残雪. 把生活变成艺术 ［M］. 长春：时代文艺出版社，2007.

［13］ 残雪. 为了报仇写小说——残雪访谈录 ［M］. 长沙：湖南文艺出版社，2003.

［14］ 残雪. 残雪文学观 ［M］. 桂林：广西师范大学出版社，2007.

［15］ 残雪. 永生的操练 ［M］. 北京：十月文艺出版社，2004.

［16］ 残雪，邓晓芒. 于天上看见深渊 ［M］. 上海：上海文艺出版社，2012.

［17］残雪. 解读博尔赫斯［M］. 上海：华东师范大学出版社，2008.

［18］残雪. 边疆［M］. 上海：上海文艺出版社，2008.

［19］陈染. 陈染文集［M］. 南京：江苏文艺出版社，1996.

［20］陈染. 不可言说［M］. 北京：作家出版社，2000.

［21］陈染. 我们能否与生活和解［M］. 北京：作家出版社，2001.

［22］陈染. 离异的人［M］. 北京：作家出版社，2009.

［23］陈染. 不可言说［M］. 北京：作家出版社，2002.

［24］陈染. 私人生活［M］. 北京：作家出版社，2004.

［25］陈染. 无处告别［M］. 南京：江苏文艺出版社，2005.

［26］迟子建. 晨钟响彻黄昏［M］. 南京：江苏文艺出版社，1997.

［27］迟子建. 伪满洲国［M］. 北京：人民文学出版社，2004.

［28］迟子建. 额尔古纳河右岸［M］. 北京：北京十月文艺出版社，2005.

［29］迟子建. 越过云层的晴朗［M］. 北京：作家出版社，2009.

［30］迟子建. 白雪乌鸦［M］. 北京：人民文学出版社，2010.

［31］迟子建. 北极村童话［M］. 北京：作家出版社，1989.

［32］迟子建. 白雪的墓园［M］. 昆明：云南人民出版社，1995.

［33］迟子建. 芳草在沼泽中［M］. 北京：中国青年出版社，2002.

［34］迟子建. 格里格海的细雨黄昏［M］. 南京：江苏文艺出版社，2003.

［35］迟子建. 雾月牛栏［M］. 北京：华文出版社，2002.

［36］迟子建. 疯人院的小磨盘［M］. 北京：新世界出版社，2002.

［37］迟子建. 踏着月光的行板［M］. 北京：十月文艺出版社，2004.

［38］迟子建. 微风入林［M］. 沈阳：春风文艺出版社，2005.

［39］迟子建. 福翩翩［M］. 长沙：湖南文艺出版社，2008.

［40］迟子建. 日落碗窑［M］. 北京：作家出版社，2009.

［41］迟子建. 鬼魅丹青［M］. 昆明：云南人民出版社，2010.

［42］李昂. 杀夫［M］. 台北：聊经出版社，1983.

［43］李昂. 花季［M］. 台北：洪范书店，1968.

［44］李昂. 花间迷情［M］. 台北：皇冠出版社，2005.

［45］李昂. 自传·小说［M］. 台北：皇冠出版社，2000.

［46］李昂. 她们的眼泪［M］. 台北：洪范书店，1984.

[47] 李昂. 爱情试验 [M]. 台北：洪范书店，1982.

[48] 李昂. 混声合唱 [M]. 台北：化欣文化事业中心，1975.

[49] 李昂. 迷园 [M]. 台北：麦田出版社，1991.

[50] 李昂. 北港香炉人人插 [M]. 台北：麦田出版社，1997.

[51] 李昂. 一封未寄的情书 [M]. 台北：洪范书店，1986.

[52] 欧阳子. 秋叶 [M]. 台北：晨钟出版社，1971.

[53] 欧阳子. 欧阳子自选集 [M]. 台北：黎明文化事业出版公司，1982.

[54] 欧阳子. 王谢堂前的燕子——《台北人》研析与索引 [M]. 台北：尔雅出版社，1976.

[55] 欧阳子. 现代文学小说选集 [M]. 台北：尔雅出版社，1979.

[56] 铁凝. 大浴女 [M]. 北京：作家出版社，2009.

[57] 铁凝. 玫瑰门 [M]. 北京：人民文学出版社，2007.

[58] 铁凝. 无雨之城 [M]. 沈阳：春风文艺出版社，2010.

[59] 铁凝. 笨花 [M]. 北京：人民文学出版社，2006.

[60] 铁凝. 永远有多远 [M]. 北京：人民文学出版社，2006.

[61] 铁凝. 午后悬崖 [M]. 北京：人民文学出版社，2006.

[62] 铁凝. 有客来兮 [M]. 北京：人民文学出版社，2006.

[63] 铁凝. 巧克力手印 [M]. 北京：人民文学出版社，2006.

[64] 铁凝. 会走路的梦 [M]. 北京：人民文学出版社，2006.

[65] 铁凝. 像剪纸一样美艳明净 [M]. 北京：人民文学出版社，2006.

[66] 铁凝. 一千张糖纸 [M]. 南京：江苏文艺出版社，2006.

[67] 王安忆. 小鲍庄 [M]. 上海：上海文艺出版社，1986.

[68] 王安忆. 荒山之恋 [M]. 武汉：长江文艺出版社，1993.

[69] 王安忆. 岗上的世纪 [M]. 昆明：云南人民出版社，2000.

[70] 王安忆. 三恋 [M]. 杭州：浙江文艺出版社，2001.

[71] 王安忆. 忧伤的年代 [M]. 北京：新世界出版社，2002.

[72] 王安忆. 王安忆自选集 [M]. 北京：作家出版社，1996.

[73] 王安忆. 富萍 [M]. 长沙：湖南文艺出版社，2000.

[74] 王安忆. 上种红菱下种藕 [M]. 海口：南海出版公司，2002.

[75] 王安忆. 伤心太平洋 [M]. 长春：时代文艺出版社 2001.

［76］王安忆. 69 届初中生［M］. 太原：北岳文艺出版社，2001.

［77］王安忆. 流水三十章［M］. 上海：上海文艺出版社，2002.

［78］王安忆. 隐居的时代［M］. 上海：上海文艺出版社，2002.

［79］王安忆. 启蒙时代［M］. 北京：人民文学出版社，2007.

［80］王安忆. 长恨歌［M］. 北京：人民文学出版社，2004.

［81］王安忆. 妹头［M］. 海口：南海出版公司，2000.

［82］王安忆. 桃之夭夭［M］. 上海：上海文艺出版社，2003.

［83］王安忆. 上种红菱下种藕［M］. 上海：文汇出版社，2006.

［84］王安忆. 天香［M］. 北京：人民文学出版社，2011.

［85］王安忆. 小说家的十三堂课［M］. 上海：上海文艺出版社，2005.

［86］王安忆. 王安忆说［M］. 长沙：湖南文艺出版社，2003.

［87］张爱玲. 张爱玲文集［M］. 广州：花城出版社，1997.

［88］张爱玲. 赤地之恋［M］. 香港：皇冠出版社有限公司，2000.

［89］张爱玲. 秧歌［M］. 香港：皇冠出版社有限公司，2000.

［90］张爱玲. 同学少年都不贱［M］. 天津：天津人民出版社，2004.

［91］张爱玲. 张爱玲全集［M］. 北京：北京十月文艺出版社，2012.

［92］张爱玲. 张爱玲散文全编［M］. 杭州：浙江文艺出版社，1992.

［93］张爱玲. 张爱玲文集补遗［M］. 北京：中国华侨出版社，2002.

［94］张爱玲. 雷峰塔［M］. 北京：北京十月文艺出版社，2011.

［95］张爱玲. 易经［M］. 北京：北京十月文艺出版社，2011.

［96］张爱玲. 张看［M］. 北京：经济日报出版社，2002.

［97］［英］毛姆. 月亮和六便士［M］. 傅惟慈，译. 北京：外国文学出版社，1981.

［98］［英］毛姆. 彩色的面纱［M］. 刘宪之，译. 北京：北京十月文艺出版社，1988.

［99］［英］毛姆. 人生的枷锁［M］. 张柏然，等，译. 上海：上海译文出版社，2007.

［100］［英］毛姆. 刀锋［M］. 周煦良，译. 上海：上海译文出版社，2007.

［101］［英］毛姆. 毛姆读书随笔［M］. 刘文荣，译. 上海：上海三联书店，1999.

［102］［英］毛姆. 巨匠与杰作［M］. 孔海立，等，译. 上海：华东师范大学出版社，1987.

［103］［英］劳伦斯. 白孔雀［M］. 刘宪之，徐崇亮，译. 哈尔滨：北方文艺出版社，1994.

[104]［英］劳伦斯. 彩虹［M］. 葛备，等，译. 哈尔滨：北方文艺出版社，1994.

[105]［英］劳伦斯. 儿子与情人［M］. 吴延迪，等，译. 哈尔滨：北方文艺出版社，1994.

[106]［英］劳伦斯. 恋爱中的妇女［M］. 袁铮，等，译. 哈尔滨：北方文艺出版社，1994.

[107]［英］劳伦斯. 查特莱夫人的情人［M］. 饶述一，译. 长沙：湖南人民出版社，1986.

[108]［英］劳伦斯. 劳伦斯中篇小说选［M］. 高健民，等，译. 哈尔滨：北方文艺出版社，1994.

[109]［法］玛格丽特·杜拉斯. 杜拉斯文集［M］. 李末，等，译. 沈阳：春风文艺出版社，2000.

[110]［法］玛格丽特·杜拉斯. 平静的生活［M］. 俞佳乐，译. 沈阳：春风文艺出版社，2000.

[111]［法］玛格丽特·杜拉斯. 厚颜无耻的人［M］. 周国强，译. 沈阳：春风文艺出版社，2000.

[112]［法］玛格丽特·杜拉斯. 抵挡太平洋的堤坝［M］. 张容，译. 沈阳：春风文艺出版社，2000.

[113]［法］玛格丽特·杜拉斯. 副领事［M］. 宋学智，等，译. 沈阳：春风文艺出版社，2000.

[114]［法］玛格丽特·杜拉斯. 直布罗陀水手［M］. 边琴，译. 沈阳：春风文艺出版社，2000.

[115]［法］玛格丽特·杜拉斯. 街心花园［M］. 边琴，译. 沈阳：春风文艺出版社，2000.

[116]［法］玛格丽特·杜拉斯. 树上的岁月［M］. 李末，等，译. 沈阳：春风文艺出版社，2000.

[117]［法］玛格丽特·杜拉斯. 来自中国北方的情人［M］. 周国强，译. 沈阳：春风文艺出版社，2000.

[118]［法］玛格丽特·杜拉斯. 黑夜号轮船［M］. 林秀清，译. 桂林：漓江出版社，1999.

[119]［奥］弗朗茨·卡夫卡. 卡夫卡小说选［M］. 孙坤荣，等，译. 北京：人民文学出版社，1994.

[120] [奥] 弗朗茨·卡夫卡. 寓言与格言 [M]. 张伯权, 译. 哈尔滨: 黑龙江人民出版社, 1998.

[121] [奥] 弗朗茨·卡夫卡. 卡夫卡口述 [M]. 赵登荣, 译. 上海: 生活·读书·新知三联书店, 2009.

[122] [奥] 弗朗茨·卡夫卡. 卡夫卡小说全集 [M]. 韩瑞祥, 译. 北京: 人民文学出版社, 2007.

[123] [奥] 弗朗茨·卡夫卡. 卡夫卡日记 [M]. 阎嘉, 译. 成都: 四川人民出版社, 1999.

[124] [俄] 艾特玛托夫. 艾特玛托夫小说集 [M]. 力冈, 等, 译. 北京: 人民文学出版社, 1999.

[125] [俄] 艾特玛托夫. 一日长于百年 [M]. 张会森, 等, 译. 北京: 新华出版社, 1982.

[126] [俄] 艾特玛托夫. 断头台 [M]. 桴鸣, 译. 重庆: 重庆出版社, 1988.

[127] [俄] 艾特玛托夫. 白轮船 [M]. 力冈, 等, 译. 北京: 人民文学出版社, 1999.

[128] [俄] 艾特玛托夫. 永别了, 古利萨雷 [M]. 冯加, 等, 译. 北京: 人民文学出版社, 1999.

[129] [俄] 艾特玛托夫. 草原和群山的故事 [M]. 力冈, 等, 译. 北京: 人民文学出版社, 2004.

[130] [俄] 艾特玛托夫. 艾特玛托夫作品精粹 [M]. 单继达, 译. 石家庄: 河北教育出版社, 1990.

[131] [俄] 艾特玛托夫. 对文学与艺术的思考 [M]. 陈学迅, 译. 乌鲁木齐: 新疆大学出版社, 1987.

[132] [俄] 陀思妥耶夫斯基. 卡拉马佐夫兄弟 [M]. 荣如德, 译. 上海: 上海译文出版社, 2004.

[133] [俄] 陀思妥耶夫斯基. 白痴 [M]. 荣如德, 译. 上海: 上海译文出版社, 2006.

[134] [俄] 陀思妥耶夫斯基. 罪与罚 [M]. 荣如德, 译. 上海: 上海译文出版社, 2004.

[135] [俄] 陀思妥耶夫斯基. 陀思妥耶夫斯基中短篇小说选 [M]. 曾思艺, 译. 桂林: 漓江出版社, 2012.

[136] [俄] 陀思妥耶夫斯基. 陀思妥耶夫斯基选集: 书信选 [M]. 冯增义, 等, 译. 北京: 人民出版社, 1986.